Bunte Tierwelt für Kinder

Christian Grzimek

Bunte Tierwelt für Kinder

BASSERMANN

Zum gleichen Thema ist bei Bassermann bereits erschienen:
„Die große farbige Tierwelt" (ISBN 3-8094-0214-1)

Die Deutsche Bibliothek – CIP-Einheitsaufnahme

Bunte Tierwelt für Kinder / von Christian Grzimek. –
Genehmigte Ausg. – Niedernhausen/Ts. : Bassermann, 1996
ISBN 3-8094-0269-9
NE: Grzimek, Christian

ISBN 3 8094 0269 9

Umschlaggestaltung: Andreas Jacobsen
Titelbild: Save-Bild, Fritz Pölking, Augsburg
Fotos: siehe Seite 208; Porträt Christian Grzimek: H. Schwind
Redaktion für diese Ausgabe: Sylvia Winnewisser

Satz: LibroSatz, Kriftel
Druck: Druckerei Parzeller GmbH, Fulda

1905429588X817 2635 4453 6271

Vorwort

Ich werde oft gefragt, warum ich eine Fernsehsendung oder dieses Buch über Tiere mache, wo doch schon so viel über dieses Thema berichtet wird. Diese mir immer wieder gestellte Frage möchte ich mit folgender Begebenheit beantworten: Vor einigen Jahren besuchte mich eine Schulfreundin auf unserem Hof „Mittelmühle" in Unterfranken – ein Anwesen, wo wir seit Jahren die verschiedensten einheimischen und exotischen Tiere, wie Talegallahühner, Guanakos und Präriehunde pflegen.

Bei einem Rundgang durch die Stallungen blieb meine Schulfreundin unvermittelt vor dem Schweinestall stehen und gestand mir, daß sie heute – immerhin war sie fast 19 Jahre alt – ihr erstes lebendes Schwein zu Gesicht bekommen habe. Da wurde mir plötzlich klar, daß das vermutlich vielen Leuten so geht, denn immerhin wächst der größte Teil der deutschen Bevölkerung in stadtähnlichen Gemeinschaften auf, in denen keine Nutztiere mehr gehalten werden, so daß sie Schweine tatsächlich nur in Form von Koteletts oder Schnitzel kennen.

Diese Begebenheit war für mich eine Art Schlüsselerlebnis, da sie mir gezeigt hat, wie erlebnisarm die Umwelt der meisten Menschen und vor allem der Kinder geworden ist, die früher auf den großen Höfen in Ställen und verwinkelten Scheunen nach Herzenslust herumtoben konnten. Den heutigen Kindern ist als Ersatz nur noch der sogenannte Abenteuerspielplatz geblieben.

Ich selbst hatte das Glück, auf dem Lande und zusammen mit vielen verschiedenen Tieren aufzuwachsen, so daß die Begeisterung für die Natur und den Umgang mit Tieren ein ganz selbstverständlicher Teil meines Lebens wurde.

Aber dieser ständige und enge Kontakt zur Natur fehlt den meisten Menschen heutzutage, und so sind sie unsicher und unerfahren im Umgang mit Tieren. Meist mangelt es nicht am guten Willen, aber am Wissen, welche Bedürfnisse ein Tier hat und wie man es artgerecht behandeln sollte. Viele der in menschlicher Obhut lebenden Haustiere werden aus lauter falsch verstandener Tierliebe zu Tode gefüttert und geliebt. Oder das Gegenteil ist der Fall: nach einer anfänglichen Begeisterung läßt das Interesse nach, die Tiere verwahrlosen und enden eines Tages beim Tierfänger.

Deswegen finde ich es außerordentlich wichtig, gerade Kindern, die ja die zukünftigen Tierbesitzer sind, ein gesundes Verhältnis zu ihren Tieren zu vermitteln. Aber auch die Wildtiere verdienen unsere Aufmerksamkeit und brauchen in zunehmendem Maße unseren Schutz.

Dieses Buch soll Ihnen und Ihren Kindern Anregungen geben, die Tiere mit wachen Augen zu beobachten, sie in ihrem Lebensraum kennenzulernen, sie zu respektieren und ihnen wo es möglich ist zu helfen.

Und wenn Sie einen Streifzug durch die Natur unternehmen, vergessen Sie nicht, daß Sie nicht der einzige sind, der den Ameisenhaufen oder das Vogelgelege entdeckt hat, daß vor Ihnen schon viele da waren und auch nach Ihnen noch andere kommen werden, die auch mal sehen wollen, wie das Vogelei von unten aussieht. Stören Sie die Tiere so wenig wie möglich. Denn wenn jeder mehr Rücksicht nimmt und nicht davon ausgeht, daß die eine weggeworfene Plastiktüte ja nichts ausmacht oder diese kleine Störung den Tieren schon nicht schaden wird, wären unsere Probleme in Sachen Naturschutz sicher geringer. Vielleicht kann dieses Buch ja den einen oder anderen Leser für die Gedanken des Naturschutzes gewinnen und ihm klarmachen, daß es auch von ihm ganz persönlich abhängt, was erreicht werden kann und was nicht. Kiebitzen Sie also in diesem Buch mit mir der Tierwelt über die Schulter!

Christian Grzimek

Städte und Dörfer

Früher war ein krähender Hahn ein alltäglicher Anblick auf jedem Bauernhof.

Hausmäuse leben als ungebetene Gäste in Kellern, Vorratskammern und auf Speichern.

In Städten und Dörfern leben nicht nur unsere Haus- und Nutztiere, sondern auch viele Wildtiere, die sich als Zivilisationsfolger in der Nähe des Menschen und seiner Ansiedlungen wohl fühlen.

Lebensraum und Zivilisation

Ich sagte in meiner Einleitung, daß ich mit Tieren aufgewachsen bin. Aber sind wir das nicht alle?
Die meisten von uns werden mit Tieren groß, ohne es so richtig zu merken. Denn in jeder Stadt, in jedem Dorf leben viele Tiere, angefangen mit den Haustieren wie Hund, Katze oder Meerschweinchen über die Nutztiere wie Pferde, Kühe und Schweine bis hin zu den ungezählten Mäusen, Insekten und Vögeln. All diese Tiere und noch mehr leben mit uns, und sie leben auch von uns Menschen.
Sorgen wir doch in künstlich angelegten Gärten, Teichen und Feldern für ihren Lebensraum, ohne überhaupt Notiz von ihnen zu nehmen. Ja selbst in unseren Häusern beherbergen wir sie, denn hat nicht jeder seine Hausspinne im Keller? Übrigens ein äußerst nützlicher Mitbewohner, hält er doch die Insekten in erträglichen Grenzen. Und auch unser Garten ist Heimat so mancher Tiere, von denen wir oft genug keine Ahnung haben.
Doch vielen Tieren haben wir, ohne es zu wollen, ihr Heim genommen. Im Haus hat falsch verstandene Reinlichkeit manch einen Überwinterungsplatz im Keller oder auf dem Speicher den Garaus macht. Und manch ein Garten ist vielleicht eine Zierde für das Auge, aber kein Platz mehr für Tiere. Und sind nicht mittlerweile viele Ackerböden mit Nitraten und Pestiziden gesättigt, daß sie diese und andere Stoffe wie ein vollgesogener Schwamm an das Grundwasser abgeben?
Flüsse werden begradigt und in Beton eingefaßt, Seen verwandeln wir in Kloaken.

Leider gehört auch das zu unseren Städten, die Großindustrie, wie hier eine Erdölraffinerie. Die Reinerhaltung der Luft ist eine der wichtigsten Aufgaben unserer Generation.

Städte und Dörfer – ein Stück Natur?

Und doch – Städte und Dörfer können auch ein Stück Natur sein. Sie sind zwar künstlich geschaffene Landschaften mit Parkplätzen und Betonburgen, aber auch mit Gärten, Teichen, Flüssen und Parkanlagen. Die Natur und ihre Tierwelt ist überall, wir müssen ihr nur genügend Platz schaffen.

Das bedeutet beileibe nicht den Rückzug ins 18. Jahrhundert, denn auf unsere modernen Errungenschaften wollen wir keinesfalls verzichten. Aber müssen deshalb die Tiere, muß deshalb die Natur, die Grundlage allen Lebens, auf der Strecke bleiben?

Ich meine nein, denn eines sollten wir aus all den Umweltkatastrophen der letzten Zeit doch begriffen haben: ohne Umwelt- und Naturschutz geht es nicht, denn sonst entziehen wir uns selbst jede Lebensgrundlage.

Und das fängt schon im Kleinen an. Der Garten, der auch Platz für den Igel, die Vögel läßt; ein Brutkasten ist schnell gebaut. Und das Gequake einiger Frösche im selbst angelegten Gartenteich ist allemal angenehmer anzuhören als ein Motorrasenmäher. Tips und Anregungen für eine auch tierfreundliche Gestaltung des eigenen Gartens und Hauses werden in vielen Büchern gegeben. Auch kann man sich beim Bund für Umwelt und Naturschutz Deutschland informieren.

Wir müssen die Natur und die Stadt als Einheit sehen, als unseren Lebensraum, den es zu beschützen und zu erhalten gilt. Das sollte auch und gerade in einer Industrienation wie der unseren möglich sein.

Entdecken Sie, welche Tiere Ihren engsten Lebensraum bevölkern, lernen Sie sie kennen. Auf den nächsten Seiten will ich Ihnen einige dieser „Mitbewohner" vorstellen.

Sie erinnern eher an Abwässerkanäle denn an Bachläufe, diese begradigten und in Beton eingefaßten Bäche. Und es könnten auch Abwässer sein, denn für Tiere ist kein Platz mehr. Und auch die Kinder werden sich an einem solchen „Bach" wohl eher langweilen.

Araber zeichnen sich nicht nur durch Schönheit und Anmut der Bewegungen aus, sondern sind auch überaus hart und ausdauernd. Leider verlieren sich die beiden letzten Eigenschaften bei unseren heutigen, überwiegend auf Show gezüchteten Arabern zusehends.

Pferde

Kaum jemand wird beim Anblick der eleganten Vollblüter oder der mächtigen Brauereipferde glauben, daß sie alle von einem etwa fuchsgroßen Wesen, das vor etwa 50 Millionen Jahren in den waldbedeckten Teilen unserer Erde lebte, abstammen.
Als sich vor rund 20 Millionen Jahren die Wälder zurückbildeten und einer Steppenlandschaft Platz machten, mußte sich dieses **Urpferd** (EOHIPPUS) verändern, um überleben zu können.
Im Laufe der Entwicklungsgeschichte wurde aus dem ehemaligen Waldbewohner unser heutiges **Pferd** (EQUUS PRZEWALSKII CABALLUS), ein Lebewesen, das ideal an ein Überleben in den riesigen Graslandschaften angepaßt ist. Aufgrund der seitlichen Anordnung ihrer Augen haben Pferde fast eine Rundumsicht. Sie können nicht nur erkennen, was neben ihnen vorgeht, sondern auch, was sich hinter ihnen tut. So können sie grasen und trotzdem die Annäherung von Feinden bemerken. Nur was unmittelbar vor ihrer Nase geschieht, sehen sie schlecht und müssen den Kopf drehen, um mit einem Auge genau hinzusehen. Pferde können aber nicht nur gut und vor allen Dingen weit sehen, auch ihr Gehör und ihr Geruchssinn sind sehr ausgeprägt. Ihre Hauptwaffe im Kampf ums Überleben aber ist ihre Schnelligkeit, die sie mühelos aus der Reichweite ihrer Feinde bringt.
Die Schnelligkeit, Kraft und Ausdauer von Pferden haben die Menschen sich zunutze gemacht, und vor der Erfindung von Maschinen waren Pferde aus dem täglichen Leben nicht wegzudenken. Sie transportierten Menschen und Güter quer durch die Welt, arbeiteten hart beim Bestellen der Felder und lieferten auch noch Milch, Fleisch, Leder und Roßhaar. Die Geschichte vieler Völker ist eng mit der Geschichte ihrer Pferde verbunden. Die Araber zum Beispiel behandelten ihre edlen Rösser wie Familienmitglieder und stellten sie auch bei sich im Zelt unter.
Pferde sind Herdentiere und fühlen sich eigentlich nur im engen Kontakt mit ihren Artgenossen wirklich wohl. Tiere, die artgemäß als Herde auf einer Weide oder in einem Laufstall gehalten werden, sind meist wesentlich ausgeglichener und ruhiger als Pferde, die in Boxen stehen und ihren mangelnden Auslauf und die fehlende Abwechslung beim Reiten abreagieren.
Der unumstrittene Herrscher einer Herde Wildpferde ist der Hengst, der seinen Harem – die Mutterstuten und ihre Fohlen – gegen Feinde und andere Hengste verteidigt. Wenn die Mitglieder der Herde nicht gerade grasen, was sie die meiste Zeit tun, kraulen sie sich gern gegenseitig das Fell, das heißt, zwei Pferde beknabbern sich wechselseitig liebevoll Hals und Mähne.
Das dient nicht nur der Hautpflege, sondern ist auch eine wichtige Form der sozialen Kontaktaufnahme, womit die Mitglieder einer Herde sich ihre gegenseitige Sympathie versichern.
So unterschiedlich die Vertreter der über 200 Pferderassen in Aussehen und Temperament auch sein mögen, in einem sind sie alle gleich. Pferde sind und bleiben Herdentiere mit einem ausgeprägten Bedürfnis nach Kontakt und Zuwendung.

Infothek
Immer mehr fortschrittlich denkende Förster gehen wieder dazu über, die Räumarbeiten im Wald von Pferden statt von Maschinen erledigen zu lassen. Das ist nicht nur billiger, sondern auch umweltschonend.

Esel

Auch die Esel gehören, wie die Zebras, zur Familie der Pferde. Im Unterschied zu den Echten Pferden haben sie jedoch einen Quastenschwanz und eine Stehmähne. Alle Esel haben eine braungraue Farbe, die zum Bauch und zum Mund hin in fahles Weiß übergeht. Die hohen schmalen Hufe ermöglichen ihnen ein sicheres Klettern in steinigem, steilem Gelände.

Der **Nubische Wildesel** (EQUUS ASINUS AFRICANUS), von dem die meisten unserer Hauseselrassen abstammen, ist in freier Wildbahn wahrscheinlich inzwischen ausgerottet. Von diesem Vorfahren haben unsere **Hausesel** (EQUUS ASINUS ASINUS) ihre Genügsamkeit geerbt. Als ehemalige Bewohner von Wüsten und Steppen sind sie mit sehr karger Nahrung zufrieden und können von dem leben, was die anderen Weidetiere übriglassen.

Wenn jemand einen anderen einen „Esel" schimpft, meint er damit, daß er ihn für dumm und störrisch hält. Esel sind aber weder das eine noch das andere. Sie sind sogar intelligenter als Pferde und nicht im geringsten eigensinnig – lediglich vorsichtig. Da sie lange nicht so schnell und ausdauernd laufen können wie Pferde, preschen sie bei einer Gefahr nicht einfach davon, wie das scheuende Pferde tun, sondern bleiben stehen bzw. gehen nicht weiter in die verdächtige Richtung. Und das tun sie auch, wenn der Mensch sie irgendwohin treiben will, wo sie eine Gefahr vermuten. Das hat ihnen den Ruf eingebracht, störrisch zu sein.

Anders als Pferde leben Esel nicht in festen Herden, sondern in losen Verbänden. In Notzeiten, wenn das Futter knapp wird, werden sie sogar zu Einzelgängern. Durch ihr phantastisches Gehör – Esel haben ja sehr lange Ohren – und die laute Stimme können sie auch auf weite Entfernungen den Kontakt zu ihren Artgenossen halten.

Heute wird der Esel bei uns praktisch nur noch als Liebhabertier gehalten. Im südlichen Europa, in Asien und Afrika wissen die Menschen aber seine Zähigkeit, Anspruchslosigkeit und Menschenfreundlichkeit noch zu schätzen. Er wird dort hauptsächlich als Zug- und Arbeitstier eingesetzt und ist gerade in den ärmeren Ländern ein unentbehrlicher Helfer des Menschen.

Da Esel im Gegensatz zu Pferden auch in freier Wildbahn nicht in einem engen Herdenverband leben, kann man sie gut ohne Artgenossen halten. Sie schließen schnell Freundschaft mit anderen Tieren und sind auch im Umgang mit Menschen freundlich und aufgeschlossen.

Aus Kreuzungen zwischen Pferden und Eseln gehen leistungsfähige, aber meist unfruchtbare Mischlinge hervor. Kreuzungen zwischen einem Eselhengst und einer Pferdestute heißen Maultiere.
Aus Kreuzungen zwischen einem Pferdehengst und einer Eselstute entstehen Maulesel. Da beide Mischlinge die Leistungsfähigkeit von Pferden und die Genügsamkeit und Trittsicherheit von Eseln in sich vereinen, sind sie ideale Reit- und Arbeitstiere.

Rinder

Eines der ältesten Haustiere des Menschen, unser **Hausrind** (BOS PRIMIGENIUS TAURUS), stammt vom Auerochsen oder Ur ab, der sich von Indien aus über Asien, Europa und Nordafrika ausbreitete. Heute ist der Ur ausgestorben. Die in einigen Zoos ausgestellten Auerochsen sind Rückzüchtungen, die etwa im Aussehen dem Ur gleichen. Auch heute noch gibt es unter den über 200 verschiedenen Rinderrassen einige, die dem Ur ähneln, darunter die berühmten Camarguerinder und auch die Kampfstiere der südeuropäischen Länder.

Im Laufe der Jahrtausende züchteten wir Menschen aus den großen, wendigen Wildrindern je nach Bedarf schwere, muskulöse Rassen, die hauptsächlich der Fleischgewinnung dienen und weniger Milch geben, oder leichtere Rassen mit übergroßen Eutern, die weniger Fleisch, dafür aber große Milchmengen liefern. Je nach Lebensraum, für den sie gezüchtet wurden, sind solche Rinder dicht und lang behaart, wie etwa die schottischen Hochlandrinder, die ja wetterfest sein müssen, oder in gemäßigten Zonen kurz- und glatthaarig. Es gibt heute auch hornlose Rinder, obwohl es zu den Charakteristika der Rinderfamilie zählt, daß sowohl die weiblichen wie auch die männlichen Tiere Hörner tragen, die nicht wie Geweihe abgeworfen werden.

Ein weiteres Merkmal aller Rinder ist das Wiederkäuen. Rinder haben zwei Magensysteme. Sie verschlingen zunächst riesige Mengen Futter, fast ohne es zu zerkleinern, und würgen es oft erst Stunden später in einer Ruhepause wieder nach oben, um es diesmal sorgfältig zu kauen.

Alle Wiederkäuer haben so den großen Vorteil, daß sie an ungeschützten, gefährlichen Weidegründen schnell und kurz weiden, um dann an sicheren Orten in Ruhe essen zu können.

Einen Nachteil hat dieses System allerdings: Wiederkäuer können nicht hungern. Schon nach 24 Stunden ohne Nahrung stirbt die Magenflora, und der Hauptmagen hört unwiderruflich auf zu arbeiten. Auch wenn Wiederkäuer jetzt essen, müssen sie bei gefülltem Magen verhungern, denn die Nahrung kann nicht mehr verdaut werden. Deshalb können Bauern, die Kühe im Stall haben, auch nicht einfach mal übers Wochenende verreisen und die Tiere sich selbst überlassen.

Werden Kühe, wie im Sommer üblich, auf der Weide gehalten, kann man üb-

In den Mittelgebirgen und Alpen wird das Höhenvieh gezüchtet. Höhenrinder sind leichte Rinder, die nicht soviel Milch wie die massigen Tieflandrassen liefern, dafür aber hochwertiges Fleisch.

Ein seltener Anblick: Stier, Kuh und Kälbchen auf der Weide. Die meisten Kühe werden heute künstlich befruchtet und die Kälber direkt nach der Geburt von ihren Müttern getrennt.

rigens gut beobachten, daß es innerhalb dieser Herde eine streng eingehaltene Rangordnung gibt. Kommt der Bauer abends zum Melken, haben sich die Kühe schon am Gatter ihrer Rangordnung entsprechend aufgestellt. Die ranghöchste Kuh betritt dann als erste den Melkstand, wo es Zusatzfutter gibt, auf das sie Kraft ihrer Position den ersten Anspruch hat. Bringt der Mensch diese Rangordnung durcheinander, kann es zu heftigen Streitereien zwischen den sonst so friedlichen Kühen kommen.

Wasserbüffel

Eng verwandt mit den Echten Rindern sind die Büffel, die in Asien und Afrika leben. Im Gegensatz zu den eigentlichen Rindern bevorzugen sie baumbestandenes Land als Lebensraum, außerdem suhlen und baden sie leidenschaftlich gern. Sie haben viel größere Hörner als unsere Rinder. Bis zu 180 cm lang können die Hörner eines asiatischen **Wasserbüffels** (BUBALUS ARNEE) werden. Wasserbüffel gehören zu den Riesen unter den Büffeln, sie werden bis zu 3 Metern lang und wiegen rund eine Tonne. Wasserbüffel stehen am liebsten bis zum Hals in Wasser oder Schlamm. Die wilden Wasserbüffel werden immer weniger, nur noch vereinzelte Herden mit 10 bis 20 Tieren sind heute noch in Asien, vor allem in Indien anzutreffen.
Die Zahl der zahmen **Hausbüffel** (BUBALUS ARNEE BUBALIS), die von den wilden Wasserbüffeln abstammen, nimmt dagegen weiter zu. Wegen ihrer großen Kraft sind Wasserbüffel in Asien begehrte Arbeitstiere. Aufgrund ihrer Begeisterung für Wasser und Schlamm eignen sie sich ganz besonders für die schwere Arbeit auf den überfluteten Reisfeldern.
Trotz ihrer Größe und Stärke – ein ausgewachsener Büffel kann durchaus einem Tiger gefährlich werden – sind die Hausbüffel gutmütig und sanft und lassen sich auch von Kindern problemlos regieren.

Bison

Eines der beschämendsten Beispiele, wie der „weiße Mann" mit der Natur und ihren Geschöpfen umgeht, ist die Geschichte der amerikanischen **Bisons** (BISON BISON). Als die weißen Siedler um 1700 anfingen, die Weiten der Prärie zu durchstreifen, gab es noch rund 60 Millionen Bisons.
Um 1890 schätzte der Naturschützer Hornaday den Restbestand auf etwas über 850 Tiere. Sie allein waren dem Gemetzel entkommen. Das sinnlose Abschlachten der mächtigen Wildrinder fand erst kurz vor ihrem Aussterben ein Ende. Heute leben in Nordamerika und Kanada dank der intensiven Bemühungen einiger weitblickender Naturschützer wieder über 30 000 Bisons in freier Wildbahn.
Bisons sind, wie alle Rinder, Herdentiere. Bei Gefahr bilden sie einen Kreis, in dem außen die Alttiere den Feind mit ihren gefährlichen Hörnern bedrohen und innen die Kälber stehen. Der enge Zusammenhalt einer Bisonherde hat den Jägern das Abknallen zusätzlich erleichtert. Statt wegzulaufen, wenn ein Mitglied der Herde abgeschossen wurde, versuchten alle, den Gefallenen zum Aufstehen zu bewegen. So konnten die Wildwesthelden alle Mitglieder einer Herde nacheinander ohne Gefahr niederschießen. Der berühmte Buffalo Bill zum Beispiel war ein Experte in dieser Technik.

Ein amerikanischer Bison in seinem zotteligen Winterkleid.

Nur noch wenige wilde Wasserbüffel bewohnen die Sumpfgebiete Asiens. Aber ihre zahmen Abkömmlinge zeigen noch viel von den Verhaltensweisen ihrer wilden Vorfahren. Wie diese suhlen sie sich am liebsten stundenlang in Wasserlöchern. Sie ernähren sich von Gräsern, Kräutern und Wasserpflanzen.

Im April/Mai kommen die kleinen Wildschweine zur Welt. Die Frischlinge tragen ein gestreiftes Jugendkleid, das sie gut tarnt, denn es sieht aus wie das Spiel von Licht und Schatten im Unterholz. Bachen mit Frischlingen sind äußerst aggressiv und können auch Menschen gefährlich werden. In Wildschweingegenden sollte man deshalb in dieser Jahreszeit nicht leichtsinnig im Unterholz herumlaufen.

Schweine

Eine der wenigen Tierarten, die keine Spezialanpassung an einen bestimmten Lebensraum entwickelt haben, sondern in der Lage sind, sich fast überall zurechtzufinden, sind Schweine. Und so bevölkern Wildschweine Asien, Afrika und Europa, ein wildschweinähnliches Tier, das Pekari, Nord- und Südamerika.

Das **Europäisch-asiatische Wildschwein** (SUS SCROFA), Ahnherr unserer Hausschweine, ist eine der wenigen heimischen Tierarten, die nicht vom Aussterben bedroht sind. Im Gegenteil: weil es keine Wölfe und Bären mehr gibt, können die Wildschweine sich ohne Feinde ungehindert vermehren. So müssen die Jäger den Wildschweinbestand regulieren.

Wie alle Schweinearten ist auch unser Wildschwein ein Allesesser, das sich seine Nahrung hauptsächlich aus dem Boden holt. Mit dem charakteristischen langen Rüssel und den scharfen Eckzähnen, die beim männlichen Wildschwein, dem Eber oder Keiler, weit aus dem Unterkiefer herausragen, bohren die Tiere tiefe Löcher ins Erdreich. Ihr ausgezeichneter Geruchssinn befähigt sie, Larven, wohlschmeckende Wurzeln oder auch die berühmten Trüffel im Boden zu riechen. Der Rest ist Wühlarbeit. In unseren Kulturlandschaften richten die Schweine durch das Wühlen in Rüben- und Kartoffelfeldern manchmal beträchtliche Schäden an. Im Wald sind sie nützlich. Durch das dauernde Wühlen und Graben wird der Boden durchlüftet. In die lockere Erde gelangen Samen, die hier gut keimen können, so daß die Wildschweine so für eine ständige Verjüngung der Wälder sorgen. Auch die tierische Nahrung, die sie zu sich nehmen – junge Mäuse und Schädlinge aller Art wie Raupen, Käfer, Insektenlarven und Schnecken –, macht sie zu wichtigen Helfern bei der Schädlingsbekämpfung.

Schweine sind gesellige Tiere. Meist leben sie in festen Rotten, die sich aus den weiblichen Tieren, den Bachen oder Sauen, ihren Frischlingen, das sind die jüngeren Ferkel, und den Überläufern, wie die einjährigen Ferkel genannt werden, zusammensetzen. Die Keiler leben drei Viertel des Jahres ohne Kämpfe in losen Rotten zusammen. Nur während der Rauschzeit, so wird die Paarungszeit der Wildschweine oder – wie der Jäger sagt – des Schwarzwildes genannt, werden sie Einzelgänger und es kommt zu heftigen Kämpfen um die Bachen. Dabei nutzen die mächtigen Eber ihre gewaltigen Hauer und versuchen, ihre Rivalen an der Breitseite zu erwischen. Dabei kommt es oft zu erheblichen Verletzungen. Daß diese Kämpfe, die sehr erbittert geführt werden, nur selten tödlich enden, liegt an einem speziellen Schutz, den die Keiler zur Rauschzeit tragen. Vor Beginn der Brunstzeit wächst allen Keilern der sogenannte Schild, eine mehrere Zentimeter starke, feste Platte aus Bindegewebe, die von der Schulter bis über die Rippen reicht und an der die meisten Angriffe der Rivalen abprallen, so daß schwere Verletzungen verhindert werden. Der Sieger paart sich dann mit den Bachen.

Im Frühjahr wirft die Bache vier bis fünf Frischlinge in einer mit Reisig bedeckten Kuhle. In diesem Lager zieht sie ihre Jüngsten groß, bis sie sich der Rotte anschließen. Das ist bereits nach einer Woche der Fall. Mit drei Wochen wühlen die Frischlinge bereits in der Erde. Aber die Mutter saugt sie noch zwei Monate lang.
Da kleine Wildschweine mit einem sehr dünnen Haarkleid geboren werden, sterben viele von ihnen in kalten und regnerischen Jahren an Unterkühlung. Alle Wildschweine brauchen für ihr Wohlbefinden Schlammsuhlen, in denen sie sich regelmäßig ausgiebig wälzen. Die Schlammschicht, die danach den Körper bedeckt, schützt sie vor Ungeziefer und stellt eine zusätzliche Isolation gegen Wärme und Kälte dar.
Man schätzt, daß vor rund 6500 Jahren Menschen erstmals Wildschweinfrischlinge aufzogen. Weil Schweine sich nicht wie Pferde, Esel oder Rinder über längere Strecken treiben lassen, wurden sie erst dann zu Haustieren, als manche Hirtenvölker, die ja nomadisch lebten, seßhaft wurden. Im Laufe der Jahrtausende unter menschlicher Obhut veränderte das Wildschwein sein Aussehen. Die langen Borsten wichen kürzeren Haaren, das **Hausschwein** legte an Gewicht, Fett und sogar an Rippenzahl zu und verlor an Beweglichkeit und Wehrhaftigkeit. Statt vier bis fünf Junge wirft eine Sau heute 10 bis 14 Ferkel, sie kann aber sogar 18 und mehr Junge großziehen.
Schweine gehören zu den Nutztieren, die in der Obhut des Menschen viel zu leiden haben. In rein nach Gesichtspunkten der Zweckmäßigkeit konstruierten Ställen vegetieren sie auf sauberen, aber für die Tiere unbequemen Lattenrosten dahin und können ihren natürlichen Drang nach Bewegung und erfrischenden Schlammbädern nicht ausleben. Viele der sensiblen Tiere leiden so unter dem Streß dieser nicht artgerechten Haltung, daß man nur durch die Gabe von Medikamenten verhindern kann, daß sie an Herzversagen sterben. Viele Hausschweinrassen sind vom Aussterben bedroht, da immer mehr das Einheitslandschwein gezüchtet wird, das schnell heranwächst und sehr fruchtbar ist.
Trotz der drastischen Veränderung des Äußeren haben die Schweine sich im Wesen nämlich nicht verändert und die meisten ihrer Wildinstinkte behalten. Man weiß von vielen ausgebrochenen Schweinen, die sich mit Wildschweinen paarten, sich der Rotte anschlossen und erfolgreich den Kampf gegen Wetter und Jäger bestanden. Neuere Forschungsergebnisse haben zudem gezeigt, daß die Redensart „dummes Schwein" diesem Tier unrecht tut. Schweine sind sehr klug. Ferkel, die von Menschen aufgezogen werden, lernen fast soviel wie Hunde und sind ähnlich anhänglich und treu.

Man sieht unseren Hausschweinen kaum noch an, daß sie von den Wildschweinen abstammen, so sehr haben sie sich in den Jahrtausenden in menschlicher Obhut äußerlich verändert. Aber im Verhalten haben sie noch viel von ihren wilden Vorfahren, zum Beispiel die Begeisterung für Schlammsuhlen. In vielen Ländern der dritten Welt leben Schweine auch als Haustiere halbwild. Sie suchen sich tagsüber selbst ihr Futter und kommen abends zum Stall zurück.

Infothek

Schafe und Ziegen sind anspruchslose Haustiere, die auch mit karger Nahrung auskommen. Aber gerade deshalb sind sie, wenn sie in zu großer Zahl auf zu kleinem Raum gehalten werden, ein Problem für die Umwelt. Wandernde Schafherden „roden" ihre Durchzugsgebiete buchstäblich, und Ziegen lassen kein Blatt in ihrer Reichweite am Baum. Gerade in den Entwicklungsländern hat das in den letzten Jahren zur Verödung und Erosion ganzer Landstriche geführt.

Abbildung rechts: Bei unseren Hausziegen tragen die weiblichen und männlichen Tiere Hörner.

Abbildung unten: Das Mufflonschaf ist der Vorfahr unserer Hausschafe.

Ziegen und Schafe

Ziegen und Schafe sind sehr nahe miteinander verwandt. Beide gehören zu der Familie der Hornträger und hier wieder zu der Unterfamilie der Ziegenartigen, zu denen auch zum Beispiel die Gemsen zählen. Die Zoologen haben alle Ziegenartigen noch einmal in verschiedene kleinere Gruppen unterteilt. Zu einer davon, der Gruppe der Böcke, gehören alle Schafe und Ziegen.

Unsere **Hausziegen** (CAPRA AEGAGRUS HIRCUS) stammen von der **Bezoarziege** (CAPRA AEGAGRUS), die heute fast ausgestorben ist, ab. Auch die Vorfahren unserer **Hausschafe** (OVIS AMMON ARIES), die **MUFFLONS** (OVIS AMMON MUSIMON), sind heute in freier Wildbahn kaum noch anzutreffen. Schafe und Ziegen sind als Bewohner der Berge hervorragende Kletterer, deren harte Klauen für das Gehen auf unebenem und steinigem Boden gemacht sind. Wo sie auf flachem und sandigem Gelände leben, müssen die Klauen oft geschnitten werden, da sie sich hier nicht genügend abnutzen können.

Alle wilden Schafe und Ziegen haben Hörner. Bei manchen Arten tragen allerdings nur die Widder, also die männlichen Tiere, diesen Schmuck. Bei allen horntragenden Rassen wachsen die Hörner ein Leben lang, werden also jedes Jahr ein Stückchen größer. Das Alter eines Widders läßt sich deshalb gut nach der Größe seiner Hörner bestimmen.

Wildschafe und -ziegen leben in kleinen Herden friedlich zusammen. Nur zur Paarungszeit kommt es zwischen den Widdern zu Kämpfen um das Recht, die Weibchen zu begatten. Mit gesenktem Schädel rasen dann die zwei Rivalen aufeinander zu und lassen ihre Hörner donnernd aufeinanderkrachen. Wegen ihrer extrem harten Schädelplatte kommt es trotz der Wucht des Aufpralls fast nie zu ernsthaften Verletzungen. Zudem messen auch nur etwa gleichstarke Gegner ihre Kräfte. Oft reicht es schon, wenn ein alter, kräftiger Widder dem jungen Nebenbuhler sein mächtiges Gehörn zeigt, daß der Jüngere kampflos die Überlegenheit des anderen anerkennt. Der Widder, der als Sieger aus den Kämpfen hervorgeht, wird der Vater der nächsten Generation von Wildziegen oder -schafen.

In Freiheit lebende Ziegen oder Schafe bringen in der Regel nur ein Junges zur Welt. Bei den domestizierten Rassen sind dagen Zwillinge die Regel und auch Drillinge oder gar Vierlinge keine Ausnahme. In diesen Fällen muß allerdings der Mensch bei der Aufzucht der Jungen helfen, denn Schafe und Ziegen haben nur zwei Zitzen und können also auch nur zwei Kinder ausreichend versorgen.

Schafe und Ziegen sind Wiederkäuer, die große Mengen von Futter, ohne es weiter zu kauen, schnell in sich hineinschlingen können, um es erst später wieder hervorzuwürgen und dann in Ruhe zu zerkleinern.

Sie gehören vermutlich zu den ersten Pflanzenessern, die der Mensch gezähmt und als Nutztiere gehalten hat. Noch heute zählen sie zu den vielseitigsten Nutztieren, denn sie liefern nicht nur Fleisch und Milch, sondern auch Wolle und Leder.

Der bekannteste Wollieferant ist wohl das Merinoschaf, das zu Millionen in Australien lebt. So wichtig diese Schafherden für den Lebensunterhalt der australischen Schafzüchter sind, so problematisch sind ihre Auswirkungen auf die einheimische Flora und Fauna. Viele australische Wildtiere verloren ihren Lebensraum und damit ihre Lebensgrundlage, weil ihr Land zum Schafland wurde. Ein gutes Beispiel sind die Känguruhs, die von den Farmern in manchen Gegenden so gut wie ausgerottet wurden, weil sie angeblich den Schafen das Gras wegessen.

Besonders wertvolle Wolle liefern zum Beispiel die Angora- und Kaschmirziegen, die in Süd- und Vorderasien beheimatet sind.

Vom Charakter unterscheiden sich Schafe und Ziegen allerdings ziemlich. Wenn man auch nicht gerade sagen kann, daß Schafe dumm sind, sind sie doch deutlich weniger intelligent als Ziegen. Schafe brauchen zu ihrem Wohlbefinden unbedingt die Sicherheit der Zugehörigkeit zu einer Herde. Einzeln gehalten verkümmern sie, da sie sich auch nur selten anderen Tieren, die ja ein Ersatz für die fehlenden Artgenossen sein könnten, anschließen.

Ganz anders Ziegen. Zwar leben auch sie in lockeren Verbänden mit einer strengen Rangordnung, aber sie sind viel anpassungsfähiger und individueller und werden auch mit einem Leben als Einzeltier fertig. Sie schließen sich dann einfach den Menschen oder anderen Tieren an. In vielen Pferdeställen werden Ziegen als Gesellschaft für die Pferde gehalten. Das geht allerdings nur so lange gut, wie die Ziege nicht versucht, der Boß zu werden. Da Pferde auf die Hörnerstöße der Böcke nicht reagieren oder höchstens aus dem Weg gehen, kann es passieren, daß so ein viel kleinerer Ziegenbock bald alle Pferde tyrannisiert. Meist wirkt sich aber die unerschütterliche Ruhe des Ziegenkameraden positiv auf die schreckhaften Pferde aus.

Manchmal sieht man eine Schafherde, deren Leithammel ein Ziegenbock ist. Auch hier liegt der Grund in der Ausgeglichenheit von Ziegen. Schafe geraten nämlich leicht in Panik, und wenn der Leithammel plötzlich davonlaufen würde, stürmte die ganze Herde hinterher.

Das kastrierte männliche Hausschaf heißt Hammel.

Zeitig im Frühjahr werden die Lämmer geboren – meist Zwillinge. Die Jungen von Schafen und Ziegen gehören zu den „Nachfolgern", das heißt, die Kleinen ziehen schon wenige Stunden nach ihrer Geburt mit der Mutter und der Herde weiter. Im Gegensatz dazu gibt es auch die sogenannten „Ablieger", wie wir das von Rehen kennen. Die ersten Tage ihres Lebens verbringen diese Jungen allein in einem Versteck, das die Mutter nur zum Säugen aufsucht.

Wölfe sind sehr ausdauernde Läufer, die ihre Beute oft über lange Strecken verfolgen. Sie jagen meist in Rudeln und kreisen das Beutetier systematisch ein.

Dem Schäferhund sieht man die Abstammung vom Wolf noch deutlich an. Aber nicht nur er, sondern alle unsere Haushunde haben Wölfe als Vorfahren.

Hunde und Wölfe

Auch wenn viele es nicht glauben wollen: alle unsere **Haushunde** (CANIS LUPUS FAMILIARIS) stammen vom **Wolf** (CANIS LUPUS) ab. Ob Pudel, Dackel, Schäferhund, Boxer, Chow-Chow, Spitz, Yorkshire-Terrier oder Windhund – egal, wie unterschiedlich die Rassen im Aussehen und Verhalten heute sind, sie haben alle Wölfe als Vorfahren. Die vielen verschiedenen Hunderassen sind Produkte der züchterischen Bemühungen der Menschen, die Hunde – pardon, Wölfe – schon vor etwa 12 000 Jahren zähmten und zu Haustieren machten. Zunächst wurden sie als Nahrungsvorrat gehalten, aber schon bald erkannten unsere Vorfahren, daß der Hund ein treuer Gefährte und nützlicher Helfer bei der Jagd sein kann. Die Verständigung zwischen Wolf und Mensch klappte deshalb so gut, weil Wölfe in Rudeln leben, Gemeinschaften, in denen jedes Mitglied seinen Platz und Rang hat. Es ist für jeden Wolf und Hund ganz natürlich, sich den Wünschen des Ranghöheren zu fügen; da macht es keinen Unterschied, ob das der Leitwolf oder ein Mensch ist. Allerdings muß der Hund den Menschen auch als Ranghöheren anerkennen, sonst versuchen besonders große Hunde, selbst diese Position einzunehmen. Viele Probleme im Umgang mit Hunden lassen sich so erklären.

Miteinander gehen die Mitglieder eines Wolfsrudels zwar rauh, aber herzlich um. Selten kommt es zu ernsthaften Raufereien, und wenn doch, kann der Unterlegene den Kampf sofort beenden, indem er die Demutsgeste macht: er wirft sich auf den Rücken und bietet dem Gegner die ungeschützte Kehle dar. Das löst beim Sieger sofort eine Beißhemmung aus und beendet jedes Kampfgeschehen. Auch bei unseren Haushunden kann man dieses Verhalten noch beobachten, besonders wenn zwei Rüden – also männliche Tiere – in Streit geraten.

Die Weibchen nehmen im Wolfsrudel eine Sonderstellung ein. Nicht nur, daß die männlichen Wölfe sich auch von schwachen Weibchen alles gefallen lassen müssen, ohne sich wehren zu dürfen, Wölfinnen sind zudem oft die ranghöchsten Tiere eines Rudels und geben bei der Partnerwahl immer den Ton an.

Besitzer einer Hündin werden wissen, daß das auch bei Hunden so ist. Trifft eine Hündin einen Rüden, hat sie eindeutig das Sagen, und selbst wenn sie ihn ganz unfreundlich beißt, darf er sich nicht wehren. Der Umgangston der

Damen untereinander ist allerdings etwas ruppiger, zwischen Hündinnen kommt es schon mal zu Kämpfen.
Aber die eigentlichen Könige im Wolfsrudel sind die Welpen – also die kleinen Wölfe. Die Wölfin zieht sich nach etwa neun Wochen Schwangerschaft zur Geburt der Welpen in eine Höhle zurück und betreut die zunächst tauben und blinden Jungen allein. Aber sobald die Kleinen aus dem Gröbsten heraus sind und anfangen herumzutollen, stellt sie sie dem Rudel vor. Hier können sie sich dann, solange sie Kinder sind, alles erlauben. Auch der ranghöchste und stärkste Rüde wird ihre wilden Spiele mit seinem Schwanz oder seinen Ohren erdulden – eine Respektlosigkeit, die sich kein erwachsenes Rudelmitglied erlauben dürfte. Sind die Jungen dann nach etwa zehn Wochen der Muttermilch weitgehend entwöhnt, betteln sie jedes Rudelmitglied um Futter an. Und keiner kann der Aufforderung widerstehen. Alle füttern abwechselnd die Jungen, indem sie ihnen halbverdaute Nahrung vorwürgen. Bei manchen Zuchthündinnen kann man dieses Verhalten noch immer beobachten. Und auch der rücksichtsvolle Umgang mit den Welpen ist unseren Haushunden erhalten geblieben.
Erwachsene Wölfe markieren mit Kot und Urin ihre Wechsel und Jagdreviere, ein Vorgang, den man täglich auch bei Hunden beobachten kann, die durch Beinheben ihre Stammbäume kennzeichnen oder so Besitz von einem Garten oder Park ergreifen. In Europa ist der Wolf inzwischen fast ausgerottet, nur in Skandinavien, Spanien und Italien gibt es noch vereinzelt Wölfe. Das hängt einmal mit der Zerstörung ihrer Lebensräume zusammen, denn Wölfe brauchen ausgedehnte Jagdgebiete und ungestörte Rückzugsmöglichkeiten. Sie leben nur aus Not in der Nähe des Menschen, denn sie sind eigentlich Kulturflüchter. Aber natürlich spielte auch die Angst vorm „bösen Wolf" eine Rolle, die zu einer gnadenlosen Verfolgung der Tiere geführt hat. Alle Versuche, die Wölfe bei uns wieder heimisch zu machen, sind an dieser Angst gescheitert, denn die Tiere wurden immer nach kurzer Zeit von Jägern oder aufgebrachten Bauern getötet.
Größere Bestände gibt es heute nur noch in Rußland und Nordamerika – dem Stammland der Wölfe. Nur in diesen Gegenden kann man nachts noch regelmäßig das unheimliche Wolfsgeheul hören. Bei diesem Heulen handelt es sich um einen sogenannten Stimmfühlungslaut, mit dem Wölfe auch über weite Entfernungen Kontakt miteinander aufnehmen. Besonders junge Wölfe können übrigens nicht anders – sie müssen antworten, wenn ein Rudelmitglied sie ruft. Eine Tatsache, die sich viele Jäger auf der Jagd nach Wölfen zunutze machen, indem sie das Wolfsgeheul nachahmen und die Tiere sich durch ihren Antwortruf dann verraten. Wölfe können zwar auch bellen, aber sie tun das leiser und wesentlich seltener als unsere Haushunde. Die Funktion des Bellens ist dagegen gleich geblieben – Hunde wie Wölfe bellen in erster Linie, um die anderen „Rudelmitglieder" vor einer Gefahr zu warnen.

Infothek
Hunde, die stöbernd durch Unterholz jagen, stören und verschrecken das Wild. Im Wald sollten sie deshalb immer an der Leine geführt werden. Der Förster hat übrigens das Recht, einen nicht angeleinten Hund, der nicht unmittelbar neben seinem Herrn geht, zu erschießen.

Dackel sind ausgesprochene Jagdhunde, die speziell für die Arbeit in Fuchs- und Dachsbauten gezüchtet wurden.

Infothek

Katzen sind sehr fruchtbar, sie können bis zu dreimal im Jahr sechs bis acht Junge bekommen. Und nicht alle finden einen liebevollen Besitzer. Wer eine Katze oder einen Kater hat, sollte sie unbedingt kastrieren – also unfruchtbar machen – lassen, damit es nicht noch mehr herrenlose Katzen gibt, die meist elend verhungern müssen.

Katzen bringen ihre Jungen nach rund 65 Tagen Tragezeit zur Welt und versorgen sie fast drei Monate mit Milch. Erst mit zwölf Wochen entwickelt sich die endgültige Augenfarbe, vorher sind alle Kätzchenaugen blau.

Hauskatze

So ganz sicher ist man sich nicht, ob Katzen vom Menschen gezähmt wurden oder ob sie sich ihm freiwillig angeschlossen haben. Auf jeden Fall wissen sie noch heute die Vorteile regelmäßiger Mahlzeiten und eines warmen, trockenen Schlafplatzes zu schätzen, aber auch die Freiheit, zu kommen und zu gehen, wann sie wollen.

Denn trotz einer langen Geschichte als Haustier sind **Hauskatzen** ihren wilden Vorfahren, den afrikanischen Falbkatzen, die sich bei uns mit den einheimischen Wildkatzen vermischt haben, ähnlich geblieben.

Die Natur hat die Katze für ihre Rolle als Jägerin perfekt ausgestattet. Da Mäuse, ihre Hauptbeute, meist nachts aktiv sind, können sie auch in der Dunkelheit sehr gut sehen. Ihr wichtigster Sinn ist allerdings das Gehör, das bei Katzen phantastisch fein ist. Sie hören nicht nur leisere und weiter entfernte Töne als wir, sondern auch höhere und können auch auf weite Entfernungen noch genau unterscheiden, wer oder was diese Töne hervorbringt.

Amerikanische Soldaten, die während des 2. Weltkrieges in ihren Stellungen oft von japanischen Bombern angegriffen wurden, berichteten, daß die Inselkatze ein seltsames Verhalten zeigte. Sie suchte plötzlich ohne ersichtlichen Grund den Unterstand auf und verkroch sich dort. Nach einer Weile zeigte der Radarschirm dann regelmäßig die Annäherung von Flugzeugen an, die sich dann immer als feindliche Japaner entpuppten. Die Katze konnte also nicht nur hören, daß sich Flugzeuge näherten, sondern auch unterscheiden, ob es Freund oder Feind war.

Ihre Beute packt eine Katze mit den nadelspitzen Krallen. Diese wichtige Waffe pflegt jede Katze sehr gewissenhaft durch regelmäßiges Kratzen an rauhen Gegenständen. Damit sich die Krallen beim Laufen nicht abnutzen und stumpf werden, können sie in die Krallenscheiden eingezogen werden – die Katze läuft auf Samtpfötchen und, wenn sie will, unhörbar herum.

Katzen sind auch große Balancier- und Springkünstler, die punktgenau auf kleinstem Raum landen können. Ihre Spring- und Kletterkünste nutzen sie aber normalerweise nur, um sich auf Bäumen vor ihren Feinden in Sicherheit zu bringen, und nicht, wie viele Leute glauben, zur Jagd auf Singvögel. Sicher, gelegentlich erbeutet eine Katze auch mal einen Vogel – besonders kranke und schwache Tiere –, aber ihre Hauptnahrung sind und bleiben Mäuse. Das haben Untersuchungen des Mageninhalts von unzähligen streunenden Katzen zweifelsfrei bewiesen. Katzen sind übrigens Einzelgänger, die ihren Artgenossen außer zur Paarungszeit nach Möglichkeit aus dem Weg gehen. Hauskatzen, die ja meist mit anderen Katzen ein Revier teilen müssen, benutzen es zwar gezwungenermaßen gemeinsam, aber nach Möglichkeit zeitversetzt.

Die Redearten „wie Katz' und Maus" und „wie Katz' und Hund" treffen auf wildlebende Katzen zu, die alle größeren fleischessenden Tiere fürchten und alle kleineren als Beute ansehen. Hauskatzen, die mit anderen Haustieren aufwachsen, leben oft recht einträglich auch mit Hunden zusammen.

Mäuse

Unter den Säugetieren halten die Mäuse viele Rekorde. Fast 2000 verschiedene Arten hat man bisher beschrieben, doch die Wissenschaftler sind sicher, daß es noch weitere bislang unentdeckte Vertreter der Mäusefamilie gibt. Denn das Sichversteckthalten ist eines der erfolgreichsten Mittel dieser kleinen, langschwänzigen Nagetiere, um ihren zahllosen Feinden zu entkommen. Ein weiteres ist die ungeheuerliche Fruchtbarkeit: unsere **Hausmäuse** (MUS MUSCULUS DOMESTICUS) werfen ganzjährig ohne Pause. Das Weibchen trägt 19 Tage und wird unmittelbar nach der Geburt der meist acht Jungen erneut gedeckt. Jedes der Jungen ist aber bereits nach 45 Tagen selbst geschlechtsreif. Wo sie genügend Platz und Nahrung haben, vermehren sich Hausmäuse deshalb sehr schnell. Die kleinen Mäuse kommen blind, taub und nackt zur Welt. Die ersten Tage verbringen sie im Schutz des Baues eng aneinandergeschmiegt mit Schlafen und Saugen im gutgepolsterten Nest.
Wenn bei der freilebenden Form – es gibt auch Hausmäuse, die auf Feldern leben – Nahrung und Raum zu knapp wird, betreibt die Mäusegesellschaft Bevölkerungspolitik: nur noch die ranghöchsten Mäusedamen dürfen sich vermehren. Auf diese Weise hält sich – bei gleichbleibendem Futter- und Platzangebot – die Mäusezahl selber konstant. Mäuse leben übrigens in Großfamilien zusammen, deren Mitglieder sich alle persönlich kennen und einander am „Familiengeruch" erkennen.
Alle Mäuse legen große Vorratslager in ihren Bauten an, bis auf die Hausmaus, die das nicht nötig hat, denn sie wird von ihrem Hausherrn ja ganzjährig versorgt und findet immer etwas Eßbares. Bevorzugt ißt sie zwar Getreide und seine Produkte, aber sie verschmäht auch tierisches Eiweiß wie Käse, Schinken und Speck nicht.
Ganz so reich gedeckt ist der Tisch der **Feldmaus** (APODEMUS SYLVATICUS) nicht. Sie ernährt sich vorzugsweise von Sämereien aller Art, hauptsächlich natürlich von unseren Feldgetreiden. Ihre Vorratslager, die sie im Herbst für den Winter anlegt, können Superausmaße annehmen. Man hat einmal eine mit 16 kg Pflanzen gefüllte Speisekammer bei einer Feld-Waldmausfamilie entdeckt. Im Winter machen diese Mäuse eine Pause bei der Vermehrung. Ab Frühjahr wirft das Weibchen wieder regelmäßig bis zu zwölf Junge, und das siebenmal im Jahr. In guten Jahren kommt es zu solchen Massenvermehrungen, daß alle natürlichen Feinde

davon profitieren und ebenfalls mehr Junge großziehen. Denn auch wenn Mäuse in unseren Speisekammern und auf den Feldern viel Schaden anrichten, sollten wir nicht vergessen, daß diese putzigen Nager die Vermehrungsquelle und Lebensgrundlage für viele Tiere sind.
Nicht nur Katzen fangen Mäuse, auch Eulen, Füchse, Störche, Igel, Greifvögel und viele andere, teilweise vom Aussterben bedrohte Tiere sind auf sie als Beute angewiesen.

Die Etrusker-Spitzmaus (SUNCUS ETRUSCUS) gehört zu den kleinsten Säugetieren der Welt. Sie mißt mit Schwanz 4 cm und wiegt etwa 2 Gramm. Wie alle Spitzmäuse, die trotz ihres Namens zoologisch nicht zur Mäusefamilie, sondern zu der der Insektenesser gehören, ernährt sie sich hauptsächlich von Spinnen, Insekten und Würmern. Um seine Körpertemperatur zu halten, muß dieser Knirps beinahe dauernd essen. Bei Nahrungsmangel oder großer Kälte überlebt sie durch einen Trick: sie fällt in einen Starrezustand, aus dem sie erst bei Erwärmung wieder erwacht. Die Etrusker-Spitzmaus ist nur in Südeuropa, Asien und Afrika zu finden.

Die Hausmaus ist wohl als eines der ersten Tiere zum „Kulturfolger" geworden. Sie ist heute überall da zu finden, wo menschliche Siedlungen sind. Ursprünglich waren die Mäuse nur in Asien heimisch. Sie haben sich aber mit und durch die Menschen auf der ganzen Welt ausgebreitet.

Wenn man weiß, wieviel Auslauf freilebende Hühner (Abbildung oben) brauchen und wie streng die Hackordnung unter Hennen und Hähnen ist, kann man sich leicht vorstellen, daß das Leben, dicht an dicht, in den Legebatterien für Legehennen eine echte Tortur ist (Abbildung unten).

Haushühner

Nur noch selten sieht man in unseren Dörfern einen stolzen Hahn auf dem Mist stehen, der lauthals seinen Besitzanspruch auf seine Hennen den Hähnen der Nachbarhöfe verkündet. Das **Haushuhn** (GALLUS GALLUS) wird heute überwiegend in engen Ställen gehalten, wo sich die Fütterung und das Eiereinsammeln zeitsparend erledigen lassen.

Dieses Zusammenleben auf engstem Raum ist aber für Hühner, die zwar gesellig, aber mit einer genau festgelegten Rangordnung leben, ein großer Streß. Da einfach kein Platz vorhanden ist, können die rangniederen Tiere den ranghöheren nicht ausweichen und beziehen pausenlos Prügel.

Wie Hühner eigentlich leben müßten, wird klar, wenn man sich das Leben der **Bankivahühner** (GALLUS GALLUS BANKIVA), die die Vorfahren vieler unserer Haushuhnrassen sind, einmal näher ansieht.

Bankivahühner leben noch heute in den Wäldern Indochinas. Ein Hahn ist immer der absolute Herrscher über mehrere Hennen. Er beschützt seinen Harem nicht nur eifersüchtig vor Nebenbuhlern, sondern verteidigt ihn auch tapfer gegen sonstige Feinde. Hähne können mit ihrem Sporn, eine dolchartig verlängerte Zehe, dem Gegner durchaus ernstzunehmende Verletzungen zufügen. Die Kampfbereitschaft von Hähnen haben sich Menschen bei der Veranstaltung von Hahnenkämpfen zunutze gemacht.

Bei freilebenden Hühnern wie dem Bankivahuhn laufen Hahn und Hennen den ganzen Tag auf der Suche nach allen Arten von Sämereien, Insekten und sonstigen Bodenwesen pickend und scharrend durchs Unterholz.

Gut bewacht von ihrem Hahn, machen sich die Hennen dann irgendwann an das Geschäft des Brütens. Dabei beansprucht die ranghöchste Henne den sichersten Nistplatz, die anderen lassen sich in einem gebührenden Abstand nieder. Da die Rangordnung unter Hennen hauptsächlich daran zu erkennen ist, wer nach wem ungestraft hacken darf, haben die Verhaltensforscher das „Hackordnung" genannt. Henne Nummer 1 zum Beispiel darf alle anderen außer dem Hahn tyrannisieren, während etwa Nummer 5 nur die im Rang unter ihr stehenden weghacken kann. Diese Hackordnung entwickelt sich bereits im Kükenalter von 10 bis 12 Wochen und bleibt dann weitgehend stabil.

Wenn alle Eier gelegt sind, beginnen die Hennen zu brüten. Die Glucken sind jetzt streitbar und verteidigen ihr Nest, auch gegen andere Hennen und den Hahn. Nach 21 Tagen schlüpfen die Küken, wenige Stunden danach folgen sie der Glucke bereits auf Schritt und Tritt. Verliert eine Henne eines ihrer Kinder, läßt es sein durchdringendes Verlassenheitsweinen hören. Die Glucke ruft dann und führt ihr Kind wieder zurück. Eine Glucke, die ihre Küken führt, ist ungeheuer verteidigungsbereit und läßt auch Feinde, vor denen sie sonst Angst hat, ihren harten Schnabel fühlen. Nach acht Wochen ist dann die Aufzucht abgeschlossen, die Glucke ordnet sich wieder in die Schar ein, und die Kleinen sind nun auf sich selbst angewiesen.

Truthühner

Diese großen Hühnervögel können in ihrer Haustierform bis zu 18 kg schwer werden. Die Heimat der **Truthühner** oder Puter (MELEAGRIS GALLOPAVO) ist Nord- und Mittelamerika. Die Indianer hielten sie bereits zur Zeit der Eroberung durch die Spanier als Haustiere und Fleichlieferanten. Die Spanier brachten Truthühner dann nach Europa, wo sie aber nie die Beliebtheit als Hausgeflügel wie in ihrer Heimat erreichten. Ein amerikanisches Erntedankfest dagegen ist ohne „Turkey"-Braten gar nicht denkbar.
Den meisten Menschen erscheinen die riesigen Hühner mit den vielen Warzen auf den sonst nackten Köpfen eher häßlich. Aber dieser Eindruck ändert sich, wenn man mal einen Puter bei der Balz sieht. Er bläst dann die Hautfalten am Kopf auf, präsentiert sein bronzefarbenes Gefieder und fächert den schönen Schwanz zum Rad.
Ein Truthahn versucht immer, möglichst viele Puten um sich zu versammeln, und verteidigt seinen einmal erworbenen Harem erbittert gegen Nebenbuhler. So ein Puter beansprucht in der Regel 15 bis 20 Puten für sich. Er braucht deshalb auch ein wesentlich größeres Revier als unsere Haushähne und muß auch in Gefangenschaft viel Platz zur Verfügung haben.
Vielleicht ist das mit ein Grund, warum bei uns die Haltung von Puten, die ja ein sehr mageres und schmackhaftes Fleisch liefern, nicht weiter verbreitet ist. Ein weiterer mag sein, daß Truthühner viel langsamer als Haushühner heranwachsen. Ein Putenküken braucht nämlich volle acht Monate, bis es selbständig und weitgehend ausgewachsen ist.

Pfau

Bevor der Truthahn als Fleischlieferant in Europa bekannt war, hielt man bei uns den **Blauen Pfau** (PAVO CRISTATUS) als Nutztier. Der Blaue Pfau kommt ursprünglich aus Südasien, hat sich aber im Laufe der Jahrhunderte voll bei uns eingewöhnt.
Heute wird er vor allem wegen des wunderschönen Rades, das die Pfauenhähne zur Balz und zum Imponieren schlagen, gehalten. Fälschlich wird oft behauptet, der Pfau schlage das Rad mit seinem Schwanz. Doch dazu sind die Schwanzfedern viel zu kurz. Die Pfauenhähne haben dagegen sehr lange Oberschwanzdecken, die sie wie eine Brautschleppe hinter sich herziehen und zum Rad fächern. Wegen seiner gespreizt und stolz wirkenden Haltung wurde der Pfau zum Symbol der Eitelkeit und man sagt, jemand spreizt sich wie ein Pfau.
Auch Pfauen sind polygam, scharen also mehrere Hennen um sich. Vier bis acht Eier legt jedes Weibchen gewöhnlich in eine Bodenmulde, nach 30 Tagen schlüpfen die Küken.
Der Pfau ist schon so lange in Menschenhand, daß zwei weitere Farbschläge gezüchtet wurden. Berühmt sind die Weißen Pfauen, aber es gibt auch den Schwarzflügelpfau und sogar gescheckte Exemplare. Der Pfauenhahn kann äußerst durchdringend schreien. Der jammernde, langgezogene Ton ist oft das erste, was uns aus einem Tierpark entgegenschallt.

Truthühner (Abbildung oben) leben gesellig – immer haben die Hähne mehrere Hennen um sich. Bei uns werden Puten hauptsächlich zur Fleischzucht gehalten.

Um seinem Weibchen zu imponieren, schlägt der Pfauenhahn mit den Oberschwanzdecken ein riesiges Rad. Er ist dabei tatsächlich eitel, denn die Hennen besehen sich jeden Hahn ganz genau und treffen erst dann ihre Wahl.

Höckerschwan

Der schneeweiße, majestätisch dahingleitende Vogel mit dem elegant geschwungenen Hals darf eigentlich auf keinem Teich fehlen. In der Regel handelt es sich bei den bei uns heimischen Schwänen um **Höckerschwäne** (CYGNUS OLOR), die an dem schwarzen Höcker auf ihrem orangeroten Schnabel zu erkennen sind. Erstaunlicherweise sieht man junge Schwäne oft tauchen, während die ausgewachsenen das nie tun. Sie grundeln nur, das heißt, sie senken den eleganten Hals ins Wasser und essen Wasser- und Unterwasserpflanzen. Häufig trifft man sie auch am Ufer, wo sie wie Gänse das Gras abweiden. Tierische Nahrung mögen sie dagegen nicht.

Die mächtigen Vögel brauchen beim An- und Abflug wie Wasserflugzeuge eine lange Start- und Landebahn. Sie prüfen zuerst die Windrichtung, paddeln dann mit ungeheurer Kraft los, bis sie fast abheben, und „lauf-fliegen" eine ganze Strecke gegen den Wind, bevor sie endlich abheben können. Sind sie aber erst einmal in der Luft, sind sie gute und ausdauernde Flieger. An Land verlieren die Schwäne, bei denen man Weibchen und Männchen kaum unterscheiden kann, gewaltig an Eleganz. Sie wirken plump und schwerfällig. Ihre Bodennester bauen die Paare, die oft ein Leben lang zusammen bleiben, auf Inseln oder direkt am Ufer aus Zweigen, Schilf, Binsen und Reisig. Das Weibchen deckt die Eier, die ab und zu auch vom Männchen gewärmt werden, beim Weggehen mit eigens dafür ausgerupften Daunen zu. Wenn die Jungschwäne geschlüpft sind, folgen sie ihren Eltern schon nach einem Tag ins Wasser. Dabei lassen sie sich gerne von Vater oder Mutter auf dem Rücken tragen.

Nach einem halben Jahr werden die Eltern, die vorher sehr fürsorglich waren, plötzlich grob zu ihren nun erwachsenen Kindern und vertreiben sie, damit sie sich ein eigenes Revier suchen.

Der Schwanenpapa verteidigt sein Revier rund um das Nest mit dem brütenden Weibchen. Er schwimmt langsam auf den Eindringling zu und hebt dabei die Schwingen leicht an. Wenn der Feind sich davon nicht beeindrucken läßt, folgt ein drohendes Zischen. Hilft auch das nichts, beißen Schwäne zu und helfen auch mit heftigen Flügelschlägen nach. Will man keine unangenehmen Überraschungen erleben, sollte man Schwäne also besser nicht reizen.

Gänse

Unsere weißen **Hausgänse** (ANSER ANSER) entstanden aus Kreuzungen verschiedener Wildgänse. Eine wichtige Rolle spielte dabei die **Graugans** (ANSER ANSER), die ursprünglich nur in Ost- und Nordeuropa vorkam, sich aber heute auch bei uns heimisch fühlt.

Der Verhaltensforscher Konrad Lorenz machte dieses an sich unscheinbare Tier weltberühmt, weil er bei der Aufzucht von Graugansküken die sogenannte „Nachfolgeprägung" entdeckte, die nicht nur den meisten Küken, sondern auch vielen anderen Tieren eigen ist.

Lorenz konnte nachweisen, daß die frischgeschlüpften Küken nicht wissen, wie ihre Mutter aussieht, sondern das erst lernen müssen. Dieses Lernen geschieht in den ersten 16 Stunden ihres jungen Lebens, und das Wesen oder der Gegenstand, der sich dann in ihrer Nähe befindet, wird für sie zur Mutter, der sie bedingungslos folgen.

Für einen Menschen ist es gar nicht so

einfach, eine Gänsemutter zu ersetzen, denn diese beruhigt ihre Küken in regelmäßigen Abständen mit einem Stimmfühlungslaut, der soviel heißt wie: „Nur ruhig, ich bin ja da!" Diese Versicherung verlangen die kleinen Gänschen auch von der menschlichen Ersatzmutter Tag und Nacht in recht kurzen Abständen. Kommt auf ihr fragendes Piepsen keine Antwort, steigert es sich schnell zum Verlassenheitsgeschrei, das den menschlichen Pfleger dann sicher aus dem Schlaf weckt. Genau wie Graugänse leben unsere Hausgänse am liebsten gesellig. Bereits im Altertum wurden Hausgänse überall in Europa gehalten; selbst bei den Germanen fanden die Römer große Herden weißer Gänse vor. Bis in die neueste Zeit hinein blieb die Gänsehaltung in Europa unverändert. Wegen ihrer großen Wachsamkeit wurden Gänse übrigens schon im Altertum zur Bewachung wichtiger Plätze eingesetzt. Heute ist die Bundeswehr dazu übergegangen, Munitionsdepots nicht nur durch Hunde, sondern auch durch „Wachgänse" schützen zu lassen.

Enten

Die Ahnen unserer weißen **Hausenten** sind die heute noch überall anzutreffenden **Stockenten** (ANAS PLATYRHYNCHOS). Jedes Kind kennt das Lied von den Entchen, die Köpfchen in das Wasser und Schwänzchen in die Höh'-schwimmen. Dieses ist die typische Haltung der Enten bei der Nahrungssuche unter Wasser. Beim Grundeln nehmen sie nicht nur Pflanzen, sondern auch Tiere wie Schnecken und andere kleine Wasserbewohner auf.
Die Weibchen der Stockenten sind unscheinbar braun, während die Erpel besonders durch ihre metallischgrünen Köpfe auffallen. Entenküken dagegen sind gelb und sehen wie kleine Wattebäusche aus, wenn sie im April im Kielwasser der Mutter über den Teich paddeln.
Die europäischen Hausenten sind heute zum größten Teil Pekingenten amerikanischer Züchtung; sie werden in riesigen Entenfarmen gezüchtet und meistens schon mit acht Wochen als Mastente geschlachtet.

In Stadtparks sieht man Stock- und Hausenten oft friedlich vereint. in solchen Fällen kommt es auch oft zu Mischlingen zwischen den beiden Arten. Entenküken beider Arten sind mehr oder weniger gelb. Enten leben gern gesellig und unternehmen nicht selten gemächliche Landausflüge.

Wie alle Entenvögel mausert sich die Graugans einmal im Jahr vollständig. Sie kann während der Wochen, in denen das alte Gefieder abgeworfen wird und sich neue Federn bilden, nicht fliegen. Die Gänse suchen deshalb während der Mauser geschützte Rückzugsgebiete auf.

Kreuzspinnen

Kaum ein Tier löst soviel Angst und Ekel aus wie Spinnen. Dabei sind diese zugegeben nicht gerade schönen Tiere nützliche Insektenvertilger. Spinnen gehören übrigens nicht zu den Insekten, sondern zu den Spinnentieren, die acht Beine haben.

Nicht alle Spinnen bauen Netze, aber unter den Netzbauern sind die **Kreuzspinnen** (ARANEUS DIAMEMATUS) echte Künstlerinnen. Jeder Kreuzspinne ist diese Fähigkeit angeboren. Sie baut zunächst die ersten Speichen und setzt dann den Rahmen – alles aus trockenen Fäden, die nicht klebrig sind. Unablässig werden dann weitere Rahmen- und Speichenfäden gesponnen, wobei die Kreuzspinne jeden unnützen Faden, der etwa keinen Angelpunkt findet, wieder aufißt. Sind alle Speichen gezogen, verklebt die Spinne sie im Zentrum miteinander. Morgens vor Sonnenaufgang kann man öfter solche reinen Speichennetze sehen und dann beobachten, wie die Spinne jetzt die eigentlichen Fangfäden zieht. Sie webt dazu erst eine trockene Hilfsspirale von Speiche zu Speiche, auf der sie dann rückwärts geht, um eine klebrige Fangspirale zu weben und dabei die jetzt überflüssige Hilfsspirale wieder zerbeißt. Ist das Netz endlich fertig, setzt sich die Spinne ins Zentrum und wartet dort auf Beute.

Sobald etwa eine Fliege mit den klebrigen Fangfäden in Berührung kommt und zu zappeln beginnt, erschüttert sich das Zentrum. Mit Hilfe ihrer Beine, die ja mit den Fäden in Dauerberührung stehen, ertastet dann die Kreuzspinne sowohl die Richtung als auch die Entfernung, ja sogar die Größe ihrer Beute. Sie stürzt auf ihr Opfer zu und berührt dabei niemals einen Klebefaden. Bei der Beute angekommen, beißt sie zu und spritzt dabei Gift in das Opfer; gleichzeitig spinnt sie blitzschnell ihre Fäden um den Zappler. Dann schleppt sie das Paket zu ihrem Ruheort.

Wenn nicht neuerliche Erschütterungen ihr einen weiteren dicken Brocken anzeigen, beginnt sie, die Beute zu verzehren. Sie spritzt dazu Verdauungssaft in das Insekt und saugt die vorverdaute Nahrung auf.

Vom Frühling bis zum Spätsommer leben die männlichen und weiblichen Kreuzspinnen voneinander getrennt in eigenen Netzen. Dann verlassen die Männchen ihre Netze und gehen auf Brautschau. Sie wandern, bis sie auf ein mit einem Weibchen besetztes Netz stoßen. Dort spinnen sie eine Art Liebesfaden, an dem sie so lange zupfen, bis das Weibchen sie erhört und ihnen an den Rand des Netzes entgegenkommt. Oft genug ist die weibliche Kreuzspinne dann noch nicht paarungswillig, und in solchen Fällen verzehrt sie einfach die wesentlich kleineren Männchen. Findet die Paarung statt, kommt es nicht selten ebenfalls zum Gattenmord – wie übrigens bei sehr vielen Spinnenarten.

Im September legen die Kreuzspinnen ihre Eier, weben sie in einen Kokon und bringen sie an einen geschützten Ort. Dann, nach der ersten Frostnacht, sterben sie und nur die Eier überleben.

Durchschnittlich jeden zweiten Tag bessern Kreuzspinnen ihre Netze aus. Verfängt sich ein zu großes Opfer im Netz, so daß die Gefahr besteht, daß es reißt, verzichtet die Spinne auf die Mahlzeit und beißt schnell die Fangfäden durch, so daß das Netz heil bleibt.

Hat sich eine Beute im Spinnennetz verfangen, eilt die Kreuzspinne sofort herbei und tötet das Opfer durch ihren giftigen Biß. Anschließend spinnt sie es ein und bringt es zu ihrem Ruheort. Ist sie hungrig, wird die Beute sofort verzehrt, wenn nicht, hängt sie sie zur späteren Verwendung an einem Faden auf.

Honig entsteht aus dem eingesammelten Blütennektar, dem die Bienen körpereigene Stoffe zusetzen. Er ist also ein Produkt der Arbeit der Bienen, kein Rohstoff. Gespeichert wird er in den sechseckigen Waben.

Bienen

Die meisten unserer heimischen **Honigbienen** (APIS MELLIFERA) führen ein kurzes, aber arbeitsreiches Leben – eine Arbeiterin wird nur vier bis fünf Wochen alt.
Auch die männlichen Bienen, die stachellosen Drohnen, leben nur wenige Wochen. Nur die Bienenkönigin, auch Weisel genannt, wird vier bis fünf Jahre alt, in denen sie fast pausenlos Eier legt. Das Leben einer Arbeiterin ist da abwechslungsreicher.
In den ersten zehn Tagen nach dem Schlüpfen ist sie Putzfrau, reinigt die Waben und sorgt für Sauberkeit im Bienenstock. Während dieser Zeit bilden sich in ihrem Schlund spezielle Drüsen, mit denen sie den Weiselfuttersaft produzieren kann. Einige Tage lang füttert sie mit diesem energiereichen Saft die künftigen Königinnen in ihren Waben und auch die ganz jungen Arbeiterinnenlarven. Ältere Larven von Arbeiterinnen bekommen Pollen und Nektar. Nach dieser Phase verkümmern die Fütterungsdrüsen der Arbeitsbiene, dafür sind ihre Wachsdrüsen jetzt voll ausgebildet. Sie übernimmt nun Bauarbeiten im Stock. Dazu sondern die Arbeiterinnen aus dem Hinterleib eine Wachsflüssigkeit aus, die sie mit den Hinterbeinen zu Waben kneten. Wenn die Arbeiterin etwa 20 Tage alt ist, beginnen die Außenarbeiten. Sie wird ein paar Tage lang Wächterin und hält sich am Stockausgang auf, um Eindringlinge abzuwehren. Erst dann darf sie fliegen – sie wird bis zu ihrem Tod Sammel- oder Trachtbiene. Honigbienen haben an den Hinterbeinen Säckchen und Bürsten, mit denen sie Blütenstaub sammeln können. Die Ausbeute wird zurück in den Stock getragen. Dort werden damit die Innenarbeiterinnen und Larven gefüttert; der Überschuß wird in Form von Honig gespeichert. Da nämlich der ganze Bienenstaat überwintert, müssen die Arbeiterinnen für die kalte Jahreszeit Vorräte anlegen. Anders als viele Insekten verfallen Bienen nicht in eine Kältestarre, sondern sitzen im Winter zu einem Klumpen zusammengeballt im Stock. In der Mitte thront die Königin bei angenehmen 20 bis 35 Grad. Aber auch am Rand sinkt die Temperatur nie unter 10 Grad.
Bienen haben auch eine eigene Tanzsprache. Entdeckt eine der Sammlerinnen eine ergiebige Nektarquelle, fliegt „sie zurück zum Stock und erzählt" den anderen durch ganz bestimmte Bewegungen, den sogenannten Schwänzeltanz, wo sie hinfliegen müssen, um fündig zu werden.

Infothek

Bienen können, wie alle Insekten, bei der Berührung mit Insektengiften sterben. Deshalb sollte man im Garten bei allen blühenden Gewächsen nur mit biologischen Schädlingsbekämpfungsmitteln arbeiten, da man sonst auch Bienen, Hummeln und andere Nützlinge unwillentlich mitvergiftet.

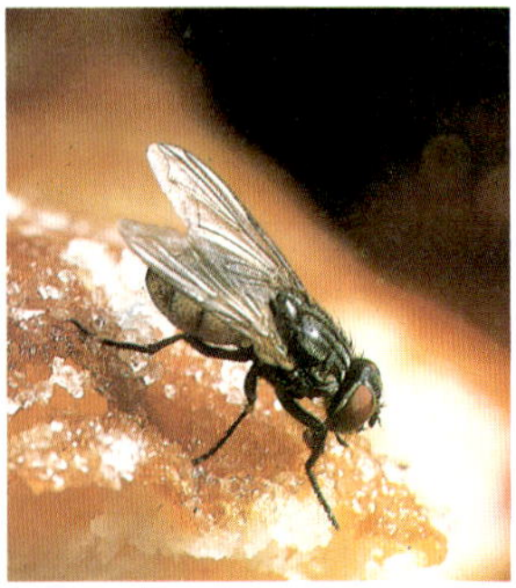

Eine Stubenfliege bei ihrer Mahlzeit.

Nur die weiblichen Stechmücken stechen. Die Larven der Stechmücken hängen kopfunter im Wasser.

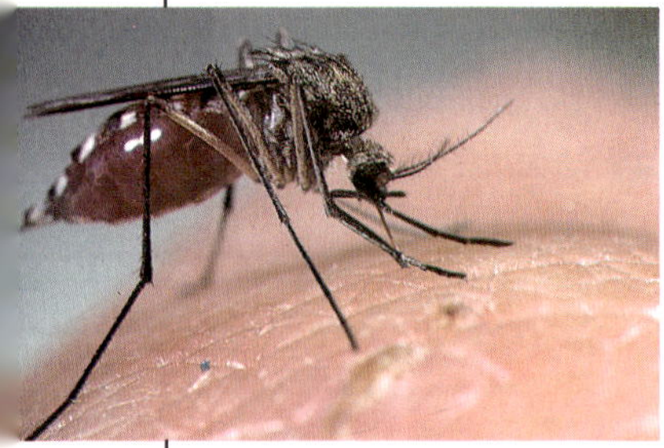

Fliegen

Fliegen gehören zu den Zweiflüglern, das heißt, sie haben nur zwei Flügel im Gegensatz zu vielen anderen Insekten wie etwa Bienen, die vier besitzen.
So lästig und unangenehm Fliegen für uns Menschen sind, so unentbehrlich sind sie für die Natur. Kaum einer weiß, daß es viele Fliegenarten gibt, die genau wie Bienen Blüten bestäuben, und daß Fliegen zu den unentbehrlichsten Aas- und Dungbeseitigern gehören. Außerdem sind sie eine wichtige Nahrungsquelle für Vögel und Reptilien.
Unsere **Große Stubenfliege** (MUSCA DOMESTICA) fällt vor allen Dingen durch ihren sehr großen Kopf auf, der ganz von den riesigen Augen beherrscht wird. Fliegen haben eine Rundumsicht. Wenn man sie fangen will, kann man das nur, wenn man sich ihnen von hinten mit einem sehr flachen Kescher nähert. Sonst entdecken sie den Feind vorher und fliegen weg. Den besonderen Haftplättchen an jedem ihrer sechs Füße verdankt es die Stubenfliege, daß sie auch an glatten Flächen senkrecht nach oben laufen und sich sogar kopfunter vorwärts bewegen kann.
Stubenfliegen sind bereits im Alter von drei Tagen geschlechtsreif. Sie paaren sich in Bruchteilen von Sekunden – wir Menschen sehen nur eine kurze Berührung, dann fliegen beide Partner auseinander. Ab dann legt das Weibchen Eier, jedesmal etwa 100 und insgesamt rund 1000. Als Legeort sucht sie sich Aas, Kuhfladen, manchmal auch den Komposthaufen, denn ihre Larven, die Maden, brauchen einen warmen, feuchten, nahrhaften Ort. Sie schlüpfen im günstigsten Fall schon nach wenigen Stunden, mästen sich an den faulenden Stoffen und haben nach sechs Tagen das 800fache ihres „Geburtsgewichtes" erreicht. Die Außenhaut erstarrt zur Puppe, nach einer Woche sprengt die neue Fliege die Hülle.
Die Stubenfliege kann nicht stechen, es gibt aber Stechfliegen, die ihr sehr ähneln, etwa die **Pferdebremse** (TABANUS BROMIUS).

Stechmücken

Was uns Menschen dagegen den ganzen Sommer über mit lästigen Stichen plagt, ist die **Gemeine Stechmücke** (CULEX PIPIENS), auch eine Fliegenart. Die Weibchen der Stechmücken brauchen das Blut von Warmblütern, damit ihre Eier heranreifen können. Sie ritzen mit ihrem feinen Saugrüssel die Haut an und spritzen ein winziges Tröpfchen Speichel, der das Gerinnen des Blutes verhindert, in die Wunde. Dadurch wird später dann der Juckreiz verursacht. Wenn das Mückenweibchen nicht verscheucht wurde, sondern erfolgreich war, sucht sie den nächsten Mückenschwarm auf. Was wir nämlich vor allem an warmen Sommerabenden als tanzende Mücken sehen, sind ausschließlich Männchen, harmlose Nektarsauger, die sich so ihren paarungsbereiten Weibchen anbieten. Nach der Paarung fliegen die Weibchen weiter. Sie suchen nach Wasserstellen, möglichst flache Tümpel oder große Pfützen. Nur dort erwärmt sich das Wasser schnell genug, um den Mückenlarven genügend Wärme zu bieten, damit sie sich schnell entwickeln können. Die Mückenweibchen legen ihre Eier direkt aufs Wasser, sie selbst sind ja so leicht, daß sie auf dem Wasser stehen können, die Oberflächenspannung trägt sie. Die aus dem schwimmenden Eipaket schlüpfenden Larven hängen mit dem Kopf nach unten an der Wasseroberfläche, damit sie durch den Hinterleib atmen können. Mückenlarven ernähren sich von kleinen Tier- und Pflanzenteilen und tragen so, wenn sie massenweise auftreten, sehr zur Reinigung unserer Gewässer bei. Außerdem sind sie eine wichtige Futterquelle für viele Fische und Amphibien.
Rund acht Tage braucht die Larve, bis sie sich verpuppt und dann als winziges Bällchen an der Wasseroberfläche hängt. Bei Störungen schnellen sich die Minibällchen blitzschnell nach unten.
Gegen ihre tropischen Verwandten, die berüchtigten **Moskitos** (ANOPHELES), sind unsere heimischen Plagegeister geradezu harmlos.

Rauchschwalbe

Rauchschwalben (HIRUNDO RUSTICA) sind leicht an ihrem auffällig kastanienroten Kopf und der gleichgefärbten Kehle zu erkennen. Ende März, Anfang April kehren diese schlanken, großen Schwalben aus Afrika heim und beginnen sofort mit der Futtersuche und dem Nestbau. Warme Ställe sind ihre Lieblingsplätze.
Dort kleben die Schwalben mit Lehm ihre halbkugelförmigen Nester an die rauhen Innenwände. Ein paar Federchen sind das ganze Polster für die Jungen. Mitte Mai werden die ersten vier bis fünf Eier gelegt. Nach 15 Bruttagen, wenn die Jungen geschlüpft sind, beginnt für die Eltern ein Dauerstreß. Denn kleine Schwalben haben einen Riesenappetit und auch die Eltern müssen selber viel zu sich nehmen, weil sie von Morgengrauen bis Sonnenuntergang ununterbrochen auf Nahrungssuche sind. Es sind die Rauchschwalben, die wir oft nahe dem Boden jagen sehen und die auch bei Kälte noch ausfliegen, ja sich sogar durch Regen nicht stören lassen.
Allerdings darf es nicht so kalt sein, daß keine Insekten ausfliegen, denn alle Schwalben ernähren sich ausschließlich von Fluginsekten, die sie im Flug fangen.
Daß Schwalben trotzdem immer seltener werden, liegt aber nicht am mangelnden Nahrungsangebot, sondern an unseren hochmodernen Ställen mit ihren betonierten Wänden und geschlossenen Türen. Schwalben sind nämlich ortstreu und kehren immer wieder zu ihren Brutstätten zurück. Dort finden sie aber zunehmend verschlossene Türen, suchen vergeblich nach Rauhputz, an den sie ihre Nester kleben können, entdecken nicht einmal mehr Pfützen, aus denen sie den notwendigen Lehm für ihre Nester holen können.
Stützbretter aus Holz, künstliche Schwalbennester aus Beton und extra angelegte Lehmpfützen können den Schwalben helfen, ihren angestammten Sommerquartieren treu zu bleiben.

Mauersegler

Mauersegler (APUS APUS) sind nur für drei kurze Sommermonate, in denen sie hier ihre Jungen aufziehen, bei uns zu Gast, dann ziehen sie wieder ins warme Afrika.
Diese eleganten Segler leben praktisch in der Luft, essen, trinken und paaren sich fliegend. Wenn es sein muß, brauchen sie wochenlang nicht zu landen, denn sie können auch im Fliegen schlafen. Ihre kleinen Füße eignen sich auch gar nicht zum Sitzen oder gar Laufen, sie können sich damit allerdings hervorragend an Felsen oder Mauern anklammern.
Mauersegler leben in Kolonien, und an warmen Sommerabenden kann man vielerorts ihr charakteristisches, schrilles Geschrei hören, wenn sie alle gemeinsam auf der Jagd nach Fluginsekten sind. Mauersegler sind übrigens keine Schwalben, sondern gehören zu der Gruppe der Segler, zu denen auch die Kolibris zählen.

Die ersten Schwalben, die bei uns im Frühling eintreffen, sind die Rauchschwalben (Abbildung oben).

Mauersegler sind keine Schwalben, sondern Segler. Mit ihren kleinen Füßen können sie nicht sitzen wie andere Vögel, sondern klammern sich an Mauervorsprüngen fest.

Tauben

Alle unsere über 200 verschiedenen Haustaubenrassen stammen von der zierlichen Felsentaube ab, die heute nur noch in Süd- und Westeuropa vorkommt.

Außer der Arktis und der Antarktis gibt es kein Land der Erde, das nicht von einer Taubenart bevölkert wird. Die Überlebensstärke dieser gurrenden Vögel ist so groß, daß sie besonders in vielen Großstädten zu einer regelrechten Plage geworden sind. Bei den Stadttauben handelt es sich fast ausschließlich um verwilderte **Haustauben**, die wiederum von den **Felsentauben** (COLUMBA LIVIA) abstammen. Tauben richten sich mit der Anzahl ihrer Bruten nach dem Nahrungsangebot, und in den Großstädten finden sie das ganze Jahr über genug Futter; so ziehen sie pro Jahr 10 bis 14 Jungvögel groß.

Tauben unterscheiden sich von anderen Vogelarten vor allem durch die Art ihrer Jungenaufzucht. Sie legen meist ein bis zwei Eier, selten mehr, und füttern ihre Küken, die nackt, blind und hilflos schlüpfen, in der ersten Woche mit der Kropfmilch, einem käseartigen Sekret, das beide Eltern im Kropf erzeugen können. Tauben sind reine Vegetarier, auch bei der Jungenaufzucht, während der ja fast alle Vögel dieser Welt auf tierisches Eiweiß ausweichen. Deshalb werden verwaiste Jungtauben auch nicht mit Fleisch oder Ei, sondern mit aufgeweichtem Zwieback großgezogen.

Tauben trinken auch anders als andere Vögel. Sie stecken den langen, dünnen Schnabel ins Wasser und saugen die Flüssigkeit ein, ohne den Kopf heben zu müssen.

Tauben leben zwar in großen Gemeinschaften, aber innerhalb dieser Schwärme in Paaren, die lebenslang zusammenbleiben und gegen alle anderen zusammenhalten.

Friedlich sind Tauben nicht. Im Gegenteil: sobald ein Pärchen sich gefunden hat, werden Fremdlinge, gleichgültig ob es sich um Artgenossen oder um andere Vögel handelt, mit heftigen Flügelschlägen vertrieben. Wer nicht weicht, muß böse Verletzungen durch Schnabelhiebe hinnehmen.

Es ist übrigens diese Treue zweier Partner zueinander und zum Nest, die unsere **Brieftauben** dazu veranlaßt, immer wieder zurück nach Hause zu fliegen, egal, wohin man sie vorher transportiert hat. Wie sie es schaffen, sich überall sofort zurechtzufinden, ist immer noch nicht endgültig geklärt. Man vermutet, daß die Tauben sich am Magnetfeld unserer Erde und am Stand von Sonne und Sternen orientieren. Daß sie hunderte von Kilometern zurücklegen können, ohne die Richtung zu verlieren, stellen Millionen von Brieftauben alljährlich vom Frühjahr bis zum Herbst unter Beweis. Da fahren die Züchter Tauben, die Partner einer festen Taubenbeziehung sind, mit Lastern vom Heimatschlag weg, lassen sie frei und warten dann zu Hause, welches der Tiere zuerst wieder im Schlag beim geliebten Taubenpartner eintrifft.

Abbildung oben: Die Tauben sind in unseren Städten oft eine Plage. Sie verunreinigen und zerstören mit ihrem ätzenden Kot Hausfassaden und Denkmäler und können Überträger zahlreicher Krankheiten sein. Um ihre Zahl nicht noch weiter zu vermehren, sollte man sie nicht füttern.

Abbildung unten: Diese Brieftaube trägt in einer Kapsel am Fuß eine Nachricht über Hunderte von Kilometern zu ihrem heimischen Schlag.

Wanderratte

Die bei uns häufigste Rattenart ist die **Wanderratte** (RATTUS NORVEGICUS), die sich aufgrund ihrer Anpassungsfähigkeit und Klugheit fast auf der ganzen Welt verbreitet hat und beinahe in jeder Umwelt zurechtkommt. Die meisten Leute verabscheuen Ratten und halten sie für ekelhaft, wenn nicht gar gefährlich. Eine gewisse Berechtigung hat die Furcht vor Ratten zwar, denn sie können zahlreiche Krankheiten übertragen und auch in Vorratslagern und Silos erheblichen Schaden anrichten, aber über all dem sollte man nicht vergessen, daß auch Ratten ihre Rolle im Haushalt der Natur spielen und außerdem sehr intelligente und soziale Tiere sind.

Ratten leben in Großfamilien, deren Mitglieder in einem verzweigten Bau zusammenwohnen. Die Angehörigen eines solchen Clans kennen sich alle persönlich und gehen sehr liebevoll miteinander um. Innerhalb einer Familie gibt es normalerweise keinen ernsthaften Streit, im Gegenteil, alle helfen sich gegenseitig. So betreuen säugende Rättinnen nicht nur ihre eigenen Kinder, sondern kümmern sich auch um die anderen Babys. Stirbt eine Mutter, sind die Kleinen also nicht, wie sonst in der Tierwelt oft der Fall, zum Tode verurteilt, sondern werden von ihren weiblichen Verwandten ganz selbstverständlich mit aufgezogen. Eine weibliche Ratte kann pro Jahr sechsmal sechs bis acht Junge großziehen. Jede ihrer weiblichen Nachkommen ist schon nach drei Monaten ihrerseits geschlechtsreif.

Finden Ratten Nahrung, tragen sie sie, wenn sie nicht zu weit vom Bau entfernt sind, nach Hause, um sie dort in Ruhe zu untersuchen und erst nach eingehender Prüfung zu essen. Sie sind sogar so vorsichtig, daß in der Regel ein Mitglied der Sippe unbekannte Nahrung vorkostet und die anderen sich erst daranwagen, wenn sie sehen, daß dem Vorkoster der Brocken offenbar gut bekommen ist. Deshalb ist es auch so schwer, Ratten zu vergiften, denn einen Köder, der den Vorkoster das Leben gekostet hat, rühren die anderen nicht an, auch wenn er noch so verlockend duftet.

Zahlreiche Wanderratten haben übrigens als Versuchstiere viel zum Nutzen der Menschen getan, und vieles, was man über das Familienleben dieser klugen Nager weiß, geht auf Labortiere zurück. So auch die Erkenntnis, daß das ganze Sozialgefüge einer Rattensippe nur reibungslos funktioniert, wenn eine gewisse Bevölkerungsdichte nicht überschritten wird. Leben zu viele Ratten auf engem Raum zusammen, werden sie unter diesem Streß aggressiv und greifen auch ihre Familienangehörigen an.

Die weiblichen Ratten bringen dann plötzlich auch keine Jungen mehr zur Welt, in der Natur eine wirksame Methode, die Zunahme der Bevölkerung unter Kontrolle zu halten und damit ein Anwachsen über das erträgliche Maß hinaus zu vermeiden.

Dabei ist diese Streßreaktion nicht vom Nahrungsangebot abhängig, das ja im Labor ausreichend für alle ist, sondern nur von der Zahl der Ratten. In der Natur würde in einem solchen Fall ein Teil der Familie auswandern, was im Labor aber nicht geht.

Wanderratten haben im Gegensatz zu den dunkleren Hausratten einen Schwanz, der immer kürzer als der Rumpf ist. Wenn wir eine Ratte sehen, wird es in der Regel eine Wanderratte sein, denn Hausratten leben als geschickte Kletterer meist auf Dachböden und Speichern.

Infothek

In vielen Großstädten, besonders solchen mit einem weitverzweigten, unterirdischen Kanal- und Abwassersystem, leben Heerscharen von Ratten, deren Zahl keiner genau kennt. Man schätzt, daß es in New York dreimal so viele Ratten wie Menschen gibt. Da Ratten als Allesesser mit jeder Art von Nahrung zufrieden sind, findet man sie besonders in der Nähe von Abfallhaufen und Müllkippen.

Jahr für Jahr kehrt ein Storchenpaar zu seinem angestammten Nest zurück.

Weißstorch

Noch vor 50 Jahren war es in jeder dörflichen Gemeinde eine Selbstverständlichkeit, daß im Frühjahr der **Weißstorch** (CICONIA CICONIA) aus Afrika zurückkam und seinen Nistplatz besetzte. Und daß wenige Tage später die Störchin nachkam und mit wildem Geklapper willkommen geheißen wurde. Dieses Bild wird immer seltener, denn der sogenannte „Klapperstorch" ist bei uns inzwischen vom Aussterben bedroht.
Störche bewegen sich in der Luft eher schwerfällig. Sie haben Mühe aufzufliegen und bevorzugen als Lebensraum große, offene Landschaften, hauptsächlich Feuchtwiesen. Dort suchen die Paare – Storchenpaare halten ein Leben lang zusammen – staksend nach Futter: nach großen Insekten, deren Larven, nach Fröschen, Fischen, Mäusen und Regenwürmern. Weil die meisten Feuchtwiesen trockengelegt wurden, wichen die Störche mehr und mehr auf die Felder aus. Nur finden sie dort leider kaum mehr genügend Nahrung, denn auch die Käfer und sogar die Mäuse sind aufgrund des Einsatzes von Schädlingsbekämpfungsmitteln seltener geworden.
Wie viele Junge ein Storchenpaar großzieht, hängt stark vom Futterangebot ab. Wo gerade die Eltern satt werden, müssen die Jungen verhungern. Störche legen nur einmal im Jahr, gleich nach ihrer Rückkehr, drei bis fünf Eier. Die Jungen schlüpfen nach 33 Tagen und werden 80 Tage lang von beiden Eltern gefüttert. Das Futter bringen die Alten im Schlund zum Nest. Die Storchenküken betteln es den Eltern mit miauenden Lauten ab.
Kaum sind die Kleinen selbständig, wird es schon Zeit für den Rückflug. Denn Störche sind Langstreckenzieher, sie überwintern im tropischen Südafrika. Der wochenlange Flug dahin kostet sehr vielen das Leben, denn Störche machen gerade da Zwischenstation, wo es früher zwar genügend Futter zum Kraftschöpfen gab, heute aber kaum noch: in der Sahelzone.
1984 wurde der Weißstorch Vogel des Jahres. Seitdem werden weltweit Maßnahmen zu seinem Schutz ergriffen.

Infothek

Leider gibt es bei uns immer weniger Störche, obwohl in vielen Dörfern ihre wagenradgroßen Nester für sie bereitstehen. Das liegt in erster Linie daran, daß sie bei uns nicht mehr genügend Nahrung finden, die sie gerade auf den immer seltener werdenden Feuchtwiesen suchen. Das Erhalten von Feuchtgebieten ist also auch für das Überleben der Klapperstörche wichtig.

Amsel

Amseln (TURDUS MERULA) sind ausgesprochene Kulturfolger, die in mancherlei Hinsicht von unserer Zivilisation profitieren. Die schwarzen Männchen und die braunen Weibchen bevölkern Städte und Dörfer, sie leben in Wäldern und Parks. Und sie gehören zu den ersten Vögeln, die schon im Spätwinter ihre Liebesgesänge hören lassen. Manchmal mischt die Amsel in ihr Gezwitscher einen menschlichen Pfiff, denn Amseln nehmen in ihr Repertoire gern fremde Töne auf. Die Nester werden relativ wahllos dahin gebaut, wo gerade Platz ist, in Büsche, in Baumgabeln, Blumenkästen, sogar auf Sonnenschirme oder in die Leuchtbuchstaben von Reklameschriften. Amseln bauen offene Nester und polstern sie mit Lehm und Halmen aus. Das Weibchen legt bereits im März die ersten Eier. Pro Jahr werden zwei, oft sogar drei Bruten großgezogen, und das ist nur möglich, weil Amseln sehr früh im Jahr schon mit der ersten Brut beginnen.

Nach 14 Tagen schlüpfen die Jungen, die von beiden Eltern hauptsächlich mit Insekten, Spinnen und Würmern gefüttert werden. Schon nach zwei Wochen verlassen die Kleinen das elterliche Nest. Sie sitzen dann, entzückende hilflose Vogelbabys, auf dem Boden und werden immer wieder von mitleidigen Menschen mit nach Hause genommen. Nötig ist das nicht, denn bis zu zwei Wochen nach dem Verlassen des Nestes betreuen beide Eltern ihre Küken weiter, halten sich immer in deren Nähe auf und verteidigen ihre Brut auch durch lautes Schimpfen. Amselbabys sollte man also immer da lassen, wo man sie findet – meist wartet die Mutter nur, daß der Mensch sich entfernt.

Im Hochsommer wechseln die Amseln ihre Hauptnahrung. Zunehmend lassen sie sich Beeren, Baumobst und auch Sämereien schmecken. Der Winter, für den Standvogel Amsel früher eine entbehrungsreiche Jahreszeit, ist für die Stadtamseln kein Problem mehr. Sie gehören zu den häufigsten Gästen am Futterhaus, wo sie bevorzugt das Weichfutter wie Rosinen und Haferflocken aufnehmen.

Haussperling

Im Gegensatz zu seinem Verwandten, dem Feldsperling, gibt's den **Haussperling** (PASSER DOMESTICUS) nur da, wo auch Menschen leben. Spatzen bleiben das ganze Jahr bei uns und sind sehr ortstreu. Ein einmal besetztes Gebiet wird von einem Spatzenschwarm lärmend gegen Eindringlinge verteidigt. Als Brutplätze wählen die gesellig lebenden Sperlinge gerne Nischen in Häusern, Mauerspalten, aber auch Nistkästen. Die vier bis sechs Eier werden nur 13 Tage bebrütet, nach spätestens 16 Tagen sind die jungen Spatzen schon flügge und tun sich sofort mit gleichaltrigen zusammen. Auch die Alten, die noch zwei weitere Bruten großziehen, finden sich im Spätsommer zu Riesenschwärmen zusammen. Sperlinge sind das ganze Jahr über beschäftigt. Im Spätherbst, wenn andere Tiere sich für den Winter Speck anessen, bauen die Spatzen schon wieder neue Nester, damit sie zeitig im Frühjahr wieder loslegen können, um weitere Spatzenschwärme ins Leben zu entlassen.

Infothek

Der Feldsperling, früher einer der häufigsten Vögel bei uns, muß inzwischen um sein Überleben kämpfen, denn auf den „chemiegepflegten" Feldern findet er immer weniger Nahrung.

Selten sieht man einen Spatz so allein wie hier auf dem Bild, denn unser Haussperling fühlt sich am wohlsten im Schwarm seiner Artgenossen.

Aus Halmen und Lehm bauen Amseln auf einer geeigneten Unterlage wie einer Astgabel ihr Nest. Die Jungen werden von Vater und Mutter betreut und gefüttert.

Im harten, ungepolsterten Nest schlüpfen die Jungen der Singdrossel (Abbildung oben).

Im Frühling tragen die Stare ihr Hochzeitskleid: ein schwarzes, grünlich schillerndes Federkleid, mit grausilbernen Perlen übersät.

Singdrossel

Die **Singdrossel** (TURDUS PHILOMELOS) ist ein Zugvogel, der schon im März aus seinem Winterquartier in den Mittelmeerländern zurückkommt. Bis in den Juli hinein kann man dann den kräftigen, schmetternden Gesang der Männchen hören. Singdrosseln leben am liebsten in Laubwäldern, sind heute aber auch schon in Parks mit vielen Bäumen zu finden. Sie bauen Offennester, brauchen also eine Unterlage, auf der sie Halme so anordnen, daß ein tragfähiges Nest für die Eier entsteht.
Vier bis fünf Eier, himmelblau mit schwarzen Tüpfelchen, legt das Weibchen. Nach 14 Tagen schlüpfen die Jungen, nach weiteren zwei Wochen kann man bereits die Männchen von den Weibchen unterscheiden. Gerade eben flügge und kurz vor dem Ausfliegen beginnen nämlich die Jungmännchen, den Gesang ihrer Väter nachzuahmen. Drosseln gehören zu den Vögeln, die eine Art „Werkzeug" benutzen. Um an Gehäuseschnecken, ihre Leibspeise, zu gelangen, schleudern die Drosseln die Häuser so lange gegen einen Stein, bis sie zerbrechen und das schmackhafte Innere freigeben. Diese Stellen nennt man „Drosselschmieden".

Star

Unser **Gemeiner Star** (STURNUS VULGARIS) ist ein sehr selbstbewußter Vogel, der sich da, wo er beschlossen hat zu leben, rund um die Uhr bemerkbar macht. Im Frühling sitzen die Stare im Hochzeitskleid vor ihren Nisthöhlen und zwitschern und singen ihre Liebeslieder. Sie mischen in ihre Gesänge auch die Laute anderer Vogelarten.
Mitte April bis Anfang Mai legt das Weibchen die Eier. Tagsüber brüten beide Eltern abwechselnd, nachts nur die Weibchen. Die Männchen versammeln sich an gemeinsamen Schlafplätzen, wo sie manchmal die ganze Nacht schwatzen.
Die Jungstare, die schon nach zwölf Tagen Brutzeit schlüpfen, machen von Anfang an so großen Lärm, daß ein besetzter Starenkasten niemals zu überhören ist. Ab Mitte Mai fliegen die Jungen mit ihren Eltern aus und bilden mit anderen Starenfamilien große Schwärme.
Die Gärtner lieben die Stare gerade wegen ihrer Geselligkeit. Denn bei massivem Schädlingsbefall versammelt sich gleich ein ganzer Pulk der gefräßigen Gesellen um die befallenen Gewächse, und zurück bleibt kein einziges Räupchen.
Stare gehören zu den Teilziehern, das heißt, sie fliehen vor der geschlossenen Schneedecke nur so weit, bis sie wieder „festen" Boden unter den Füßen haben und genug Nahrung finden.

Igel

Bei uns in Deutschland ist der **Braunbrustigel** (ERINACEUS EUROPAEUS) beheimatet. Igel sind nachtaktive Räuber, die sich in der Hauptsache von Asseln, Käfern, Würmern, Schnecken und sonstigen Pflanzenschädlingen ernähren. Igel können sehr gut sehen, hören und haben einen besonders feinen Geruchssinn. Trotz ihrer kurzen Beine können sie sehr schnell und ausdauernd laufen. Sie sind auch gewandte Kletterer und ausdauernde Schwimmer. Trotzdem kommt es immer wieder vor, daß Igel in Gartenteichen ertrinken, weil sie die steilwandigen Ufer nicht erklimmen können. Hier hilft eine Ausstiegsrampe, die an keinem Fertigteich fehlen sollte.

Sein Stachelkleid trägt der Igel zum Schutz gegen seine Feinde. Bei Gefahr rollt er sich zu einer stachelgespickten Kugel zusammen. Ein unvorsichtiger Angreifer, der seine Nase dort hineinsteckt, trägt schmerzhafte Stiche davon.

Igel leben als Einzelgänger in einem oft mehrere Quadratkilometer umfassenden Revier. Nur zur Paarungszeit treffen Männchen und Weibchen zusammen. Das Stachelkleid behindert die Igel übrigens nicht bei der Paarung, denn das Weibchen legt es eng an den Körper an.

Nach 35 Tagen Tragzeit bringen die Weibchen ihre Jungen an einem geschützten, trockenen Ort, den sie mit Gras ausgepolstert haben, zur Welt. Damit die Stacheln der Kleinen die Geburtswege der Mutter nicht verletzen, sind sie bei Igelbabys in die Haut eingebettet. Erst nach einem Tag werden sie sichtbar und beginnen zu wachsen. Sieben Wochen betreut die Mutter ihre Kinder, bevor sie die Kleinen, die zu diesem Zeitpunkt nicht größer als eine Männerfaust sind, verläßt.

Zwei – in guten Jahren sogar drei – Würfe zieht eine Igelmama pro Jahr groß. Trotzdem sind die Igel in ihrem Bestand gefährdet, denn sie fallen nicht nur der natürlichen Auslese durch Krankheiten, sondern zu Tausenden dem Straßenverkehr zum Opfer. Statt wegzurennen, rollen sie sich einfach ein und bleiben auf der Straße liegen, wo sie überfahren werden.

Kommt der Herbst, suchen alle Igel ein geeignetes Quartier für den Winterschlaf. Sie bevorzugen geschützte, trockene Flecken, oft in Schuppen oder unter Kaminholzhaufen. Das mit Herbstlaub gepolsterte Winternest wird, wenn der Igel es endgültig bezieht, von ihm verschlossen. Er rollt sich ein, die Körpertemperatur sinkt auf wenige Grad, die Atmung verlangsamt sich auf einen Zug alle paar Minuten, der Herzschlag wird entsprechend langsamer und der Blutkreislauf auf ein Minimum reduziert. Der Winterschlaf ist eine Art tiefer Bewußtlosigkeit, während der der Igel nicht in der Lage ist, auf irgend etwas zu reagieren. Er hört und sieht nichts, ist bewegungsunfähig und wird gewöhnlich für tot gehalten, wenn er zufällig ausgegraben wird. Trotz dieser Verlangsamung aller Stoffwechselvorgänge verbraucht der Igel Energie; er verbrennt systematisch seine angefutterten Kalorien. Etwa ein Drittel seines Körpergewichtes verliert ein Igel in den vier bis fünf Monaten, während denen er schläft.

Bis die Kleinen sieben Wochen alt sind, kümmert sich die Igelmutter um ihre Kinder.

Infothek

Igel stehen unter Naturschutz und dürfen nur, wenn sie Hilfe brauchen, ins Haus genommen werden. Hilfe brauchen vor allem zu kleine Igel, die im Herbst noch nicht 500 g wiegen, denn sie haben nicht genug Fettreserven, um den Winterschlaf zu überleben. Aber Vorsicht beim Heimtransport: alle Igel haben reichlich Flöhe! Ein solcher Igel muß unbedingt einem Tierarzt vorgestellt werden, der ihn von seinen immer vorhandenen Innenparasiten befreit. Wie man einen Igel fachgerecht überwintert, kann man auch in verschiedenen Igelstationen erfahren. Auf jeden Fall muß der Igel im Frühjahr wieder ausgesetzt werden.

Maulwurf

Um die Erdmengen, die beim Graben anfallen, zu beseitigen, kommt der Maulwurf ab und zu ans Licht. Er wirft dann die Erdreste zu Maulwurfshügeln nach draußen. Für den Winter legen sich Maulwürfe Vorräte von lebenden Insekten und Würmern an.

Wo der **Maulwurf** (TALPA EUROPAEA) lebt, hinterläßt er auffallende Spuren: die Maulwurfshügel.
Unter dem größten dieser Haufen hat der Maulwurf sein Nest, eine kugelförmige Kammer, von der aus er Pirschgänge gräbt. Für sein grabendes Leben unter der Erde ist er perfekt ausgerüstet: er hat ein extrem kurzes, enganliegendes Fell, das ihm ein ungehindertes Graben in den Gängen ermöglicht. Die

Vorderbeine sind zu riesigen Schaufeln mit kräftigen Krallen geformt, mit denen er Unmengen von lockerer Erde beseitigen kann. Maulwürfe haben keine Ohrmuscheln und nur winzige Augen, die bei einigen Arten in Südeuropa sogar mit einer Haut bedeckt sind. Sie sehen miserabel, oft gar nicht, und sie hören schlecht. Beides brauchen sie unter der Erde auch nicht. Dafür ist ihr Geruchssinn stark ausgeprägt, und sie haben besondere Tastorgane in Form von Haaren an der Schnauze und am kurzen Schwanz. Diese Tasthaare melden jede Bewegung im Erdreich, und der Maulwurf kann sich blitzschnell dorthin graben, wo eine Erschütterung ihm Regenwürmer, Schnecken oder andere Bodentiere verrät.

Infothek

Tagsüber hängen Fledermäuse sich kopfunter an den Hinterfüßen in ihren Höhlen auf. Die Flughäute sind gefaltet und liegen eng am Körper. Die Körpertemperatur sinkt ab, die Tiere fallen in Tiefschlaf. Wer tagsüber eine Fledermaushöhle betritt, könnte denken, alle Tiere seien tot, denn die Körper sind steif und kalt. Abends brauchen Fledermäuse 5–10 Minuten, bis sie richtig munter sind.

Fledermäuse

So wie der Maulwurf perfekt an ein Leben unter der Erde angepaßt ist, sind die Fledermäuse ideal für ihr Leben hoch in der Luft ausgerüstet. Sie sind die einzigen Säugetiere, die aktiv fliegen können, also nicht von oben nach unten gleiten, wie das einige tropische Beuteltiere tun. Sie fliegen mit ihren Händen, denn vier ihrer Finger an jeder Hand sind extrem verlängert. Zwischen ihnen und den Hinterbeinen spannt sich die hauchdünne, starkdurchblutete Flughaut. Der Daumen dagegen ist extrem kurz und mit einem kräftigen, gekrümmten Nagel versehen – damit klettern die Fledermäuse.
Uns Menschen waren Fledertiere schon immer unheimlich. Schuld ist sicherlich der lautlose nächtliche Flug, die auf uns schrill und unangenehm wirkenden Schreie der kleinen Säugetiere und natürlich der schlechte Ruf des einzigen Blutsaugers unter den Fledermäusen, des Vampirs. Die **Echten Vampire** (DESMODONTIDAE), die einzigen Schmarotzer unter den Säugetieren, leben in Amerika, in tropischen und suptropischen Gebieten. Mit Ihren messerscharfen, großen Schneide- und Eckzähnen ritzen sie Wunden in dünnhäutigen Stellen ihrer Opfer und lecken das aussickernde Blut auf. Hauptopfer sind schlafende Vögel und Weidetiere.
Fast alle anderen Fledermäuse sind Insektenesser oder ernähren sich von Früchten.
Unsere einheimischen 20 Fledermausarten stehen alle auf der Roten Liste der gefährdeten Tiere, für einige, wie die **Kleine Hufeisennase** (RHINOLOPHUS NIPPOSIDEROS), kommen wahrscheinlich alle Schutzmaßnahmen zu spät. Schuld ist nicht die Verfolgung durch den Menschen und auch nicht Nahrungsmangel, sondern fehlende Sommer- und Winterquartiere. Denn die eleganten Flieger stellen hohe Ansprüche an ihre Wohnungen. Die Baumbewohner, wie der **Große Abendsegler** (NYCTALUS NOCTULA), suchen nach Höhlen in dicken Laubbäumen, wo sie

im Sommer die sogenannten Wochenstuben, in denen mehrere Weibchen ihre Babys bekommen, einrichten. Andere bevorzugen Dächer, Türme, Stollen, die – denn das brauchen die Fledertiere – hohe Luftfeuchtigkeit haben und niemals stark auskühlen.
Unsere einheimischen Fledermäuse ernähren sich ausschließlich von Insekten und Spinnen, die sie in der Regel im Flug erbeuten. Sie finden ihre Beute mit Hilfe der Ultraschall-Echoorientierung. Mit dem gleichen System schaffen sie es auch, bei absoluter Dunkelheit Hindernissen auszuweichen oder sicher zu landen.
Und so funktioniert diese Orientierung: Die Fledermaus stößt im Flug für uns unhörbare Ultraschallwellen aus. Schallwellen, die nun auf ein Hindernis, etwa eine Beute oder eine Wand, prallen, geben ein Echo zurück. Dieses Echo fängt die Fledermaus mit ihren hochempfindlichen Ohren auf. Sie ist in der Lage, aufgrund des Echos zu erkennen, wie weit das Hindernis entfernt ist, ob es sich bewegt, wie groß es ist und in welcher Richtung es sich befindet. Fledermäuse hören so sogar den Eingang zu ihren Höhlen. Wenn das Echolot ihnen eine Beute signalisiert, erhöhen sie die Menge ihrer Schreie. Bis zu 200 Orientierungslaute pro Sekunde stoßen sie während der Verfolgung auf eine Beute aus.
Im Herbst ist Paarungszeit, während der die Männchen nach besonders guten Höhlen suchen und diese ihren Weibchen anbieten. Nach der Paarung schließen sich die Fledermäuse zu großen Gruppen zusammen und suchen nach geeigneten Winterquartieren. Bei **Zwergfledermäusen** (PIPISTRELLUS PIPISTRELLUS), unserer kleinsten Art, kommt es dann oft vor, daß so ein Schwarm sich in einem Wohnwagen oder in einem lange nicht benutzten Zimmer einfindet. In der Regel suchen die Tiere aber nach Höhlen in Kirchtürmen, Bergstollen oder Ruinen.
Sie sind jetzt sehr fett und schwer, denn sie müssen die nächsten sechs Monate vom eigenen Körperspeck zehren. Dicht aneinandergepreßt halten sie Winterschlaf, wobei die Körpertemperatur absinkt, die Atemtätigkeit auf ein Minimum schrumpft – der ganze Körper auf Sparflamme läuft. An den ersten warmen Frühjahrstagen erwachen die Fledermäuse, sie fliegen aus und die Geschlechter trennen sich. Denn die Weibchen suchen jetzt nach Wochenstuben, in denen sie ihre meist ein bis zwei nackten, blinden Jungen zur Welt bringen. Das geschieht meist im Laufe des Juni. Genaue Angaben über die Schwangerschaftsdauer sind jedoch schwer, da durch Kälteeinbrüche Verzögerungen auftreten können. Die Jungen bleiben drei bis vier Wochen in den Höhlen, bevor sie zu ersten Flügen mitkommen.
Viele Menschen haben Angst, wenn sie Fledermäusen begegnen, daß diese sich in ihren Haaren verfangen könnten. Das passiert natürlich nicht.

Fledermäuse können auch bei absoluter Dunkelheit fliegen, ohne irgendwo anzustoßen. Sie sind nicht blind, wie viele glauben, sondern sehen sogar recht gut. Orientieren tun sie sich aber nur mit Hilfe des Gehörs.

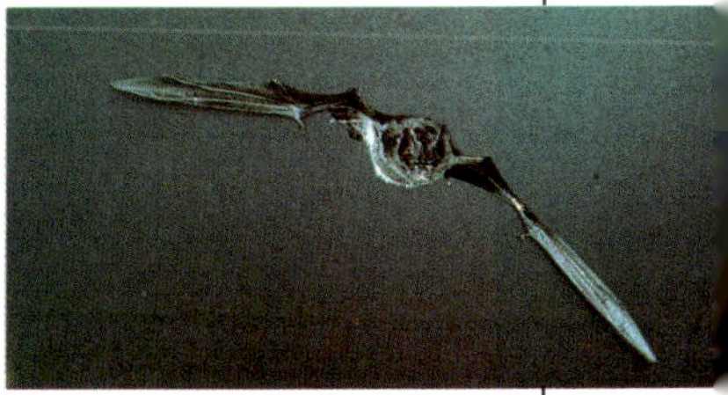

Wälder und Wiesen

Mit seinen spitzen Krallen kann sich das Eichhörnchen gut an der rauhen Baumrinde festklammern.

Wildschweine sind gute Schwimmer und halten sich gern in der Nähe von Gewässern auf.

Die Laubwälder der gemäßigten Zonen sind der Lebensraum zahlreicher Tiere.

Lebensraum und Zivilisation

Ein bedrohliches Wort ist in den letzten Jahren in unsere Sprache eingegangen, das Wort „Waldsterben". Erschrekkende Bilder von abgestorbenen, kahlen Bäumen aus dem Erzgebirge gingen um die Welt. Es folgten die Schrekkensmeldungen aus dem Bayerischen Wald, aus dem Schwarzwald; mittlerweile ist keine Waldregion mehr verschont, das Sterben der Wälder scheint unaufhaltsam. Und doch streiten sich die Wissenschaftler und Experten (oft genug selbsternannte) um die wahren Ursachen, legen Gutachten vor und Gegengutachten. Ist die Befürchtung unbegründet, daß viel zu viel Zeit vertan wird?

Abbildung unten: Ein kranker Nadelbaum. Deutlich sind die braunen Nadeln zu sehen.

Abbildung ganz unten: An diesen Anblick sollten wir uns nie gewöhnen.

Abbildung rechts: Stumme Zeugen des Waldsterbens.

Die Rodung der Wälder

Das Verhältnis der Menschen zum Wald war schon immer sehr zwiespältig. Seit der Mensch als Ackerbauer seßhaft wurde, war er zwar immer noch auf den Wald, der ihm Nahrung und Holz zum Häuserbau und als Brennmaterial bot, angewiesen, doch gleichzeitig begann der Mensch den Wald zu vernichten und in Felder umzuwandeln. Und je größer die Ansprüche und Bedürfnisse des Menschen wurden, um so mehr Wald wurde sein Opfer. So rodeten die Römer ja nicht nur die germanischen Wälder in den von ihnen besetzten Gebieten, um ihren Holzbedarf zu decken. Im gesamten Mittelmeerraum wurde der Wald zurückgedrängt, wurden die Böden durch falsche Nutzung und Überweidung der Erosion preisgegeben und zerstört. Kann man sich heute noch vorstellen, daß die Küste Jugoslawiens einmal bewaldet war? Und doch war es so, der Name der Stadt Dubrovnik heißt übersetzt „Eichenwald"!

Die tropischen Wälder – nicht mehr zu retten?

Heutzutage findet diese Art der Waldvernichtung vorwiegend in den tropischen Wäldern statt.

Riesige Urwaldflächen werden jährlich niedergebrannt, um die Flächen landwirtschaftlich nutzen zu können. Und tatsächlich werden anfangs mit Hilfe von Kunstdünger gute Ergebnisse erzielt. Zu spät stellt man fest, daß die dünne Humusschicht des Urwaldes für die landwirtschaftliche Nutzung ungeeignet ist. So zieht man weiter, um das nächste Stück Wald abzubrennen. Man schätzt, daß auf diese Weise jährlich ca. 10 Millionen Hektar Wald vernichtet werden, hinzu kommen 5 bis 10 Millionen Hektar durch die industrielle Holznutzung. Das sind alarmierende Zahlen, vor allem, wenn man bedenkt, daß die Urwälder in ihrer jetzigen Form niemals mehr nachwachsen werden, da sie unter vollkommen anderen klimatischen Bedingungen entstanden sind.

Auch die Tiere verschwinden

Wir wissen heute sehr gut Bescheid über die Wechselwirkung von Waldrodung, Ackerbau, Viehzucht und Bodenzerstörung mit folgender Wüstenbildung und Klimaveränderung. Trotzdem werden wir erst aufmerksam, wenn der gesamte Waldbestand, ja, ein ganzer Lebensraum, gefährdet ist.

Und mit dem Wald und den Wiesen werden auch die Tiere verschwinden, die auf diesen Lebensraum angewiesen sind. Auch wenn die meisten von uns diese Tiere nur aus Zoos kennen, sie werden sich vorstellen können, was für ein einmaliges Erlebnis es ist, einem Tier wie dem Gorilla in freier Wildbahn nur wenige Meter gegenüber zu stehen.

Wälder und Wiesen – eine einmalige und sehr lebendige Welt. Auf den folgenden Seiten möchte ich Ihnen davon einen kleinen Eindruck vermitteln.

Abbildung links: Auch die Laubbäume sind vom Waldsterben erfaßt worden.

Abbildung oben: Ein kranker Bergahorn im Schwarzwald. Die schwarzen Stellen an den Blättern sehen wie verbrannt aus.

Der Grizzly (Abbildung oben) ist wohl der bekannteste Großbär. Bären greifen Menschen eigentlich nur an, wenn sie sich bedroht fühlen. Und auch dann begnügen sie sich meist mit Drohgebärden (Aufrichten auf die Hinterbeine, Fauchen und Brüllen). Der Schwarzbär (Abbildung unten) ist wesentlich kleiner, aber mit 1,50 m Körperlänge auch nicht gerade ein Kuscheltier.

Bären

Zu den bekanntesten Vertretern der Familie der Bären gehören die Braunbären, die in vielen Unterarten über Europa, Nord- und Mittelasien und Nordamerika verbreitet sind. Bei uns lebte früher der **Europäische Braunbär** (URSUS ARCTOS ARCTOS), an dessen Vorkommen noch heute viele Märchen und zahlreiche Stadtwappen erinnern. (Am bekanntesten ist hier wohl der Berliner Bär.) Heute gibt es nur noch in Skandinavien und Osteuropa nennenswerte Braunbärbestände. In den Wäldern Nordamerikas und Kanadas leben dagegen noch viele Bären. Der größte unter ihnen ist hier der **Kodiakbär** (URSUS ARCTOS MIDDENDORFFII), der seinen Namen nach einer Insel seiner Heimat Alaska erhalten hat.

Ein Kodiak kann bis zu drei Metern lang werden und ist damit das größte landbewohnende Raubtier. Für ein so riesiges und starkes Tier, das einen Menschen oder einen Hirsch mit einem einzigen Prankenhieb töten könnte, führt der Kodiak ein erstaunlich friedliches Leben. Wie alle Großbären ist er nämlich ein Allesesser und ernährt sich hauptsächlich von Pflanzen, Wurzeln und Aas. Nur ganz selten jagt er und reißt ein größeres Tier. Drei Monate im Jahr werden allerdings alle Kodiaks zu Fischessern, nämlich im Frühjahr, wenn die Lachse zu ihren Laichplätzen ziehen.

Schon bei der Ankunft der laichbereiten Lachse an den Flußmündungen stürzen sich viele Kodiaks ins Meer, um sich die Leckerbissen zu holen. Sie folgen dann dem Zug der Lachse flußaufwärts. An seichten Stellen, oder wenn die Flüsse sehr eng werden, sieht man während des ganzen Frühjahrs auf Beute wartende Bären entweder direkt im Wasser oder am Ufer stehen.

Auch der ungeschickteste Jungbär, der natürlich abseits der bequemsten und ergiebigsten Fangplätze, die von den größten und stärksten Tieren beansprucht werden, fischen muß, geht dabei nicht leer aus. Das Nahrungsangebot ist so reichlich, daß die Bären nur die Filets und später, wenn sie schon fast gesättigt sind, die Fischrogen verzehren. Die Reste ihrer Mahlzeiten sind eine willkommene Beute für Vögel oder kleinere Raubtiere.

Alle Braunbären sind Einzelgänger. Nur die Bärenmutter bleibt längere Zeit mit ihren Jungen zusammen. Die Männchen suchen nur zur Paarung die Gesellschaft der Bärin und gehen danach sofort wieder ihrer eigenen Wege.

Mit Beginn des Spätsommers legen sich alle Bären einen kräftigen Winterspeck zu. Wenn der Boden dann frosthart zu werden droht, suchen die Bären einen geeigneten Ort für ihre Winterruhe – am liebsten Felshöhlen. Wenn alle Höhlen besetzt oder keine geeigneten vorhanden sind, bauen sie sich ihre Winterquartiere selbst. Unter umgestürzten Bäumen legen sie ihr Lager an und polstern es mit Moos und Herbstlaub warm und weich aus. Drei bis vier Meter groß können solche Winterquartiere sein, und immer ist nur ein Tier darin. Eine Ausnahme machen nur Bärenmütter mit ihren Jungen vom Vorjahr. Soweit wir wissen, halten Bären keinen Winterschlaf, sie senken also nicht die Körpertemperatur ab wie etwa Igel, sondern „dämmern" in ihren Winterquartieren dem Frühjahr und damit besseren Futterzeiten entgegen. Während dieser vier bis fünf Monate dauernden Winterruhe zehren sie ausschließlich vom eigenen Fett. Wenn sie sich bedroht fühlen, wachen sie auf und sind dann außerordentlich mißgestimmt und gereizt. Im Winter werden auch die Jungen geboren – nackt und blind. Sie sind im Vergleich zu ihrer riesigen Mutter geradezu winzig – etwa rattengroß – und in der ersten Zeit ganz auf die Wärme und Milch der Mutter angewiesen. Die ersten Monate ihres Lebens verbringen die zwei bis drei Bärenbabys im Winterquartier, dicht an den Körper der Bärin gepreßt.

Wenn es zu tauen beginnt, verläßt die Bärenmutter mit ihren Jungen ihre Höhle. Die erste Nahrung ist meist Aas – Tiere, die dem Winter zum Opfer gefallen sind und jetzt aus Schnee und Eis heraustauen. Die kleinen Bären werden noch 18 Monate gesäugt, lernen aber in dieser Zeit schon, was eßbar und was ungenießbar ist, wie man, um an Früchte zu kommen, auf Bäume klettert und was ein Bär sonst noch wissen muß.

Braunbären sind übrigens nicht immer braun, die Fellfärbung schwankt von gelblich über grau- und rotbraun bis zu grau, der Farbe der meisten **Grizzlys** (URSUS ARCTOS HORRIBILIS). Grizzlys waren bis vor 150 Jahren ein alltägliches Bild in Nordamerika. Weil sie außer dem Hunger praktisch keine Feinde hatten, zeigten sie auch dem Menschen gegenüber keinerlei Scheu und flohen nicht, wenn sie sich angegriffen fühlten, sondern verteidigten sich. Das brachte ihnen einen „mörderischen" Ruf ein, und Kopfprämien wurden ausgesetzt: Heute ist der Grizzly in den Vereinigten Staaten praktisch ausgerottet; es gibt nur noch vereinzelt Grizzlys, vor allem in den Nationalparks.

Schwarzbären (URSUS AMERICANUS) trifft man dagegen noch häufig in amerikanischen Nationalparks. Sie werden nur etwa halb so groß wie ihre „braunen" Verwandten (1,50 bis 1,80 m Körperlänge) und wirken deshalb bei weitem nicht so bedrohlich. Schwarzbären ließen sich vor dem Fütterungsverbot von Touristen verwöhnen und standen zahm „Männchen" an den Autoschlangen in den Nationalparks. Aber ihre scheinbare Friedfertigkeit täuscht. Versiegt die Nahrungsquelle, können sie sehr handfest mit ihren mit scharfen Krallen bewehrten Tatzen betteln, und wer dann nicht rechtzeitig aus ihrer Reichweite kommt, kann böse Verletzungen davontragen.

Zwei Kodiakbären geraten beim Kampf um den günstigsten Angelplatz in Streit. Obwohl sie normalerweise Einzelgänger sind, versammeln sich alle Kodiaks einer Region zur Zeit der Lachszüge an den Flußufern. Da kann es schon einmal zu Auseinandersetzungen kommen.

Der bei uns heimische Luchs wird auch Nordluchs genannt. Er lebt in Gebieten, in denen der Boden mindestens drei Monate im Jahr mit Schnee bedeckt ist. Die Fußballen des Nordluchses sind deshalb extrem groß, und im Spätherbst wachsen die Haare auf den Pfoten besonders dicht. Der Luchs läuft dann mit „Schneeschuheffekt", er sinkt nicht so tief ein wie andere Tiere. Typisch für Luchse sind der kurze Schwanz und die Pinselohren.

Luchs

Was heute den Jägern überlassen ist, besorgte noch vor 100 Jahren unsere größte einheimische Katze, der **Nordluchs** (LYNX LYNX). Er lebte in den dichten Wäldern der Mittelgebirge und sorgte dort für die natürliche Auslese unter seinen Beutetieren. In guten Haselhuhnjahren zum Beispiel machten die kleinen Laufvögel seine Hauptbeute aus. Wenn die Rehe überhandnahmen, wurden die schwachen und kranken Opfer der Katze. Luchse leben auch heute von dem, was ihnen der Lebensraum gerade bietet: Hasen, Kaninchen, Mäuse, Ratten, Waldhühner und Rehe.
Der Luchs, das sieht man schon an seinem quadratischen Körper, ist kein ausdauernder Läufer. Er lauert, gut getarnt im Unterholz oder auf Felsvorsprüngen, hauptsächlich nachts auf Beute und springt von oben auf seine Opfer herab. Der Luchs jagt vor allem nach dem Gehör, das geradezu sprichwörtlich gut ist, denn wenn ein Mensch besonders gut hört, sagt man, daß er Ohren wie ein Luchs habe.
Tagsüber ruhen Luchse gewöhnlich in Nischen, unter entwurzelten Bäumen oder in natürlichen Höhlen. Nur bei großem Hunger durchstreifen sie auch bei Helligkeit ihre Reviere. Dabei sieht man niemals zwei Luchse zusammen, denn die großen Katzen sind Einzelgänger, die untereinander keinen Kontakt pflegen und sich durch Markieren die eigenen Reviere sichern, wobei deren Größe weitgehend davon abhängen, wieviel Beute es in diesem Gebiet gibt. Das kann zwischen 1000 Hektar und 10 000 Hektar in extrem wildarmen Gebieten wie Nordrußland oder Finnland schwanken. Wie die meisten Solisten in der Tierwelt benützen sie ihre Stimme höchst selten, sie wollen ja gar nicht gehört werden.
Nur einmal im Jahr, mitten im Winter, machen die Weibchen die Männchen auf sich aufmerksam. Sie spritzen Urinspuren in den Schnee und miauen, übrigens viel tiefer als unsere Hauskatzen. Und die Männchen werden unruhig und unternehmen lange Streifzüge durch ihre Reviere, bis sie auf die Duftmarken der Weibchen stoßen.
Nach der Paarung trennen die beiden sich wieder. Die Luchsmutter bringt nach etwa zwei Monaten meist zwei oder drei blinde Junge in einer Höhle zur Welt. Bis zu einem Vierteljahr leben die Luchsbabys ausschließlich von Muttermilch, dann bringt die Mutter Beute mit ins Nest. In dieser Zeit lernen die Jungluchse jagen, sie pirschen sich spielerisch aneinander heran und überfallen sich gegenseitig. Später begleiten sie die Mutter auch auf ihren Streifzügen und erbeuten unter ihrer Aufsicht die ersten Tiere. Erst nach dem ersten Winter sind sie selbständig.
Junge Luchse erkunden und erobern ihr Revier schrittweise, indem sie erst den Ausgangsort und die nähere Umgebung erforschen und sich erst mit der Zeit in weiter entfernte Gebiete vorwagen. Dabei haben sie feste Wechsel, die ihnen, wenn man sie verändert, nicht mehr vertraut sind. Dann suchen sie ihr Ziel auf anderen, bekannten Wegen zu erreichen.
Sein begehrtes Fell und die Tatsache, daß er als „Jagdschädling" galt, haben dazu geführt, daß der Luchs weitgehend ausgerottet wurde.

Infothek

Daß die Luchse bei uns nicht ausgestorben sind, verdanken sie einem Wiederaussiedlungsprojekt. Schon 1970 begann man, Luchse in der Schweiz, Jugoslawien und Österreich freizulassen. Die Mehrzahl scheint sich bis heute gehalten zu haben.

Wildkatze

Wenn wir in unseren dichten Mischwäldern, etwa im Spessart oder im Bayerischen Wald, eine Katze vorbeihuschen sehen, war es ganz sicher keine **Europäische Wildkatze** (FELIS SILVESTRIS), sondern eine verwilderte Hauskatze. Denn die kleinen Jäger sind viel zu scheu, um sich dem Menschen zu zeigen, und sie sind vor allem in der ersten Nachthälfte, nach Sonnenuntergang, aktiv. Tagsüber halten sie sich im Dickicht verborgen. Diese ockerfarbenen, schwarzgrau gestromten und gepunkteten Katzen erbeuten ihre Hauptnahrung – Mäuse und andere kleine Nager – vor allem mit Geduld. Sie können stundenlang bewegungslos im Gehölz lauern, um dann blitzschnell zuzupacken. Im Frühjahr, wenn die Wildkatzenmutter ihre Jungen versorgen muß, jagt sie außer Nagetieren noch kleine Kaninchen und Jungvögel. Trotzdem haben Wildkatzen, auch zu den Zeiten, als sie bei uns noch häufig waren, nie den Bestand einer Tierart gefährdet. Wildkatzen sind nämlich Einzelgänger und dulden keinen Rivalen in ihrem Revier, so daß es nie zu einer Überbevölkerung bei diesen Raubkatzen kommen kann.

Schon im Februar ist Paarungszeit, während der die Katzen jammernd nach den Katern miauen. Nach gut acht Wochen wirft die Kätzin meist drei bis vier Junge. Nur wenn sie diesen Wurf verliert, paart sie sich erneut, in der Regel zieht sie aber nur einmal im Jahr Junge groß. Die Jungkätzchen, die rund sechs Wochen lang gesäugt werden, halten sich in den ersten zwei Monaten versteckt im „Nest", meist einer Felsnische oder einer Baumhöhle, auf. Dann jagen sie eine Zeitlang mit der Mutter, bevor sie sich zerstreuen und neue Reviere suchen.
Haus- und Wildkatzen können sich paaren, wenn sie aufeinandertreffen. Es gibt daher in unseren Wäldern viele Mischlinge.
Wildkatzenkinder müssen aber anders als die Babys verwilderter Hauskatzen mühsam gezähmt und zur Stubenreinheit erzogen werden.
Nur bei genauem Hinsehen kann man eine Wild- von einer Hauskatze unterscheiden. Wildkatzen haben einen kompakteren Körperbau, ein dichteres Fell und sind insgesamt etwas größer und massiger.

Nur bei genauem Hinsehen kann man eine Wild- von einer Hauskatze unterscheiden. Wildkatzen haben einen kompakteren Körperbau, ein dichteres Fell und sind insgesamt etwas größer und massiger.

Infothek

Da die Wildkatze bei uns fast ausgerottet war, hat man ein großes Wiedereinbürgerungsprojekt, das noch bis 1994 läuft, gestartet. Die Wildkatzen werden in großen Gehegen nachgezüchtet und auf ein Leben in der Freiheit vorbereitet, bevor man sie im Wald freiläßt.
Ob dieses Projekt Erfolg hat, wird sich allerdings erst in einigen Jahren zeigen.

Auf keinen Fall sollte man ein Rehkitz, das scheinbar von seiner Mutter verlassen wurde und im Wald liegt, anfassen. Die Ricke würde ihr Junges, das für sie dann nach Mensch riecht, nicht mehr akzeptieren, und das Kleine müßte jämmerlich verhungern.

Während des Winters wächst dem Rehbock (Abbildung unten) ein neues Geweih, mit dem er dann im Juli seinen Rivalen imponieren kann.

Rehe

Rehe und Hirsche sind aus dem deutschen Wald nicht wegzudenken. Obwohl beide zur großen Familie der Hirsche gehören, sind sie in ihrem Äußeren und ihren Lebensweisen doch recht verschieden, so daß man sie eigentlich nicht verwechseln kann.
Zunächst sind **Rehe** (CAPREOLUS CAPREOLUS) viel kleiner als die mächtigen Rothirsche. Ausgewachsene Tiere werden rund einen Meter lang, die Schulterhöhe beträgt ungefähr 75 cm, und das Höchstgewicht liegt bei 24 kg. Auch das Geweih der Rehböcke ist längst nicht so gewaltig wie das der männlichen Rothirsche.
Rehe leben die meiste Zeit des Jahres eher einzelgängerisch, nur die Rehgeiß, die Ricke, führt ihre Jungen ein bis zwei Jahre mit sich.
Im August, zwei bis drei Monate früher als für die Hirsche, beginnt bei den Rehen die Brunftzeit. Jeder Bock hält immer nur mit einer Ricke Hochzeit. Wenn eine Ricke keinen Partner findet, fiept sie lockend, um auf sich aufmerksam zu machen. Neuneinhalb Monate trägt die Ricke gewöhnlich das Kitz aus. Hat sie während der Hauptbrunft im August keinen Partner gefunden, sucht sie im November/Dezember erneut nach einem paarungsbereiten Bock. Erstaunlicherweise kommen alle Kitze trotzdem nahezu gleichzeitig, innerhalb weniger Wochen im Mai, zur Welt. Der Grund: Die trächtigen Rehmütter haben im Vorwinter eine Eiruhe, während der sich die Kitze nicht weiterentwickeln. Bei den Ricken, die erst später gedeckt werden, fällt diese Eiruhe aus.
Die Kitze der Rehe – und auch die der Hirsche – gehören zu den sogenannten „Abliegern", das heißt, die ersten Tage nach der Geburt liegen sie still und geduldig an einem versteckten Ort und warten auf die Mutter, die nur zum Säugen vorbeikommt. Gegen ihre Feinde, wie Füchse oder Greifvögel, sind sie durch ihre gute Tarnfarbe geschützt. Das getupfte Jugendkleid sieht aus wie Sonnenkringel auf dem Waldboden, und da die Kleinen sich bei Gefahr ganz reglos verhalten, sind sie vom Untergrund, auf dem sie liegen, kaum zu unterscheiden.
Dazu kommt noch, daß sie in den ersten Lebenswochen weitgehend geruchlos sind, also auch von der feinen Nase zum Beispiel eines Fuchses nicht gewittert werden können.
Erst in der dritten Lebenswoche fangen die Kitze – meist hat eine Ricke Zwillinge – an, der Mutter regelmäßig zu folgen und das erste Grünfutter zu versuchen. Trotzdem werden sie noch zwei bis drei Monate von der Ricke gesäugt. Die Jungen bleiben bis zum kommenden Frühjahr bei der Mutter. Im Winter schließen sich die sonst einzelgängerischen Rehe oft zu größeren Gruppen zusammen. Dabei tun sich die Mütter mit ihren halberwachsenen Kindern zusammen; die Rehböcke bilden einen „Junggesellenverein".
In den letzten Jahren sind Rehe und Hirsche durch „Verbißschäden" in Verruf geraten. Sie schälen Bäume und Sträucher so stark, daß sie absterben. Forstleute versuchen dies durch Ansaat von Kräuterwiesen zu verhindern.

Hirsche

Das auffälligste Merkmal der stattlichen und schönen **Rothirsche** (CERVUS ELAPHUS) ist das Geweih der männlichen Tiere. Ein Geweih wird, im Gegensatz zu Hörnern, die ein Leben lang weiterwachsen, jährlich abgestoßen und dann von Grund auf neu gebildet. Das Leben eines Hirsches ist weitgehend von diesem jahreszeitlichen Wechsel seines Geweihwachstums bestimmt.

Im Frühjahr wird das alte Geweih abgestoßen, und die vorher noch so stolzen und wehrhaften Hirsche stehen plötzlich waffenlos da. In dieser Zeit sind sie scheu und auch Artgenossen gegenüber schreckhaft. Aber in nur 100 Tagen wächst das neue Geweih heran. Aus den „Rosenstöcken", den Geweihfundamenten, sprießen die Ansätze des Geweihs hervor. Sie sind mit einer samtartigen, gut durchbluteten Haut umgeben, die man Bast nennt. Diese Haut garantiert die Versorgung mit Nährstoffen, ohne die das rasante Wachstum der Knochen nicht denkbar wäre. Die zukünftigen Rivalen schließen sich in dieser Zeit zu Junggesellengruppen zusammen und teilen sich die anstrengende Aufgabe des Wachens und Sicherns. Erst wenn im Juli das Geweih ausgewachsen ist, lösen sich diese Gruppen allmählich auf.

Wenn der Bast seine Funktion erfüllt hat, stirbt er ab und wird vom Hirsch durch das „Fegen", ein Abstreifen der Hautreste an Büschen und Bäumen, entfernt.

Anfang Oktober beginnt die Brunftzeit der Hirsche, die nun alle über ein ausgewachsenes Geweih verfügen. Je älter sie sind, desto größer und verzweigter ist ihr Kopfschmuck. Oft reicht es schon, wenn ein älterer Hirsch sein Geweih präsentiert, um einen jungen aus dem Feld zu schlagen. Fühlen sich die Gegner gleich stark, messen sie ihre Kräfte. Der Sieger ist dann für kurze Zeit der Pascha eines Harems, denn als Platzhirsch versammelt er eine Anzahl Hirschkühe um sich, die er auch weiterhin verteidigt. Nach der Brunft verlieren die Herren das Interesse an den Damen, und beide Geschlechter finden sich wieder zu eigenen Gruppen zusammen.

Das **Damwild** (DAMA DAMA), auch eine Hirschart, kann man bei uns heute fast nur noch in Freigehegen bewundern. Damhirsche haben – ähnlich wie Rentiere und Elche – ein schaufelartiges Geweih und auch noch als erwachsene Tiere ein geflecktes Fell, während Rehe und Rothirsche dieses nur als Kitze besitzen.

Damhirsche (Abbildung links) sind kleiner und zierlicher als der imposante Rothirsch.

Die Rufe der Rothirsche, das „Röhren", sind zur Brunftzeit Anfang Oktober kilometerweit zu hören.

Waschbär

Der **Waschbär** (PROCYON) trägt seinen Namen nicht, weil er so kuschelig und frisch gewaschen aussieht, sondern weil er den Eindruck erweckt, als würde er seine Nahrung waschen, bevor er sie verzehrt. Dieser Eindruck entsteht, weil er einen Großteil seiner Nahrung im Wasser sucht. Dann sitzt er oft lange an seichten Gewässern und tastet nach seinem Futter. Der Waschbär lebt erst seit rund 50 Jahren bei uns, vorher kam er ausschließlich in seiner ursprünglichen Heimat Nord- und Mittelamerika vor. Daß er jetzt auch in unseren Wäldern zu finden ist, verdankt er der Geldgier der Menschen. Um billiger und in größeren Mengen an den warmen, kuscheligen Pelz dieses Räubers zu kommen, setzte man 1934 zwei Waschbärenpärchen in der Nähe des nordhessischen Edersees aus. Da die Lebensbedingungen bei uns für den Waschbären geradezu ideal sind und er hier ja auch keine natürlichen Feinde hat, vermehrten sich die Kleinbären schnell. Schon 1960 war der Bestand in Hessen auf rund 5000 Waschbären angewachsen, zehn Jahre später erbeuteten deutsche Jäger während einer Saison 2000 Tiere, ohne den Bestand der Waschbären zu gefährden.

Naturschützer und Jäger sehen diesen geschickten Kletterer und Schwimmer nicht so gerne. Die einen wünschen ihn aus einem Lebensraum, in den er eigentlich nicht hineingehört, wieder weg, weil er den einheimischen Nachtjägern die Beute schmälert. Die anderen fürchten um ihr Jungwild. Säugetieren wird der Waschbär aber nur gefährlich, wenn sie wesentlich kleiner sind als er. In der Hauptsache ernährt er sich von Insekten, Schnecken, Würmern, Vogeleiern, Reptilien und Amphibien, Beeren, Nüssen und anderen Waldfrüchten.

Er ist nicht sehr schnell und erbeutet deshalb nur langsame oder tote Tiere. Waschbären sind nachtaktiv. Sie verlassen sich bei der Beutesuche hauptsächlich auf ihren Tastsinn. In strengen Wintern halten sie Winterruhe. Dabei schlafen sie nicht wie der Igel, indem sie ihre Körpertemperatur absenken, sondern dämmern oft wochenlang im Bau vor sich hin, um an warmen Tagen wieder nach Nahrung zu suchen.

Im Vorfrühling ist Paarungszeit, und die Männchen, die sonst wie die Weibchen Einzelgänger sind, begeben sich auf Brautschau. Sie paaren sich in der Regel mit verschiedenen Weibchen und verlassen sie nach der Hochzeit sofort. Die Waschbärin bringt nach 60–70 Tagen zwei bis fünf Junge zur Welt, die sie alleine großzieht. Waschbärenbabys haben schon ein Fell, wenn sie geboren werden, sie sind aber noch blind. Sie werden zwei Monate gesäugt und verlassen ihr Nest nach rund zehn Wochen.

Sie bleiben aber noch drei weitere Monate bei der Mutter, die pro Jahr nur einen Wurf hat, denn sie sind erst mit einem halben Jahr selbständig, wenn sie ihre volle Größe von 50 bis 60 cm erreicht haben. Waschbären erreichen in freier Natur ein Alter von bis zu acht Jahren.

Besonders im Frühling und Sommer sitzen Waschbären in seichten Gewässern und tasten mit den Vorderpfoten nach kältestarren Fröschen, nach Fischen und Wasserinsekten. Sie holen die Nahrung mit ihren Händen heraus. In Gefangenschaft werfen Waschbären, die nur auf dem Trockenen gefüttert werden, ihr Futter ins Wasser, um es dort zu „suchen".

Rotfuchs

Reineke, der schlaue Fuchs, der eigentlich wissenschaftlich **Rotfuchs** (VULPES VULPES) heißt, wird nicht zu Unrecht als gewitzt und clever dargestellt. Denn er gehört zu den wenigen einheimischen Wildtieren, die ihren Bestand aufgrund ihrer Anpassungsfähigkeit an die verschiedenen Lebensräume noch vergrößern konnten. Bei uns gibt es also immer mehr Füchse – obwohl der schlaue kleine Jäger keine Schonzeit hat und deshalb ganzjährig geschossen, vergiftet oder vergast werden darf. Er ist halt ein echter Überlebenskünstler, der sich unglaublich schnell an veränderte Bedingungen anpaßt und schlau der Verfolgung entgeht.

Füchse sind keine Einzelgänger, aber auch keine Gesellschaftstiere. Sie jagen vorzugsweise allein, halten aber ständig Kontakt zueinander. In Gebieten mit wenigen Füchsen lebt meist nur eine Familie, in „fetten" Gegenden, in denen Nahrung für viele da ist, entstehen ganze Sippen. Der Fuchs hat eigentlich nur einen einzigen wirklichen Feind, der sein Leben bedroht: die Tollwut.

Weil Füchse einander oft begegnen und es dann meistens zu Rangeleien und oft blutig endenden Beißereien kommt, breitet sich die Tollwut unter ihnen rasant aus. Über lange Jahre hinweg war es ein großes Problem, diese Tollwutepidemien in den Griff zu bekommen. Doch seit einigen Jahren hat man eine sehr erfolgversprechende Methode gefunden (siehe Infothek).

Füchse jagen nachts wie eigentlich alle unsere heimischen Raubsäugetiere; tagsüber verstecken sie sich in dichtem Buschwerk.

Die Fuchsbauten, die riesige Ausmaße erreichen können, werden nicht dauernd aufgesucht, sondern oft nur als Vorratslager oder zur Aufzucht der Jungen genutzt. Jedes Fuchspaar hat mehrere Bauten mit vielen Ausgängen.

Mitten im Winter, wenn eigentlich die Nahrung knapp wird, ist Paarungszeit. Die Fuchsmännchen folgen jetzt Tag und Nacht den Spuren der ranzigen Fähen, wie die Fuchsweibchen genannt werden. Jetzt, Ende Januar bis tief in den Februar hinein, kann man Füchse auch am ehesten zu Gesicht bekommen. Denn die heiratswütigen Männchen lassen alle Vorsicht fahren, wenn sie die Spur einer Braut gewittert haben. In guten Beutejahren, wenn genügend Mäuse, die Hauptnahrung der Füchse, vorhanden sind, paaren sich die Männchen mit vielen Fähen. In schlechten Jahren wird meist nur eine besonders erfahrene Fähe gedeckt. Nach genau 51 Tagen wirft die Fuchsmutter ihre Welpen, in guten Jahren bis zu zehn, in schlechten oft nur drei bis fünf. Junge Weibchen bringen ihre Jungen manchmal zur Mutter in den in der Nähe gelegenen Bau und lassen sie dort versorgen. Die Jungfüchse werden sechs Wochen gestillt, wagen sich aber schon mit knapp drei Wochen zum ersten Mal aus dem Bau. Die Mutter ist jetzt Tag und Nacht unterwegs, um sich selbst und später ihre Jungen mit ausreichend Nahrung zu versorgen.

Die Familie bleibt bis zum Herbst zusammen, dann gehen die Jungfüchse eigene Wege, die vor allem die jungen Männchen oft bis zu hundert Kilometern weit vom heimatlichen Bau wegführen.

Selten bekommt man den schlauen und scheuen Fuchs zu sehen, obwohl er zu den wenigen einheimischen Wildtieren gehört, deren Bestand nicht gefährdet scheint.

Infothek

Der Rotfuchs ist der häufigste Tollwutüberträger.
Seit einigen Jahren bekämpft man diese tödliche Krankheit durch eine „Schluckimpfung". Der Impfstoff wird an bekannten Fuchswechseln in Fisch- oder Hühnerköpfen versteckt ausgelegt. Das erste Land, das die Schluckimpfung startete, war die Schweiz, in der die Tollwut seitdem stark zurückgeht und möglicherweise bald ganz verschwunden sein wird.

Der Iltis (Abbildung rechts) lebt nur eine Zeit seines Lebens im weißen Pelz. Iltisbabys werden nämlich mit schneeweißem, seidenweichem Fell geboren, das sich erst allmählich braun färbt.

Das Hermelin wechselt zweimal im Jahr die Fellfarbe. Im Sommerhalbjahr ist der kurzhaarige Pelz braunrötlich. Zum Winteranfang färbt er sich sehr schnell in Schneeweiß um, nur die Schwanzspitze bleibt schwarz. Feinde wie Greifvögel oder Eulen sehen dann im Schnee nur die Schwanzspitze und stürzen sich darauf, und das Hermelin kommt – zwar mit abgebissenem Schwanz, aber lebendig – davon. Im Frühjahr färbt sich das Fell erneut um, aber jetzt ganz allmählich. Man kann dann gefleckte Hermeline sehen, die im Gesicht und auf dem Rücken bereits dunkel, am restlichen Körper jedoch noch weiß sind.

Iltis

Der Ausdruck, daß jemand wie ein Iltis stinkt, hat durchaus seine Berechtigung, denn Iltisse verspritzen bei Gefahr eine übelriechende Flüssigkeit, die viele Feinde empört die Nase rümpfen und sich verziehen läßt. Das Stinktier, das auch zur großen Familie der Marder gehört, hat diese Verteidigungswaffe zur Perfektion entwickelt. Niemand, der einmal mit dem Geruch eines gereizten Stinktieres in Berührung gekommen ist, wird dieses unangenehme Erlebnis je vergessen.
Der **Europäische Iltis** (MUSTELA PUTORIUS) lebt bei uns in dichten Laubwäldern vorzugsweise in der Nähe von Gewässern und Feuchtgebieten. Jeder Iltis beansprucht ein Revier für sich, aus dem er Artgenossen energisch vertreibt. Nur zur Paarungszeit finden sich Männchen und Weibchen zu ihren turbulenten und teilweise recht lauten Liebesspielen zusammen. Danach sucht das Weibchen einen trockenen, geschützten Platz, wo sie nach sechs bis sieben Wochen Tragzeit ihre fünf bis acht Jungen zur Welt bringt. Die kleinen Iltisse werden mit einem reinweißen Babykleid geboren, das sich erst, wenn sie älter werden, dunkel färbt. Die Mutter betreut ihre Kinder fast ein halbes Jahr lang und bringt ihnen alles bei, was sie zum Überleben brauchen.
Iltisse sind Raubtiere, die nicht nur phantastisch schwimmen und tauchen und Fische und andere Wassertiere fangen, sondern auch sehr geschickt an Land jagen. Schon die alten Römer machten sich das zunutze und züchteten Iltisse, um sie bei der Kaninchenjagd zu verwenden. In Spanien züchtete man sie später als Rattenbekämpfer. Diese domestizierte Form des Iltis heißt Frettchen und ist eigentlich reinweiß. Heute gibt es aber auch wildfarbene Frettchen zu kaufen, die inzwischen sogar als Heimtiere angeboten werden. Die Analdrüsen, die das stark riechende Sekret absondern, werden diesen Frettchen in der Regel operativ entfernt.

Hermelin

Die kleinsten Marder sind das **Mauswiesel** (MUSTELA NIVALIS) und das **Hermelin** (MUSTELA ERMINEA). Während das Mauswiesel ein unbeachtetes, verstecktes Dasein führt, ist das Hermelin auch heute noch ein begehrtes Pelztier – vor allem im Winter, wenn es bis auf die schwarze Schwanzspitze reinweiß bepelzt ist.
Dieser extrem schlanke, schnelle und bewegungsfreudige Marder muß Tag und Nacht jagen, denn er hat einen ungeheuer großen Energiebedarf. Wenn Nahrung knapp wird, sterben Hermeline oft an Hunger. Das Hermelin jagt mit der Nase, die es fast immer, ähnlich wie ein Spürhund, auf dem Boden hält. Nur zwischendurch machen die kleinen Jäger „Männchen", sie sichern auf zwei Beinen.
Die Hauptnahrung stellen alle Arten von Mäusen, manchmal auch Kaninchen und Vögel dar. Weil Hermeline nicht lange hungern können, halten sie keine Winterruhe, sondern jagen auch während der kalten Jahreszeit. Sie paaren sich im Sommer, und eigentlich müßten die Weibchen dann mitten im Winter werfen. Mit Sicherheit wäre das Hermelin aber dann längst ausgestorben, weil während dieser nahrungsarmen Jahreszeit kaum Jungtiere großwerden könnten. So hat die Natur sich einen Trick einfallen lassen: die Entwicklung der befruchteten Eier setzt

erst im Winter ein, solange hält das Weibchen die sogenannte Eiruhe. Die Jungtiere werden nach dieser verlängerten Tragzeit, die zwischen sieben und zwölf Monaten dauern kann, im Frühjahr geboren, wenn das Nahrungsangebot reichlich und die Überlebenschance gut ist.

Dachs

Unser größter einheimischer Marder ist der **Europäische Dachs** (MELES MELES), der sich in mancher Hinsicht von seinen Vettern unterscheidet. Er ist zunächst einmal viel massiger und plumper und watschelt ein bißchen täppisch daher. Auch sein Speisezettel ist anders. Zwar ißt er am liebsten Regenwürmer, die er durch Wühlen im lockeren Boden findet, aber gerade im Herbst nimmt er auch viel pflanzliche Kost wie Beeren, Pilze und Samen zu sich. Er ist also ein echter Allesesser, der in seinen Ernährungsgewohnheiten eher an einen Bären als an einen Marder erinnert.

Dachse bauen riesige Höhlen mit vielen Aus- und Eingängen, die oft von Generation zu Generation erweitert werden. Die gemütlich ausgepolsterten Wohnkessel werden gemeinsam von allen Mitgliedern einer Dachsfamilie benutzt – meist Vater, Mutter und die jungen und halbwüchsigen Kinder. Ist der Bau groß und weit verzweigt, ziehen auch öfter Füchse als Untermieter ein, ohne daß das die Dachse zu stören scheint. Auch untereinander sind sie recht verträglich, sogar fremde Artgenossen werden im Revier geduldet.

Da Dachse dämmerungs- und nachtaktiv sind, bekommt man sie selten zu Gesicht, aber überhören kann man sie kaum, wenn sie in der Nähe sind. Sie grunzen, stöhnen und ächzen bei der Futtersuche, daß man glaubt, sie leisten Schwerarbeit, und ein angeschossener Dachs soll so schaurig schreien, daß manche Jäger deshalb keine Dachse mehr schießen.

Die meiste Zeit des Winters verbringen Dachse schlafend in ihren behaglichen Wohnhöhlen und zehren von dem Fett, das sie sich im Herbst angegessen haben.

In unserem Märchen taucht der Dachs als „Grimbart" auf, und wie volkstümlich er ist, zeigen die vielen an seinen Namen angelehnten Orts- und Flurnamen wie Dachsgrund, Dachsberg, Dachswangen und andere.

Die langgestreckte, sehr bewegliche Dachsschnauze ist ideal zum Schnüffeln und Wühlen im lockeren Waldboden. Die kurzen, sehr muskulösen Beine haben besonders an den Vorderfüßen stark ausgebildete Krallen, mit denen der Dachs seine riesigen Bauten gräbt.

Die wilden Vorfahren der Goldhamster leben im Libanon und in Syrien. Alle unsere Heimtiere stammen von nur drei Wildfängen ab, die 1930 in der Nähe von Aleppo gefangen wurden. So putzig und einfach zu halten Goldhamster auch sind, eignen sie sich nur bedingt als Kindertiere. Da sie wie alle Hamster dämmerungsaktiv sind, müssen sie tagsüber schlafen und vertragen es nur schlecht, wenn dieser Rhythmus gestört wird.

Hamster

Feldhamster (CRICETUS CRICETUS) sind dämmerungsaktiv, sie kommen abends und morgens aus ihrem Bau, um Nahrung zu sammeln, hauptsächlich Getreidekörner und Samen. Sie können unglaubliche Mengen in ihren Backentaschen verschwinden lassen, wenn sie „hamstern". Ein halbes Jahr lang sieht man die Hamster bei uns übrigens nicht. Von Oktober bis April halten sie nämlich Winterschlaf, den sie häufig unterbrechen, um an ihren Vorräten zu naschen.

Hamster sind sehr fruchtbar, sie paaren sich während ihrer ganzen wachen Phase. Gleich nach der Paarung trennen sich allerdings ihre Wege, und die beiden Partner verschwinden in getrennten Bauten.

20 Tage nach der Paarung wirft das Weibchen bis zu zwölf Junge und wird meist gleich wieder gedeckt. Die Jungtiere sind bereits nach vier Wochen selbständig und werden von der Mutter weggebissen. Wenn sie drei Monate alt sind, sind sie schon geschlechtsreif. Obwohl er bei uns hauptsächlich von Feldfruchtsamen lebt, ist der Hamster ein Allesesser, der auch gerne Insekten, Aas und kleinere Nagetiere verspeist. Im Herbst ist der Hamster sogar am Tage unterwegs, um für seinen Wintervorrat Getreidekörner, Mais und Grassamen zu sammeln.

Im Herbst, wenn die Felder abgeerntet sind, kann man gelegentlich einen Feldhamster beobachten.

Feldhase

Der **Europäische Feldhase** (LEPUS EUROPAEUS) hat viele Feinde, denen er zunächst einmal durch Tarnung zu entgehen sucht. Mit dem graubraunen Fell hebt er sich vom Erdboden kaum ab, er duckt sich bei Gefahr, die langen Ohren eng an den Körper gelegt, in die nächste Mulde und wird so oft übersehen. Stellt ihn trotzdem ein Feind, sucht er sein Heil in schneller Flucht; er kann dabei Spitzengeschwindigkeiten von 80 km/h erreichen. Allerdings erschöpft sich seine Energie rasch. Deshalb schlägt der Hase Haken, er rennt also nicht einfach querfeldein, sondern versucht, seinen Verfolger durch unerwartete scharfe Wendungen abzuschütteln. Hasen haben keinen Bau, sie ducken sich auch zum Schlafen in die sogenannten Sassen, flache Erdmulden.

Hasen können sehr gut sehen und noch besser hören und riechen. Die beweglichen, extrem langen Löffel fangen auch das leiseste Geräusch auf. Die Löffel dienen dem Hasen auch zum Imponieren und als Signal. Wenn er sie aufstellt, sieht man die schwarzweißen Ohrränder, die den Rivalen sagen, daß er im Augenblick zum Kampf bereit ist.

Hasen leben zwar normalerweise gesellig in ihren Revieren, doch im März, wenn die Hauptpaarungszeit ist, fallen sie in den Märzenkoller. In dieser Zeit kann man auf offenen Wiesen ganze Hochzeitsgesellschaften beobachten, die sich hier, auf dem sogenannten Rammelplatz, eingefunden haben. Die Männchen verfolgen dann die Häsinnen, sie führen regelrechte Tänze auf, und zwei Männchen, die sich begegnen, liefern sich Boxkämpfe mit den Vorderläufen, die allerdings fast nie blutig enden.

Auch die Hochzeit selbst gleicht eher einem Kampf, bei dem die Fetzen fliegen. Manche Häsin verliert einen großen Teil ihres Balghaares, bevor sie gedeckt wird. Im Mai und Juni kommen die meisten Junghasen zur Welt. Sie sind sogenannte Nestflüchter, werden also bereits mit Fell, offenen Augen und sogar schon mit den bleibenden Zähnen geboren. Trotzdem säugt sie die Mutter noch runde drei Wochen, bevor sie das erste Grün versuchen. Vom ersten Tag an können Hasenbabys hoppeln, wie der langsame Galopp der Hasen genannt wird.

Häsinnen können, während sie ihre Jungen noch austragen, erneut gedeckt werden, man nennt das Schachtelträchtigkeit. Deshalb kommen pro Jahr bis zu viermal drei bis sechs Hasen zur Welt.

Wildkaninchen

Noch fruchtbarer als Hasen sind die **Europäischen Wildkaninchen** (ORYCTOLAGUS CUNICULUS), deren Vermehrungsfreudigkeit ja sogar sprichwörtlich ist. Bis zu 38 Jungen kann eine einzige Kaninchenmutter pro Jahr großziehen, und sieben Würfe in einem Jahr sind keine Seltenheit.

Die Kaninchen dürften die „erfolgreichsten" Säugetiere dieser Erde sein, denn es gibt keinen Kontinent mehr, den sie nicht besiedeln. Überall da, wo man Kaninchen ausgesetzt hat, haben sie ihre typischen Kolonien gegründet, überall haben sie sich vermehrt.

Im Gegensatz zum Feldhasen bauen Kaninchen Erdhöhlen, in denen sie familien- oder sippenweise wohnen. In diesen Bauten bringen die Kaninchenmütter auch die blinden, nackten, völlig hilflosen Jungen zur Welt. Kaninchenjunge haben ein Geburtsgewicht von nur 50 g, sie öffnen ihre Augen erst nach zwei Wochen und sind erst mit sechs Wochen entwöhnt. Die Kaninchenmilch ist sehr nahrhaft, denn obwohl die Mutter nur einmal am Tag vorbeikommt, um die Jungen nur ein paar Minuten lang zu säugen, wachsen sie schnell heran. Solange die Jungen noch klein sind, verschließt die Mutter beim Verlassen der Höhle den Höhleneingang wieder sorgfältig, damit keiner der zahlreichen Feinde die Kleinen findet.

Kaninchen sind reine Vegetarier, die auch harte, faserreiche und nährstoffarme Nahrung hervorragend verwerten können. Das war wohl mit ein Grund für ihren Siegeszug um die Welt, denn sie können praktisch alle Pflanzen essen. Bei uns klettern sie im Winter sogar auf Bäume, um von der Rinde und den Knospen zu naschen.

Kaninchen haben sich in vielen Parks, auf Friedhöfen und auf weitläufigen Fabrikanlagen zu einer regelrechten Plage entwickelt.

Da man sie an diesen mitten in menschlichen Ansiedlungen gelegenen Plätzen ja nicht schießen kann, sind manche Gemeinden dazu übergegangen, sie wie früher durch die Beizjagd, also die Jagd mit einem abgerichteten Greifvogel, zu dezimieren. Natürlich kann das keine wirkliche Abhilfe schaffen, aber es ist ein umweltfreundlicher und bedenkenswerter Weg, wenn man die Zahl von Tieren durch ihre natürlichen Feinde in Schranken hält.

Schon rein äußerlich kann man Wildkaninchen und Feldhasen gut unterscheiden. Der Hase (Abbildung unten) hat wesentlich längere Löffel und ist insgesamt größer. Hasen haben auch längere Beine, denn Kaninchen sind nur Kurzstreckenläufer, die bei Gefahr sofort in ihrem Bau verschwinden.

Der Zaunkönig ist unser kleinster einheimischer Vogel. Er wird nicht einmal halb so groß wie ein Spatz.

Zaunkönig

Wenn man mitten im Winter, wenn die ganze Natur schweigt, plötzlich lauten, schmetternden Jubelgesang hört, kann man sicher sein, daß da ein **Zaunkönig** (TROGLODYTES TROGLODYTES) singt.
Noch nicht einmal die Schneeschmelze warten Zaunkönigmännchen ab, um auf Nistplatzsuche zu gehen. Sie fangen schon im März mit dem Nestbau an. Dabei wählen sie möglichst eine Bodenhöhle, die sie als Fundament für ihr kunstvolles Kugelnest benutzen. Gestapeltes Holz gehört zu ihren Lieblingsplätzen, aber auch natürliche Höhlen durch Baumwurzeln oder umgestürzte Bäume werden gern genommen.
Zum Nestbau kitten Zaunkönige feuchtes Laub, Moos und Gräser so fest aneinander, daß eine geschlossene Höhle entsteht. Innen polstern sie das Nest mit Federn und Tierhaaren aus. Für ein einziges Nest braucht das Männchen acht bis zehn Tage. Es beläßt es aber nie bei einem Neubau, sondern schafft unermüdlich weiter. Gleichzeitig vertreibt es durch seinen lauten Gesang Rivalen aus dem Revier und lockt die Weibchen an.
Der Zaunkönig nimmt es mit der Treue nicht so genau; wenn er mehrere Bräute ergattern kann, tut er das auch. Jedem Weibchen werden sämtliche gebauten Nester vorgeführt, bis es sich für eines entscheidet und zum Eierlegen und Brüten in der bequemen Kugel verschwindet. Hat der Zaunkönig noch ein weiteres Weibchen, überläßt er seine erste Frau ihrem Schicksal, sie muß dann alleine für die Aufzucht der Kinder sorgen.
Zaunkönige ernähren sich und ihre Jungen hauptsächlich von kleinen Insekten und Spinnen. Im Spätherbst, wenn das Lebendfutter knapp wird, verlegen sie sich dann aufs Beerensuchen. Einige ziehen im Winter ein Stückchen nach Süden, die meisten aber bleiben im Revier, damit nicht ein Nebenbuhler den einmal gefundenen Platz besetzt. Sogar bei klirrender Kälte verteidigen die kleinen Vögel wütend ihre Reviere.

Kleine Feldlerchen leben trotz ihrer Tarnfarbe gefährlich. Die Nester der Feldlerchen sind nämlich nichts weiter als einfache Bodenmulden, die Igel, Iltis und Marder leicht aufspüren können.

Feldlerche

Unsere **Feldlerchen** (ALAUDA ARVENSIS) haben im Winter kaum Probleme. Zwar bevorzugt ein Teil den Rückzug in wärmere Gebiete, aber der Rest wird in der kalten Jahreszeit zum Blättchen- und Grasesser. Erst im Frühjahr stellen sich die unscheinbaren, graubraunen Vögel, die man auf den Ackerböden erst erkennt, wenn sie sich bewegen, wieder auf Fleischkost um. Zwischen den Furchen bestellter Felder suchen sie nach Schnecken, Würmern und Käfern.
Feldlerchen fühlen sich am Boden sehr sicher, die Weibchen bleiben oft tagelang auf der Erde, ohne hochzufliegen. Die Männchen dagegen sind berühmt für ihre phantastischen Senkrechtflüge steil in die Luft. Sie heben lautlos ab und schwingen sich dann mit dem Wind nach oben, manchmal über hundert Meter hoch. Das ist eine gewaltige Anstrengung, und trotzdem fliegen Lerchen im Frühjahr niemals auf, ohne laut und schmetternd zu singen.
Manchmal „stehen" sie minutenlang in der Luft und jubilieren unaufhörlich, bis sie im Sturzflug senkrecht nach unten fallen, um sich kurz vor dem Boden vom Aufwind wieder abfangen zu lassen.

Sogar wenn die Feldlerche ein Insekt gefangen hat, kann sie singen, sozusagen mit vollem Mund.
Wie der Zaunkönig bauen auch die Feldlerchen ihre Nester am Boden, allerdings lange nicht so kunstvoll. Meist wird einfach nur eine Mulde gescharrt, ein paar Halme werden hineingestopft und schon legt das Weibchen seine gut getarnten, gesprenkelten Eier. Spätestens nach 14 Tagen sind die Jungen geschlüpft, nach weiteren drei Wochen sind sie flügge. Oft verlassen sie aber ihre Nestmulden schon vorher.
Lerchen meiden Bäume, man sieht sie praktisch nie auf Ästen sitzen. Auch in Gärten fühlen sie sich nicht wohl, am sichersten sind für sie die offenen Ackerlandschaften, in denen sie aus der Luft einen kompletten Rundblick haben.

Rotkehlchen

Genau diese Landschaften meidet das **Rotkehlchen** (ERITHACUS RUBECULA), das wie Zaunkönig und Feldlerche ein Bodenbrüter ist. Rotkehlchen sind nur da zu finden, wo es dichte Hecken, Gestrüpp und Unterholz gibt. Nur wenige Rotkehlchen überwintern bei uns, die meisten zieht es in den wärmeren Süden. Die Daheimgebliebenen haben allerdings den Vorteil, daß sie den anderen die besten Brutplätze wegnehmen können.
Rotkehlchen brüten zwischen Wurzeln am Boden, in dichtem Unterholz oder auch an Naturufern von Bächen, wo meist Weiden- und Erlenableger für undurchdringliches Gestrüpp sorgen. Ende April, Anfang Mai legt das Rotkehlchenweibchen seine hellen Eier, die je nach Platzwahl so gesprenkelt wie die Umgebung und dadurch hervorragend vor Entdeckung und Vernichtung durch die verschiedensten Nesträuber getarnt und geschützt sind.
Das Weibchen brütet rund zwei Wochen, dann schlüpfen die Küken und werden von beiden Eltern mit Insekten gefüttert. Weil ein Bodennest immer ein Risiko ist, müssen die Jungen möglichst schnell flügge werden. In guten, insektenreichen Jahren fliegen die ersten Jungen schon zwölf Tage nach dem Schlüpfen aus. Bis zu sieben Jungvögel ziehen die Eltern pro Brut groß und meist brüten sie gleich zweimal hintereinander. So können sie Verluste ausgleichen, da immer ein Teil der Jungvögel trotz der dichten Hecken Nesträubern zum Opfer fällt.
In diesen Hecken finden die daheimgebliebenen Rotkehlchen auch im Winter ihre Nahrung. Zu den winterlichen Leckerbissen gehören Schlehen, Mispeln und Schneebeeren.

Durch die Anpflanzung von heimischen Gehölzen kann man Rotkehlchen und vielen anderen Singvögeln Nahrung und Lebensraum bieten.

Kohlmeise

Kohlmeisen sind meist die ersten, die sich an eine neue Futterstelle wagen. Wenn sie besonders leckere Nahrung entdeckt haben, verteidigen sie den Futterplatz trotz ihrer geringen Körpergröße recht energisch.

Die bekannteste unserer neun einheimischen Meisenarten ist die **Kohlmeise** (PARUS MAJOR). Nicht allein deshalb, weil sie die häufigste aller Arten ist, sondern auch, weil sie den Menschen nicht fürchtet. Es gibt eine Menge handzahmer, wilder Meisen, die von sich aus auf die Menschenhand fliegen, um sich dort einen Leckerbissen zu holen. Kohlmeisen sind es auch, die im Sommer vom Frühstückstisch auf Balkon oder Terrasse stiebitzen, was ihnen eßbar erscheint. An unseren Vogelhäuschen sind diese Standvögel – Kohlmeisen überwintern in ihren Brutrevieren – Dauergäste. Sie bevorzugen fettreiches Futter und setzen sich deshalb besonders gerne an Meisenknödel oder Fettringe.

Kohlmeisen sind klug. Das berühmteste Beispiel für ihre verblüffende Lernfähigkeit lieferten vor einigen Jahren englische Meisen, die lernten, das Stanniolpapier der Milchflaschen durchzuhacken, um an den Inhalt zu kommen. Die englischen Frühstücksboten, die die gefüllten und verschlossenen Milchflaschen jahrzehntelang immer vor die Hautüren ihrer Kunden gestellt hatten, mußten sich Versteckplätze einfallen lassen, um die verärgerte Kundschaft nicht zu verlieren.

Aber auch in anderer Hinsicht setzen die hübschen kleinen Singvögel die Wissenschaftler in Erstaunen. Meisen richten sich mit der Zahl der Eier, die sie legen, nach den äußeren Umständen. Sind diese günstig, legen sie bis zu zwölf Eiern und ziehen auch so viele Junge groß, unter ungünstigen Umständen sind es entsprechend weniger, meist fünf bis sechs.

Dabei gibt es eine Reihe von äußeren Einflüssen, die die Meisen berücksichtigen. In Jahren, in denen der Frühling erst spät kommt, ist beispielsweise die Eizahl kleiner. Auch wenn Meisen erst spät einen Nistplatz finden, weil andere vor ihnen da waren, legen sie automatisch weniger Eier. Sie ziehen auch weniger Junge groß, wenn viele Meisen auf engem Raum brüten. Und sie richten sich in der Zahl ihrer Eier auch nach der Größe des Nestes. In große Nisthöhlen legen sie viele, in kleine wenige Eier.

Während der Aufzuchtzeit der Jungen futtern und füttern die Kohlmeisen ausschließlich Insekten, hauptsächlich Raupen. Erst wenn ihre Kinder selbst erwachsen sind und sich mit zunehmender Kälte die Insektenzahl verringert, wird der Speisezettel auf Beeren, Nüsse und Sämereien umgestellt.

Nachtigall

Die **Nachtigall** (LUSCINIA MEGARHYNCHOS) ist ein Zugvogel, der nur im Sommer bei uns ist und den Winter im tropischen Afrika verbringt.
Auch dort, obwohl sie da nicht brüten, ist sie für ihren Gesang berühmt. Denn das Nachtigallenmännchen singt ganzjährig seine schluchzenden, vielstrophigen Lieder, wobei jeder Ruf öfter wiederholt wird.
Schon in der Antike galt dieser sehr abwechslungsreiche Gesang als ein gutes Vorzeichen, sei es nun, daß er Kranken die Genesung ankündigte, Sterbenden einen sanften Tod verhieß oder Liebenden eine schöne Zukunft. Kein anderer Singvogel hat wohl eine solche symbolische Bedeutung erlangt, wie eben die Nachtigall.
Seinen Namen hat dieser unscheinbare Vogel mit der herrlichen Stimme von seiner Gewohnheit, auch nachts, wenn alle anderen Singvögel schlafen, seine Liebeslieder ertönen zu lassen. In der Stille der Nacht sind diese Gesänge natürlich besonders gut zu hören.
Besonders in den Aprilnächten erfüllen die Locklieder der Nachtigallenmännchen die Luft. Sie sind nämlich schon Wochen vor den Weibchen eingetroffen und haben sofort ein Revier besetzt.
Sie singen nicht nur, um Rivalen aus diesen Revieren zu verbannen, sondern hauptsächlich, um sich ein Weibchen zu ergattern. Weibliche Nachtigallen sind nämlich in der Minderzahl. Wenn sie eintreffen – und sie kommen nachts – müssen sich alle Bewerber so laut wie möglich bemerkbar machen, wenn sie nicht das Nachsehen haben wollen. Wenn alle Bräute vergeben sind, singen die Junggesellen weiter, wahrscheinlich, um eine Nachzüglerin oder eine Witwe zu bekommen.
So gut man die Nachtigall hört, so selten sieht man sie. Sie ist ein unscheinbarer Vogel, der die ganze Brutzeit in dichten Hecken und im tiefen Gebüsch gut getarnt verbringt. Sie brütet nur, wenn sie geeignete Verstecke findet, was in unserer flurbereinigten Landschaft gar nicht so einfach ist.

Nachtigallen sind viel häufiger zu hören als zu sehen. Denn die äußerst scheuen Vögel halten sich möglichst versteckt in dichtem Gebüsch.

Buchfink

Buchfinken (FRINGILLA COELEBS) sind sehr selbstbewußte kleine Vögel. Sie scheuen keine Auseinandersetzung, da sie sich mit ihrem kräftigen, kurzen Schnabel gut zur Wehr setzen können. Stolz schmettern die Männchen ihre Reviergesänge von den Wipfeln der höchsten Bäume und stellen ihre prächtigen Farben zur Schau.
Die wesentlich unscheinbareren Weibchen leben im Schutz der Männchen. Sie werden jährlich in ihren angestammten Revieren von singenden Männchen erwartet. Denn beim Buchfinken ziehen hauptsächlich die Weibchen im Spätherbst südwärts, die Männchen bleiben in der Regel da und sind am Futterhäuschen oft zu sehen.
Wie treu Buchfinken ihren Revieren sind, hat man durch eine Eigenheit dieser hübschen Finkenart festgestellt: Buchfinken singen im Dialekt. Innerhalb einer Brutgegend ähneln sich die Strophen aller Männchen, schon ein paar Kilometer weiter dagegen ist die Gesangsfolge eine andere.

Der Buchfink – hier ein Männchen – richtet seinen Speisezettel nach der Jahreszeit. Im Frühling zupft er an Blütenknospen und jungen Blatttrieben, im Sommer ernährt er sich und seine Jungen fast ausschließlich von Insekten, im Herbst bevorzugt er Beeren, und im Winter knackt er hartschalige Samen.

Kuckuck

Daß der **Kuckuck** (CUCULUS CANORUS) „Kuckuck" ruft, wissen wir wohl alle. Daß er aber auch lachen und kichern kann, wissen die wenigsten. Und wie ein erwachsener Kuckuck aussieht, weiß kaum noch jemand. Oft genug wird er, bekommt man ihn wirklich einmal zu Gesicht, mit einer Taube verwechselt, der er von weitem in Größe, Figur und Farbe auch gleicht.
Noch vor 20 Jahren war der Kuckucksruf beinah überall im Wald zu hören. Heute ist auch dieser einst so häufige Vogel selten geworden. Das hängt mit einer Eigenart der Kuckucke zusammen: Kuckucke brüten nicht wie andere Vögel, sondern schieben ihre Eier Pflegeeltern unter, die dann das anstrengende Geschäft des Ausbrütens und der Aufzucht des Jungen übernehmen. Aber nicht alle Vögel eignen sich als Zieheltern für den jungen Kuckuck, ja, die Mutter hat sogar eine genaue Vorstellung, welcher Vogelart sie ihr Ei ins Nest legen will. Sie akzeptiert nämlich nur die Vogelart, bei der sie selbst aufgewachsen ist. Und da viele unserer einheimischen Singvögel vom Aussterben bedroht sind, findet auch das Kuckucksweibchen immer seltener Gelegenheit, ihr „Kuckucksei" unterzuschieben. Bevorzugte Wirtsvögel der Kuckucke sind Bachstelzen, Haus- und Gartenrotschwänze, Teich- und Drosselrohrsänger und Neuntöter. Aber auch der winzige Zaunkönig zieht erfolgreich Kuckucksjunge groß, die viermal so groß wie er selbst werden.
Von den weltweit 130 Kuckucksarten schmarotzen nur etwa die Hälfte, der Rest brütet und füttert selber.
Kuckucksweibchen und -männchen leben nicht zusammen, sondern treffen sich nur kurz zur Paarung, zu der das Männchen das Weibchen mit seinem Rufen herbeilockt.
Da Kuckucke sich recht früh im Jahr paaren, bleibt dem Weibchen anschließend genügend Zeit, die Zieheltern auszugucken. Von einem erhöhten Beobachtungsposten aus sieht sie den beiden beim Nestbau und Eierlegen zu und wartet nur auf eine günstige Gelegenheit, wenn beide das Nest verlassen haben, um blitzschnell ihr Ei hineinzulegen.
Meist nimmt sie bei der Gelegenheit auch noch ein Ei der zukünftigen Pflegeeltern mit und ißt es auf. Die Wirtsvögel merken meist nichts von dem untergeschobenen Ei, da der Kuckuck seines in Größe und Farbe den richtigen Eiern anpaßt.
Kuckucksjunge sind extrem gefräßig. Da sie wesentlich mehr Insekten brauchen als die echten Jungen der Adoptiveltern, können sie nur als Einzelkind überleben. Der junge, noch blinde und nackte Kuckuck fuhrwerkt deshalb so lange im Nest herum, bis seine viel kleineren Stiefgeschwister auf seinem Rücken landen. So krabbelt er dann zum Nestrand und befördert sie mit Schulterschwung hinaus. Das macht er so lange, bis er allein im Nest ist. Trotzdem haben seine Pflegeeltern alle Schnäbel voll zu tun, den ewig hungrigen Jungkuckuck satt zu kriegen.
Der erwachsene Jungkuckuck zieht dann im Herbst ganz allein in sein südliches Winterquartier.

Die Heckenbraunelle gehört vor allem in England, Belgien und Holland zu den häufigsten Kuckuckswirten. Deutlich ist zu erkennen, daß der gefräßige Kuckuck viel größer als seine geplagten Zieheltern ist.

Eichelhäher

Man kann seine laute, rätschende Stimme auch bei gutem Willen nicht als melodisch oder angenehm bezeichnen. Trotzdem zählt der **Eichelhäher** (GARRULUS GLANDARIUS) zoologisch zu den Singvögeln. Von seiner Verwandtschaft wird er aber gehaßt. Wenn er sich in der Nähe von Spatzen oder Amseln niederläßt, beginnen diese sofort laut zu schimpfen, um ihn zu vertreiben. Andere Vögel werden durch schrille Schreie gewarnt.

Tatsache ist, daß Eichelhäher in der Zeit, in der sie die eigenen Jungen großziehen, ganz gerne das eine oder andere Ei aus leicht erreichbaren Gelegen stehlen und essen. Ihre Hauptnahrung sind allerdings Sämereien, Baumfrüchte, Insekten und deren Larven. Sie verzehren auch Raupen, die von anderen Vögeln wegen ihrer abschreckenden Wirkung nicht genommen werden. Ohne Eichelhäher käme das biologische Gleichgewicht in unseren Wäldern deshalb noch mehr durcheinander.

Auch in anderer Hinsicht macht sich der Eichelhäher nützlich. Er legt sich für den Winter Vorräte an Eicheln und Bucheckern an, indem er diese im Boden vergräbt. Weil er meistens vergißt, wo seine Vorratslager sind, „pflanzt" er auf diese Weise immer neues Junggehölz.

Dompfaff

Den Sommer über lebt der **Dompfaff** oder Gimpel (PYRRHULA PYRRHULA) versteckt im Wald. Erst im Herbst kommt er in unsere Gärten und an die Futterhäuschen.

Der Dompfaff ernährt sich vorwiegend von Samen, Knospen und kleinen Früchten. So kam es zwischen 1945 und 1955 in England und anderen europäischen Gebieten zu einer Zunahme dieser Vögel, die den Gärtnern gar nicht recht war. In der Zeit sollen ganze Obstbaumplantagen ihrer Knospen beraubt worden sein. Dabei zeigt sich der ruhige Vogel erstaunlich zahm und selbstbewußt. Oft läßt er den Menschen bis auf wenige Zentimeter herankommen.

Diese Furchtlosigkeit hat früher viele Gimpel die Freiheit gekostet. Sie wurden haufenweise gefangen und als Sänger in Käfigen gehalten. Erstaunlicherweise lernen sie leicht singen, obwohl der Balzgesang der Gimpelmännchen normalerweise einfach und nicht sehr melodisch ist. Heute ist das Fangen von Dompfaffen streng verboten. Sie sind, wie alle anderen einheimischen Vögel, geschützt.

Dompfaffen lieben die Zweisamkeit; sie treten kaum in Schwärmen auf, sondern bleiben auch nach der Brutzeit zusammen und balzen manchmal den ganzen Winter über.

An Winterfutterstellen holt das Dompfaffmännchen (Abbildung oben) oft Vorräte ab, um sie dem versteckt sitzenden Weibchen zu bringen. Wegen seiner schrillen, krächzenden Warnrufe heißt der Eichelhäher (Abbildung unten) auch „Feuerwehr des Waldes". Die anderen Tiere kennen die Bedeutung der Schreie und verschwinden in ihren Verstecken.

Als Allesesser halten sich Elstern bevorzugt da auf, wo Nahrung besonders leicht für sie zu erreichen ist. So lassen sie sich häufig auf Schulhöfen sehen, wo sie die Reste der Pausenbrote stehlen, suchen auf städtischen Müllkippen nach Abfällen und sind in Hühnerhöfen als Küken- und Eierdiebe gefürchtet.

Elster

Elstern (PICA PICA) sind weder zu überhören noch zu übersehen. Wo immer ein Pärchen dieser schwarzweißen Vögel mit dem langen, metallisch glänzenden Schwanz sich niederläßt, ertönt ihr schnarrendes, lautes Schimpfen, das sämtliche Anliegervögel zu aufgeregtem Tschilpen veranlaßt. Die riesigen, kugelförmigen Nester, die hoch in Laubbäumen angelegt werden, sind vom Herbst bis zum Frühjahr in den blattlosen Bäumen gut zu sehen. Mit ihrem Nest tut die Elster etwas Gutes für ihre Verwandten: viele Eulen und Falken, die selbst nicht bauen, brüten in verlassenen Elsternnestern.

Von dieser Ausnahme aber abgesehen, ist der freche Vogel in der Vogelwelt gefürchtet. Denn Elstern sind arge Nesträuber, die nicht nur Eier, sondern auch Jungvögel stehlen. Auch Jungmäuse, Eidechsen und Blindschleichen stehen auf ihrem Speisezettel. Überhaupt ist die Elster, was ihre Nahrung betrifft, nicht wählerisch. Sie probiert so ziemlich alles aus, was ihr eßbar erscheint, geht auch an Obst und Küchenabfälle. Elstern treten meist paarweise auf und verjagen andere Elsternpaare aus ihrem Revier.

Meist legen Elstern sieben Eier und ziehen auch die entsprechende Anzahl Jungvögel groß. Aber so rührend besorgt beide Eltern um die Küken sind, die nach 18 Tagen Brutzeit schlüpfen – wenn sie nach etwa einem Monat ausgewachsen sind, werden sie wie fremde Elstern behandelt und von den Eltern aus dem Revier vertrieben.

Ihren Ruf, diebisch zu sein, hat die Elster vor allem ihrer Neugier zu verdanken. Von sicheren, hohen Beobachtungsposten aus schaut sie auch uns Menschen zu und stiehlt besonders Lebensmittel, die liegengelassen werden. Es ist durchaus möglich, daß sie sich schon einmal an glitzerndem Schmuck vergriffen hat, bewiesen allerdings ist es nicht.

In Gefangenschaft werden Elstern sehr schnell zahm und zutraulich. Sie lernen auch, einige Worte nachzukrächzen.

Die Saatkrähe (ganz links) unterscheidet sich von der Rabenkrähe (daneben) vor allem durch den deutlich schmaleren Schnabel und das auffällig metallisch schimmernde Gefieder. Ein enger Verwandter der Rabenkrähe ist die Nebelkrähe, die grauschwarz ist und deutlich zweifarbig wirkt. Wo Raben- und Nebelkrähen zusammen heimisch sind, kommen auch Mischlinge vor.

Krähen

Krähen sind recht kluge Vögel, die wie Elstern in Gefangenschaft sehr zahm werden und sogar sprechen lernen. Da Krähen gesellig leben, schließen sie sich an den Menschen, der der Ersatz für die Artgenossen ist, so eng an, daß man sie sogar frei fliegen lassen kann; sie kommen von allein wieder zurück.
Die **Saatkrähe** (CORVUS FRUGILEGUS) war früher in großen Schwärmen auf unseren Feldern zu finden. Aber eine erbarmungslose Verfolgungsjagd dieser angeblichen Schädlinge, die gelegentlich auch frischgekeimten Weizen oder Mais essen, hat die Bestände so schrumpfen lassen, daß die Saatkrähen unter Naturschutz gestellt werden mußten. Dabei sind Saatkrähen den Bauern eher eine Hilfe, denn sie ernähren sich in der Hauptsache von Engerlingen, Würmern, Schnecken und anderen Schädlingen.
Nicht ganz so gefährdet in ihrem Bestand sind die **Rabenkrähen** (CORVUS CORONE CORONE) und die **Nebelkrähen** (CORVUS CORONE CORNIX). Sie ernähren sich weniger von Pflanzen und jungen Trieben, sondern bevorzugen tierisches Eiweiß. Dabei sind sie nicht wählerisch. Sie nehmen sowohl Aas wie auch Speiseabfälle, die sie auf Müllkippen finden. Ein besonderer Leckerbissen sind für sie Eier oder Jungvögel.
Außerhalb der Brutzeit, in der sie sich zu Paaren zusammenfinden, leben Krähen in riesigen Schwärmen, in denen es eine strenge Rangordnung gibt. Wenn sie alle gemeinsam etwa auf einer Müllkippe einfallen, dürfen sich die Ranghöchsten zuerst bedienen, und erst wenn sie satt sind, kommen die anderen an die Reihe. Und wenn in eisigen Winternächten der Erfrierungstod droht, sitzen die Ranghöchsten immer in der Mitte einer Vogelgruppe und werden von den Rangniederen gewarmt.
Vor allem im Winter könnte man glauben, daß es bei uns noch sehr viele Krähen gibt, denn abends versammeln sich oft riesige Schwärme in der Nähe der Schlafbäume und begrüßen sich mit heiserem Krächzen. Aber der Schein trügt, denn in der kalten Jahreszeit gesellen sich zu unseren heimischen Krähen auch die Gäste aus Skandinavien und dem Osten, die im Frühjahr wieder heimwärts ziehen. Die meisten Bundesländer haben die Bejagung aller Krähen und auch der Elstern inzwischen untersagt.

Infothek

Unser größter Rabenvogel ist der Kolkrabe (CORVUS CORAX), der bei uns heute nur noch in den Alpenregionen vorkommt. Kolkraben bleiben dem einmal gefundenen Partner ein Leben lang treu. Sie sind auch außerhalb der Brutzeit immer beieinander. Anders als die baumbrütenden Krähen, suchen sie sich als Nistplätze Felsnischen. Dank intensiver Schutzmaßnahmen haben sich die Kolkraben in den Alpen inzwischen wieder etwas erholt. Man schätzt, daß es heute etwa 20 000 Kolkrabenpaare bei uns gibt.

Eulen

Weltweit gibt es 146 verschiedene Eulenarten, die die Zoologen in zwei Familien, **Schleiereulen** (TYTONIDAE) und **Eulen** (STRIGIDAE), einteilen.
Allen Eulen gemeinsam sind die kreisrunden, starr nach vorne gerichteten, großen Augen, mit denen die Nachtjäger auch noch kleinste Lichtmengen zu nutzen verstehen. Weil sie ihre Augen in den Augenhöhlen nicht bewegen können, müssen Eulen ihren Kopf drehen, wenn sie ihre Beute anpeilen wollen. Aufgrund ihrer sehr beweglichen

Abbildung oben: Der bei uns fast ausgestorbene Uhu ist die größte aller Eulen. Die Federbüschel am Kopf sehen zwar aus wie Ohren, sind aber nur Schmuckfedern. Die Ohren sind, wie bei allen Vögeln, im Gefieder versteckt.

Abbildung unten: Ein Waldkauz im Flug. Alle Eulen haben einen Fransenkamm am Ende der Schwungfedern, der die Fluggeräusche verschluckt und ihnen eine völlig lautlose Annäherung an ihre Beute ermöglicht.

Halswirbel sind sie in der Lage, den Kopf in einem Radius von fast 270 Grad zu wenden, also fast geradeaus rückwärts zu blicken.
Noch besser als sie sehen, können Eulen hören. Auch bei völliger Dunkelheit sind sie in der Lage, zielsicher ihre Beute, die sie allein aufgrund der Geräusche geortet haben, zu greifen.
Die bei uns vorkommenden Eulenarten ernähren sich hauptsächlich von Nagern, also zum Beispiel Mäusen, Hamstern oder Ratten. Alle Eulen verschlingen ihre Beute mit Haut und Haaren und würgen die unverdaulichen Teile als sogenanntes Gewölle wieder aus.
Eine bei uns noch relativ häufig anzutreffende Eulenart ist der **Waldkauz** (STRIX ALUCO). Der Waldkauz ist überall da zu finden, wo es noch alten Mischwald-Baumbestand gibt, aber auch in Parks, auf Friedhöfen und in Dörfern. Wie alle Eulenarten baut der Waldkauz kein Nest, sondern sucht geeignete Nistplätze in alten Baumhöhlen, Scheunen, Felsenspalten, Kirchtürmen, Ruinen und auf Dachböden. Wie bei den meisten Eulen bleiben auch beim Waldkauz Paare, die sich einmal gefunden haben, fast immer lebenslang zusammen. Das einmal gewählte Revier wird verteidigt und nur zwangsweise aufgegeben.
In der Regel bieten die Männchen mehrere Nistplätze an, die Weibchen entscheiden, wo die künftige Kinderstube angelegt wird. Schon im Februar oder März legen die Weibchen ihre Eier, brüten und werden in dieser Zeit vom Männchen versorgt. Wenn die blinden und tauben Eulenküken mit ihrem weißen Dunenkleid geschlüpft sind, jagen wieder beide Eltern und füttern ihre Brut mit Beutestückchen.
Der Waldkauz ißt außer Mäusen auch Insekten, Vögel, Frösche, Eidechsen, ja sogar Fische. Wenn der Hunger ihn sehr plagt, plündert er auch die Nester anderer Vögel.
In guten, nahrungsreichen Jahren brütet das Weibchen erneut, während das Männchen noch die halbflüggen Jungen der ersten Brut, die inzwischen das sogenannte Mesoptilkleid, ein duniges Zwischengefieder, angelegt haben, versorgt. Während der Waldkauz als echter Überlebenskünstler heute noch fast überall anzutreffen ist, sind die anderen Eulenarten bei uns bereits vom Aussterben bedroht.
Der größte aller Eulenvögel, der **Uhu** (BUBO BUBO), ist mit 170 cm Flügelspannweite und 70 cm Größe ein echter Riese unter den Nachtvögeln und rund fünfmal so groß wie die kleinste Eulenart, der nur 16 cm große Sperlingskauz. Uhus leben von Mäusen, Ratten, Kaninchen und Hasen. Auch Tauben, Möwen und Igel gehören zu ihrem Speisezettel.
Ihren Namen haben Uhus übrigens von ihren unheimlichen Rufen: ein dumpfes, weithin hörbares „wuuuoh".

Spechte

Die meisten **Echten Spechte** sind Spezialisten für Holzbearbeitung. Mit ihrem schmalen harten Schnabel hacken sie, auf der Suche nach Insekten und deren Larven, Löcher in Rinde und Stamm von vorwiegend morschen und kranken Bäumen. „Stoßdämpfer" in den Halswirbeln verhindern, daß sich Wucht und Erschütterung dieser Schnabelhiebe auf den ganzen Körper übertragen. Die Nahrung nehmen sie mit der langen, sehr schmalen Zunge auf. Sie hat am Ende spitze Widerhaken und produziert eine klebrige Flüssigkeit, an der die Insekten hängenbleiben.

Die kurzen, kräftigen Füße mit den scharf bekrallten Zehen sind eine weitere Besonderheit der Spechte: die erste und vierte Zehe können nach rückwärts gespreizt werden. Dadurch sind Spechte in der Lage, senkrecht einen Stamm hinaufzuklettern. Den Schwanz benutzen sie dabei zum Abstützen.

Hauptnahrung der meisten Spechte sind Insekten aller Art, vor allem Waldschädlinge, wie Borkenkäfer und deren Larven. Ameisen, deren Eier und Puppen sind für viele Spechte ebenfalls Delikatessen. Mit dem Schnabel hacken sie sogar im Winter gefrorene Ameisenhaufen auf und holen sich mit der klebrigen Zunge ihre Leibspeise aus den Bauten.

Statt ein Nest zu bauen, meißeln Spechte Bruthöhlen in Baumstämme. Sie schaffen so nicht nur für sich selbst, sondern auch für andere höhlenbrütende Vögel begehrte Unterkünfte.

Am häufigsten trifft man bei uns **Buntspechte** (DENDROCOPUS MAJOR).

Sie sind, wie alle anderen Spechte auch, sehr fürsorgliche Eltern. Ist die zukünftige Kinderstube gefunden, gesäubert und bezogen, legen die Weibchen – sehr zeitig im Frühjahr – zwei bis sechs Eier. 12 bis 14 Tage brüten beide Elternteile abwechselnd. Sind die Jungen geschlüpft, werden sie bis zum Öffnen ihrer Augen nach rund einer Woche rund um die Uhr gewärmt.

Nach knapp drei Wochen beginnen die jungen Spechte mit den ersten Kletterübungen, nach einem Monat verlassen sie ihre Höhle, werden aber von ihrem Vater noch eine Zeitlang gefüttert. Meist bleiben sie noch wochenlang in der Nähe ihrer Eltern.

Der größte einheimische Specht ist mit etwa 50 cm Körperlänge der **Schwarzspecht** (DRYOCOPUS MARTIUS). Seine Lieblingsspeise sind Ameisen, aber er vertilgt auch viele Schädlinge wie Holzwespen oder Borkenkäfer. Einen ähnlichen Speisezettel hat der etwas kleinere **Grünspecht** (PICUS VIRIDIS), der auf der Suche nach Insekten auch tiefe Löcher in die Erde hackt.

Drei der bei uns heimischen Spechtarten (von oben nach unten): Grün- und Schwarzspecht sind recht selten, während der Buntspecht noch recht häufig anzutreffen ist. Alle Spechte spielen eine wichtige Rolle im Wald, da sie nicht nur die für andere Tiere kaum erreichbaren Schädlinge unter den Rinden vertilgen, sondern als eifrige Zimmerleute Nisthöhlen schaffen, die auch von anderen höhlenbrütenden Vögeln benutzt werden.

Infothek

Von den knapp 50 Greifvogelarten, die in Mitteleuropa vorkommen, sind Stein- und Seeadler, Korn- und Wiesenweihe und der Wanderfalke trotz intensiver Schutzmaßnahmen schon unmittelbar vom Aussterben bedroht.
Das Naturschutzgesetz verbietet das Aufnehmen sämtlicher einheimischer Greifvögel, auch wenn sie verletzt gefunden werden. Sie müssen der nächsten Schutzstation gemeldet oder zu einem erfahrenen Tierarzt gebracht werden.
Zu den wenigen Arten, die noch relativ häufig anzutreffen sind, gehören der Mäusebussard, der Turmfalke und der Habicht.

Greifvögel

Greifvögel (FALCONIFORMES) haben ihren Namen nach der Art, wie sie ihre Beute fangen, halten und essen. Sie benutzen dazu ihre starken, kräftigen Füße mit den messerscharfen Krallen. Sie „greifen" also ihre Beute mit dem Fang, wie der Fuß genannt wird.
Die meisten Greifvögel sind tagaktiv (Eulen gehören nicht zu den Greifvögeln). Sie haben alle einen scharfkantigen, kräftigen Schnabel mit einer nach unten gebogenen Hakenspitze.
Die meisten jagen lebende Beute, nehmen aber auch Aas. Nur einige, wie eine Reihe von Geiern, ernähren sich ausschließlich von Aas.
Bei vielen Greifvogelarten ist das Weibchen deutlich größer als das Männchen. Aufgrund der unterschiedlichen Körpergröße kommen die Partner sich bei der Nahrungssuche nicht ins Gehege, da sie verschiedene Beutetiere schlagen, und können so gemeinsam ein Revier bewohnen und das Nahrungsangebot optimal ausnutzen.
Zu denen, die sowohl selber jagen als auch mit Aas vorlieb nehmen, gehört der **Mäusebussard** (BUTEO BUTEO), der, wie sein Name schon sagt, auf alle Arten von Mäusen, Ratten und Hamstern spezialisiert ist. Er ist ein großer Greifvogel, der gut einen halben Meter Körperlänge erreichen kann. Er wohnt und brütet meist im Wald, wo er seine Nester aus Ästen und Zweigen hoch in Laubbäumen anlegt. Zur Jagd braucht er offenes Gelände. Stundenlang sitzt er da auf seinen „Warten", erhöhten Plätzen wie Telefonmasten, Sträuchern oder Zäunen, und wartet auf Beute. Wie alle Greifvögel hat auch der Mäusebussard phantastische Augen, mit denen er rund achtmal besser sehen kann als wir Menschen. Aus großer Entfernung erspäht er die Beute, wenn sie sich bewegt. Hat er ein Beutetier ausgemacht, gleitet er segelnd nach unten und greift es dicht über dem Boden. Während der Brutzeit ist nur das Männchen unterwegs. Es übergibt die Atzung dem brütenden oder hudernden Weibchen, das sie dann an die Jungen verteilt.

Mäusebussarde profitieren übrigens von unserem Straßennetz: an den Rändern von Schnellstraßen sitzen oft mehrere Bussarde und warten auf Wildunfälle. Daß sie dort nicht vergeblich warten, haben sie schnell gelernt – eine erstaunliche Anpassungsleistung.
Auf ganz andere Weise ist auch der **Habicht** (ACCIPITER GENTILIS) Nutznießer der menschlichen Kultur: er ist ein leidenschaftlicher Taubenjäger und kann sich über Nahrungsmangel in Stadtnähe nicht beklagen.
Aber auch Stare, Drosseln, Elstern, Eichelhäher und Krähen gehören zu seinen Beutetieren.
Als Jagdtechnik wendet er dabei einen Deckungsflug dicht über dem Boden an. Viel geschickter als der genauso große Bussard kann der Habicht im Flug schnelle Wendungen vollführen und ungeheuer stark beschleunigen. Gelegentlich sieht man Habichte sogar rütteln, doch das sind Ausnahmefälle. Dagegen ist der Rüttelflug geradezu ein Markenzeichen des im Verhältnis zu den beiden anderen Greifvögeln kleinen **Turmfalken** (FALCO TINNUNCULUS). Obwohl er nur rund 35 cm groß wird, schlägt er Tiere bis zu Taubengröße. Bei seinem Rüttelflug steht dieser Falke minutenlang an einer Stelle in der Luft und beobachtet den Boden, stößt dann blitzschnell zu Boden und fängt sich nur wenige Zentimeter über der Erde wieder. Turmfalken bauen am liebsten Nester in Halbhöhlen und wagen sich dazu auch in Stadtnähe, um in Kirchtürmen, Ruinen oder unter Brükken die künftige Kinderstube einzurichten. Während der Balz- und Brutzeit ist das Männchen äußerst aggressiv und schlägt sämtliche Konkurrenten durch scharfe Attacken in die Flucht. Das Weibchen, das schon lange vor Legebeginn von seinem Männchen gefüttert wird, legt die Eier in die gefundene Höhle, in die kein Nistmaterial eingebracht wird. Wie bei den anderen Greifen jagt während der Brut- und der ersten Hälfte der Aufzuchtzeit ausschließlich das Männchen. Aber es übergibt die Nahrung nicht grundsätzlich dem Weibchen, sondern legt sie oft

an den Nestrand. In guten Beutejahren werden regelrechte Vorratslager aufgebaut, so daß sich der Vater auch mal eine Ruhepause gönnen kann.
Im Norden Europas sind Falken Zugvögel, bei uns ziehen nur einige nach Süden, die anderen jagen auch im Winter im angestammten Revier.
Der Wanderfalke gehört zu den begehrten Statussymbolen der Würdenträger im Nahen Osten. Er wird dort zur Jagd eingesetzt. Gefangene Exemplare oder befruchtete Eier, die künstlich erbrütet werden, bringen Preise bis zu 20 000 DM.

Greifvögel wurden schon immer von Menschen verfolgt. Früher waren die Bauern und Jäger ihre größten Feinde, denn Greifvögel reißen auch Jungwild, Lämmer und stehlen Hühner. Heute ist es unsere Zivilisation, die diesen schönen Vögeln zum Verhängnis wird. Umweltgifte lassen die Eier so dünnschalig werden, daß die Jungen gar nicht erst ausgebrütet werden, Mäuse- und Rattenvernichtungsaktionen nehmen den Vögeln die notwendige Nahrung, und schließlich finden auch immer weniger Paare geeignete Brutplätze.

Deutlich ist bei diesem Turmfalken zu erkennen, wie er beim Anflug auf die Beute die Fänge vorstreckt, um das Beutetier zu greifen.

Der Mäusebussard (Abbildung links) ist ein bei uns noch recht häufig anzutreffender Greifvogel. Der Habicht (Abbildung oben) wird gerne für die Beizjagd abgerichtet (das Jungtier weist noch nicht die Querbänderung des ausgewachsenen Habichts auf).

Hühnervögel

Allen Hühnervögeln sind ein ziemlich plumper Körper, kräftige Beine, große, breite Füße und ein starker, leicht gekrümmter Schnabel gemeinsam. Hühnervögel halten sich lieber am Boden als in der Luft auf. Sie können sehr gut und schnell laufen. Ihre Nahrung besteht aus Samen, Beeren, Früchten und Grünzeug. Nur die Küken ernähren sich hauptsächlich von Insekten und anderen kleinen Bodentieren. Alle hier besprochenen Hühnervögel bleiben auch im Winter in ihren Revieren und ziehen höchstens bei starkem Schneefall wenige Kilometer weiter.

Zur eigenen Sicherheit fliegen die Wildhühner, bei denen die Weibchen in der Regel unauffällig erdfarben gefärbt sind, nachts zum Schlafen auf Bäume – man sagt, sie baumen auf. Die meisten Hähne haben es viel schwerer als die bescheidenen Hühner, unentdeckt zu bleiben, denn das oft leuchtendbunte, stark gemusterte und schillernde Federkleid lockt nicht nur Hennen herbei, sondern zieht auch Feinde an. Sie sind deshalb dauernd in Fluchtbereitschaft und können nur da überleben, wo es neben ausreichender Deckung in Hekken und hohem Gras auch Einzelbäume oder Baumgruppen zum Aufbaumen gibt.

Die Küken der Hühnervögel sind Nestflüchter, das heißt, sie suchen sich ihre Nahrung von Anfang an selbst. Nur fliegen können sie zunächst noch nicht, und so ducken sie sich bei Gefahr in Erdmulden. Obwohl sie eine ausgezeichnete Tarnfarbe haben, fallen doch immer sehr viele in den ersten Lebenswochen ihren Feinden zum Opfer. Die Verluste gleicht die Elterngeneration dadurch aus, daß sie, wenn erforderlich, sofort wieder mit dem Brüten beginnt. Diese Fähigkeit der Hühnervögel, weit mehr Eier zu produzieren als die meisten anderen Vogelarten, hat sich der Mensch zunutze gemacht und durch jahrhundertelange Zucht und Auslese unsere heutigen Legehennen gezüchtet, die bis zu 270 Eier im Jahr liefern.

Der prächtigste der hier heimischen Hühnervögel ist der **Fasan** (PHASIANUS COLCHICUS), der eigentlich gar kein Europäer, sondern ursprünglich Asiate ist. Er wurde von Jägern bei uns ausgesetzt. Er überlebt unsere Winter nur dann ohne Zufütterung, wenn es nicht zu kalt und die Schneedecke nicht zu hart wird.

Die tagaktiven Vögel halten sich praktisch immer in der Deckung eines Gehölzes auf, und man bekommt sie nur zu Gesicht, wenn sie aufgescheucht werden. Bis zu 23 Eier hat man in Bodennestern der Weibchen, einfachen, flachen Mulden, die mit ein paar eigenen Bauchfedern gepolstert sind, gefunden.

Das Weibchen fängt im späten Frühjahr an zu brüten. Die Küken schlüpfen nach

Während der Fasanenhahn mit seinem kupferschillernden Gefieder, dem langen Schwanz und dem bunten Kopf unverwechselbar ist, wird die viel kleinere, unscheinbare Henne oft für ein Rebhuhn gehalten. Auch die Fasanenküken gleichen in ihrer Tarnfärbung eher den Rebhühnern.

gut drei Wochen und durchstreifen dann – im Gänsemarsch unter dauerndem Kontaktzwitschern zur Mutter – die Felder auf der Suche nach Insekten. Erst nach zehn bis zwölf Tagen können sie fliegen, erst nach zwei bis drei Monaten sind sie selbständig.
Fasanen gehören zu unserem jagdbaren Wild. Auch heute noch werden, wenn es zur Jagdsaison nicht genügend Fasanen gibt, gezüchtete Tiere ausgesetzt. Dadurch ist der Fasan kein seltenes oder bedrohtes Tier bei uns.
Ganz anders ist es beim **Auerhuhn** (TETRAO UROGALLUS), unserem größten einheimischen Hühnervogel, immerhin größer als eine Gans. Dieser imponierende Vogel ist trotz intensiver Schutzmaßnahmen und etlicher Wiedereinbürgerungsversuche praktisch am Aussterben. Das liegt nicht nur am immer kleiner werdenden Lebensraum, sondern besonders an den ständigen Störungen durch Touristen. Denn die Auerhühner sind extrem scheu, sie brauchen zur Balz absolut Ruhe und beenden ihre Hochzeitsvorbereitungen nach Störungen sofort. Auch die Weibchen verlassen ihre Nester, wenn sie sich bedroht fühlen. Weil die Küken in den ersten Wochen ihre Körpertemperatur nicht selbst halten können, sind sie zum Tod verurteilt, wenn die ängstliche Mutter zu lange vom Nest wegbleibt.
Die Auerhahnbalz ist ein beeindrukkendes Schauspiel. Mehrere Hähne finden sich am Balzplatz ein, fächern den Schwanz, röcheln, gackern, schnalzen und umtanzen die später auftauchenden Weibchen. Nach der Paarung verlieren sie das Interesse und überlassen alles weitere den Hennen. Sie kümmern sich nicht um den Nachwuchs.
Während beim Auerhuhn jeder sofort erkennt, ob er einen Hahn oder eine Henne vor sich hat, fällt die Unterscheidung beim **Rebhuhn** (PERDIX PERDIX) selbst Fachleuten schwer. Beide Geschlechter sind so perfekt getarnt, daß sie sich auch tagsüber ohne Deckung auf Felder und Äcker wagen. Beim Spaziergang auf Feldwegen kann man erleben, daß unmittelbar vor einem ein paar Rebhühner mit lautem Flügelknattern hochfliegen und sich nur hundert Meter weiter wieder nach unten gleiten lassen.
Rebhühner leben gesellig. Sie bilden vor allem im Winter sogenannte Ketten. Hintereinander aufgereiht ziehen sie so einträchtig scharrend und pickend über die Felder.

Die Küken, die von Vater und Mutter betreut und geführt werden, sind zwar schon nach fünf Wochen selbständig, bleiben aber mindestens bis zum Winter bei ihren Eltern.
Seinen Namen hat das Rebhuhn nicht erhalten, weil es sich vielleicht zwischen Weinreben so gern versteckt, sondern von seinem gellenden Alarmruf „rep-rep-rep". Da es schon lange zum Kulturfolger geworden ist, hat es seinen ursprünglichen Lebensraum, Heide- und Moorgebiete, längst verlassen und sich vor allem in den Ackerbaugebieten der Ebene angesiedelt.
Rebhähne balzen meist nur einmal im Leben, sie führen Dauerehen und paaren sich mit ihrer Henne jährlich erneut ohne besondere Werbung.

Ein Auerhahn in seiner typischen Balzposition (Abbildung oben). Vor den Tänzen fächert er den runden Schwanz und senkt leicht die Flügel. Kopf und Hals sind hochgereckt, der Kehlbart wird imponierend gesträubt.

Im Winter scharren Rebhühner sich gerne Schlafmulden in den weichen Schnee. Sie suchen dazu windgeschützte, möglichst versteckte Stellen.

Ameisen

Zoologisch werden die Ameisen den Hautflüglern, zu denen auch die Bienen und Wespen zählen, zugeordnet. Sie gehören zu den staatenbildenden Insekten, die in großer Anzahl zusammenleben und wo jedes Individuum der Gemeinschaft eine feste Aufgabe hat. Eine Einzelameise hat keine Chance zu überleben. Im Ameisenstaat gibt es vier Arten von „Staatsbürgern": den größten Teil stellen die Arbeiterinnen, die für den Bau des Nestes verantwortlich sind, die Nahrung für die Larven heranschaffen und die Brut und die anderen Ameisen füttern. Ein Teil dieser geschlechtslosen Arbeiterinnen kommt mit größerem Kopf zur Welt und besitzt besonders beißkräftige Kiefer. Sie werden Soldaten genannt, denn sie verteidigen das Nest gegen Angreifer. Ameisen stechen übrigens nicht – sie zerbeißen die Hautoberfläche und spritzen aus ihrem Hinterleib die Ameisensäure in die offene Wunde.

Außer den Arbeiterinnen leben auch noch Männchen im Nest, die nur eine einzige Aufgabe haben: die Königinnen zu befruchten. In jedem Ameisenstaat gibt es dann noch eine oder mehrere Königinnen, die bis zur Hochzeit beflügelt sind, nach dem Hochzeitsflug die Flügel abwerfen und von da an lebenslang Eier legen. Auch die Männchen tragen Flügel, die Arbeiterinnen und Soldaten dagegen sind immer flügellos.

Auf Wiesen, in Parks und in unseren Gärten, auch in den Großstädten leben meist die **Gelbe Wiesenameise** (LASIUS FLAVUS) und die **Schwarze Wiesen- oder Gartenameise** (LASIUS NIGER). Beide Völker bauen hauptsächlich unterirdische Nester, die über der Erdoberfläche nur einen kleinen Bau als Klimaausgleicher haben. Ihre Haupt- und Lieblingsnahrung ist der Honigtau, das süße Ausscheidungssekret der Blattläuse. Die Arbeiterinnen sind unaufhörlich mit dem Melken der Blattläuse beschäftigt. Sie laufen mit dem süßen Saft im Bauch zurück in den Bau und würgen ihn den Larven und den Arbeiterinnen, die unterirdisch beschäftigt sind, vor.

Auch die „Polizisten des Waldes", die **Große Rote Waldameise** (FORMICA RUFA) und die **Kleine Kahlrückige Rote Waldameise** (FORMICA POLYCTENA), laben sich am Blattlaussaft – allerdings nur zwischendurch. Ihre Hauptnahrung sind andere Insekten, die lebend oder tot, von den Arbeiterinnen in den Bau geschleppt, zerkleinert und verfüttert werden. Der Nahrungsbedarf der Waldameisen ist ungeheuer groß, schließlich kann ein Volk aus mehr als einer Million Individuen bestehen!

Die Förster schätzen die fleißigen Waldameisen, weil sie zu den wichtigsten biologischen Schädlingsbekämpfern gehören. Im Umkreis eines Ameisenhaufens ist der Wald praktisch gefeit gegen Schädlinge.

Ameisenhaufen sind kunstvolle Gebilde, in deren Innerem eine immer gleichbleibende Temperatur und Luftfeuchtigkeit herrscht. Das Herumstochern in Ameisenhaufen oder gar ihre mutwillige Zerstörung ist verboten.

Wiesenameisen ernähren sich hauptsächlich vom Honigtau, den Ausscheidungen der Blattläuse. Sie halten Blattläuse regelrecht als Haustiere, oft sogar unterirdisch in ihrem Bau. Den Blattläusen nützt diese Gemeinschaft ebenfalls, da die wehrhaften Ameisen sie gegen viele Feinde verteidigen.

Schon in den ersten Frühlingstagen gehen Hummeln auf Nahrungssuche. Durch den dichten Haarpelz sind sie besser vor Kälte geschützt als die Bienen mit ihren wenigen Haaren. Deshalb gehören Hummeln zu den besten Bestäubern der Weidenkätzchen und – an sehr kalten Frühlingstagen – zu den einzigen Obstbaumbestäubern.

Hummeln

Hummeln (BOMBUS), die zoologisch zu den Bienen gehören, ernähren sich ausschließlich von Nektar. Sie gehören zu den besten Kleebestäubern, da sie sehr lange Rüssel haben und so auch in Blütenkelche tauchen können, die Bienen nicht aufsuchen.
Hummelstaaten bestehen nur einen Sommer lang. Im Herbst produziert die Königin außer den unfruchtbaren Arbeiterinnen auch Männchen und Weibchen und stirbt dann. Nur die befruchteten Weibchen überleben den Winter und gründen im Frühjahr einen neuen Staat. Weibliche Hummeln haben am Hinterleib einen langen Stachel, den sie allerdings so gut wie nie einsetzen. Aber stechen können sie, und so ist Vorsicht geboten.

Wespen

Auch bei den **Gemeinen Wespen** (PARAVESPULA VULGARIS) und den **Hornissen** (VESPA CRABRO), der größten einheimischen Wespenart, können nur die Arbeiterinnen und die Weibchen stechen. Viele Leute haben Angst vor diesen Insekten. Aber Wespen stechen in der Regel nur, um ihre Beute – Insekten aller Art – zu töten. Nur wenn sie sich oder ihr Nest bedroht sehen, greifen sie auch Menschen an.

Wespen- und Hornissenweibchen beginnen, genau wie Hummeln, im Frühjahr mit dem Nestbau. Da nur die befruchteten Weibchen den Winter überleben, muß die zukünftige Königin eines Staates zunächst Schwerarbeit bei dem Bau der ersten Wabenzellen, der Eiablage und der Pflege und Fütterung der Larven leisten. Erst wenn nach etwa vier Wochen die ersten Arbeiterinnen geschlüpft sind, kann sie sich aufs Eierlegen beschränken.
Im Spätsommer produziert die Königin keine Eier mehr und die Arbeiterinnen haben sozusagen Urlaub. Dann beginnen sie, auch Süßes zu verzehren. Am liebsten suchen sie Fallobst auf, aber in Menschennähe laben sie sich auch an Säften, Kuchen und Marmelade.

Hornissen (Abbildung oben) und Wespen (Abbildung links) sind mit langen Stacheln ausgerüstet. Sie benutzen den Stachel hauptsächlich, um ihre Beute zu töten, aber auch zur Nestverteidigung. Vor den Nestern wachen Arbeiterinnen, die, fühlen sie den Staat bedroht, sofort weitere Arbeiterinnen herbeirufen. Auch für Menschen kann ein solcher Angriff gefährlich werden. Weil aber weder Wespen noch Hornissen den Menschen als „Beute" ansehen, gehen sie niemals ohne Grund zum Angriff über.

Maikäfer

Kaum vorstellbar ist es, daß aus dem häßlichen, weißen Engerling nach dem Verpuppen der hübsche, braune Maikäifer wird. Engerlinge wachsen drei Jahre in der Erde heran, der fertige Maikäfer lebt dagegen nur ungefähr vier Wochen.

Es ist noch keine 50 Jahre her, da setzten die Bauern Belohnungen für gefangene **Feldmaikäfer** (MELOLONTHA MELOLONTHA) aus. Kiloweise wurden die Schädlinge abgegeben und teils als Hühnerfutter verwendet, teils einfach verbrannt.
Heute leben bereits viele Menschen, die noch nie einen lebendigen Maikäfer gesehen haben. Einer unserer häufigsten Großkäfer ist aufgrund der Schädlingsbekämpfungsmaßnahmen so selten geworden, daß sich sogar alljährlich im Mai die Zeitungsschreiber für ihn interessieren.
Die Bauern und Förster sehen ihrem Erscheinen mit gemischten Gefühlen entgegen, denn die hübschen Käfer können gewaltige Schäden anrichten.

Das liegt in erster Linie an der Tatsache, daß sie immer in Massen auftreten. Denn alle Maikäfer schlüpfen gleichzeitig und scharenweise aus der Erde und bleiben die wenigen Wochen ihres Käferlebens als Schwarm zusammen. Sie ernähren sich ausschließlich von Pflanzen und bevorzugen die zarten Maitriebe der Laubbäume. Wenn sie bei Sonnenuntergang zu Tausenden unter lautem Gebrumm in die Laubwälder einfallen, sind am nächsten Morgen ganze Bäume entlaubt, denn die gefräßigen Käfer leisten ganze Arbeit.
Kurz vor Ende ihres nur etwa vierwöchigen Lebens als Käfer verlassen die Weibchen, die übrigens an den deutlich kleineren Fühlern zu erkennen sind, den Schwarm und suchen eine geeignete Wiese für die Eiablage. Sie bevorzugen Löwenzahnwiesen. Dort legen sie dann ihre Eier in die Erde.
Aus den Eiern schlüpfen weiche, weiße, winzige Larven, die Engerlinge.
Diese Engerlinge sind genauso gefräßig wie die Käfer. Sie verschlingen alles Pflanzliche, was unter der Erde wächst, und können, wenn sie massenweise auftreten, ganze Wiesen verdorren lassen.
Zweimal überwintern die Engerlinge, dann sind sie zu fetten, riesigen Larven herangewachsen und verpuppen sich in der Erde. Aus der Puppe entwickelt sich ein weißlicher Käfer, der erst nach und nach seine endgültige braune Färbung annimmt, wenn der Chitinpanzer sich erhärtet.
Wenn die Sonne die Erdoberfläche kräftig erwärmt hat, meist ist das im Mai, gibt das den Käfern das Startsignal zum „Aufsteigen". An den ersten warmen Frühlingsabenden schlüpfen sie alle aus dem Boden, heben schwerfällig ab und fliegen plump und sehr laut in Richtung Wald.
Alle sieben bis elf Jahre gibt es auch heute noch sogenannte Maikäferjahre. Das ist immer dann der Fall, wenn an zwei bis drei aufeinanderfolgenden Jahren die Bedingungen für die Engerlinge besonders günstig waren; also viel Frühlingsregen für genügend zartes Wurzelwerk gesorgt hat.

Marienkäfer

Im Gegensatz zum Maikäfer wurde der Marienkäfer niemals verfolgt. Im Gegenteil – seit Urzeiten gilt der kleine, runde Käfer als Glücksbringer.
In gewisser Weise ist er das auch, zumindest für Bauern und Gärtner, denn Marienkäfer gehören zu den eifrigsten Blatt- und Schildlausjägern. Wo sie sich einfinden, gedeihen die Pflanzen gleich wesentlich besser.
Nur zwei der rund 4300 verschiedenen Marienkäferarten, die es weltweil gibt, ernähren sich von Pflanzen – alle anderen sind Fleischesser. Nur etwa 70 Marienkäferarten leben in Mitteleuropa – der bekannteste davon ist der **Siebenpunkt-Marienkäfer** (COCCINELLA SEPTEMPUNCTATA), ein nicht einmal zentimetergroßer, orangeroter Zwerg mit sieben schwarzen Punkten.
Bereits im April verlassen die Marienkäfer ihre Winterquartiere und gehen auf Futtersuche. Nach der Paarung im zeitigen Frühjahr suchen die Weibchen sehr sorgfältig nach blattlausbefallenen Pflanzen, an denen sie mehrere hundert Eier ablegen. Jede Larve muß nämlich bis zur Verpuppung 400 Schild- oder Blattläuse vertilgen, um ausreichend wachsen zu können.
Meist sucht das Käferweibchen den Legeplatz so gut aus, daß die Larven sich während ihrer Entwicklungszeit nur wenige Zentimeter weit bewegen müssen und trotzdem ausreichend Nahrung finden. Sie verpuppen sich in der Regel am gleichen Pflanzenteil, an dem sie aus dem Ei geschlüpft sind. Schon im August schlüpfen aus den Puppen die neuen Käfer. Man erkennt diese zweite Generation an ihrer dunkleren Rotfärbung.
Marienkäfer überwintern in abgestorbenen Pflanzen, in Reisighaufen, in hohlen Pflanzenstengeln, manchmal auch in Schuppen, Kellern und Dächern. Sie verbringen den Winter am liebsten in großen Gemeinschaften. Wer sich diese nützlichen Blattlausjäger im Garten halten will, braucht ihnen nur ein geeignetes Winterquartier anzubieten. Ein Holzkasten, gefüllt mit Strohhalmen, wird manchmal von ein paar hundert Marienkäfern als Winterquartier genutzt.
Marienkäfer haben unter den Insektenessern viele Feinde und nur wenig Waffen. Sie fallen, wenn sie angegriffen werden, in einen Starrezustand und sondern eine übelriechende Flüssigkeit ab, die die Räuber abschrecken soll. Diese Flüssigkeit ist nichts anderes als das Käferblut. Der Marienkäfer ist in der Lage, bei einer Bedrohung das Blut durch vorgebildete Stellen zwischen Schenkel und Schiene austreten zu lassen, es erscheinen kleine Tröpfchen, die übelriechen und -schmecken.
Viele Vögel lassen sich davon beeindrucken. Ist allerdings der Hunger zu groß, wird der Marienkäfer doch gegessen, und danach hat der Vogel, der es einmal gewagt hat, nie mehr Angst.

Die Puppe eines Marienkäfers ist nur knapp einen Zentimeter groß. Sie hängt reglos am Blatt, bis nach einigen Wochen der fertige Marienkäfer schlüpft.

Der Siebenpunkt-Marienkäfer ist jedem Kind bekannt und bei uns der häufigste Vertreter seiner Gattung. Die kleinen Blattlausjäger können sich an stark befallenen Pflanzen zu Hunderten versammeln. Auch den Winter verbringen sie bevorzugt in Gesellschaft ihrer Artgenossen.

Abbildung oben: Die wunderschönen Morpho-Schmetterlinge der tropischen Regenwälder sind meist glänzendblau. Manche von ihnen erreichen eine Flügelspannweite von 20 cm. Ihre Schönheit wurde ihnen zum Verhängnis, denn sie sind begehrte Sammelobjekte. Viele von ihnen sind deshalb vom Aussterben bedroht.

Abbildung unten: Die Raupen der Bärenspinner entwickelten als Schutz gegen Feinde einen Kranz von Haarbüscheln. Bei Gefahr lassen sie sich fallen, rollen sich zusammen, und die Haare stehen drohend wie ein Stachelkleid nach außen. Das verdirbt den meisten Vögeln den Appetit.

Schmetterlinge

Wohl keine andere Tierart macht eine vielseitigere Verwandlung durch als die Schmetterlinge. Aus grünlichen oder gelblichen Eiern schlüpfen unansehnliche, manchmal auch wenig schöne Raupen, die mit ungeheuerlicher Geschwindigkeit wachsen, sich verpuppen und schließlich einen Falter hervorbringen, dessen Zartheit und Farbenpracht jeden entzückt. Zumindest gilt das für die Tagfalter. Bei den Nachtfaltern ist es eher umgekehrt – die Raupen sind oft interessante Schönheiten, die Falter dagegen eher unansehnlich. Man kann bei einem Falter meist auf Anhieb erkennen, ob er tag- oder nachtaktiv ist: Tagfalter haben Fühler, die vorne keulenförmig verdickt sind, Nachtfalter dagegen haben spitze oder gefiederte Fühler.

Schmetterlinge haben, mit Ausnahme einiger urtümlicher Kleinschmetterlinge, im allgemeinen keine Kauwerkzeuge, sie können nur flüssige Nahrung aufnehmen, meist Blütennektar, Honigtau, Obstsaft oder Rindenharz. Den langen, schlauchartigen Saugrüssel tragen die Falter eingerollt. Erst wenn sie Nahrung aufnehmen wollen, rollen sie ihn auf. Andererseits gibt es aber auch zahlreiche Nachtfalterarten, bei denen der Rüssel rückgebildet ist und somit keine Tätigkeit mehr ausübt. Diese Nachtfalterarten sind nicht in der Lage, während ihres Falterdaseins Nahrung irgendwelcher Art aufzunehmen. Die zarten, undurchsichtigen vier Flügel bestehen aus einer Ober- und einer Unterhaut, zwischen denen winzige, hohle Röhren sitzen, die wir als Adern bezeichnen. Die Flügel sind beschuppt. Diese Schuppen, die in ihrer Anordnung einem mit Ziegeln gedecktem Dach gleichen, sind unendlich empfindlich. Wenn man einen Falter in die Hand nimmt, brechen die Schuppen ab und der Falter kann nicht mehr fliegen. Ein unachtsames Berühren tötet also den Schmetterling!

Die Farben der Schmetterlinge, die uns so erfreuen, sind kein Schmuck, sondern dienen der Verteidigung. Denn Falter sind sonst absolut wehrlos. Sie sind keine schnellen Flieger, haben keinerlei Waffen und gehören zu den begehrtesten Beutetieren vieler Vögel, Spinnen und Reptilien. Manche Farben dienen einfach der Tarnung – die Falter fallen zwischen gleichfarbigen Blüten nicht auf. Andere schrecken die Feinde durch riesige Augen ab, die sie auf den Flügeln haben; unser **Tagpfauenauge** (INACHIS IO) etwa hat solche „Drohaugen".

In der Paarungszeit, die bei unseren einheimischen Faltern je nach Art zwischen Mai und September liegt, locken die Weibchen die Männchen durch Duftstoffe an. Für uns Menschen ganz unvorstellbar ist der Geruchssinn der Falter, die die Duftstoffe ihrer Weibchen auch noch auf weite Entfernungen klar wahrnehmen können.

Nach der Hochzeit sucht das Weibchen nach einem geeigneten Ort zur Eiablage. Die künftige Kinderstube muß zwei Bedingungen erfüllen: sie muß genügend Futterpflanzen für die Raupen bieten, und in unmittelbarer Nähe müssen viele Blumen wachsen, denn die Eiablage kostet viel Kraft. Immer wieder fliegt das Weibchen dazwischen zu besonders nektarhaltigen Blüten um Kraft zu sammeln, bevor es weitere Eier ablegt.

Bei Faltern, die im Spätherbst die Eier legen, überwintern diese Eier, und die Raupen schlüpfen erst im Frühjahr. Geschieht die Eiablage im Sommer, schlüpfen die Raupen nach wenigen Wochen. Sie zehren zuerst noch von der Eihülle und beginnen danach systematisch, die Futterpflanze abzuäsen. Die Raupen jeder Art haben spezielle Futterpflanzen und können nur diese oder ganz nahe Verwandte davon verzehren. Deshalb ist das Vorhandensein von Schmetterlingen immer an Futterpflanzen für ihre Raupen gebunden.

Zu den beliebtesten Raupenfutterpflanzen unserer einheimischen Arten gehören Brennessel, Klee, Löwenzahn, Wegerich, Weide, Schlehe und eine Reihe anderer Wildkräuter und -sträucher. Weil diese „Unkräuter" immer

mehr den Kulturpflanzen oder exotischen Züchtungen gewichen sind, weil die Ackerraine immer schmaler und wilde Hecken gerodet werden, die Gärten fast nur noch Rasen und Zierpflanzen aufweisen, sind die meisten unserer Schmetterlinge vom Aussterben bedroht.
Sie zu retten, wäre eigentlich sehr einfach: ein paar Quadratmeter Garten sich selbst zu überlassen reicht schon. Denn je nach Boden wächst hier in wenigen Jahren ein neuer Lebensraum für die Falter heran, wo es zudem egal ist, wenn die Raupen die Pflanzen kahlessen. Denn Raupen sind ungeheuer gefräßig. Weil sie immer in großen Mengen auftreten, können sie wie die Raupen des **kleinen Fuchs** (AGLAIS URTICAE) einen Brennesselbusch in wenigen Tagen zu einer Ansammlung kahler Stengel werden lassen. Im Gegensatz zu den ausgewachsenen Faltern haben sie kräftige Kiefer und Kauwerkzeuge, mit denen sie harte und zähe Fasern zerkleinern können. Sie wachsen dabei so schnell, daß man es mit bloßem Auge erkennen kann, wenn man sie jeden Tag beobachtet.
Vier- bis fünfmal im Raupenstadium zerplatzt die Haut der Raupen und macht einer neuen, größeren darunter Platz. Nach fünf Häutungen hören die Raupen auf zu essen und kriechen zu Boden oder in Baumritzen. Dabei schrumpft die Raupe ein wenig und verspinnt sich dann in einen Kokon. In diesem harten, meist braunen oder grünen Kokon liegt eine starre, unbewegliche Puppe, die sich allmählich zu einem Falter entwickelt. Bei Sommerraupen überwintert diese Puppe, der Falter schlüpft im Frühjahr. **Zitronenfalter** (GONEPTERYX RHAMNI), die zu den ersten Faltern im Frühjahr gehören, haben als Puppen überwintert.
Der frischgeschlüpfte Schmetterling muß einige Stunden an der Sonne trocknen, bevor er fliegen kann. Er breitet dazu die Flügel aus, bis die feine Haut genügend gehärtet ist.
Einige unserer einheimischen Falter überwintern auch als Schmetterlinge. Dazu gehört das Tagpfauenauge, das sich oft in Schuppen, in Kellern oder auf Speichern verkriecht.
Wenn plötzlich geheizt wird, werden die Falter wieder aktiv und flattern hilflos umher. Man sollte sie dann so schnell wie möglich in einen kühlen Raum bringen, denn sonst verhungern sie.

Zur Verwandlung:
Die Eier der Schmetterlinge sind meist kugelig, ihre Größe schwankt zwischen zwei Zehntel und drei Millimeter.
Deshalb schwankt die Zahl der abgelegten Eier auch sehr, zwischen 50 und mehreren Tausend.
Die Raupe, die dem Ei entschlüpft, ist sehr einfach gebaut. Ihre Hauptaufgabe ist das Essen. All ihre Organe sind nur auf diese eine Tätigkeit ausgerichtet. Sie hat keine Flügel, keine höher entwickelten Sinnesorgane (mit den Augen kann sie gerade Hell und Dunkel unterscheiden) und nur kurze Beine. Ihre Kiefer sind kräftig entwickelt.
Im Puppenstadium werden die Organe der Raupe vollständig abgebaut und deren Stoffe und alle gespeicherten Substanzen zum Bau des Falters verwandt, der schließlich die Schale der Puppe sprengt.

Die Raupen des Kleinen Fuchses (Abbildung oben) ernähren sich ausschließlich von Brennesselblättern. Der fertige Falter (Abbildung unten) dagegen saugt nur noch Blütennektar.

Wie bei allen Nagetieren wachsen auch beim Eichhörnchen die Schneidezähne lebenslang. Sie sind messerscharf und nadelspitz. Eichhörnchen können damit Haselnüsse knacken. An ihre Hauptnahrung, Zapfensamen, kommen sie, indem sie die Tragschuppen hochbeißen und mit den Fingerchen abspreizen, bis der Samen herausfällt.
Rund 100 Zapfen braucht ein Eichhörnchen am Tag, wenn es sich ausschließlich davon ernährt.

Eichhörnchen

Auf Friedhöfen und in Parks sind die flinken, halbzahmen **Eichhörnchen** (SCIURUS VULGARIS) schon ein gewohnter Anblick. Eigentlich ist ihr Lebensraum aber der tiefe Wald und da, trotz des Namens, der Nadelwald. Doch anpassungsfähig wie die meisten Nagetiere, zu denen sie zählen, haben sie schnell die Vorteile des neuen Lebensraums erkannt. Wo Vogelfutterstellen angelegt sind oder Menschen die Eichhörnchen füttern, nutzen sie das ungewöhnlich reichhaltige Futterangebot sofort.

Im Winter kann man leicht den Eindruck gewinnen, daß plötzlich andere Eichhörnchen aufgetaucht sind, als den Sommer über zu sehen waren. Das Aussehen täuscht; denn die hübschen Kletterer bekommen im Herbst nur ein dunkleres Fell. Das liegt an den fast schwarzen, langen Grannenhaaren, die jetzt im rotbraunen Pelz wachsen. Außerdem zeigt der Schwanz im Winter seine größte Buschigkeit, während er im Sommer eher spärlich behaart ist. Und schließlich wachsen Eichhörnchen lange Haarbüschel an den Ohrspitzen.

Die Fellfarbe der Eichhörnchen schwankt auch mit dem Lebensraum: Je tiefer die Tiere im dunklen Wald leben, desto dunkler ist auch ihr Fell. Es gibt sogar glänzendschwarze Eichhörnchen, bei denen auch die hellere Unterseite – normal rotbraungefärbte Tiere haben einen hellen Bauch – fehlt.

Eichhörnchen bauen ihre Nester, die sogenannten Kobel, aus Ästen, Laub, Moosen und auch Industrieabfällen. Im Unterschied zu Vogelnestern sind die Kobel oben geschlossen und zeigen mit ihrem Eingang nach unten – Eichhörnchen klettern von unten hinein.

Die Weibchen legen oft mehrere Nester an, damit sie ihre Jungen, wenn ihnen ein Nest zu unsicher scheint, sofort in ein neues verlegen können.

Im Gegensatz zu anderen Nagetieren, die oft fünf bis sechs Würfe pro Jahr großziehen, vermehren Eichhörnchen sich recht langsam. Sie bekommen nur zweimal im Jahr maximal fünf Junge – und das auch nur in guten, futterträchtigen Zeiten, sonst bleibt es bei einem Wurf. Ihre Hauptnahrung sind Samen aller Art, hauptsächlich Baumsamen, also Zapfen der Nadelhölzer, Nüsse, Eicheln (daher der Name) und Bucheckern. Nur wo diese Nahrung nicht ausreichend vorhanden ist, suchen sie auch am Boden nach Pilzen, Beeren, Obst und Insekten.

Ihr schlechter Ruf als Nestplünderer ist maßlos übertrieben. Denn Eichhörnchen sind Einzelgänger, die ihre Reviere allein bewohnen und darin auch keinen großen Schaden anrichten. Nur wo der Mensch sie füttert, kommen sie in solchen Mengen vor, daß sie beim Nestplündern und Eierklauen tatsächlich einmal ein ganzes Gelege vernichten können. Weil sie keinen Winterschlaf halten, sondern immer wieder aufwachen und zum Essen aus dem Kobel kommen, müssen Eichhörnchen Wintervorräte anlegen. Meist vergraben sie Baumfrüchte in der Erde. Weil sie aber immer wieder einen Teil ihrer Vorräte vergessen oder den Platz nicht mehr finden, tragen sie zur Neupflanzung vor allem von Eichen und Buchen bei.

Tropische Regenwälder

Das Leben des tropischen Regenwaldes spielt sich in einer Höhe von bis zu 40 Metern ab. Denn hier gibt es Licht, Blätter und Früchte, und somit auch Tiere, die sich von den Produkten der Bäume ernähren. Im Gegensatz hierzu leben am Boden des Waldes nur sehr wenige Tiere. Die Baumkronen sind zu einer „Decke" zusammengewachsen, so daß am Boden für Büsche und Grün zu wenig Licht bleibt, es ist dort sehr dunkel, und man sieht nur kahle Stämme. Ein Mensch, der sich in diesen Baumwüsten verirrt, ist zum Verhungern verurteilt, da die lebensrettenden Früchte in einer Höhe wachsen, die für ihn unerreichbar ist. Nur an den Flüssen, wo die Bäume weniger dicht wachsen, nimmt die Artenvielfalt am Boden zu.

Ein Gibbonweibchen ruht sich in luftiger Höhe aus. Es ist nicht immer einfach, Männchen und Weibchen voneinander zu unterscheiden. Beide Geschlechter sind gleich groß und haben spitze Eckzähne. Nur bei manchen Arten, wie etwa dem Kappengibbon aus Thailand, ist die Fellfärbung und das Gesichtsmuster verschieden. Bei diesem Weißhandgibbonweibchen sieht man allerdings an den verlängerten Brustspitzen, daß sie schon mehrere Babys bekommen hat.

Gibbons

In den Baumwipfeln Südostasiens sind die Gibbonaffen zu Hause. Als perfekte Akrobaten haben sie sich einen Lebensraum in schwindelnder Höhe erobert, der sie vor den meisten Raubfeinden schützt und wo für die Fruchtesser, die gelegentlich auch mal ein Vogelnest plündern, „Milch und Honig" fließen.

„Schwinghangeln" nennen Biologen die Fortbewegungsart, mit deren Hilfe die **Eigentlichen Gibbons** (HYLOBATES) und ihre größeren Verwandten, die **Siamangs** (SYMPHALANGUS SYNDACTYLUS), sich in den luftigen Gefilden fortbewegen. Beim Schwinghangeln hält sich das Tier mit einem der überlangen Arme am Ast fest, während der kleine Körper mit angehockten, kurzen Beinchen nach vorne pendelt. Dann greift der freie Arm den nächsten Halt. So kompliziert das klingt – in der fließenden, schnellen Bewegung sieht es fast wie Fliegen aus. Die Hände scheinen die Äste nur noch anzutippen, und wenn der Halt mal abbricht, finden die langen Arme geschwind einen Ersatz. Ein Sturz wäre fatal – schließlich gibt es 30 Meter tiefer am Boden des Regenwaldes kein Netz für die Akrobaten.

Wenn morgens die ersten Sonnenstrahlen auf die Schlafplätze im Blätterdach fallen, begrüßen Gibbons den Tag mit glockenhellen Wechselgesängen. Damit markieren die Gibbonfamilien ihr Revier. Nachbarn, die zu nahe kommen, werden von den Platzhaltern aufgeregt angesungen und vertrieben. Gibbons leben – ungewöhnlich für Affen der Alten Welt – in Einehe. Ein Männchen, ein Weibchen und ihr gemeinsamer Nachwuchs teilen sich das Revier. Erst mit vier bis fünf Jahren sind die Jungtiere so weit, daß sie aus dem Familienverband ausbrechen, um „an eigenen Armen zu schwingen", wie man bei Gibbons wohl sagt.

Orang-Utan

Zu den echten Menschenaffen und damit zu unseren nächsten Verwandten im Tierreich gehört der **Orang-Utan** (PONGO PYGMAEUS). Diese langhaarigen Affen mit dem rostroten Fell findet man heute nur noch auf den südostasiatischen Inseln Borneo und Sumatra in freier Wildbahn.

Orang-Utans haben im Verhältnis zu ihren Beinen sehr lange Arme und sehen damit in ihren Proportionen weit weniger menschenähnlich aus als ihre Vettern, die Gorillas und Schimpansen. Aber nicht nur äußerlich unterscheiden sie sich von ihnen, auch die Art ihres Zusammenlebens ist eine ganz andere. Orangs sind die einzigen Menschenaffen, die nicht gesellig leben, sondern ein richtiges Einsiedlerleben in den Urwäldern ihrer Heimat führen.

Männchen und Weibchen treffen sich nur gelegentlich und eher zufällig an einem fruchttragenden Baum oder ziehen einige Tage in einer Art „Kurzehe" gemeinsam durch die Wälder. Dauerhafte Zusammenschlüsse zu Gruppen finden sich nur bei Müttern mit ihren Babys und halberwachsenen Kindern. Weil Orang-Utans, wie andere Menschenaffen auch, eine jahrelange Kindheitsentwicklung durchlaufen, bis sie selbständig sind, ist die innige Fürsorge und das Vorbild der Mama über fünf bis acht Jahre erforderlich. Ältere Geschwister helfen der Mutter bei der Betreuung der jüngeren. Später lassen sich die Töchter bevorzugt in der Nachbarschaft des Gebietes der Mutter nieder. Söhne haben es da schon schwerer, einen Platz zum Bleiben zu finden, da die großen Orang-Utanmänner jüngere Konkurrenten aus ihren Revieren, die sich über große Flächen erstrecken, eifersüchtig vertreiben, Weibchen hingegen dort dulden.

Im Umgang mit Werkzeug und Gegenständen sind Orang-Utans übrigens noch geschickter als Gorillas und Schimpansen.

Die Forscher, die junge Orang-Utans in Zoos untersuchten, waren ganz verblüfft über die Geduld, den Eifer und die

Fähigkeit dieser Tiere, wenn es um die Lösung komplizierter Aufgaben ging. Sie konnten Puzzles aus vielen Teilen zusammensetzen und Kisten mit verzwickten Verschlüssen öffnen, wenn es dafür jeweils eine Banane gab. Junge Schimpansen und Gorillas verloren an solchen Aufgaben oft den Spaß und reagierten mit Wutausbrüchen, wenn das Problem nicht auf Anhieb zu lösen war.
Diese verblüffenden Fähigkeiten mögen damit zusammenhängen, daß der tropische Regenwald, in dem die Orangs leben, eine gefährliche und mit seiner Vielfalt an Pflanzen auch verwirrende Umwelt ist, die den Orang-Utan vor viele Probleme stellt. Als Anpassung an diese Herausforderung entwickelten sie ihre erstaunlichen Fähigkeiten. Freilandforscher konnten diese Theorie bestätigen. Sie sahen häufig Beispiele für pfiffigen Werkzeuggebrauch bei wilden Orang-Utans. So brechen sich die Affen Zweige zurecht, mit denen sie Früchte von sonst unerreichbaren Stellen herbeiangeln. Bei Regen halten sie eine große Blattpflanze wie einen Schirm über dem Kopf, um ihr langes Haar trocken zu halten.
Zudem brauchen Orang-Utans ein besonders gutes Zeitgefühl. Denn in ihrem Lebensraum gibt es viele Bäume, die nur periodisch zu ganz bestimmten Jahreszeiten Früchte tragen. Dann kommt es darauf an, zur rechten Zeit nachzuschauen, ob die Ernte bereits reif ist, und früh genug einzutreffen, bevor ein Nachbar die Früchte schon weggepflückt hat.
Den Menschen ihrer Heimat ist die Intelligenz der roten Affen bekannt. Orang-Utan heißt übersetzt Waldmensch, und Malaien und Indonesier erzählen ihren Kindern scherzhaft, daß Orang-Utans Menschen seien, die nur darum nicht sprechen, weil sie sonst auch arbeiten müßten.
Erwachsene Orang-Utanmännchen sind mehr als doppelt so schwer wie die Weibchen. Mit diesem Gewicht sind sie für ein reges Baumleben nicht mehr gut geeignet – so leben sie die meiste Zeit am Boden. Mit zunehmendem Alter entwickeln die Männchen dann massige Kehl- und Backenwülste.

Menschenähnlich und fast schon ein bißchen weise erscheint das Gesicht dieser Orang-Utanfrau. Wie Menschenbabys, so braucht auch ein kleiner Orang in den ersten Lebenswochen ganz viel Schlaf. Wenn Mutter unterwegs ist, bietet das lange Fell einen hervorragenden Halt für den Nachwuchs.

Gorillas

Zwischen dem 10. und 15. Lebensjahr färbt sich der Rücken eines Gorillamannes zu dem silbergrauen Sattel um (Abbildung unten). Gorillaweibchen wie dem Flachlandgorilla-Weibchen im großen Bild fehlt der Scheitelkamm, der den Kopf der Männchen hinter der Stirn noch einmal ansteigen läßt. Dieser Scheitelkamm besteht aus den mächtigen Kaumuskeln, die an einem Knochenkamm auf der Schädelmitte angesetzt sind.

Mit ihrem Gewicht von bis zu vier Zentnern sind Gorillas die Schwergewichtler unter den Menschenaffen. 15 000 **Flachlandgorillas** (GORILLA GORILLA GORILLA) leben im afrikanischen Regenwaldgürtel nördlich und südlich vom Äquator. Fürs Klettern in Bäumen sind diese massigen Gestalten natürlich schon viel zu schwer, so ziehen sie vorwiegend am Boden umher.

Normalerweise bewegen sich Gorillas, die Hände auf die Fingerknöchel gestützt, vierbeinig. Doch wenn sie sich im Gebüsch einen Überblick verschaffen wollen oder wenn die Männchen zu ihrem imponierenden Brusttrommeln ansetzen, richten sie sich zu ihrer vollen Größe von fast zwei Metern auf die Hinterbeine auf.

Eindrucksvoller noch als der Flachlandgorilla ist eine seltene Unterart, die nur in den zentralafrikanischen Vulkangebirgen Zaires, Ruandas und einem Waldgebiet Ugandas vorkommt, der **Berggorilla** (GORILLA GORILLA BERINGEI). Von diesen Tieren, die mit ihrem dichten Fell an die tieferen Temperaturen der Berge angepaßt sind, wissen wir heute mehr als über die Flachlandart.

Die Verhaltensforscherin Dian Fossey hat 20 Jahre unter den Berggorillas gelebt und ihre faszinierenden Beobachtungen über die sanften Riesen aufgeschrieben. Durch ihre Arbeit kennt die Fachwelt heute fast alle 450 lebenden Berggorillas persönlich und mit Namen, die sie ihnen gegeben hat. Die großen Silberrückenmännchen „Digit" und „Beethoven" haben sogar schon Gorillageschichte gemacht. Als „Digit" von Wilderern niedergemetzelt wurde, war Dian Fossey so empört, daß sie sich von einer rein beobachtenden Verhaltensforscherin zu einer engagierten Tierschützerin verwandelte, die alles für das Überleben der sanften Riesen tat.

Silberrückenmännchen sind die Paschas eines Gorillatrupps. Gorillas leben in Großfamilien, die von dem ältesten und erfahrensten Männchen angeführt werden, dem auch alle Frauen gehören. Diese athletischen Paschas erkennt man auf den ersten Blick an ihrer Statur und dem silbergrauen Rükkenhaar, das ihnen auch ihren Namen verliehen hat. Solche Paschas können bis zu vier Zentnern wiegen, während die Weibchen lediglich eineinhalb Zentner auf die Waage bringen.

Doch so schwer sie sind – so gutmütig sind sie im Grunde auch. Als reine Pflanzenesser tun sie „keiner Fliege was zuleide", und an manchen Plätzen werden Touristen von einheimischen Wildhütern heute schon mitten in Gruppen freilebender Berggorillas hineingeführt.

Wer sich an die Regeln eines Gorillatrupps hält, also keinem zu nahe tritt, gute Miene zu den oft rauhen Späßen der Tiere macht und keinem Gorilla direkt in die Augen sieht, hat nichts zu befürchten und viel zu erzählen, wenn er nachher wieder zu Hause ist.

Schimpanse

Bei den **Schimpansen** (PAN TROGLODYTES) wäre ein solcher Besuch einer freilebenden Gruppe nicht zu empfehlen. Unsere nächsten Verwandten im Tierreich sind nämlich jähzornig und sehr temperamentvoll. Sie können recht gefährlich werden – nicht nur für menschliche Besucher, sondern ebenso für Raubfeinde, die der Gruppe zu nahe kommen. Der Verhaltensforscher Adriaan Kortland hat einmal eine Leopardenattrappe, die mit Meßgeräten ausgestattet war, in die Nähe einer Schimpansenkolonie gestellt und aus dem sicheren Geländewagen heraus die Reaktionen der Menschenaffen beobachtet. Aufgeregt kreischend stürmten sie sofort auf den falschen Leoparden los. Sie warfen mit Steinen und Stöcken, und die Mutigsten schlugen sogar mit schweren Knüppeln auf die Attrappe ein. Die Schläge und Würfe waren so kräftig und gezielt, daß ein richtiger Leopard nicht lebend davongekommen wäre.
Die Verhaltensforscherin Jane Goodall war von den Schimpansen so fasziniert, daß sie nun schon 25 Jahre am Gombestrom mitten im Schimpansenland lebt. Dort hat sie auch eine eigene Station eingerichtet, die sich mit der Erforschung der Schimpansen beschäftigt. Jane Goodall konnte in der langen Zeit ganze Schimpansen-Familiengeschichten über mehrere Generationen von der Oma bis zu den Urenkeln verfolgen und hat den Aufstieg und Fall von Einzeltieren in der sozialen Rangordnung sorgfältig erforscht. Sie fand auch heraus, daß Schimpansen von allen Menschenaffen das flexibelste Gesellschaftssystem haben. Einzeltiere oder kleine Grüppchen können sich nach Lust und Laune von ihrer Stammgruppe entfernen, Nachbarn besuchen, wiederkommen... Da gibt es Freundespaare oder eine Mutter und ihr Kind, die allein für kürzere oder längere Zeit umherstreifen, Cliquen von halbstarken Männchen, die sozusagen keinen festen Wohnsitz haben. Dann gibt es noch den typischen, quirligen Kern solch einer Kolonie, der aus 20 bis 30 Tieren bestehen kann. Hier ist immer was los. Besonders natürlich, weil die Vorrechte und Machtverhältnisse nicht immer und in jeder Situation eindeutig festliegen.
So kann das Kind einer ranghohen Mutter zum Beispiel ein erwachsenes Tier androhen und es verjagen, wenn die Mutter dabei ist. Geht die Mutter weg und droht das Kleine weiter, weil es dies nicht bemerkt hat, ändern sich die Machtverhältnisse schlagartig und es gibt Haue.
Auch zwischen den erwachsenen Männchen sind die Dinge nicht immer ganz so klar geregelt, wie es bei den Paschagruppen der Gorillas der Fall ist. So kommt es immer wieder zu Rangordnungskämpfen, die zwar ohrenbetäubend laut, aber meistens unblutig als reine Imponierduelle ausgetragen werden. Sieger nach Punkten ist, wer den anderen einschüchtern kann. Das muß nicht immer der Stärkere sein. So berichtet Jane Goodall von einem jungen Männchen, das die erste Position in der Gruppe errang, weil es mit den leeren Paraffinkanistern, die es aus dem Forschungslager geklaut hatte, derart laut trommelte, daß die Gegner entnervt das Weite suchten.

Schimpansenweibchen sind rührende Mütter, die sich jahrelang mit einer wahren „Affenliebe" um ihren Nachwuchs bemühen. Babys werden die ersten Monate am Bauch getragen, wo sie sich mit dem typischen Fünfpunktekontakt der Affen anklammern: mit den Händen und Füßen und mit dem Mund an der Milchquelle. Bis zum Alter von vier bis fünf Jahren ist die Mutter der wichtigste Bezugspunkt im Leben eines Schimpansenkindes, zu der sie sich immer zurückziehen, wenn sie Trost brauchen. Dann sieht man gelegentlich das Bild eines wahren „Riesenbabys", das sich von Mama auf dem Rücken tragen läßt.

Leopard

Von allen Raubkatzen ist der Leopard (PANTHERA PARDUS) am weitesten über die Alte Welt verbreitet. In verschiedenen Unterarten besiedelt er Afrika südlich und nördlich der Sahara, Vorderasien, den Süden der arabischen Halbinsel, Asien bis zur Grenze zwischen Rußland und China im Norden und im Süden bis zur indonesischen Insel Java. Besser als jede andere große Raubkatze hat es der Leopard verstanden, auch da zurechtzukommen, wo er seinen Lebensraum mit dem Menschen teilen muß.

Deutlich sieht man am dicken Bauch, daß die Mahlzeit dem Leoparden gemundet hat. Hinterher zieht sich die getüpfelte Katze gerne auf ein Nickerchen auf einen Baum zurück. Von hier hat sie einen guten Überblick, und kühler als am Boden ist es auch.

Sicher hat es damit etwas zu tun, daß der Leopard für den Menschen keine ernste Bedrohung darstellt und er nur dort intensiv verfolgt wird, wo er Haustieren nachstellt. Doch in den meisten Gegenden lebt er sehr scheu und versteckt und ist nur nachts unterwegs, so daß die Menschen von seiner Anwesenheit meist gar nichts merken.

Besser als andere Raubkatzen hat es der Leopard auch verstanden, sich auf die unterschiedlichsten Klimazonen und auf die verschiedensten Beutetiere einzustellen. Afrikanische Leoparden leben hauptsächlich von Antilopen und Affen, der kleine Sinai-Leopard aus den Wüsten Israels gibt sich mit Klippschliefern und streunenden Hauskatzen zufrieden, in Indien und Ceylon jagen Leoparden Affen, Axishirsche und sogar den großen Sambarhirsch. Um ihre Beute ganz ungestört verzehren zu können, tragen sie diese oft in Bäume und klemmen sie dort in einer Astgabel ein.

Wie die meisten katzenartigen Beutegreifer ist auch der Leopard ein Einzelgänger. Nur zu der kurzen Ranzzeit kommen Kater und Katze für wenige Tage zusammen. Wenn nach einer Tragzeit von drei Monaten zwischen zwei und sechs knapp ein Pfund schwere, blinde Junge zur Welt kommen, muß die Mutter ganz allein für ihre Kätzchen sorgen.

Der berühmte schwarze Panther, der in Zoos und Filmen immer wieder zu sehen ist, ist nur eine ganz normale Spielart der gefleckten Katze. Wenn man richtig hinsieht und die Sonne auf das Fell scheint, erkennt man das genau, denn die Leopardenflecken schimmern auch bei den Schwärzlingen durch.

Neben dem Menschen, der sie hauptsächlich wegen ihres Fells verfolgt, haben Leoparden auch noch andere Feinde: die großen Raubkatzen wie Löwen und Tiger, mit denen sie ihren Lebensraum ja teilen. Nicht nur die Leopardenbabys fallen Löwen und Tigern zum Opfer, auch erwachsene Tiere sind gefährdet. Da Leoparden aber viel kleiner und zierlicher sind als die großen Räuber, sind sie die geschickteren Kletterer und bringen sich und ihre Beute vor der Konkurrenz auf Bäumen in Sicherheit.

Bis vor wenigen Jahrzehnten wurden Leoparden ihrer prächtigen Felle wegen stark bejagt. Davon haben sich noch nicht alle Bestände wieder erholen können. Zum Glück hat das internationale Artenschutzabkommen von Washington 1975 den Leoparden auf die Liste der besonders geschützten Tierarten gesetzt, die einem Handelsverbot unterliegen.

Tiger

Die Entwaldung seines Lebensraums und eine gnadenlose Trophäenjagd haben den Tiger im Laufe dieses Jahrhunderts an den Rand der Ausrottung gebracht.
Zwei von den ursprünglich acht Tigerunterarten sind bereits ausgestorben: der Bali- und der Javatiger.
Auf der indonesischen Insel Sumatra haben sich in den Schutzgebieten noch zwischen 200 und 300 Exemplare des **Sumatratigers** (NEOFELIS TIGRIS SUMATRAE) erhalten, etwa 450 der dichtfelligen, prächtigen **Sibirischen Tiger** (N. T. ALTAICA) leben im Ussurigebiet; auf 50 Köpfe dürfte der Bestand des **Chinesischen Tigers** (N. T. AMOYENSIS) gesunken sein. Einige hundert **Indochinatiger** (N. T. CORBETTI) leben noch in Birma, Thailand, Laos, Kambodscha und Vietnam. Was die jahrelangen Dschungelkriege in den drei letztgenannten Ländern in der heimischen Tierwelt angerichtet haben, weiß man dabei noch gar nicht genau.
Erfreuliches ist eigentlich nur vom Indischen Tiger, der auch **Bengal- oder Königstiger** (N. T. TIGRIS) heißt, zu berichten. In insgesamt 15 Schutzgebieten haben sich seine Bestände von etwa 1000 Tieren im Jahre 1972 auf über 4000 erholen können.
Da sich im dichtbesiedelten Indien die Lebensräume von Menschen und Tigern immer wieder überschneiden, werden dort jährlich 40 bis 50 Menschen die Opfer von sogenannten „Man-Eatern", also menschenessenden Tigern.
So besteht die Hauptaufgabe der Tigerschützer darin, Methoden zu entwikkeln, die die Menschen vor den Tigern schützen. Mit elektrisch geladenen Menschenpuppen, die sie in den Wäldern aufstellten, erzogen Wildhüter im Gangesdelta zum Beispiel die dort lebenden Tiger dazu, auch um unbewaffnete Fischer und Holzfäller einen großen Bogen zu machen.
Zugleich mit den Schutzmaßnahmen für die herrlichen Großkatzen in Freiheit versuchen Zoos in aller Welt, die verschiedenen Unterarten von Tigern durch Nachzuchten zu bewahren. Das gelingt inzwischen so gut, daß es dort inzwischen mehr Sibirische und Sumatratiger gibt als in der Natur und es langsam schon zum Problem wird, den Nachwuchs „standesgemäß" unterzubringen.

Tiger wie dieser Königstiger oben, der begeistert ins Wasser hechtet, sind richtige Wasserratten. Auf ihren Streifzügen können sie kilometerbreite Wasserflächen durchschwimmen.

Sibirische Tiger (Abbildung unten) leben im kalten Gebiet des Amur an der chinesich-russischen Grenze. Kater und Katze kommen nur zu einer wenige Tage dauernden Kurzehe zusammen, dann streifen beide wieder allein durch ihre kalte Heimat.

Nicht nur im Regenwald ist der Jaguar zu Hause; auch in den Trockensteppen von Mexiko findet er sein Auskommen. Deutlich erkennt man auf dem Foto, daß die Kreisflecken des Jaguars – im Gegensatz zu denen des Leoparden – mit Tupfen gefüllt sind. Der gedrungene Körperbau und die kurzen, breiten Gliedmaßen machen „el tigre" zu einem geschickten und ausdauerndern Schwimmer.

Infothek

Trotz seiner großen Anpassungsfähigkeit an die verschiedenen Lebensräume ist der Jaguar inzwischen in seinem Bestand gefährdet. Wie viele andere Bewohner der südamerikanischen Regenwälder wird er durch die Abholzungen und Rodungen der Wälder seiner Heimat beraubt.

Jaguar

Vom nördlichen Mexiko über Mittelamerika bis zum südlichen Ende von Brasilien erstreckt sich das Reich einer großen Katze, die auf den ersten Blick wie eine stabilere Spielart des Leoparden erscheint: der **Jaguar** (PANTHERA ONCA).

Schaut man aber genauer hin, dann fällt auf, daß der Jaguar nicht nur viel gedrungener ist, sondern auch fast doppelt so schwer wie ein Leopard wird und daß seine Flecken – im Gegensatz zu denen des Leoparden – mit Tupfen gefüllt sind. Ein Muster, das auf den ersten Blick sehr auffällig wirkt, aber trotzdem eine ideale Tarnung darstellt, denn diese Tupfen imitieren perfekt das Spiel von Licht und Schatten im Regenwald, dem Lebensraum des Jaguars. Doch nicht alle Jaguare sind gefleckt. Auch schwarze Tiere sind gar nicht so selten anzutreffen, vergleichbar mit dem schwarzen Panther, der dunklen Spielart des Leoparden.

Weil der Lebensraum der Jaguare, der undurchdringliche Dschungel, für den Menschen so unzugänglich ist, haben bisher erst wenige Forscher diese Großkatze in Freiheit beobachten können. Doch alles, was sie herausgefunden haben, spricht dafür, daß der Jaguar in der Natur Südamerikas dieselbe Rolle spielt wie der Tiger in Indien.

Ebenso wie Tiger schwimmen Jaguare leidenschaftlich gern. Schwimmend überqueren sie kilometerbreite Flußläufe und Seen. Wie der Tiger hat sich der Jaguar auf große Beutetiere spezialisiert: Tapire und Wasserschweine stehen ebenso auf seiner Speisekarte wie Hirsche, Pekaris oder gelegentlich sogar mal ein Kaimankrokodil. Die erlegte Beute verspeist der Jaguar nicht an Ort und Stelle, sondern trägt sie an einen sicheren Ort. Dabei entwickelt er eine erstaunliche Kraft. So schleppte zum Beispiel ein Jaguar ein ausgewachsenes Pferd über eine Strecke von 80 Metern bis zu einem Fluß und überquerte ihn sogar noch mit dieser großen Beute.

Als typische Katze lebt und jagt der Jaguar allein. Einer der wenigen, die „el tigre", wie der Jaguar im spanisch sprechenden Südamerika genannt wird, in Freiheit beobachten konnten, war der amerikanische Wildforscher Georg Schaller. Er stellte fest, daß einzelne Kater Reviere bis zu einer Größe von 75 km^2 für sich beanspruchen. Ihre Bezirke überlappen sich mit denen mehrerer Katzen, die sich schon mit Reviergrößen von 25 km^2 zufrieden geben.

Nur zur Ranzzeit finden Kater und Katze zusammen. 100 Tage, etwas mehr als drei Monate, trägt die Mutter die Jungen aus und betreut sie, bis sie zwei Jahre alt sind. In dieser Zeit bringt sie ihnen alles bei, was ein Jaguar wissen muß, um im Dschungel Beute zu machen.

Wo immer die große Raubkatze Viehhaltern „ins Gehege kommt", wird sie als Räuber gnadenlos verfolgt. Weil zudem der illegale Handel mit ihrem Fell noch immer blüht und tagtäglich viele hundert Quadratkilometer Regenwald für Straßen und Siedlungen gerodet werden, ist der Jaguar in seinem gesamten Verbreitungsgebiet inzwischen bedroht.

Koalabär

Das Vorbild für unsere süßen Stoffteddybären war kein Bär, sondern ein Beuteltier aus Australien: der **Koalabär** (PHASCOLARTOS CINEREUS) ein sogenannter Kletterbeutler.
Wie bei den Känguruhs werden die Kinder sehr klein und unfertig geboren und vollenden ihre Entwicklung im Beutel der Mutter. Wenn der würmchenartige, blinde Embryo sich durch das Fell der Mutter bis zum Beutel gerobbt hat, und an der Zitze zu saugen beginnt, schwillt sie in seinem Mundraum so an, daß eine fast unauflösliche Verbindung von Mutter und Kind hergestellt wird. Während sich ein älteres Jungtier noch auf dem Rücken herumtragen läßt, reift übrigens meist schon ein jüngeres Geschwister im Beutel der Mutter heran. Aber auch die etwas älteren Kinder trinken noch gelegentlich Milch aus einer zweiten Zitze im Beutel der Mutter.
Koalas haben ihren Beutel übrigens mit der Öffnung nach unten im Gegensatz zu den Känguruhs, bei denen die Öffnung nach oben zeigt.
Bis auf den Menschen, der ihn früher bejagte, hat der Koala keine Feinde. So konnte sich der pummelige Baumbewohner seit jeher eine äußerst behäbig erscheinende Lebensweise nach dem Motto leisten: „Hauptsache, der Eukalyptus wächst und ich falle nicht runter!"
Der Eukalyptus wächst und gedeiht in über 350 verschiedenen Arten auf dem australischen Kontinent und bietet den Koalas, die täglich ein bis zwei Kilogramm Eukalyptusblätter verzehren, Nahrung genug. Weil besonders die jungen Blätter sehr viel giftige Blausäure und andere Blätter wiederum ganz bestimmte, lebensnotwendige Substanzen enthalten, sind Koalas äußerst wählerisch. Manche Blattbüschel reißen sie ab und lassen sie nach eingehender Prüfung einfach unter sich fallen.
Als wichtige Sicherung gegen das Herunterfallen hat sich bei den Koalas der Zeigefinger zum zweiten Daumen entwickelt, der sich in Daumenrichtung abspreizen läßt. So können sie mit festem Klammergriff die Zweige umschließen.
Wohl weil sie tagaus, tagein nichts anderes essen als Eukalyptusblätter, riechen Koalas übrigens wie eine ganze Tüte voller Eukalyptusbonbons.
Wegen ihres kuscheligen Felles wurden die „Teddys" in der Vergangenheit so intensiv bejagt, daß sie in einigen Gebieten Australiens schon verschwunden sind. Heute steht das plüschige Lieblingstier der Australier unter strengem Schutz der Behörden. Wildhüter fangen Koalas dort, wo es noch genügend gibt, und setzen sie in verwaisten Eukalyptuswäldern wieder aus. Weil sich Koalas aber ebenso gemächlich vermehren wie sie leben und sich bewegen, kann es noch eine ganze Weile dauern, bis die Art wieder überall in Australien verbreitet ist.

Der Zeigefinger hat sich beim Koalabär zum zweiten Daumen entwickelt und läßt sich in Daumenrichtung von den übrigen Fingern abspreizen. So hat der Koala immer einen festen Halt in seiner Baumwelt.
Auch die schon etwas älteren Kinder trinken übrigens noch gelegentlich Milch aus einer zweiten Zitze im Beutel der Mutter. Diese Milch unterscheidet sich in Gehalt und Zusammensetzung von der Milch aus der ersten Zitze, die für die Entwicklung der Kleinsten reserviert ist.

Papageien

Der Allfarblori (TRICHOGLOSSUS HAEMATODUS RUBRITORQUIS) gehört zu den farbenprächtigsten Papageien. Seine Heimat sind die Regenwälder Neuguineas und der Nachbarinseln. Er ernährt sich von Früchten, Blütenpollen und Nektar.

Papageien gehören zu den intelligentesten und am höchsten entwickelten Vögeln der Welt. MIt Ausnahme Europas bevölkern sie jeden Erdteil. Sie haben typische gemeinsame Merkmale, durch die sie sich zum Teil erheblich von unseren einheimischen Vogelarten unterscheiden. Da ist zunächst der charakteristische Krummschnabel, messerscharf, mit stark nach unten gekrümmtem Oberschnabel. Beide Schnabelhälften sind extrem beweglich und befähigen die Papageien, Samen zu enthülsen, Nüsse zu knacken, Früchte zu schälen, aber auch Holz zu zerkleinern, wie sie es zum Beispiel beim Nestbau oft tun müssen. Dieser kräftige Schnabel dient ihnen zudem als „drittes Bein" beim Klettern und Hangeln.

Wie alle Vögel haben auch die Papageien nur vier Zehen, wobei die erste und vierte Zehe den beiden mittleren gegenübersitzen. Aufgrund dieser Anordnung können die Füße – fast wie Hände – als Greifwerkzeuge eingesetzt werden. So pflücken viele Papageien Früchte und Knospen mit dem Schnabel ab und essen sie unter Zuhilfenahme des Fußes.

Die meisten Papageien sind Höhlenbrüter. Sie bleiben mit dem einmal gefundenen Geschlechtspartner ein Leben lang zusammen.

Junge Papageien schlüpfen nackt, blind und völlig hilflos. Die Mutter, bei einigen Arten auch beide Eltern, bereitet die Nahrung im Kropf auf und verfüttert sie bereits verdauungsgerecht. Meist kümmert sich der Vater, der während der Brutphase seine Partnerin mit Futter und Wasser versorgt, nach dem Ausfliegen noch eine Zeitlang um seine Kinder, während die Mutter erneut Eier legt. Zur Brutzeit sind die Paare recht aggressiv, auch gegen Artgenossen, und verteidigen ihr Revier. Außerhalb der Brutzeiten dagegen leben Papageienvögel sehr gesellig und finden sich oft zu großen Schwärmen zusammen.

Trotz ihrer Anpassungsfähigkeit an extreme Lebensbedingungen, trotz ihrer hohen Intelligenz und ihrem Vermögen, Notstandszeiten zu überleben, sind inzwischen viele Papageienarten vom Aussterben bedroht oder schon ausgestorben. Auch ihre hohe Lebenserwartung – immerhin rund 20 Jahre bei den kleinen Arten, 70 Jahre und mehr bei den großen – hat den rapiden Schwund nicht aufhalten können. Schuld daran ist in erster Linie der Mensch, der die schönen, intelligenten und sprachbegabten Vögel rücksichtslos gefangen hat. Die meisten Papageien dürfen inzwischen nicht mehr gehandelt werden. Bei den als Heimtieren angebotenen Papageien und Sittichen handelt es sich in der Regel um Nachzuchten und nicht um Wildfänge.

Kolibris

Die 317 bis heute bekannten Arten der riesigen Familie der **Kolibris** (TROCHILIDAE) bevölkern die ganze Neue Welt. Die allermeisten Arten leben allerdings in der Gegend des Äquators, denn dort gibt es das ganze Jahr eine Vielzahl süßer Blüten. Und die brauchen Kolibris, da sie sich hauptsächlich von Blütennektar ernähren. Nur etwa zehn Prozent der Nahrung besteht aus winzigsten Insekten.
Die angeflogenen Blütenkelche, vor denen die Winzlinge im Schwirrflug in der Luft stehenbleiben, sind fast immer rot, denn rote Blüten werden meist von Insekten ignoriert, weil diese die Farbe Rot nicht erkennen können. So ist der Kolibri Alleinnutznießer des Nektars. Die meisten Kolibriblüten duften auch nicht. Sie produzieren dafür so üppig Nektar, daß die Kolibris sich auf diese Blüten spezialisieren und so auch die Befruchtung, sonst meist Aufgabe der Insekten, übernehmen. In der Luft stehend tauchen die Kolibris ihre Schnäbel tief in den Kelch und strecken die lange Zunge vor. Die Kolibrizunge ist vorne geteilt und mit Lamellen besetzt, in deren Höhlen sich der Nektar verfängt.
Kolibris sind wahre Flugkünstler. Das In-der-Luft-Stehen erreichen die schillernden Vogelknirpse durch den sogenannten Schwirrflug, bei dem sie bis zu 80 Flügelschläge pro Sekunde ausführen. Auch die anderen Flugleistungen der Kolibris sind bewundernswert. Sie sind die einzigen Vögel, die rückwärts fliegen können, und sie schaffen es, nach einem reißenden Sturzflug blitzartig zu stoppen und fliegend wieder zu stehen.
Um die körpereigene Temperatur zu halten, müssen Kolibris praktisch ununterbrochen Nahrung zu sich nehmen. Damit sie aber bei Kälte und Regen nicht verhungern müssen, können sie in Notzeiten Energie sparen. Kolibris können nämlich ihre Körpertemperatur von 42 auf 12 Grad absenken und bis zu fünf Minuten ihre Atmung einstellen, während sie in

normalen Zeiten 250 Mal pro Minute atmen.
Die Vogelzwerge sind Einzelgänger und anderen Artgenossen gegenüber äußerst aggressiv. Zur Brutzeit veranstalten die Männchen Superschauflüge, sie singen auch, allerdings leise und meist nicht sehr melodisch. Die Weibchen bauen ihre Nester allein, erst wenn sie fertig sind, suchen sie den geeigneten Partner.
Kolibriweibchen legen immer zwei Eier, die im Verhältnis zum Vogel sehr groß sind. Die blinden, winzigen Kolibrijungen werden alle 20 Minuten von der Mutter mit Insekten, die sie aus dem Kropf tief in den Schlund ihrer Zwillinge würgt, gefüttert. Sie verlassen das Nest nach einem Monat.
Der kleinste Kolibri ist die Bienenelfe, die knapp hummelgroß wird, der größte Kolibri, der Riesenkolibri, weist eine Gesamtlänge von 20 cm auf. Der leichteste Kolibri ist der Rotbaucheremit, er bringt es auf ganze zwei Gramm, der Riesenkolibri wiegt genau das Zehnfache.
Während Kolibris in ihrer Heimat zu den schönsten und farbenprächtigsten Vogelarten gehören, fristen sie in Menschenhand oft ein elendes, meist sehr kurzes Dasein, denn sie stellen hohe Ansprüche an ihren Pfleger. Man sollte ihre Haltung nur sehr erfahrenen Vogelkundlern überlassen.

Kolibris werden auch „fliegende Edelsteine" genannt. Das kommt daher, weil ihr Gefieder nicht nur herrlich bunt ist, sondern auch metallisch schimmert.

Im Schwirrflug holen sich Kolibris Nektar aus meist roten Kelchblüten.

Korallenkobras nennt man in Brasilien die giftigen Korallennattern (SIMOPHIS RHINOSTOMA). Sie ernähren sich vor allem von kleineren Eidechsen und anderen Schlangen. Ihr Biß ist auch für Menschen gefährlich. Ohne die Verabreichung des Gegengiftes sterben zehn Prozent der Opfer an den Folgen der Vergiftung.

Infothek

Kreuzottern, die einzigen bei uns lebenden Giftschlangen, sind inzwischen so selten, daß die Wahrscheinlichkeit eines Bisses sehr gering ist. Sollte es trotzdem einmal passieren, ist es das wichtigste, die Ruhe zu bewahren. Damit das Gift sich nicht im ganzen Körper ausbreitet, muß der betroffene Körperteil abgebunden werden. Natürlich sollte dann so schnell wie möglich ein Arzt aufgesucht werden, der das Gegengift spritzen wird. Das Gift der Kreuzotter kann im allgemeinen jedoch nur Kindern und Erwachsenen mit schlechter körperlicher Verfassung gefährlich werden.

Schlangen

Der tropische Regenwald beherbergt eine Vielzahl von Schlangen (SERPENTES), die in den Bäumen oder – seltener – auf dem Boden auf Beutefang gehen. Da es vielen Menschen schon bei der Erwähnung von Schlangen kalt den Rücken hinunterläuft, wollen wir hier etwas näher auf Schlangen und ihre erstaunlichen Fähigkeiten eingehen in der Hoffnung, daß mit dem Verständnis auch die Toleranz gegenüber diesen faszinierenden Tieren wächst.

Schlangen sind zwar taub, aber dafür hat die Natur sie mit einer Reihe anderer Sinne ausgestattet, die diesen Mangel mehr als wettmachen. Der am wenigsten entwickelte Sinn ist dabei der Gesichtssinn. Trotzdem können Schlangen recht gut sehen und besonders Bewegungen und Erschütterungen wahrnehmen.

Die Schuppen und Schilder auf der Schlangenhaut tragen Tastflecken, die den Körper über jede Art von Bodenerschütterung informieren. Solche Tastorgane haben die Schlangen auch an ihrer Zunge, mit der sie außerdem riechen können. An der Spitze der zweizipfeligen Schlangenzunge sitzen feinste Organe, mit denen die Schlange beim Züngeln auch schwächste Duftstoffe aufnimmt und in die Mundhöhle, wo ihr Geruchszentrum liegt, zurücktransportiert.

Schlangen züngeln also, um zu riechen und zu tasten. Sie müssen dazu den Mund nicht öffnen, denn in den Lippen ist eine Lücke, durch die die Zunge aus- und eingeführt werden kann. Besonders nächtlich jagende Schlangen haben außerdem einen Infrarotsinn, mit dem sie Temperaturunterschiede von einem Hundertstel Grad wahrnehmen können. So gelingt es ihnen auch bei völliger Dunkelheit, den Standort zum Beispiel einer Maus, nur aufgrund der Körperwärme, die das Tier abstrahlt, zu bestimmen.

Mit Ausnahme der Eierschlangen ernähren sich alle Schlangen von lebender Beute, meist kleinen Nagetieren wie Mäusen und Ratten, oft von Fischen, Amphibien oder Insekten. Auch Vögel und Reptilien gehören zu ihren Beutetieren.

Schlangen verschlingen ihre Opfer im Ganzen, das heißt, sie können keine Stücke ab- oder herausbeißen. Um auch große Beute hinunterschlingen zu können – sie schaffen es ohne weiteres, Tiere, die doppelt so groß sind wie sie selbst, zu verspeisen –, können Schlangen ihre Kiefergelenke „entriegeln" und so den Mund weit genug aufreißen.

Über 3000 Schlangenarten sind heute bekannt, die meisten davon leben in den Tropen.

Die weitaus größte Schlangenfamilie stellen die **Nattern** (COLUBRIDAE) dar, der rund 2500 Arten angehören. Bei uns in Europa leben außer der bekannten, ungiftigen **Ringelnatter** (NATRIX NATRIX) noch 20 weitere Arten. Die meisten einheimischen Nattern ernähren sich von Insekten, Schnecken, Vögeln und Mäusen. Es gibt auch bei uns Nattern, die Giftzähne haben – die Trugnattern (BOIGINAE). Deren Giftzähne sitzen hinten im Oberkiefer. Bei einigen anderen Arten ist der Speichel giftig und dringt in die Wunden, die die scharfen Fangzähne den Beutetieren gerissen haben, ein. In der Regel aber sind unsere heimischen Nattern harmlos.

Im Gegensatz hierzu findet man in anderen Erdteilen Nattern, die zu den giftigsten Schlangen überhaupt zählen. Zu diesen **Giftnattern** (ELAPIDAE) gehören zum Beispiel die **Königskobra** (OPHIOPHAGUS HANNAH) und die **Schwarze Mamba** (DENDROASPIS POLYLEPIS). Die Giftdrüsen dieser beiden Giftnattern produzieren Nervengifte, die der anderen Giftschlangen hingegen Blutgifte.

Die zweite große Schlangengruppe mit Giftzähnen bilden die **Vipern** (VIPERIDAE), denen alle Ottern angehören. In Ruhestellung sind die Giftzähne der Vipern nach hinten geklappt, und erst beim Aufreißen des Munds richten sie sich auf. Bei uns ist die **Kreuzotter** (VIPERA BERUS) die bekannteste Vertreterin dieser Familie.

Uns Menschen werden die Giftschlangen nur dann gefährlich, wenn wir sie stören. Sie fliehen nämlich meist nicht, sondern bleiben still, oft zusammengeringelt liegen. Erst wenn der Mensch ihnen versehentlich zu nahe kommt oder gar auf sie tritt, fühlen sie sich angegriffen und beißen zu.
Während die Nattern meist Eier legen, bekommen die meisten Vipern lebende Junge. Zwischen zwei und 50 Junge kann so eine Viper auf die Welt bringen. Die **Riesenschlangen** (BOIDAE) sind die dritte große Familie. Ihnen gehören die größten der heute lebenden Schlangen an, die **Anakondas** (EUNECTES) und die **Pythons** (PYTHON), die bis zu 10 Meter Länge erreichen können. Auch die **Boas** (BOA), bekannt aus Schlangenvorführungen, sind Mitglieder der Riesenschlangenfamilie. Der mächtige Körper dieser Schlangen ist ein einziges Muskelpaket, mit dem sie ihre Beute vor dem Verschlingen zu ersticken trachten. Haben sie ein Opfer entdeckt, beißen sie sich zuerst mit den scharfen, nach hinten gekrümmten Zähnen fest, danach legen sie ihren Körper um Hals und Körper des Opfers und drücken zu. Auch Menschen können auf diese Weise umgebracht werden, obwohl sie normalerweise nicht zu den Beutetieren der Riesenschlangen zählen.
Gerade die Riesenschlangen sind in den Kult und Religionen vieler Völker eingegangen. In Dahomé wurde die Python göttlich verehrt, sie zu töten galt als Sakrileg und wurde durch ein Gottesurteil bestraft: Den Schlangenmörder schloß man in eine Hütte ein, die man anzündete. Konnte er sich selbst befreien, so blieb er straflos.

Bis zu fünf Meter lang wird die Königsschlange (BOA CONSTRICTOR), auch Abgottschlange oder Königsboa genannt. Erwachsene Tiere können 60 Kilo wiegen. Sie bringen lebende Junge zur Welt. Boas leben in den tropischen Regenwäldern des südamerikanischen Kontinents.

In den Baumkronen der Urwälder Neuguineas lebt der Grüne Baumpython (CHODROPYTHON VIRIDIS). Auch er gehört zur Familie der Riesenschlangen, die ihre Opfer nicht mit Gift, sondern nur aufgrund ihrer Körperkraft überwältigen. Baumpythons können bis zu 150 cm lang werden. Bevor sie diese stattliche Länge erreicht haben, müssen sie sich wie alle Schlangen mehrmals häuten. Dabei platzt die zu klein gewordene Haut ab und wird durch eine neue, größere ersetzt.

Flüsse und Seen

Der in Afrika beheimatete Goliathreiher ist der größte Vogel dieser Familie.

Biber gehören zu den an ein Leben im Wasser optimal angepaßten Säugetieren.

Flüsse, Seen und Feuchtgebiete zählen zu den am meisten gefährdeten Lebensräumen unserer Erde.

Lebensraum und Zivilisation

Nichts hat die Menschen so sehr beeinflußt wie ihr Leben an Flüssen und Seen. So entstanden an großen Flüssen dank der Fruchtbarkeit des Bodens und der guten Verkehrsmöglichkeiten mit dem damit verbundenen Kontakt zur Außenwelt bedeutende Kulturen.
Denken wir nur an das Mesopotamien zwischen Euphrat und Tigris, das Ägypten des Nils und an die italienische Kulturblüte der Renaissance in der fruchtbaren Poebene, denken wir auch an die Bedeutung des Rheins und der Elbe für unsere kulturelle und wirtschaftliche Entwicklung, aber auch an kleinere Flüsse wie Mosel und Main.

Schaumteppiche auf dem Wasser, Ölpfützen spiegeln sich dekorativ in der Sonne, die Fische sterben tonnenweise. Was soll der Frosch anders tun, als sich auf eine Blechdose zu retten?

Die Menschen an den Flüssen

Für die Menschen an den Flüssen und Seen war das Wasser Nahrungsquelle und Arbeitsgrundlage zugleich. Als Transportwege genossen die Flüsse über Jahrhunderte überragende Bedeutung, bis sie diese mit Straße und Schiene teilen mußten. Sie waren Energielieferant und Hauptnahrungsquelle. Das auch oft indirekt, indem die umliegenden Böden durch die regelmäßig auftretenden Überschwemmungen gedüngt, ja oft erst fruchtbar gemacht wurden.
Das berühmteste Beispiel hierfür ist ohne Zweifel Ägypten. Dort versorgte der Nil durch seine alljährlichen Überschwemmungen das umliegende Land mit nährstoffreichem Boden aus Zentralafrika. Und übers Jahr wurde dieser Boden künstlich mit dem Wasser des Nils bewässert.
Doch oft war diese Art von Bewässerung sehr problematisch, denn in jedem Fluß- und Seewasser, ja, auch im Grundwasser sind gelöste Bodensalze enthalten. Wird ein Boden mit diesem Wasser künstlich bewässert, so bleibt, wenn das Wasser verdunstet, das Salz zurück und reichert den Boden an. Durch eine solche ständige Über-

salzung wird der Boden mit der Zeit unfruchtbar und verwandelt sich in Wüste. In Ägypten jedoch war dies anders, denn die regelmäßigen Überschwemmungen rissen die im Laufe des Jahres abgelagerten Salze mit sich fort.

Der Assuan-Staudamm und seine Folgen

Dieser natürliche Vorgang der Bewässerung und Düngung wurde durch den Bau des Assuan-Staudamms leider zerstört. Denn der Nil wird durch diesen Damm zu einem großen See aufgestaut, die Verdunstungsfläche hat sich vervielfacht und die Überschwemmungen bleiben aus. Somit werden wohl die Äcker Ägyptens nach viertausendjähriger Geschichte einen ähnlichen Weg gehen wie jene Mesopotamiens – sie werden versalzen und irgendwann nicht mehr zu bewirtschaften sein. Mißernten und Hungerkatastrophen werden das Ergebnis sein. Ein Beispiel mehr für die katastrophalen Folgen eines gedankenlosen, auf den kurzfristigen Vorteil bedachten Umgangs mit der Natur. Vom Rhein möchte ich gar nicht sprechen. Es ist erschütternd, was wir der Natur und damit uns selbst anzutun in der Lage sind.

Schweden – eine Idylle?

Die Zerstörung ist nicht immer so offensichtlich und mit bloßem Auge zu erkennen, wie die Schaumteppiche und Ölpfützen unserer einst so schönen Seen und Flüsse. Urlauber, die eine landschaftlich so reizvolle Gegend wie Schweden besuchen, glauben, hier im hohen Norden noch eine intakte Naturlandschaft, saubere Flüsse und Seen zu finden. Das Gegenteil ist oft der Fall, nur fällt es nicht so auf, es sei denn, man sieht zufällig einen Hubschrauber, der einen See mit Kalk düngt. Denn auch hier, in dieser idyllischen Landschaft, wo oft weit und breit keine Industrie zu sehen ist, sind Seen und Flüsse vergiftet. Und das nicht erst seit Tschernobyl.

Die Vielfalt der Flüsse und Seen

Flüsse und Seen sind in ihrer Vielfalt mit den Meeren und Küsten vergleichbar; ob als Brutstätte für Vögel und Insekten, als Heimstatt der Fische oder als Zufluchtstätte so mancher sonnengeplagter Tiere, wie dem Flußpferd – die Vielseitigkeit und Lebensfülle dieses Lebensraumes ist immer wieder faszinierend zu beobachten. Auf den nächsten Seiten möchte ich Ihnen davon einen kleinen Eindruck vermitteln.

Ein schwedischer See wird von einem Hubschrauber aus mit Kalk gedüngt.

Krokodile

Aus der Zeit der Dinosaurier hat sich eine große Gruppe von Reptilien bis in unsere Tage erhalten: die **Krokodile** (CROCODYLIA). Sie leben in Flüssen und Seen der tropischen Gebiete. Allerdings sind sie inzwischen durch die intensive Bejagung und die Zerstörung ihrer Lebensräume in vielen Ländern vom Aussterben bedroht. Zwar gibt es ein internationales Schutzabkommen, das einige Krokodilarten und ihr Leder mit einem Handelsverbot belegt, aber die Einhaltung dieser Bestimmung ist gerade bei Krokodilen, die zur Ledergewinnung in großen Farmen gehalten und gezüchtet werden, schwer zu kontrollieren. Schließlich sieht man es einer Krokoledertasche nicht an, ob das Leder von einem Zucht- oder Wildtier stammt.

Kaimane (Abbildung oben) sind viel zierlicher als die Echten Krokodile. Deutlich ist bei dem Krokodil (Abbildung unten) der markante fünfte Zahn des Oberkiefers zu erkennen.

Weil alle größeren **Kaimane** im Pantanal bereits weggefangen wurden, fehlt heute eine ganze Generation erwachsener Tiere, die für den Fortbestand ihrer Art sorgen könnten.

Fünf vor zwölf haben die nordamerikanischen Naturschutzbehörden den **Mississippi-Alligator** (ALLIGATOR MISSISSIPPIENSIS) unter Schutz gestellt. So konnte dieses bis zu sechs Meter lang werdende Krokodil im Mississippi und den Everglades von Florida nicht nur in seinem Bestand erhalten werden, sondern sich sogar auf eine Kopfzahl von inzwischen über 800 000 Tiere vermehren. Heute ist es für Polizisten in Florida überhaupt nicht mehr ungewöhnlich, wenn sie gerufen werden, weil ein wanderlustiger Alligator im Swimmingpool einer Villa badet.

Vielleicht weil uns diese urigen Wesen unheimlich sind, empfinden wir so wenig Mitgefühl für den Niedergang des Krokodils. Dabei haben sie für Reptilien ganz ungewöhnlich „menschliche" Züge, zum Beispiel bei ihrer Brutpflege. Während andere Reptilien sich nach der Eiablage kaum je um den Nachwuchs kümmern, sind Krokodile geradezu rührende Mütter. Zuerst graben sie eine tiefe Brutgrube, die sie mit gärendem und darum wärmendem Pflanzenmaterial polstern.

Während in den Eiern die kleinen Krokodile heranwachsen, bleibt die Mutter immer in der Nähe des Geleges und bewacht es. Täglich sieht sie nach dem Rechten und kontrolliert, ob die Kleinen schon schlüpfen wollen. Ist dann der große Moment gekommen – die Mutter hört es, weil die Kleinen in den Eiern quäken –, zerbeißt sie mit ihren mächtigen Zähnen zart und äußerst vorsichtig die zähe Eihülle und trägt die frisch geschlüpften Krokodilchen im Mund zum Wasser.

Dort bewacht sie sie für weitere Wochen, in denen sie keine Nahrung zu sich nimmt.

Da die Kleinen bei Gefahr im Rachen der Mutter Zuflucht suchen, bestände sonst das Risiko, daß sie sie für Nahrung hält und versehentlich hinunterschluckt.

Flußpferd

Säugetiere, die sich das nasse Element als Lebensraum ausgesucht haben, sind im allgemeinen ziemlich schnittige und stromlinienförmige Gestalten, wie zum Beispiel Delphine, Seelöwen oder Fischotter. Beim Flußpferd sieht die Linie so anders aus, daß der Schweizer Tiergartenbiologe Heini Hediger seine Körperform scherzhaft als „Süßwasserboje" bezeichnet hat.

Das **Flußpferd** (HIPPOPOTAMUS AMPHIBIUS), das nicht mit Pferden, sondern mit den Schweinen verwandt ist, kann auf die Stromlinienform verzichten, denn im Wasser hat es nur selten Eile. Flüsse, Seen und Tümpel sind ihm Plätze der Sicherheit und der Erfrischung unter der heißen Sonne Afrikas. Strömungen vermeidet das Flußpferd sorgfältig. Schließlich hat es schon „Betriebsunfälle" gegeben, bei denen Hippos vom Sog in Wasserfälle gerissen wurden. Nein – perfekte Wasserwesen sind diese amphibisch lebenden Säuger nicht.

Am liebsten tummeln sie sich in ruhigen Gewässern von etwa zwei Meter Tiefe. Dort, wo die Schwerkraft für ihre 40 bis 60 Zentner schweren Tonnenkörper aufgehoben ist, bewegen sie sich elfengleich, elegant und schwebend. Die massiven Füße tippen nur kurz den Grund an, um den Körper in Schwung zu halten. Nur die verschließbare Nase, Augen und Ohren tauchen aus der Wasseroberfläche auf. Luft geholt wird in Minutenabständen.

An den richtigen Stellen finden sich ganze Herden von Hippos versammelt. Die Weibchen, die das Zentrum solcher Ansammlungen bilden, vertragen sich besser als die Bullen, die ihre Reviere am Rand haben. Zwischen ihnen entbrennen immer wieder heftige Kämpfe, bei denen es nicht so fair zugeht wie zum Beispiel unter Hirschen oder Antilopen. Kämpfe von Flußpferden sind sogenannte Beschädigungskämpfe, bei denen einer dem anderen die mächtigen Hauer der Unterkiefer immer wieder in die Schwarte schlägt. Nicht selten enden solche Auseinandersetzungen tödlich, und alte Bullen sind von Narben übersät. Kein Wunder, daß junge Bullen lieber das Revier wechseln und ihr Glück anderswo suchen. Reisende fanden solche Jungbullen schon in kleinen Tümpelpfützen, die kaum größer als eine Badewanne waren.

Wenn die Sonne untergegangen ist und die Temperaturen in der Savanne erträglicher sind, verlassen die Flußpferde das nasse Element, um an Land zu grasen. Verhornte Leisten an den Lippen helfen ihnen, das harte, kurze Gras zu schneiden. An Land sind die Flußpferde ganz erstaunlich wendig; steile Flußufer sind selbst für einen Bullen von drei Tonnen kein Hindernis, und bei Gefahr greifen Hippos, die sich vom sicheren Wasser abgeschnitten fühlen, in rasantem Galopp an.

Das Gerangel der Flußpferdbullen mit weit geöffneten Kiefern ist ganz freundschaftlich. Flußpferde nehmen regelmäßig Schlammbäder (Abbildung unten). Das reinigt die Haut von Parasiten und schützt vor Insektenstichen.

Pelikane

In der großen Ordnung der **Ruderfüßer** (PELICANIFORMES) ist die Familie der **Pelikane** (PELICANIDAE) sicher die bekannteste. Pelikane sind auch die größten Vögel dieser Ordnung. Sie erreichen Flügelspannweiten von rund drei Metern und wirken plump mit ihren kurzen Beinen. Ihre Füße sind mit Schwimmhäuten versehen.

Mit Pelikan ist meist der **Rosapelikan** (PELECANUS ONOCROTALUS) gemeint, ein weißer, nach der Mauser rosaschimmernder Vogel mit fleischfarbenen Beinen. Er ist in Europa, Afrika und Asien zu Hause und lebt am liebsten an und in gut bewachsenen Binnengewässern und Flußmündungen.

Wichtige Bedingung an ihren Lebensraum ist aber ein ausreichender Fischbestand, denn die Wasservögel ernähren sich ausschließlich von Fisch und brauchen rund ein Kilo pro Tag. Und weil sie sehr gesellig sind und am liebsten in Kolonien leben, muß der gewählte Futterplatz nahrungsreich sein, da er sonst gleich leergefischt wäre.

Der Pelikan liegt, wegen der sehr leichten, luftgefüllten Knochen, sehr hoch im Wasser, er sinkt praktisch gar nicht ein. Er kann aber trotzdem ganz gut tauchen. Durch den mächtigen Unterschnabel, der mit dem volumenreichen Kehlsack verbunden ist, wirken Pelikane immer leicht mürrisch. Verstärkt wird dieser Eindruck noch durch die Schweigsamkeit der Vögel. Außerhalb der Brutzeit geben sie praktisch keine Laute von sich.

Die meisten von uns kennen Pelikane aus dem Zoo und wissen, wie gut sie schwimmen können. Die Vögel sind aber auch sehr elegante Flieger, die lange gleiten, segeln, aber auch Sturzflüge vollführen können. Trotz ihres plumpen Körpers sind sie nämlich leichtgewichtig und deshalb in der Lage, Luftströmungen ohne Eigenanstrengung zu nutzen.

Beim Fischfang kommt den Pelikanen die Koloniebildung zugute. Sie schwimmen nebeneinander und kreisen ihre Beute regelrecht ein, in Ufernähe treibt so ein Pelikantrupp seine Opfer in die seichten Zonen. Dann senken die Vögel ihren Unterschnabel ins Wasser und schöpfen die Fische wie mit einer Kelle einfach ab. Der Kehlsack, der unter dem Unterschnabel in Ruhe flach am Schnabel liegt, ist jetzt aufgebläht und nimmt die Fische auf. Der Oberschnabel wird wie ein Deckel zum Verschließen des Fischgefängnisses benutzt.

Zur Brutzeit bauen Pelikane sehr schlampige, flache Muldennester, meist auf Sand- oder Kiesbänken. Die Gelege der Vögel mit ein bis drei Eiern pro Paar liegen oft so dicht beisammen, daß kaum zu erkennen ist, zu welchem Nest die Eier gehören. Beide Eltern brüten und füttern, wenn die hilflosen Jungen geschlüpft sind, auch gemeinsam die Brut. Die Pelikanküken brauchen bis zu zwei Monate, bevor sie schwimmen können und in der Lage sind, selbst zu fischen. Bis dahin bleiben sie in Gruppen, dicht an dicht, auf den Nestern hocken.

Der Rosapelikan ist in Europa ein sehr seltener Brutvogel geworden, in den anderen Erdteilen dagegen gibt es ihn noch häufig. Sein nächster Verwandter dagegen, der **Krauskopfpelikan** (PELECANUS CRISPOS), wird wohl demnächst ausgestorben sein. Man schätzt, daß es weltweit noch 650 bis 1000 Brutpaare gibt.

Die alten Ägypter kannten den Pelikan schon als Haustier, für die Inder war er Jagdgehilfe. Die Mohammedaner hatten ihn sogar heiliggesprochen, da er angeblich beim Bau der Kaaba, der für Mohammedaner heiligsten Stätte in Mekka, geholfen hat. In Europa galt der Pelikan in der frühchristlichen Symbolik als ein Sinnbild aufopfernder Mutterliebe und taucht in der mittelalterlichen Kunst als Urbild menschlicher Barmherzigkeit immer wieder auf.

Flamingo

In Südamerika, Afrika und Asien sind die Flamingos zu Hause, jene Vögel, an denen mehr oder weniger alles – Beine, Schnabel, Gefieder – rosa ist. Auch die hellsten Flamingos haben ein Federkleid, das weiß mit rosa Anflug schimmert.

Flamingos (PHOENICOPTERUS RUBER) sind echte Nahrungsspezialisten. Mit ihren langen, gebogenen Schnäbeln, deren Spitzen einen abrupten Knick haben, filtern sie ihre Nahrung aus dem Wasser. Sie lassen den Schnabel dabei beinahe geschlossen, nur ein kleiner Spalt steht offen. Durch Zurückziehen der Zunge entsteht ein Sog und Wasser strömt in den Schnabel. Mit der Zunge pressen die Flamingos das Wasser wieder heraus, alle Tierchen und Algen dagegen bleiben im Schnabel und werden verschluckt. Größere Brocken können die Flamingos auf diese Weise gar nicht einziehen, sie brauchen also ungeheure Mengen von Kleinstlebewesen, um satt zu werden. Meist verbringen sie auch den ganzen Tag mit dem Sieben nach Krebschen, Insektenlarven, Würmern, Algen und winzigen Muscheln.

Sind schon die Pelikane gesellig, so brauchen die Flamingos regelrechte Massen um sich. Es gibt Salzseen, in denen Hunderttausende dieser rosa Vögel herumstaksen. Nur in riesigen Kolonien fühlen sie sich wohl, und nur hier brüten sie auch erfolgreich. Sie bevorzugen salzhaltige Seen und Brackgewässer, weil sie zu den wenigen Tieren gehören, denen das salzhaltige Wasser nicht schadet – sie spucken es ja wieder aus. So haben sie auch kaum Konkurrenten um die Milliarden von Salinenkrebschen, die in seichten Gewässern bei warmer Witterung heranwachsen.

Vor der eigentlichen Balz flirten ganze Gruppen in den Kolonien miteinander, die dann auch dicht an dicht ihre Nester aus Schlamm und Erde bauen. In die Mitte dieser kleinen Schlammberge werden die Eier gelegt, beide Eltern brüten.

Flamingos brauchen viele Artgenossen um sich, um erfolgreich zu brüten. In Zoos mit wenigen Tieren stellt man deshalb Spiegel auf, um die Tierzahl scheinbar zu verdoppeln.

Seichte Gewässer, in denen Flamingokolonien nach Nahrung suchen, werden oft von anderen Vögeln gemieden, denen das Wasser zu salzig ist.

Die jungen Flamingos sind hilflos, sie hocken geduckt in den flachen Erdmulden und warten auf ihre Kraftnahrung. Die Eltern füttern eine Nährflüssigkeit aus dem Kropf, die so viel Karotin enthält, daß sie blutrot schimmert.

Die Kinder können zwar nach rund einer Woche auf noch wackeligen Beinen den Eltern zum Wasser folgen, aber noch nicht allein essen. Sie bilden oft Kindergärten mit den anderen Jungvögeln der Kolonie. Über zwei Monate lang erhalten die Flamingoküken die Spezialnahrung der Eltern, erst dann ist ihr Filterapparat im Schnabel ausgereift – sie sind selbständig.

Beim Sieben taucht der Flamingo die Stirn ins Wasser, er filtert nämlich, indem er den Oberschnabel dreht, so daß er nach unten zeigt.

In Südeuropa, Afrika und Südasien brütet der schneeweiße Silberreiher (CASMERODIUS ALBUS). Zur Brutzeit ist der Schnabel gelb, später färbt er sich schwarzgelb um.

Reiher

In Europa ist der bekannteste Reiher der **Graureiher** (ARDEA CINEREA). Die Reiher gehören zu den Schreitvögeln, und sie schreiten tatsächlich, langsam und majestätisch. Beim „normalen" Lauf ist der dünne, lange Hals vorgestreckt, er balanciert durch Pendeln die Bewegungen der langen, staksigen Beine aus. Bei der Jagd geht der Reiher noch langsamer als gewöhnlich, jetzt hält er den Hals eingezogen. Er kann stundenlang in seichtem Wasser oder am Ufer entlangschreiten, bis er Beute – meist Fische und andere Wassertiere – erspäht. Dann beugt er sich vor, um blitzschnell zuzustoßen. Kleine Fische werden lebendig verschlungen, die großen bringt der Reiher erst an Land. Wie alle Reiher brüten und leben auch die Graureiher am liebsten in großen Kolonien. Einzelne Brutpaare oder Minikolonien von weniger als zehn Paaren lösen sich meist schnell wieder auf. Hundert Paare wollen diese fast storchengroßen Vögel mindestens um sich haben. Die größte Graureiherkolonie in Europa ist in der Bretagne. Weil die Reiher Baumnester bauen, ist diese Kolonie schon ein phantastischer Anblick. Zwischen den Ästen wirken die langhalsigen Vögel noch größer, die mächtigen Laubbäume biegen sich förmlich vor Leben, und auch der Lärm, den so eine Kolonie macht, ist enorm. Die alten Reihernester werden meist jährlich wiederbenutzt und vom Männchen nur ausgebessert oder ausgebaut. Sie bestehen aus Schilf und Röhricht. Beide Eltern bebrüten die meist vier bis fünf Eier, beide füttern und hudern die Jungen auch, die beim Schlüpfen hilflos sind. Erst 20 Tage nach dem Schlüpfen lassen die besorgten Eltern ihre Kinder zum erstenmal allein. Das Futter übergeben die Eltern ihren Kindern entweder direkt in den Schnabel, oder sie erbrechen es aus dem Kropf ins Nest und die Jungen nehmen es auf. Einen Monat nach dem Schlüpfen machen die Jungen die ersten Kletterversuche und besteigen Nachbaräste; mit etwa zwei Monaten sind sie flugfähig, bleiben aber noch fast einen ganzen Monat lang dem elterlichen Nest treu und übernachten auch dort. Der Graureiher ist bei uns sehr selten geworden. Trotzdem gibt es jährlich wieder Forderungen nach Abschußgenehmigungen. Der große Vogel, der am Tag rund ein Pfund Fisch verzehrt, ist der Fischwirtschaft ein Dorn im Auge. Wo Zuchtteiche zu seicht angelegt sind, fischt er sie ab. Weil er Gewässer, die tiefer als 60 cm sind, meidet, bauen erfahrene Fischer ihre Zuchtgewässer einfach um. Die Reiher suchen sich dann neue, natürliche Futterquellen. Denn sie sind nicht auf Fisch angewiesen, sie erbeuten auch Mäuse, große Insekten und Amphibien.

Kraniche

Wenn die **Kraniche** (GRUIDAE) ziehen, sieht man sie nicht nur – sie bilden keilförmige Flugformationen –, man hört sie auch. Denn die Vögel lassen während ihrer Flüge, genau wie am Boden, ihre schmetternden Rufe hören. Zweimal im Jahr, im Frühjahr und im Herbst, erinnern uns die durchziehenden Kraniche daran, daß dieser überstorchengroße Sumpfvogel auch einmal bei uns zu Hause war. Heute leben die letzten 20 bis 30 Brutpaare in Schleswig-Holstein und Niedersachsen unter strengstem Schutz, die Nester werden bewacht. Und wer den berühmten Tanz der Kraniche bewundern will, der muß schon hoch in den Norden Europas reisen, um die Paare, die bei Erregung minutenlange schnelle Tänze vorführen, zu erleben. Der **Gemeine Kranich** (GRUS GRUS) lebt in feuchten, baumlosen Niederungen, in Mooren und auf Naßwiesen. Im Frühling kommen die Kolonien aus ihren Winterquartieren in Spanien und Nordafrika zurück und nach der Balz suchen die beiden Partner einen möglichst nassen, bewachsenen Bodenfleck als Nistplatz. Sie sind keine großen Nestbauer, manchmal holen sie einfach nur ein paar Pflanzen aus der Umgebung und stopfen sie am Boden fest. Kraniche legen meist ein oder zwei Eier, selten einmal drei. Sie haben nur eine Brut im Jahr. Beide Eltern brüten und wärmen die Jungen, wenn sie nach rund einem Monat schlüpfen. Kranichküken verlassen ihr Nest bereits 24 Stunden nach dem Schlüpfen und folgen den Eltern. Bei zwei Jungen übernimmt oft jeder Elternteil die Führung eines Kükens, doch alle bleiben dicht zusammen. Die winzigen Kranichkinder haben manchmal große Mühe, mit ihren langbeinigen Eltern Schritt zu halten. Sie suchen in den ersten drei Wochen noch nicht selbständig nach Futter, sondern bekommen ihre Nahrung aus dem Schnabel von Vater und Mutter. Sie erhalten echte Mischkost, denn Kraniche ernähren sich sowohl von Samen, Früchten, Beeren und Grünzeug als auch von

Was der Kranich wie einen langen Schwanz trägt, sind in Wirklichkeit verlängerte Ellbogenfedern, die sichelförmig gebogen sind.

Würmern und Insekten – sie essen, worauf der Schnabel gerade stößt.
Mit neun Wochen unternehmen die Jungkraniche die ersten Flugversuche, allerdings nur über kurze Strecken, denn sie sind noch sehr ungeschickt. Bis zum Abflug ins Winterquartier haben sie dann genug trainiert und fliegen mit ihrer Familie los.
Noch seltener als der Gemeine Kranich ist sein nächster Verwandter, der **Jungfernkranich** (ANTHROPOIDES VIERGO), der hauptsächlich im Norden Rußlands brütet. Er zieht etwas früher als unser Kranich in kleineren Trupps nach Süden und kehrt etwas später zurück. Er ist der kleinste und zierlichste aller Kraniche, von denen die meisten außerhalb Europas leben.
Die große Ausnahme unter den Kranichen ist der **Kronenkranich** (BALEARICA PAVONINA), dessen Heimat Afrika ist. Während alle anderen Kraniche während der Mauser alle Federn auf einmal verlieren und vorübergehend flugunfähig sind, mausert der Kronenkranich nach und nach. Während seine Restverwandtschaft Bodennester baut, brütet er auf Bäumen.

Der Kronenkranich ist der bunteste Kranich und an seinem dekorativen Federkrönchen leicht zu erkennen.

In den Steppen und Savannen Afrikas und im Niltal brüten die Spornkiebitze, die wesentlich hochbeiniger sind als unsere heimischen Kiebitze. Beim Laufen ziehen sie ihren langen Hals so ein, daß sie etwas verwachsen wirken.

Bei unserem heimischen Kiebitz lassen sich Männchen und Weibchen am Hals unterscheiden. Während dieses Männchen einen durchgehend dunklen Streif vom Hals bis zur Brust zeigt, haben die Weibchen dort einen weißen Fleck.

Kiebitz

In der großen zoologischen Ordnung der Wat- und Möwenvögel gehören der Familie der Regenpfeifer die kleineren Arten an. Rund 60 verschiedene Arten kennt man heute weltweit. Man teilt die Familie in zwei Gruppen ein, die Gruppe der Kiebitze und die der Echten Regenpfeifer.

Einer der bekanntesten Vertreter der Gruppe der Kiebitze ist unser **Kiebitz** (VANELLUS VANELLUS), unverwechselbar durch das markante schwarzweiße Federkleid, den Metallschimmer und die lustige Federhaube.

Kiebitze lebten früher ausschließlich in Feuchtgebieten. Heute nehmen sie mit allen möglichen Brutplätzen vorlieb: man findet sie auf Viehweiden, Heideflächen, Schotterplätzen, sogar am Rand von Flughäfen. Sie leben gerne in kleineren Kolonien und bauen auch ihre Bodennester in Sichtweite anderer Koloniemitglieder. Gemeinsam sieht man sie unablässig pickend über die niedrig bewachsenen Flächen trippeln. Sie können, wie alle Watvögel, sehr schnell laufen und entziehen sich ab und zu sogar ihren Feinden nicht durch Auffliegen, sondern durch Wegrennen. Ihre häufigste Lautäußerung sind ihre weinerlichen Rufe, jämmerlich langgezogene Töne. Während der Aufzuchtzeit der Jungvögel stoßen die Kiebitzeltern auch noch Warn- und Beruhigungsrufe aus, die ihre Jungen genau kennen. Die erdfarbenen Kiebitzküken ducken dann, auf einen solchen Warnruf hin, die Körper gegen den Boden und machen sich praktisch unsichtbar. Wenn man um sich herum schreiende Kiebitze fliegen sieht, sollte man genau aufpassen, wohin man tritt, denn die gut getarnten Küken laufen in den ersten Lebenstagen nie weg und können leicht unterm Fuß zerquetscht werden. Erst wenn sie älter sind, suchen sie ihr

Heil in der Flucht zu Fuß. Nur der Beruhigungsruf der Älteren läßt sie sich wieder normal bewegen.
Die männlichen Kiebitze sind echte Flugartisten, die senkrecht nach oben steigen, sich kopfüber in die Tiefe fallen lassen und dabei sogar Rollen rückwärts zeigen. Erst wenige Zentimeter über dem Boden stoppen sie ihre Sturzflüge und schwingen sich wieder nach oben.
Kiebitze bleiben in vielen Gegenden das ganze Jahr da; wenn das Wetter zu schlecht wird und keine Nahrungssuche zuläßt, ziehen sie oft nur kurze Strecken weiter.

Regenpfeifer

Nach ihren bevorzugten Lebensräumen tragen die drei bei uns heimischen Echten Regenpfeifer ihre Namen: der **Sandregenpfeifer** (CHARADRIUS HIATICULA) lebt hauptsächlich an Sandküsten, zum Beispiel an der Nordsee, vor allem in Niedersachsen. Der **Seeregenpfeifer** (CHARADRIUS ALEXANDRINUS) brütet bei uns ausschließlich an der Küste, und der **Flußregenpfeifer** (CHARADRIUS DUBIUS) sucht die Ufer von Süßwasserteichen und Flüssen auf und fehlt an den Meeresküsten.
Äußerlich sind die zierlichen Vögel kaum zu unterscheiden. Alle drei sind sie ausgesprochene Schnelläufer, die mit unglaublicher Geschwindigkeit nach Nahrung suchen. Bodentiere wie Spinnen und Insekten werden aufgepickt oder verfolgt. Die Regenpfeifer jagen mit den Augen – je beweglicher ihre Beute ist, desto eifriger wird sie verfolgt. Tote Tiere übersehen die kleinen Jäger.
Auch die Regenpfeifer brüten am Boden. Um ihre Jungen zu schützen, haben sie eine besondere Technik entwickelt, das sogenannte Verleiten: Nähert sich ein Feind, humpelt ein Elternteil laut jammernd in Sichtweite des Feindes davon und versucht, seine Aufmerksamkeit zu erregen. Er taumelt, kippt zur Seite, spreizt einen Flügel ab, kurz, er täuscht jede Art von Verletzung vor, nur um den Räuber vom Nest wegzulocken. Meist gelingt es ihm, und sowie sich der Feind weit genug vom Nest entfernt hat, fliegt der angeblich kranke Regenpfeifer davon.
Bei den Regenpfeifern brüten beide Eltern, Vater und Mutter kümmern sich auch um die Küken, die als Nestflüchter ja schon nach wenigen Stunden mit den Eltern laufen. In den ersten 14 Tagen, wenn die jungen Regenpfeifer noch nicht fliegen können, drücken sie sich auf den Warnruf ihrer Eltern einfach platt an den Boden. Später zeigen sie dann schon ihre Rennkünste. Erst nach gut drei Wochen sind sie flügge und verlassen die Eltern.
Regenpfeiferpaare bleiben manchmal lebenslang zusammen. Junge Paare finden sich ab und zu auch schon vor der Brutzeit, im Herbst und Winter, als Verlobte zusammen.
Die Regenpfeifer sind nicht nur schnelle Läufer, sie fliegen auch sehr ausdauernd. Während der Zugzeiten finden sie sich in großen Scharen vor allem an der Nordseeküste zusammen. Auf ihren Flügen gen Süden legen sie auch im Binnenland oft wochenlange Rasten ein und verschwinden erst mit einsetzendem Frost. Sie legen teilweise große Entfernungen zurück und dringen auf dem Zuge in ihre Winterquartiere weit nach Süden vor.

Ein Sandregenpfeifer ist ständig auf Futtersuche. Wenn sich nicht genügend bewegliche Nahrung findet, trommelt der kleine Vogel so lange mit den Füßen auf die Erde, bis sich die Schlammtiere bewegen und er sie so finden kann.

Haubentaucher

Der größte unserer fünf einheimischen Lappentaucher ist der **Haubentaucher** (PODICEPS CRISTATUS). Er ist etwa stockentengroß, wirkt aber viel schlanker und hat einen längeren Hals. Am auffälligsten ist der schwarze Schopf auf seinem Kopf, den beide Geschlechter, genau wie den rostrot-braun-schwarzen Backenbart, als Brautschmuck tragen. Haubentaucher sind ausgesprochen lebhafte Schwimmvögel, die immer sehr geschäftig wirken. Wir können sie an allen flacheren Binnengewässern finden, sie sind praktisch nie an Land.

Wenn die Paarungszeit ab März beginnt, kann man die Tänze der Haubentaucher auf dem Wasser beobachten. Die Partner schwimmen, die Halskrägen abgespreizt, aufeinander zu, bis sich ihre Köpfe beinahe berühren, und schütteln sie dann rhythmisch. Manchmal haben sie Wasserpflanzen im Schnabel, die sie einander anbieten. Oder sie paddeln so schnell und heftig mit den Füßen, daß sich die beiden Körper senkrecht aus dem Wasser heben, und stehen sich dann Brust an Brust gegenüber. Manchmal ziehen sie dann noch den Kopf zwischen die Schultern und strecken die Flügel schräg weg. Hat sich ein Paar durch diese Hochzeitstänze gefunden, bleiben die beiden manchmal ihr ganzes Leben lang zusammen.

Sie suchen zunächst gemeinsam einen geeigneten Nistplatz. Bevorzugt werden flache Wasserzonen zwischen Schilf und Binsen gewählt, die den Eiern und den Jungen die meiste Deckung versprechen. Wenn die Ufer nicht genug bewachsen sind, weichen die Haubentaucherpaare auch ins offene Wasser aus. Sie bauen aus Ästen, Schilf, Wasserpflanzen, auch Abfällen wie Papierfetzen und Konservendosen, große Schwimmnester. Eine gute Woche brauchen die beiden dazu, dann beginnt das Weibchen mit der Eiablage.

Männchen und Weibchen wechseln sich beim Brüten ab, und nach rund einem Monat schlüpfen die Haubentaucherküken, die sofort schwimmen und tauchen können. Allerdings sind sie sehr lange von ihren Eltern abhängig. Wenn das Gelege sehr groß war, trennen sich jetzt Vater und Mutter, jeder übernimmt einen Teil der Kinder und führt sie, wobei die Kleinen oft stundenlang zwischen den Flügeln in den Flügeltaschen oder auf dem Rükken spazierengeschwommen werden. Bei kleineren Gelegen bleiben die Eltern zusammen und lehren ihre Kinder gemeinsam, wie man Fische fängt und welche Nahrung die richtige ist.

Die Jungen essen in den ersten Wochen noch nicht allein, sie folgen ihren Eltern lediglich. Beide Altvögel füttern sie mit Wasserinsekten und kleinen Quappen. Erst zehn bis elf Wochen später gibt es Fisch – die Hauptnahrung der Haubentaucher. Rund 200 Gramm davon vertilgen sie täglich.

Die rostroten Schmuckfedern gesträubt, schwimmt ein Haubentaucherpaar aufeinander zu. Wenn sich die Köpfe beinahe berühren, beginnen beide sie zu schütteln. Dieses aggressiv aussehende Verhalten gehört zum Hochzeitsritual der Haubentaucher.

Eisvogel

Eisvögel (ALCEDO ATTHIS) haben keine sonderliche Angst vor Menschen und brüten deshalb auch in Ballungsgebieten. Hauptsache, ihre hohen Ansprüche an Brut- und Futterplatz werden erfüllt. Eisvögel brauchen klare, langsam fließende oder stehende Gewässer, die ihnen ausreichend Einblick in das Leben darin gewähren und die mit Fischen besetzt sind, denn der Eisvogel ist ein Sichtjäger, in trüben Teichen findet er nichts. Da er an steilen Ufern in der Erde brütet, muß im Umkreis von rund 100 Flugmetern seines Jagdreviers eine schräge oder senkrechte Erdwand sein. Solche Brutplätze werden aber immer seltener, und mit ihnen verschwinden auch die Eisvögel. Künstliche Brutröhren nehmen sie gerne an, wenn sie nur tief genug sind und ihren eigenen Erdhöhlen ähneln. Die dritte Bedingung: am Jagdplatz muß eine Sichtwarte vorhanden sein, ein Baum oder ein Fels, von dem aus der Eisvogel nach Beute spähen kann. Denn ein guter Läufer ist dieser farbenprächtige Vogel nicht. Nach Möglichkeit vermeidet er das Laufen sogar ganz.

Männchen und Weibchen der Eisvögel leben außerhalb der Brutzeit getrennt in eigenen Revieren.

Beim Jagdflug kommen die beiden einander näher. Die Braut inspiziert den vom Männchen angebotenen Brutplatz, wo im ersten gemeinsamen Jahr die Bruthöhle erst noch gebaut werden muß. Gefällt ihr die steile Erdwand und hat das Männchen mit dem Schnabel die ersten Zentimeter gebohrt, gräbt das Weibchen weiter. Die Höhlen sind rund 90 cm tief und meist waagerecht in die Wände gebaut. Sie haben anfangs einen Tunnel, der hinten kammerartig erweitert ist. Während das Weibchen schuftet, schafft das Männchen Futter heran. Nach der Eiablage wechseln beide sich beim Brüten ab, und wenn die Jungen geschlüpft sind, füttern auch beide. In Jahren mit Nahrungsüberschuß haben die Eisvogelpaare meist noch eine Ersatzröhre gegraben, in die das Weibchen, wenn ihre erste Brut geschlüpft ist, sofort neue Eier legt. Das Männchen übernimmt dann die frisch geschlüpften Jungen, das Weibchen brütet das Zweitgelege aus. Eisvogelküken sind Nesthocker, die blind und hilflos schlüpfen. Sie bleiben in der Höhle, bis sie flügge sind.

Dieser ungewöhnlich und auffällig gefärbte Vogel hat auch Eingang in die Sagenwelt des Menschen gefunden. Es heißt, ursprünglich sei er unscheinbar grau gewesen. Aber er habe die Arche Noah so ungestüm verlassen, daß seine Unterseite von der untergehenden Sonne braun angesengt worden sei und der Rücken das Stahlblau des Himmels angenommen habe.

Eine andere Sage behauptet, Alcyone (lateinisch Alcedo, daher der Gattungsname) habe sich, nachdem ihr Mann Keyx, der Sohn des Abendsterns Hesperos, ertrunken war, verzweifelt ins Meer gestürzt. Doch die Götter verwandelten beide in Eisvögel.

Von seiner Sitzwarte aus späht der Eisvogel nach Nahrung. Dann stürzt er sich ins Wasser, fast senkrecht taucht er nach unten, um seine Beute, einen Fisch oder eine Kaulquappe, am Rücken zu packen.

Der Kanadische Biber gilt als besonders eifriger Dammbauer. Das Knüppeldach einer Biberburg ist so stabil, daß es mehrere Menschen trägt. Drinnen wird es dank der vereinten Körperwärme von Familie „Breitschwanz" auch im tiefsten Winter niemals kälter als 0 Grad.

Biber

Andere Tiere mögen mit ihrer Umgebung so, wie sie sich nun einmal bietet, zufrieden sein – nicht so das größte Nagetier der nördlichen Erdhalbkugel, der **Biber** (CASTOR FIBER). Er gestaltet sich seine Welt durch den Bau von Staudämmen und Burgen selbst. Sein Baumaterial sind Bäume, möglichst in Ufernähe, die er zu Hunderten fällt und verarbeitet. Statt einer Axt benutzt er

seine Schneidezähne, und das so wirksam und geschickt wie ein erfahrener Holzfäller.

Je nach Qualität dienen ihm das Holz und seine Rinde als Nahrung, Baustoff oder beides. Der emsige Waldarbeiter scheint ständig von zwei Ängsten geplagt zu sein – nämlich, daß die Holzburg einem Raubfeind nicht genügend Widerstand entgegensetzt und daß der Damm bricht. Deshalb hat er in seine stabile Wasserburg jede Menge Notausgänge in alle Richtungen eingeplant, deshalb verstärkt er den Bau unermüdlich – flickt aus, wo ein Leck droht, und baut ständig an.

Wo man ihn lange genug gewähren läßt, entstehen Biberdämme wie das Rekordgebilde am Jefferson-Fluß im US-Bundesstaat Montana. Dort erstreckt sich ein Biberdamm über 700 Meter.

Bei einer Sockelbreite von bis zu sechs Metern ist er überall so tragfähig, daß ganze Gruppen von Menschen darüberspazieren können. Vermutlich ist dieser Damm schon seit Jahrhunderten im Bau und das Werk vieler Generationen von Bibern.

Hinter einem solchen Biberdamm staut sich das Wasser, und wo sich früher vielleicht einmal ein Bach durch dichten Wald schlängelte, kann schon nach ein paar fleißigen Biberjahren ein ganzer See, umgeben von lichten Auwäldern, Enten, Fröschen und Reihern einen neuen Lebensraum bieten. Reißende Sturzbäche werden von ganzen Serien von Dämmen gezähmt, und besonders in gebirgigen Regionen wird die Erdkrume so vor Überflutungen und Abtragung geschützt. Doch „Meister Bockert", wie der Biber in der Fabelwelt und der Jägersprache heißt, macht sich die ganze Mühe natürlich nicht, um anderen Tieren einen Lebensraum zu schaffen und Sturzfluten zu bremsen, sondern will lediglich ganz eigennützig für sich und seine Familie ein Eigenheim schaffen.

Nur sehr wenige Säugetierarten leben übrigens so wie er in dauerhafter Einehe. Männchen und Weibchen, die sich äußerlich fast gar nicht voneinander unterscheiden, sorgen gemeinsam für den Nachwuchs, beide tragen, wenn es sein muß, ihre Jungen auf den Händen von Ort zu Ort oder lassen sie beim Schwimmen auf dem breiten Ruderschwanz, der Kelle, mitfahren. In der geräumigen und – durch die vereinte Körperwärme – immer molligen Biberburg dürfen die Kinder ihren ersten und manchmal auch den zweiten Winter im trauten Familienkreis verbringen. So können gelegentlich drei Generationen unter einem einzigen Dach versammelt leben, bevor die ausgewachsenen älteren Geschwister im zweiten Jahr vertrieben werden, um sich flußauf- oder -abwärts einen eigenen Bauplatz zu suchen.

Fischotter

Man muß schon etwas Glück haben, um heute noch in Deutschland einem frei lebenden **Fischotter** (LUTRA LUTRA) zu begegnen. Und als Claus Reuther, der Leiter der Fischotterstation Oderhaus, letzten Winter im Harz auf eine Fischotterspur stieß, da war das in Fachkreisen eine kleine Sensation. Galten doch Fischotter im Harz schon lange als ausgestorben. Und aus der Station, die selbst nur Zoofischotter hält, war keiner entflohen. Der Zuwanderer konnte also nur aus der DDR gekommen sein.

Im Bayerischen Wald und einigen sauberen Seen Schleswig-Holsteins leben weitere Fischotter. Auf ungefähr 200 Köpfe wird ihr Gesamtbestand hierzulande geschätzt. 200, die übriggeblieben sind. Denn der Fischotter mit seinem Appetit auf Fische und Wasservögel hat sich seit jeher bei Fischern, Jägern und Fischteichbesitzern unbeliebt gemacht – sein wasserdichtes Fell dagegen stand schon immer hoch im Kurs. So wurde er gnadenlos verfolgt. Sogar eine eigene Hunderasse wurde zur Otterjagd gezüchtet: der Otterhund. Seine Nase ist speziell für Fischotterdüfte empfänglich, und er ist zudem ein gewandter Schwimmer. Wenn in früheren Zeiten Fischotter von solchen Hunden aufgespürt und gestellt wurden, kam der Jäger, um sie mit dem Dreizack aufzuspießen. Beim „Raubzeug" war man nicht zimperlich.

Heute macht sich Claus Reuther die gute Spürnase dieser Hunderasse für die Wildforschung zunutze. Sein Otterhund begleitet ihn und hilft ihm, die seltenen Fischotter aufzuspüren. Durch diese Beobachtungen hofft er, mehr über diese Tiere zu erfahren, um ihnen besser helfen zu können.

Wer einen Fischotter persönlich erleben will, der geht am besten in einen guten Zoo. Fischotter gewöhnen sich sehr schnell an Menschen und treiben ganz unbefangen ihre quirligen Spiele auch vor Publikum. Das größte Vergnügen scheint ihnen die Rutschpartie auf dem Bauch vom Ufer ins Wasser zu bereiten. Sie jagen und balgen sich spielerisch, drehen Pirouetten im Wasser, untersuchen mit ihren putzigen Händen neugierig, was immer sie finden. In vielen Zoos floriert die Nachzucht von Fischottern schon recht gut. So kann man hoffen, daß eines nicht mehr allzufernen Tages Fischotter aus den Zoos in die Freiheit entlassen werden können, um verwaiste Gebiete wieder zu besiedeln.

Weil die Jagd heute verboten ist, hätten unsere eleganten Fischotter eine gute Chance zu überleben. Vielleicht findet der einsame Zuwanderer im Harz auf diesem Weg ja einen Partner. Dann sollte man allerdings von weiteren Flußbegradigungen und Wasserverschmutzung absehen.

Es gibt kein bei uns heimisches Raubtier, daß sich so gut zähmen läßt wie der Fischotter. Früher wurden sie in Europa abgerichtet; sie brachten erbeutete Fische ihrem Herrn. In China soll das noch heute üblich sein, wohingegen in Indien die zahmen Otter die Fische ins Netz treiben.

Seiner Beute lauert der Fischotter oft von einem Ansitz über Wasser auf. Schwimmt ein Fisch vorbei, stürzt er sich ins Wasser und verfolgt ihn, bis er ihn schließlich mit den Zähnen packen kann. Zum Essen – besonders wenn die Beute größer ist – zieht er sich gerne an Land zurück.

Infothek

Daß Schildkröten eßbar und auch sehr wohlschmeckend sind, haben die Menschen schon früh herausgefunden. Seefahrer machten früher auf den Galapagosinseln Station, um einige der dort lebenden riesigen Landschildkröten als lebenden Proviant an Bord zu nehmen. Die Tiere kommen nämlich über lange Zeit ohne Nahrung aus, und lebendes Fleisch verdirbt nicht. Heute stehen diese Riesenschildkröten genauso unter Naturschutz wie die im Meer lebenden Suppenschildkröten.

Schildkröten

Schildkröten (TESTUDINES) erhielten ihren Namen nach dem Panzer, der ihren Rumpf umschließt und nur Kopf, Hals, Beine und Schwanz freigibt. Die meisten Arten können diese Gliedmaßen bei Gefahr unter den Panzer ziehen. Sie zählen zu den Reptilien und leben als wechselwarme Tiere hauptsächlich in den südlichen und tropischen Ländern dieser Erde. Einige wenige Arten gibt es auch bei uns, sie fallen im Winter in Winterstarre.

Unter den landlebenden europäischen Schildkröten ist die **Griechische Landschildkröte** (TESTUDO HERMANNI) die bekannteste, da sie lange Jahre ein beliebtes Haustier war. Sie gehört zu den kleineren Arten und wird nur ungefähr 30 cm lang, während tropische Schildkröten gut einen Meter und mehr messen können. Wie die meisten Landschildkröten ißt auch die Griechin hauptsächlich Pflanzen, Obst und Beeren und nimmt nur ab und zu Regenwürmer und Schnecken als Beikost auf. Sie hat, wie ihre Artgenossen, sehr kräftige, beschuppte Beine mit harten Zehen und kann erstaunlich schnell laufen und gut klettern. Wenn die Tiere auf den Rücken fallen, schnellen sie sich ähnlich wie Käfer wieder zurück.

Neben den reinen Landschildkröten gibt es noch Sumpfschildkröten, Süßwasserschildkröten und Meeresschildkröten. Bei den Sumpf- und Wasserschildkröten sind die Zehen teilweise mit Schwimmhäuten versehen, bei den Meeresschildkröten sind die Vorderbeine zu Ruderflossen umgebildet. Die Meeresschildkröten kommen nur zur Eiablage an Land, sonst leben sie dauernd im Salzwasser. Sumpf- und Wasserschildkröten dagegen sind bei warmer Witterung dauernd an Land, um sich zu sonnen; sie suchen das Wasser meist nur zur Nahrungsaufnahme, zur Paarung und nachts zum Schlafen auf.

Hält man eine Schildkröte als Haustier, so sollte man darauf achten, daß sie es warm genug hat. Sonst siechen sie dahin und sterben bald.

Die starken Krallen der Griechischen Landschildkröte wachsen ein Leben lang. Sie braucht sie zum Klettern in felsigen Gebieten, hauptsächlich in den Weinbergen Griechenlands. Außerdem benutzt sie ihre kräftigen Zehen auch beim Eingraben im Spätherbst. Sie schafft sich für ihre Winterruhe eine sehr tiefe, geschützte Höhle und gräbt sich erst wieder aus, wenn die Erde sich stark erwärmt hat.

Kröten

Mit den Schildkröten haben die **Echten Kröten** (BUFONIDAE) und die **Krötenfrösche** (PELOBATIDAE) außer dem Namen nichts gemeinsam, sie zählen zu den Amphibien. Die meisten der ungefähr 250 Arten leben in den Tropen. Der bekannteste Vertreter der Familie der Krötenfrösche ist die **Knoblauchkröte** (PELOBATES FUSCUS). Sie ist sehr lebhaft gefärbt und sondert bei Gefahr einen eigentümlichen Geruch ab, von dem die meisten behaupten, er rieche wie Knoblauch. Das ist jedoch nicht die einzige Waffe, mit der sie sich gegen Angreifer wehrt. Sie kann sich dick aufblasen und spitze, schrille Schreie ausstoßen. Fühlt sie sich arg bedrängt, reißt sie ihr Riesenmaul auf, stellt sich auf die Hinterbeine, im alleräußersten Fall springt sie ihre Feinde sogar an. Ihre dunkelbraunen Kaulquappen sind die größten aller Froschlurche, sie können bis zu 17 cm lang werden und sind damit größer als die erwachsenen Tiere mit ihren 5 bis 8 Zentimetern.

Erdkröten (BUFO BUFO) gehören zu den Echten Kröten. Sie suchen zur Paarung und Eiablage immer das Gewässer auf, in dem sie selbst geschlüpft sind, auch wenn ihr eigentlicher Lebensraum viele Kilometer davon entfernt liegt. Deshalb begeben sich die geschlechtsreifen Kröten im Frühjahr, meist in der ersten regenwarmen Nacht, auf Wanderung zu ihrem Heimatgewässer. Sie lassen sich dabei von keinem Hindernis aufhalten. Beim Überqueren der Straßen, die durch Zuggebiete der Kröten gebaut wurden, kommt es dann, weil die Kröten sehr langsam vorwärtskommen, zum Massenmord durch Autos. Nach dem Laichen ziehen die Kröten wieder zurück und erneut müssen Tausende sterben. Man hat in den letzten Jahren Maßnahmen ergriffen, um das zu verhindern, etwa durch extra für die Kröten angelegte Tunnel, die unter den Straßen durchführen.

Ausgewachsene Erdkröten sind unter guten Bedingungen 10 bis 15 cm lang. Die rauhe, braungraugrüne Haut ist mit unzähligen Warzen übersät.

Bei der Wahl ihres Lebensraumes sind diese Erdkröten nicht anspruchsvoll. Sie machen sich besonders in Gärten als Schnecken- und Wurmvertilger nützlich. Im März und April wandern sie zu ihren Laichplätzen, wo die Weibchen 2000 bis 6000 Eier in Laichschnüren ablegen. 15 Tage später schlüpfen die schwarzbraunen, dickköpfigen Larven.

Nur bei genauem Hinsehen entdeckt man, wie schön die Knoblauchkröte gezeichnet ist. Wie alle Kröten hat sie große hervorquellende Augen. Sie siedelt sich nur in Gegenden an, wo der Boden weich und sonnig ist, da sie sich tagsüber in die Erde eingräbt. Nur bei starken Regenfällen kann man sie auch tagsüber auf Beutefang beobachten.

Der Rotaugen-Laubfrosch (AGALYCHNIS CALLIDRYAS) (Abbildung oben) ist ein tropischer Verwandter unseres Laubfrosches. Er lebt im südamerikanischen Regenwald in den Bäumen.

Abbildung ganz oben: Unser Laubfrosch ist ein guter Kletterer. An schönen Tagen kann man oft beobachten, wie er sich – auf einem Ast oder Blatt sitzend – in luftiger Höhe sonnt.

Frösche

Frösche gehören zu den Amphibien, Tieren, die auf dem Land und im Wasser leben. Ihre Jugend verbringen Amphibien im Wasser und atmen in dieser Zeit wie die Fische mit Kiemen. Als erwachsene Tiere atmen sie dann Luft, sind aber in ihrer Lebensweise noch immer mehr oder weniger stark ans Wasser gebunden.

Alle Amphibien haben vier Beine und eine nackte Haut. Wir unterscheiden Schwanzlurche, die als fertig entwikkelte Tiere einen meist langen Schwanz haben, und Froschlurche, die schwanzlos sind, wenn ihre Entwicklung abgeschlossen ist.

Zu den Froschlurchen gehört der bei uns wohl bekannteste aller Lurche: der Laubfrosch. Weltweit gibt es 450 verschiedene Laubfroscharten, die meisten davon leben aber in den Tropen. Unser **Laubfrosch** (HYLA ARBOREA) lebt als ausgewachsenes Tier hauptsächlich in Büschen, Gestrüpp oder an stark bewachsenen Ufern, aber immer in der Nähe eines Gewässers. Laubfrösche können sehr gut klettern, und man kann sie an schönen Tagen oft eng an einen Schilfhalm gepreßt oder auf einem Blatt sitzend hoch über der Erde bewundern, wo sie sich sonnen.

Allerdings können sie nicht das Wetter vorhersagen, wie viele Leute glauben. Die berühmten Weckgläser, deren Einrichtung nur aus einer Leiter besteht und in denen die Wetterfrösche angeboten werden, sind reine Tierquälerei. Die Frösche versuchen darin lediglich der Hitze zu entfliehen und steigen deshalb nach oben. Die Sonnenruhe auf Blättern dagegen tut dem wechselwarmen Laubfrosch gut, er tankt richtiggehend Wärme.

Laubfrösche sind in der Dämmerung und nachts am aktivsten, denn dann gehen sie auf Jagd. Spinnen, Insekten und Mücken sind ihre Hauptbeute.

Wenn die Tage im Herbst kürzer und kühler werden, suchen die Frösche nach geeigneten Winterquartieren. Sie überwintern unter Moos, im Uferschlamm, manchmal auch unter Steinen. Die Winterstarre, in die sie dann fallen, dauert bis zum März.

Wenn sich Wasser und Luft langsam erwärmen, erwachen die Frösche und beginnen mit ihren ohrenbetäubenden Froschkonzerten. Die Männchen lokken durch ihr lautes Quaken die Weibchen an die Gewässer. Die Schallblase des männlichen Laubfrosches kann – aufgeblasen – einen größeren Umfang annehmen als der Körper des Tieres. Die Frösche quaken nachts; je milder die ersten Frühlingsnächte, desto schallender ihr Rufen.

Die Weibchen legen ihre bis zu 1000 Eier in Ballen ab, die im Wasser zu Boden sinken. Wie schnell sich daraus die Kaulquappen entwickeln, hängt von der Wassertemperatur ab. Niedrige Temperaturen verzögern ihre Entwicklung. Die dunkelgrauen Kaulquappen haben goldene Tupfen und einen hohen Rückenkamm. Sie leben rund drei Monate im Wasser und ernähren sich von faulenden Pflanzen- und Tierteilen sowie winzigsten Wassertierchen. Die Kaulquappen sind erst beinlos, aber langschwänzig und schwimmen mit wedelnden Bewegungen. Langsam bildet sich der Schwanz zurück, gleichzeitig sind schon Ansätze der Vorderfüße erkennbar. Zuletzt wachsen die Hinterbeine, und der Schwanz verkümmert.

Nach der Metamorphose, wie man diese Entwicklung vom Ei über ein Larvenstadium zum endgültigen Tier nennt, gehen die Fröschchen, nicht einmal einen Zentimeter groß, an Land.

Noch erheblich lauter als die Laubfrösche quaken die **Wasserfrösche** (RANA ESCULENTA), die ihre Frühlingsrufe wirklich kilometerweit erschallen lassen. Meist sind sie es, durch deren Rufen sich die Nachbarn von Gartenteichbesitzern gestört fühlen. Sie sind wesentlich größer als die Laubfrösche und auch nicht so hübsch gefärbt – meist wirken sie grünbraun gefleckt. Wie der Name andeutet, führen sie ein noch viel stärker ans Wasser gebundenes Leben als die Laubfrösche. Sie halten sich fast immer in Ufernähe auf und springen bei Gefahr ins Wasser.

Unken

Fast ausschließlich in stehenden, flachen, oft pfützenähnlichen Gewässern leben unsere beiden heimischen Unkenarten, leicht zu erkennen an den zarten Stimmchen, die ähnlich wie Vogelgezwitscher klingen. **Rot-** und **Gelbbauchunke** (BOMBINA BOMBINA und BOMBINA VARIEGATA) erhielten ihre Namen nach ihren auffällig gefärbten Unterseiten. Bei Gefahr werfen sie sich auf den Rücken und präsentieren dem Gegner diese in Warnfarbe prangende Unterseite. Ignoriert der Gegner diese Warnung, bekommt ihm das meistens schlecht, denn Unken sondern ein ätzendes Sekret aus den Warzenhautdrüsen ab, das vielen Feinden nicht schmeckt und sie davon abhält, dieses Tier zu verspeisen. Unken sind viel behäbiger als die wendigen Frösche und nehmen als Nahrung an Land bevorzugt Regenwürmer und andere langsame Weichtiere auf. Die kleinen Unken leben die erste Zeit ihres Lebens, genau wie Frösche, als Kaulquappen im Wasser.

Molche

Unsere heimischen Molche gehören zu den Schwanzlurchen, zu denen zum Beispiel auch die Salamander zählen. In unseren Teichen und Gewässern trifft man am häufigsten auf **Teichmolche** (TRITURUS VULGARIS), **Kammolche** (TRITURUS CRISTATUS) und – seltener – **Bergmolche** (TRITURUS ALPESTRIS). Der Teichmolch ist ein gern gesehener Ungeziefervertilger am Gartenteich, auch wenn er sich neun Monate lang fast unsichtbar macht. Er lebt nämlich vom Herbst bis zum Frühling unter Steinen und Moos und ist im Sommer hauptsächlich nachtaktiv, wobei er sehr geschützte Randzonen der Gärten als Jagdreviere bevorzugt. Von März bis Juli leben die Molche dann im Teich und treffen sich zu ihren Hochzeitständen unter Wasser. Die Männchen stehen dabei senkrecht auf dem Grund, krümmen den Schwanz nach vorne und lassen ihn rhythmisch hin- und herschwingen. So aufgefordert, folgen die Weibchen den sich entfernenden Molchen, die eine Kapsel mit Samen absetzen. Das Weibchen nimmt die Samenkapsel auf und befruchtet damit selbst die Eier. 100 bis 300 Eier legt ein Molchweibchen einzeln an Blättern ab. Über den Eiern faltet es die Wasserpflanzen sorgfältig mit den Hinterbeinen zusammen, um den Laich vor gefräßigen Räubern zu schützen. Die fast durchsichtigen Molchlarven sind noch nicht mal einen Zentimeter groß, wenn sie schlüpfen. Sie bevorzugen tierische Kost und können schon nach wenigen Wochen Mückenlarven jagen.
Ihre Eltern leben dann bereits wieder an Land.

Die Rotbauchunke (Abbildung oben) präsentiert ihre auffällig gefärbte Unterseite bei Gefahr.

Erwachsene Teichmolche (Abbildung unten) leben meist an Land und suchen nur zur Paarungszeit ihre Heimatgewässer auf.
Wenn die Kaulquappen drei bis vier Zentimeter lang sind und Beine entwickelt haben, verlassen sie das Wasser und leben die nächsten drei Jahre absolut versteckt. Nachts jagen sie Würmer und Schnecken.

Hechte

Die **Hechte** (ESOCIDAE) gehören zu den Lachsfischen und sind unsere wohl beliebtesten Angelfische. Ihre unglaubliche Eßlust wird ihnen häufig zum Verhängnis, denn sie springen auf jeden Köder an. Die rund einen Meter langen erwachsenen Weibchen – beim Hecht werden die Weibchen größer als die Männchen – versuchen alles zu verschlingen, was sich bewegt. Sie sind nicht nur gierige Fischjäger, sondern essen auch Amphibien, Vögel (beim Trinken oder Baden), Nagetiere aller Art,

Vom Hecht erzählen sich die Angler wahre Wunderdinge, über sein Alter, seine Größe, doch das meiste kann man in das Reich der Phantasie verweisen. Der Hecht ist ein ganz normaler Raubfisch, zugegeben, ein besonders hungriger, und zimperlich ist er auch nicht, denn auch vor seinen Artgenossen macht er nicht halt.

auch Wasserratten. Sogar vor kleineren Artgenossen machen sie nicht halt. In kleineren Seen bleibt, setzt man mehrere Hechte ein, immer nur einer übrig.

Meist liegt der Süßwasserräuber in den oberen Wasserschichten ruhig auf der Lauer. Er lebt in allen Gewässern mit starkem Pflanzenwuchs, der ihm die notwendige Deckung garantiert. Entdeckt er in seiner Nähe ein Beutetier oder verrät ihm die Wasserbewegung, daß Beute sich nähert, schießt er blitzschnell vor und packt zu. Fische dreht er grundsätzlich so, daß er sie mit dem Kopf voran verschlingen kann. Mit den kräftigen Zähnen im entenschnabelförmigen Mund kann er auch große Opfer halten und stückweise verschlingen. Im Frühjahr, manchmal schon im Februar, doch gewöhnlich zwischen März und Mai, ist Laichzeit. Dann zieht es die Hechte in seichtere Gewässer, sogar auf überschwemmte Wiesen. Dort legen die Weibchen bis zu einer Million Eier in Schüben ab. Sie kleben ihren Laich meist an Pflanzen, wahrscheinlich aber auch an Wiesengräser, wo sie von Vögeln mit den Halmen aufgenommen oder an den Füßen klebenbleiben und so in andere Gewässer transportiert werden. Man schreibt es hauptsächlich den Enten zu, wenn plötzlich in einem abgeschlossenen, bislang hechtlosen Gewässer ohne Zufluß einer der schlanken Jäger auftaucht.

Die Larven schlüpfen, je nach Wassertemperatur, nach 10 bis 30 Tagen und ernähren sich in den ersten Lebenswochen noch von Planktontierchen und Wasserflöhen. Doch schon mit drei oder vier Zentimeter Länge machen die Hechte Jagd auf Jungfisch; die jungen Räuber sind in der Lage, ganze Seen von Kleinfischen zu befreien. Ist eine Schar von Hechtbrütlingen im Aquarium vereint, ist bald nur noch ein Tier übrig. Der Stärkste verspeist all seine Geschwister.

Um den Hecht ist viel Anglerlatein gewoben worden. Bei uns werden die Süßwasserjäger rund einen Meter groß und können bis zu 40 Kilo wiegen. Diese Schwergewichte kommen heute jedoch kaum noch vor. Bei uns sind Hechte von 15 Kilo schon recht begehrte Fänge und der Stolz eines jeden Anglers. Hechte erreichen ein hohes Alter. 30 Jahre und mehr sind keine Seltenheit, es werden sogar 60 und 70 Jahre für möglich gehalten. Doch daß er mehrere hundert Jahre alt werden kann, dürfte eher einer blühenden Anglerphantasie entsprechen als der Wahrheit.

Karpfen

Der **Karpfen** (CYPRINUS CARPIO) war vor der Eiszeit in allen unseren ruhigen oder stehenden Gewässern beheimatet. Während der Eiszeit wurde er verdrängt. Die Mönche des Mittelalters sorgten durch ihre Karpfenzuchten dafür, daß dieser beliebte Speisefisch wieder überall angesiedelt wurde. Heute gibt es nur noch wenige Wildkarpfen, dafür um so mehr Teichkarpfen und verschiedene Rassen, wie die Spiegelkarpfen, die Lederkarpfen und die Goldkarpfen. Diese über 30 Kilo schweren und bis zu 120 Zentimeter langen Brocken, die ein Alter von 40 Jahren erreichen können, sind Allesesser. Sie wühlen gerne im Schlamm nach Kleintieren, nehmen aber auch Algen und Wasserpflanzen in ihren Speisezettel mit auf. Die Fische sind sehr wärmeliebend und suchen zum Ablaichen immer die seichtesten und damit wärmsten Stellen ihrer Gewässer auf. Bis zu 1,5 Millionen Eier kann ein Karpfenweibchen pro Jahr legen.

Goldfische

Der wohl bekannteste Süßwasserfisch ist der **Goldfisch** (CARASSIUS AURATUS), ein karpfenartiger Fisch, dessen Wildform braungrau ist. Die Chinesen haben schon vor 1000 Jahren Mutationen des Goldfisches (die rote Färbung kommt von einer Art Albinismus) weitergezüchtet und vor 500 Jahren bereits das erste Buch zur Zucht dieses beliebten Teichfisches veröffentlicht. Im Chinesischen heißt der Goldfisch Chi-yu. Der erste Bericht über ihn stammt aus den ersten Jahren der Sung-Dynastie (960–1126). Ein Gouverneur soll in Kiasing einen ersten „Goldfischteich" angelegt haben. Bald folgten weitere, die vor allem von Mönchen gepflegt wurden. Man nannte die Goldfische „himmlische Wunder".

Auch heute kommen aus Fernost die teuersten und gewagtesten Zuchtprodukte. Goldfische mit Stielaugen (Teleskopfische), mit weißen und schwarzen Flecken, mit riesigen Schwänzen. Die Zuchtformen haben gegenüber dem einfachen Goldfisch den Nachteil, daß sie unsere frostigen Winter nicht überstehen. Sie wären auch, anders als der klassische Goldfisch, in freier Natur nicht überlebensfähig, weil sie sofort ihren zahlreichen Raubfeinden zum Opfer fielen.

Der „normale" Goldfisch dagegen lebt heute verwildert in vielen ruhigen oder stehenden Gewässern. Er ist ein Allesesser, der auch vor der eigenen Brut nicht haltmacht. Deshalb sollte man beim Züchten von Goldfischen die Eltern nach der Ablage des Laiches entfernen und umsetzen, denn sie könnten sonst die eigenen Eier verzehren. Wie alle Karpfenfische treiben die sonst friedlichen Männchen ein laichreifes Weibchen mit einem solchen Ungestüm durch das Wasser, daß sie es sogar verletzen können. In dieser Zeit vergessen sie alle Vorsicht und werden so zur leichten Beute ihrer Feinde.

In Flüssen, in denen Goldfische ausgesetzt wurden und sich selbst überlassen blieben, nahmen die folgenden Generationen teilweise wieder ihre braune Naturfärbung an.

Der grüngraubraune Wildkarpfen kann 80 cm lang werden und gute 20 Kilo auf die Waage bringen.

Eine Zuchtform des Goldfisches sind die Schleierschwänze, die einen plumperen Körper und einen langen, dreilappigen Schwanz haben.

Die Blaurücken- oder Rotlachse (Abbildung oben) gehören zu den Pazifischen Lachsen. Auf dem Rückweg zu ihren Laichgewässern müssen sie auch Wasserfälle und Stromschnellen überwinden. Dort „fliegen" die Lachse, indem sie sich nach oben schnellen. Die Atlantischen Lachse (Abbildung unten) sind viel kleiner als die Pazifischen Lachse.

Lachse

Lachse gehören zu den wenigen Fischen, die in Süß- und in Salzwasser leben können. Wenn zum Beispiel die Jungen des **Atlantischen Lachses** (SALMO SALAR) aus den Eiern schlüpfen, leben sie ein Jahr lang im fließenden Süßwasser sauberer Flüsse. In dieser Zeit entfernen sie sich kaum 200 Meter von ihren Laichgruben. Nach Abschluß dieser Lebensphase bleiben die Fische, die man jetzt Sämlinge nennt, noch so lange im Heimatfluß, bis sie etwa 10 Zentimeter lang sind – sie heißen dann Smolts. Im folgenden Frühjahr beginnen die Smolts mit ihrer Wanderung flußabwärts. Die Lachse bewegen sich langsam, pro Tag etwa zwei Kilometer, in Richtung Meer. Auf diese Weise passen sie sich dem steigenden Salzgehalt schrittweise an. In Buchten vor der Flußmündung bleiben sie meist mehrere Tage im Brackwasser, bevor sie sich endgültig ins Salzwasserleben stürzen. Im Atlantischen Ozean oder in der Ostsee jagen sie dann ein bis vier Jahre lang nach kleineren Fischen und wachsen heran, bevor sie ihre schwere Reise zurück antreten. Jetzt geht es gegen den Strom zurück zum Laichgebiet, und das mit einer Durchschnittsleistung von bis zu 20 Kilometern am Tag. Die jetzt rund 70 Zentimeter langen Lachse müssen dabei Stromschnellen springend überwinden. Bei ihrer anstrengenden Reise nehmen sie solange keine Nahrung zu sich, bis sie wieder in ihren Laichgewässern angekommen sind. Dort suchen die Weibchen nach geeigneten Kiesböden, um eine Mulde zu scharren, und legen ihre Eier ab. Die Männchen befruchten die Eier anschließend.

Meist sind die gewanderten Lachse dann so erschöpft, daß sie sterben. Die überlebenden allerdings starten wieder zurück ins Meer, erholen sich dort fast zwei Jahre und begeben sich dann erneut auf Reisen. Man weiß von schot-

tischen Lachsen, die dreimal in ihrem Leben gelaicht haben. Aber sie sind die Ausnahme.
Ohne Ausnahme sterben die **Blaurückenlachse** (ONCORHYNCHUS NERKA), deren Wanderungen ähnlich wie die der Atlantischen Lachse verlaufen, nach dem Ablaichen in ihren Heimatgewässern. Sie müssen bis zu 4000 Kilometer zurücklegen, um vom Pazifik nach Alaska und Nordamerika zu kommen. Auf ihren langen Zügen werden sie von Greifvögeln, Wildkatzen und vor allem von Bären schon sehnsüchtig erwartet. Je erschöpfter die Blaurückenlachse, die ebenfalls keinerlei Nahrung zu sich nehmen, gegen Ende ihrer langen Reise sind, desto eher fallen sie ihren Feinden zum Opfer.

Flußaal

Genau umgekehrt wie bei den Lachsen verläuft die Entwicklung der **Europäischen Flußaale** (ANGUILLA ANGUILLA). Sie leben sowohl im Süß- als auch im Salzwasser. Im Gegensatz zu den Lachsen laichen die Flußaale aber im Meer. Ihre Laichplätze waren lange Zeit unbekannt. Erst im Jahre 1910 gelang es einem dänischen Forscher durch Massenfänge im Atlantik den Laichplatz des Europäischen Flußaals zu finden: Es ist die Sargassosee. Dort finden die Aale ideale Bedingungen für die Eier, nämlich warmes, sehr tiefes Salzwasser. Aale laichen in Tiefen zwischen 400 und 750 Metern.
Die geschlüpften durchsichtigen Aallarven sehen aus wie winzige, längliche Blätter. Sie sind nicht einmal einen Zentimeter lang und treiben mit den Meeresströmungen dahin.
Mit ihren Nadelzähnchen fassen sie ihre Hauptnahrung Plankton und wachsen in etwa drei Jahren bis zu einer Länge von rund 7 Zentimeter heran. Dann wandeln sich diese Blattlarven in den sogenannten Glasaal. Zur Zeit der Umwandlung sind fast alle Aallarven durch die Strömung in eine Flußmündung getrieben worden. Jetzt beginnt ihr Aufstieg in die Flüsse.
Die nun Steigaale genannten Tiere färben sich ganz allmählich erst zum Gelbaal um, bis sie schließlich die blaugraubraune Endfärbung haben. Bis zu 15 Jahren bleiben die Aale dann im Süßwasser und ernähren sich von Insekten, Fischen und anderen Wasserbewohnern.
Erst wenn sie sich genug Fettreserven für die lange Rückreise ins Meer angegessen haben, wandeln sie ihr Aussehen nochmals und zeigen nun einen schwarzen Rücken und silberweiße Flanken. Ihre Geschlechtsdrüsen fangen erst an, sich zu entwickeln, wenn sie die Rückreise in die Tausende von Kilometern entfernte Sargassosee antreten. Wie die Lachse nehmen auch die wandernden Aale keinerlei Nahrung mehr zu sich, sie sterben in der Regel auch nach der Eiablage.
Wie kommt es aber, daß man auch in Binnenseen, in Teichen und Gewässern ohne direkten Anschluß zum Meer Aale finden kann? Die schlangenartigen Aale haben tatsächlich die Möglichkeit, über Land zu wandern, indem sie sich nachts durch feuchte Wiesen schlängeln.
Am Tage halten sich die Aale meist versteckt. entweder in Höhlen oder im Grund der Gewässer. Im Winter, wenn das Wasser kälter wird, machen sie eine Art Winterruhe durch. Dann ziehen sie sich ins tiefe, frostfreie Wasser zurück und graben sich im Boden ein.
In unseren Gewässern kann man zwei verschiedene Aalformen unterscheiden, die sich im Laufe ihres Lebens durch eine unterschiedliche Ernährung herausbilden: die **Spitzkopfaale** und die **Breitkopfaale.**
Die Spitzkopfaale ernähren sich von Insektenlarven, Würmern, Muscheln, Schnecken und Krebsen. Die Breitkopfaale ernähren sich von größeren Fischen.
Wenn der Rückzug zum Laichplatz bevorsteht, verwandeln sich die Breitkopfaale wieder in Spitzkopfaale, denn da sie jetzt nichts mehr zu sich nehmen, werden die starken Muskeln ihrer Kiefer nicht mehr benötigt, so daß sie sich zurückbilden.

In den Flüssen halten sich die Aale tagsüber im Grundkies verborgen. Sie jagen nur nachts. Auf dem Grund der Flüsse überwintern sie auch, indem sie sich dort eingraben. Unsere Flußaale, die früher eine wichtige Einnahmequelle der Flußfischer waren, sind aufgrund der Schadstoffbelastung der Gewässer kaum noch zum menschlichen Verzehr geeignet.

Berge und Schluchten

Nur aufgrund strenger Schutzmaßnahmen konnte das Aussterben des Alpensteinbocks verhindert werden.

Die Heimat des Pumas, auch Berglöwe genannt, ist der amerikanische Kontinent.

Die zunehmende touristische Erschließung unserer Bergwelt bedroht den Lebensraum vieler dort heimischer Tiere.

Lebensraum und Zivilisation

Denkt man in unseren Breiten an Hochgebirge, denkt man zwangsläufig an die Alpen, an schneebedeckte Gipfel, an rasante Abfahrten und Tiefschneevergnügen, an klare Luft und einen hohen Himmel. Zieht es uns doch im Winter zu Tausenden in dieses faszinierende Gebirge, über Jahrhunderte die natürliche Grenze zwischen Nord- und Südeuropa.

Das Gebirge als Mülldeponie. Gibt es einen schlimmeren Anblick? Leider ist diese Art von Müllversorgung nur allzu häufig.

Die Alpen – zu unserer Selbstbedienung?

Doch kennen wir die Alpen wirklich? Ich denke, es sind nicht viele, die diese Landschaft aus eigenem Erleben wirklich in sich aufgenommen und begriffen haben. Und es sind sicher noch weniger, die um den wahren Zustand der Alpen wissen. Denn ist er nicht im Winter gnädig verborgen unter einer einladenden, alles übertünchenden Schneedecke?
Was sich im Zeichen des Massentourismus alljährlich in den Alpen abspielt, ist nur noch mit einer Invasion zu vergleichen. Wir sind dabei, uns dieser einmaligen Landschaft zu bedienen wie eines „Erlebnisparks", als seien diese Gebirgszüge allein zu unserem Vergnügen dort hingestellt worden, zur Befriedigung all unserer winterlichen Bedürfnisse. Ist uns, und manchmal zweifle ich daran, der Unterschied zwischen „Walt-Disney-Land" und Natur überhaupt noch geläufig? Skipisten werden in die Wälder geschlagen, immer größere und für immer schnellere Abfahrten, für große Sportereignisse werden hektarweise Wald und wertvolle Wiesen geopfert, wie unlängst in der Schweiz trotz massiver Proteste geschehen. Mit Hubschraubern werden mittlerweile Tiefschnee-Enthusiasten in Gebiete geflogen, die wenigstens bislang verschont geblieben sind.
Die Folge: eine nicht mehr wiedergutzumachende Störung und Zerstörung der Fauna und Tierwelt. Dem Ansturm auf Berg und Skipiste folgt natürlich der Straßenbau, und solange allenthalben die Geschäftstüchtigkeit obsiegt, solange wird sich, es steht zu befürchten, nichts ändern.

Abbildung rechts: Tief hat sich der Fluß in das kahle Gestein eingegraben.

Wir wissen zu wenig

Bestimmend ist neben wirtschaftlichen Faktoren sicher auch das allenthalben spürbare, doch sehr geringe Wissen über diesen Naturraum, der sich unseren Blicken sehr gut zu entziehen weiß und uns vor allem im Winter zu täuschen vermag.
Einen vollkommenen Einblick in all diese Zusammenhänge zu geben, vermag dieses Buch nicht zu leisten. Doch möchten die nächsten Seiten ein wenig dazu beitragen, daß wir uns diesem Lebensraum mit etwas mehr Behutsamkeit und Respekt nähern. Das wäre mein großer Wunsch.
Denn was der Natur nützt, das nützt auch uns, und was ihr schadet, das untergräbt auch unsere Existenz.

Infothek
Die Folgen dieser rücksichtslosen Benutzung des Alpengebiets wider die Vernunft werden allenthalben sichtbar. Seltene Tier- und Pflanzenarten sind in ihrem Bestand gefährdet, das Wasserrückhaltevermögen nimmt rapide ab und damit die Gefahr der Bodenerosion und Verkarstung zu. Die Katastrophen des Spätsommers 1987 mit ihren Überschwemmungen und Schlammlawinen sprechen eine beredte Sprache. Im Volksmund heißt es: „Der Berg ruft!" Es heißt aber auch: „Die Natur schlägt zurück." In diesem Jahr konnten wir es erleben. Wie das Wattenmeer, wie die Seen und Flüsse, wie alle Lebensräume sind auch die Alpen ein vielfältiger, auf Übergriffe höchst empfindlich reagierender Organismus, ein in sich geschlossenes, in all seinen Erscheinungen aufeinander bezogenes System, das keinen groben Eingriff ungestraft läßt. Das Bewußtsein um diese Zusammenhänge wird immer größer, nur hat es bisher wenig Möglichkeiten, sich durchzusetzen.

Ein mit Geröll bedeckter Gebirgskamm. Deutlich sieht man die durch den Wind verursachte, unterschiedliche Stärke der Schneedecke.

Abbildung oben: Von dicken Ästen aus belauert der Puma seine Beute, die er im Sprung reißt, aber nie im Lauf verfolgt.

Abbildung unten: Das dicke lange Fell schützt den Irbis vor Kälte und Schnee. Sein Hauptverbreitungsgebiet ist der Himalaja.

Puma

Berglöwe wird der Puma im Volksmund oft genannt, eine irreführende Bezeichnung, denn mit den afrikanischen Löwen hat diese leopardgroße Kleinkatze des amerikanischen Kontinents kaum etwas gemeinsam. **Pumas** (PUMA CONCOLOR) leben versteckt in Wäldern oder in den Bergen, sie sind absolute Einzelgänger, die sich gegenseitig aus dem Weg gehen, ohne sich zu bekämpfen. Nur während der Paarungszeit sind die Männchen aggressiv zu Rivalen und sehr zärtlich zu ihren Weibchen. Nach gut drei Monaten werden die zwei bis vier Pumababys mit einem Geburtsgewicht von nur einem Pfund geboren. Die Mutter wirft sie in einem Buschversteck oder in einer Felsenhöhle. Erst nach 10 Tagen öffnen sich die Augen der kleinen Pumas, und rund fünf Wochen lang leben sie ausschließlich von Muttermilch. Dann kommt die Spielphase, während der die vorwitzigen Babys oft ihr Versteck verlassen, miteinander balgen oder Blätter und Insekten jagen. Die Mutter bringt ihnen Beute – Nagetiere, Mäuse, Vögel, aber auch Hirschwild und Hörnchen. Später begleiten sie ihre Mutter auf den Jagdzügen und lernen, Beute zu belauern und im Sprung zu reißen. Ihren Vater lernen die Kleinen nie kennen, er ist längst seiner Wege gegangen. Pumas sind echte Sprungtalente und Kletterkünstler. Sieben bis acht Meter schafft ein Puma im Sprung, er kann sogar von Baum zu Baum springen.

Schneeleopard

Dem Puma recht ähnlich, aber wahrscheinlich nicht mit ihm verwandt, ist eine weitere große Kleinkatze, der **Schneeleopard** (UNCIA UNCIA) oder Irbis. Wie der Puma kann auch der Irbis nur schnurren und nicht brüllen – eines der Unterscheidungsmerkmale zwischen Klein- und Großkatzen.

Der Irbis bewohnt die Gebirge Asiens bis zu Höhen von 5000 Metern und reißt dort hauptsächlich Wildziegen und Wildschafe. Sehr viel mehr weiß man nicht über diesen dickfelligen Hochlandräuber. Und vielleicht werden wir auch niemals etwas über sein Verhalten in freier Natur erfahren, denn der Irbis ist vom Aussterben bedroht. Man schätzt den Weltbestand auf nur noch 2000 Tiere. Und noch immer – obwohl längst verboten – werden Irbisse wegen ihres Felles gejagt und die begehrten Pelze illegal verkauft. Vielleicht ist es ein Glück, daß rund 200 dieser Schneeleoparden in Zoos leben, wo sie sich gut züchten lassen. Denn so können sie möglicherweise irgendwann einmal wieder in ihren eigenen Lebensraum ausgewildert werden.

Voraussetzung hierfür ist jedoch, daß unsere Damen davon überzeugt werden, daß sie auch andere schöne Mäntel tragen können.

Pandabär

Der WWF (World Wildlife Fund) hat den Großen Pandabären weltweit bekannt gemacht. Er ist überall auf der Erde das Symbol für die menschlichen Bemühungen, vom Aussterben bedrohte Tiere zu retten. Und das zu Recht: Leben doch die letzten dieser schwarzweißen Bergtiere am Rande der völligen Ausrottung in den Bambuswäldern Westchinas. Man schätzt ihren Bestand auf höchstens tausend Tiere. Vielen Experten scheint sogar diese Zahl als viel zu hoch gegriffen.
Xiang mao, Bärenkatze, nennen ihn die Chinesen, bei uns heißt er auch **Bambusbär** (AILUROPODA MELANOLEUCA). Er ist ein Einzelgänger und Pflanzenesser, dessen Hauptnahrung fast ausschließlich Bambussprossen und -blätter sind.
Mit dem Reißzahn beißt er das Rohr ab und hält es mit einem hierfür ideal entwickelten Greifdaumen seiner dicken Pranke fest, um das Mark aus der Hülle zu streifen. Bambusbären essen fast ständig, sie verzehren täglich über 20 Kilogramm Bambus.
1983 gab es noch ungefähr doppelt soviele Pandabären wie heute. Der Pfeilbambus blüht nur alle 60 oder 80 Jahre. Da er nach der Blüte abstirbt, die Blütensamen jedoch nur langsam frische Pflanzen treiben, ist der Pandabär in einem solchen Fall seiner Hauptnahrungsquelle beraubt. Dies war 1983 der Fall. In früheren Zeiten konnten die vom Hungertod bedrohten Pandas auf andere Gegenden ausweichen. Heute jedoch haben sie, aufgrund der sie einkreisenden menschlichen Bevölkerung, keine Ausweichmöglichkeiten mehr. So hat die menschliche Zivilisation mal wieder dafür Sorge getragen, daß ein selbstverständlicher Vorgang der Natur sich zerstörerisch auswirkt und womöglich eine ganze Art vernichtet.
Pandas jagen kaum – sie nehmen Fleichnahrung nur als Beikost auf. Aber ohne ihre tägliche Bambusnahrung müssen sie unweigerlich verhungern.
In China wurden die letzten Reservate, in denen noch Pandabären leben, zu Naturschutzgebieten erklärt. Forscherteams versuchen, mehr über das Leben der großen schwarzweißen Tiere, die versteckt in den Bergwäldern leben, zu erfahren. Man weiß noch heute kaum etwas über ihre Paarungsgewohnheiten und die Aufzucht ihrer Jungen. In Zoos gelingt es nur äußerst selten, Pandaweibchen auf natürliche Art zu befruchten. Die meisten Geburten erfolgen nach künstlichen Befruchtungen. In der Regel bekommen Pandas wohl nur ein Junges. Bisher ist es nicht gelungen, bei Zwillingsgeburten beide Babys aufzuziehen.
Pandababys sind bei ihrer Geburt winzig, sie wiegen nur rund 100 Gramm, sind blind und kaum behaart. Sechs Monate säugt die Mutter ihr Junges, das gerade so groß ist wie eine ihrer Pranken. Sind die Jungen ausgewachsen, wiegen sie rund 100 Kilogramm und tragen das struppig-fettige, dichte Fell ihrer Eltern, das so ausgezeichnet gegen die feuchtkalte Witterung ihrer Heimat schützt.
Daß der Pandabär der Liebling aller Zoobesucher ist, hat er sicher nicht zuletzt seinem verschmitzt-melancholischen Aussehen und seiner scheinbar gelassenen Art zu verdanken.

Die auffällige Schwarzweißzeichnung des Großen Pandas ist ein gute Tarnung in den Gebirgswäldern seiner chinesischen Heimat. Pandas klettern gerne und ebenso gut wie sie schwimmen. Auf dem Boden bewegen sie sich langsam und gelassen.

Über einen Meter lang können die sichelförmigen, dicken Hörner des männlichen Steinbocks werden. Die Steingeiß hat ebenfalls Hörner, die aber nur kurz sind und schwach bleiben. An den Jahreswachstumsknoten des Gehörns läßt sich das Alter der Männchen erkennen. Steinböcke können in Gefangenschaft über 15 Jahre alt werden, in freier Wildbahn erreichen sie dieses Alter allerdings selten.

Alpensteinbock

Hoch über der Baumgrenze der Alpen, wo schroffe Felswände mit rutschigen Geröllfeldern abwechseln, wo schmale Grate und Gletscher auch versierten Bergsteigern das Letzte abfordern, spielen im Mai und Juni die Kitze der **Alpensteinböcke** (CAPRA IBEXIBEX) und beweisen, wie geschickt sie klettern, wie rutschsicher sie springen und wie phantastisch sie balancieren können. Die jungen Böcke proben jetzt schon, was im kommenden Jahr Ernst wird: Auf den Hinterbeinen stehend bedrohen sie sich gegenseitig, senken dann die Köpfe und lassen sie aufeinanderkrachen. Diese spielerischen Kämpfe sehen zwar oft gefährlich aus, enden aber nie böse. Sie sind nur Proben für den Ernstfall.

Ausgerechnet im Hochwinter, also im Dezember und Januar, ist die Brunftzeit der Steinböcke. Jetzt kommt es gelegentlich zu ernsten Auseinandersetzungen zwischen den rivalisierenden Böcken, die ihre Hörner weithin hörbar aufeinanderprallen lassen. Der Sieger paart sich dann mit den Geißen einer Gruppe. Im Mai kommen die Kitze, meist nur eines pro Geiß, zur Welt. Der Bock trennt sich in dieser Zeit von der Geißenherde und verbringt den Sommer in loser Gemeinschaft mit den anderen Böcken.

Steinböcke kennen sich untereinander sehr genau. Wenn ein Fremder sich einem Rudel anschließen will, reagieren Männchen und Weibchen aggressiv. Es ist deshalb auch in Zoos sehr schwer, einen Neuen in eine bestehende Gruppe einzugewöhnen. Meist sind die Weibchen einer Gruppe miteinander verwandt, was aber nicht zur Inzucht führt, denn der Steinbock, der sich ab Dezember den Geißen wieder zugesellt, bringt ja frisches Blut ins Rudel. Wenn man bedenkt, daß sich Steinböcke im Winter an den steilsten Südwest- und Westhängen der Alpen aufhalten, kann man ermessen, wie trittsicher diese Bergtiere sind. Das Überwintern so hoch oben hat seinen Grund. In den Tälern, die Steinböcke höchstens im Sommer einmal aufsuchen, liegt nämlich zuviel Schnee. An den Südwest- und Westhängen dagegen fällt die Wintersonne sehr steil ein, sie wärmt sogar ein bißchen. Außerdem fegen die Winde, die hier oben oft Sturmstärke haben, die Schneedecke weg. Darunter finden die Steinböcke gerade ausreichende Nahrung, um zu überleben.

Es war auch nicht Hunger oder Mangel an Lebensraum, der dieses majestätische Alpentier beinahe hat aussterben lassen. Schuld war die unbarmherzige Verfolgung durch den Menschen. Im Jahr 1816 erreichte sie ihren Höhepunkt: ganze 50 Steinböcke konnten noch gezählt werden. König Victor Emanuel II. stellte diese letzten Exemplare aus Gran Paradiso in Piemont unter strengsten Schutz. Und so konnte sich der Bestand wieder vermehren. Alle heute in den Alpen lebenden Steinböcke stammen von diesen 50 Exemplaren ab. Sie wurden nach und nach in Gebieten, wo sie ausgerottet waren, wieder ausgesetzt und vermehren sich gut.

So wurden also Gott sei Dank auch früher schon konsequente Maßnahmen zum Schutz unserer Tierwelt ergriffen.

Gemsen

Noch beeindruckender als die spielenden Jungsteinböcke sind **Gemsen** (RUPICAPRA RUPICAPRA) bei ihren Vorführungen. Nicht nur die Kitze, die im Mai oder Juni zur Welt kommen, zeigen ihren Übermut auf Steilhängen und Schneebrettern. Auch die Geißen, die eigentlich mit ihren Mutterpflichten und Herdenaufgaben genug zu tun haben müßten, werden nicht selten plötzlich kindisch und spielen – meist ganz für sich allein. Es sieht sehr komisch aus, wenn so eine Gemsgeiß den Kopf drohend senkt, obwohl gar kein Gegner in Sicht ist, mit allen Vieren gleichzeitig hochspringt, buckelt, zwei Sprünge nur auf den Hinterbeinen macht und schließlich wieder auf allen Vieren landet, um loszuspurten, als würde sie gehetzt.

Das Spielen erwachsener Tiere ist eine sehr seltene Erscheinung. Man nimmt an, daß die Geißen dabei eine Art Training absolvieren, schließlich hängt ihr Überleben einzig und allein von ihrer Klettergeschicklichkeit und der Fluchtgeschwindigkeit ab. Darin allerdings sind sie Weltmeister. Kein Tier der Alpen kann ihnen folgen, wenn sie in riesigen Sätzen von Felsvorsprung zu Felsvorsprung wechseln, wenn sie bergauf galoppieren, wenn sie kopfunter fast senkrechte Wände hinunterklettern.

Sie schaffen das nur, weil sie sehr lange, hinten breite und vorne schmale Hufe haben, die ähnlich wie Hartgummi am Stein „kleben". In sehr steilem Gelände benutzen sie noch die harten, scharfen Klauenspitzen als Widerhaken. Um trittsicher zu bleiben, sind Gemsen auf Licht angewiesen, sie sind deshalb reine Tagtiere, die in der Dämmerung einen Unterschlupf suchen und in Gruppen – Weibchen mit Jungtieren und Jungböcke getrennt voneinander – übernachten. Meist sind die Unterschlüpfe so gewählt, daß kein Raubfeind sie erreichen kann. Tagsüber, wenn die Gemsrudel auf der Suche nach Kräutern, Gräsern und Blättern herumwandern, halten immer einige Gruppenmitglieder Wache. Wenn Gefahr droht, stoßen sie einen gellenden Pfiff aus, auf den hin das ganze Rudel davonstiebt. Diesen Gemsenpfiff kennen auch die Murmeltiere, die dann ebenfalls sofort ihre Bauten aufsuchen.

Sobald die ersten kühlen Herbstnächte den Winter ankündigen, beginnt bei den Gemsen die Brunftzeit, in der die Böcke sich erbitterte Kämpfe liefern, wobei sie ihre dünnen, scharfen Hörner wie Sicheln einsetzen. Es kommt allerdings selten zu ernsthaften Verletzungen, weil der Unterlegene flieht und sein Gegner ihn nur einige Minuten lang verfolgt, um sich dann seiner eigentlichen Aufgabe zu widmen: der Paarung mit den Geißen.

Im Gegensatz zu den Geißen und Jungböcken, die jeweils in Rudeln leben, stehen die älteren Böcke überwiegend allein. Sie dulden höchstens ein oder zwei jüngere Böcke neben sich.

Der von Jägern als Trophäe so begehrte Gamsbart stammt nicht vom Kinn der Gemsen; dort haben die Alpentiere gar keine längeren Haare. Die Gamsbärte, die viele Trachtenhüte schmücken, stammen vom Widerrist und der Kruppe der Gemsen, die dort lange, feste Haare haben, die sie sträuben, wenn sie erregt sind oder einem Gegner imponieren wollen.

Lamas eignen sich hervorragend zur Weidehaltung auf den Almen. Ihre weichen Sohlen zerstören die Grasnarbe nicht so sehr, wie es bei Rindern der Fall ist. Lamas werden von den Indios Südamerikas in erster Linie als Lasttiere und Fleischlieferanten gezüchtet.

Die zierlichen Alpakas sind nicht kräftig genug, um schwere Lasten zu tragen. Da sie aber eine wunderbar weiche und wärmende Wolle liefern, züchteten schon die Inkas Alpakas.

Lama und Alpaka

Während sich die Trampeltiere und Dromedare Asiens und Afrikas mit ihrer Körpergröße und den breiten Füßen ganz auf ein Leben als „Wüstenschiffe" eingestellt haben, sind ihre kleineren Verwandten, die Kamele der Neuen Welt, ausgesprochene Bergspezialisten. Zwei Arten leben im gebirgigen Westen Südamerikas zwischen Peru und Feuerland wild: **Vikunjas** (LAMA VICUGNA) und **Guanakos** (LAMA GUANICOË). Beide sind, verglichen mit ihren Vettern aus der Alten Welt, geradezu zierlich, mit schmalen Füßen, die auch am schmalsten Felsgrat und im Geröll noch sicheren Tritt fassen. Beide haben ein dichtes Fell, das aus einer der wärmsten Wollen der Welt besteht. So können sie die kalten Nächte in ihrer Heimat, den Anden, überstehen und in 5000 Meter Höhe leben, ohne zu bibbern. Als besondere Anpassung an diesen klimatisch extremen Lebensraum werden frischgeborene Neuweltkamele innerhalb der ersten Minuten trocken; sie sind so schon unmittelbar nach der Geburt in eine flauschige, voll isolierende Wolle gekleidet.

Aus dem größeren der beiden südamerikanischen Kamele, dem Guanako, haben schon die Vorfahren der Inkas Haustiere gezüchtet: Lamas und Alpakas. Dabei wurde das Lama in erster Linie als Lastentier und Fleischlieferant gehalten. Das zierliche Alpaka eignete sich dazu weniger – es wurde der Wollproduzent. Aus seiner leichten Wolle sponnen und spinnen die Bewohner der Anden wärmende Ponchos, Decken und andere Kleidungsstücke. Weil Alpaka-Wolle in der ganzen Welt geschätzt wird und die Preise entsprechend hoch sind, ist das Alpaka heute von großer wirtschaftlicher Bedeutung für seine Heimatländer.

Das zierliche Vikunja dagegen wurde nie domestiziert. Bis in die sechziger Jahre wurde es systematisch wegen seines Fells bejagt. Damals stand es schon am Rande der Ausrottung. Ein

Hilfsprogramm des World Wildlife Fund (WWF) rettete den kleinen Restbestand. Wildhüter achten heute in den Vikunjaparks von Peru darauf, daß die kostbaren Tiere nicht Wilderern zum Opfer fallen.
So behütet, entwickelten sich die Bestände innerhalb der letzten 20 Jahre so weit, daß die Peruaner schon wieder über eine Nutzung der Vikunjas nachdenken können. So experimentiert man dort mit Kreuzungen zwischen Vikunjas und Alpakas, den Pako-Vikunjas, deren Wolle von ganz besonders hoher Qualität ist.

Yak

In den Hochlagen des Himalaja lebt ein uriger Verwandter des bei uns schon lange ausgestorbenen Auerochsen, der Yak. Zwischen 6000 und 10 000 dieser Wildrinder grasen noch auf den baum- und strauchlosen Höhen Tibets. Ihr dichtes, zottiges, oft halbmeterlanges Fell schützt sie vor den eisigen Stürmen ihrer kalten Heimat. Stark verbreiterte Hufe sorgen dafür, daß die bis zu 1000 Kilogramm schweren Kolosse auf sumpfigem oder matschigem Grund nicht einsinken. Die Nähe von Menschen meiden **Wildyaks** (BOS MUTUS) – und so zogen sie sich aus vielen ihrer angestammten Regionen zurück.
Als echte Hochgebirgstiere, die noch in Höhen bis zu 6000 Meter ihr Auskommen finden, sind Yaks äußerst genügsam in ihren Nahrungsansprüchen. Im Winter ziehen sie in die Täler und scharren sich Flechten und Moose unter dem Schnee frei. Wenn alles Wasser gefroren ist, decken sie ihren Flüssigkeitsbedarf sogar mit Schnee.
Wenn im Juni der kurze Sommer in die Hochebenen einkehrt, wechseln die Yaks ihr Fell. In Placken fällt es vom Körper ab, und die Tiere sehen so aus, als seien sie von ganzen Mottenschwärmen zerfressen. Auf der Suche nach ergiebigen Weidegründen legen die Herden oft große Entfernungen zurück. Noch im vorigen Jahrhundert beobachtete der russische Forschungsreisende und Entdecker des gleichnamigen Urwildpferdes, General Prschewalski solche vieltausend Köpfe zählende Yakherden auf Wanderschaft. Außerhalb der Brunft bestehen Herden von Wildyaks ausschließlich aus Kühen und jungen Stieren. Alte und jungerwachsene Bullen dagegen ziehen einzeln oder in reinen Junggesellentrupps umher. Nur in der vier Wochen dauernden Paarungszeit, im September, schließen sich die Bullen kleineren Kuhherden an. In dieser Zeit liefern sich die Bullen erbitterte, sogenannte „Beschädigungskämpfe", bei denen jeder der Kontrahenten versucht, dem Gegner seine mächtigen Stirnwaffen in die Seite zu stoßen. Doch Reisende haben beobachtet, daß in der keimarmen Höhenluft selbst schwerste Verletzungen rasch heilen.
Neun Monate dauert die Tragzeit. So kommen die Kälber im Juni des folgenden Jahres zur Welt, zu Beginn der günstigsten Jahreszeit. Bis zur Brunft im folgenden Jahr führt die Mutter ihr Kalb.

Eine Familie von Wildyaks auf der Weide. Der Stier ist an seinen größeren Hörnern gut zu erkennen. Die Tiere sind zwar scheu und meiden die Nähe von Menschen, andererseits aber auch äußerst angriffslustig, wenn es doch einmal zu einer Begegnung kommt.

Weiter verbreitet als die Wildform ist der viel kleinere Hausyak. Als Tragtier ist er in den weglosen Öden des Hochlandes vielfach unentbehrlich. Lasten von 150 Kilogramm transportiert er tagelang ohne Ermüdungserscheinungen. In seinen Heimatländern, Buchara im Westen, Tibet, Nepal und Bhutan im Osten, wird die fettreiche Yakmilch genutzt. Sein getrockneter Dung ist oft der einzige Brennstoff.

Alpenmurmeltier

Wenn sie ihre Umgebung erkunden wollen, machen Murmeltiere oft Männchen. Ein aufgerichtetes Murmeltier ist etwa einen halben Meter groß. Die Bergbewohner sind sehr behende Läufer und geschickte Kletterkünstler.

Kaum zu glauben – aber das stämmige **Alpenmurmeltier** (MARMOTA MARMOTA) ist ein naher Verwandter der grazilen Eichhörnchen und der flinken Präriehunde, ein Mitglied der großen Hörnchenfamilie, zu der auch noch Ziesel, Backen- und Gleithörnchen zählen. Mit den alpinen Hochgebirgslagen hat sich das Alpenmurmeltier allerdings einen ganz besonders schwierigen Lebensraum ausgesucht. Denn der kurze Sommer, der erst im April bis Mai beginnt, ist oft schon im September zu Ende. In dieser kurzen Zeit muß das

Murmeltier sich mit Gräsern, Blüten und Beeren einen zusätzlichen Fettvorrat von über vier Kilogramm angefuttert haben. Das ist genausoviel, wie sein ganzes Körpergewicht am Ende der winterlichen Ruheperiode beträgt. Die vier Kilo Fett sind der Brennstoff, der zur Aufrechterhaltung der notwendigsten Lebensfunktionen wie Herzschlag und Atmung gebraucht wird, um den langen Winterschlaf überstehen zu können. Wildforscher haben ausgerechnet, daß ein Murmel alleine kaum Chancen hätte, einen längeren Winter zu überleben. Aber eng aneinandergekuschelt wärmen sie sich gegenseitig in der Schlafhöhle und verbrauchen so weniger Energie.

Sechs Monate dauert der Winterschlaf mindestens. In dieser Zeit atmen die Tiere nur noch in Abständen von drei bis vier Minuten. Ihr Herz, das in der wachen und aktiven Sommerphase 200mal pro Minute pumpt, schlägt dann nur noch zehnmal. Die Körpertemperatur sinkt auf fünf Grad Celsius. Bald nach dem Erwachen aus der Winterruhe, wenn zum Teil noch Schnee auf den Bauen liegt, erfolgt die Paarung.

Erst dann graben sie den Erd- und Heuverschluß des Höhleneingangs frei und blinzeln hinaus. Sichtlich abgemagert springen sie dann zu den ersten schneefreien Flächen, um Nahrung zu suchen. Nach einer Tragzeit von fünf Wochen bringt das Weibchen bis zu sieben nackte und blinde Junge zur Welt.

Den Sommer verbringen „Mankeis", wie die Murmel in ihrer oberbayerischen Heimat heißen, am liebsten hoch oben in unzugänglichen Berggegenden. In dieser deckungsarmen Region oberhalb der Baumgrenze graben sich die Mankeis einen Sommerbau, in den sie sich bei Gefahr und zum Schlafen zurückziehen. Das Zeichen für eine sofortige Flucht in die Sicherheit des Baus ist ein schriller Warnpfiff, den die Mitglieder einer Murmelkolonie ausstoßen, wenn sie eine Gefahr wahrnehmen. Zu ihren Hauptfeinden zählt der leider selten gewordene Steinadler. Wo sie nur selten einen Menschen

sehen, zeigen sie sich auch uns Zweibeinern gegenüber scheu und fluchtbereit. An Paßstraßen der Alpen dagegen und in der Nähe von vielbegangenen Wanderwegen, wo sie nicht gejagt werden, gewöhnen sich die Tiere bald an den Menschen. Sie werden so zahm, daß sie sogar Kekse aus der Hand essen.

Meerschweinchen

Als die spanischen Conquistadores Mitte des 16. Jahrhunderts aus Südamerika heimkehrten, führten sie auf ihren Schiffen nicht nur das geraubte Gold und andere Schätze der Inkas mit sich. Einige Seeleute hatten auch kleine, in Europa unbekannte Tierchen im Gepäck, denen die wochenlange Seefahrt gar nichts ausmachte. „Conejiello de Indias" – „Kleine Kaninchen aus Indien" nannten sie diese Mitbringsel für ihre Kinder. So kamen die ersten Meerschweinchen nach Europa. Der bekannte Tiermaler Konrad Gessner nahm die neue Art sofort in sein Buch aus dem Jahre 1554 auf.
Nach Deutschland verschlug es die possierlichen Wesen, die zu der Zeit noch teuer gehandelt wurden, erst 100 Jahre später. Holländische Händler hatten das „Meerzwijn" aus ihren Besitzungen in Südamerika mitgebracht. Von Holland aus gingen die vermehrungsfreudigen Nager nach England und Frankreich, und bald waren sie in ganz Europa verbreitet.
Seine lange Vorgeschichte als Haustier der Inkas hat das Meerschwein zu einem perfekten Hausgenossen gemacht. Die ursprüngliche Wildform dieses Bergbewohners aus den Anden, das **Tschudi-Meerschwein** (CAVIA APEREA TSCHUDII) ist dagegen ein äußerst heikler Pflegling, dessen Haltung und Vermehrung nur Spezialisten gelingt.
Doch so problemlos das Hausmeerschweinchen als Spielkamerad ist – ein paar Grundregeln muß man bei seiner Haltung unbedingt beachten: Vor der Anschaffung sollte sich der Halter ein Ratgeberbuch zulegen, damit er auf alle Eventualitäten vorbereitet ist und Krankheiten vermeiden kann. Er sollte gut überlegen, ob er täglich wenigstens ein paar Minuten aufbringt, in denen er sich mit seinem Tier beschäftigt, und sich klarmachen, daß das auch noch in acht bis zehn Jahren erforderlich sein wird, denn so alt kann ein Meerschweinchen bei guter Pflege werden. Genügend Raum und die richtige Ernährung mit viel frischem Grünfutter hilft, die Verfettung, eine der Hauptursachen für Erkrankungen und frühzeitigen Tod, zu vermeiden.
Wichtig ist auch, daß das Meerschweinchen immer frisches Holz zum Knabbern hat.

Bis zu zwei Pfund schwer kann ein Hausmeerschweinchen werden. Eine Scheckung, wie bei dem dreifarbigen Tier in der Abbildung links, ist oft das Kennzeichen von Haustierformen. Die Wildform der Meerschweinchen, das Tschudi-Meerschwein (Abbildung oben), das nach dem gleichnamigen Schweizer Naturforscher so benannt wurde, zeigt eine recht einheitliche Agutifärbung.

Infothek
Wie bei allen Nagetieren wachsen die Nagezähne der Tiere ständig nach. Damit sie nicht zu lang werden, müssen Meerschweinchen Gelegenheit haben, sie regelmäßig abzuwetzen. Deshalb brauchen sie immer frisches Holz.

Ein Steinadler sitzt oft stundenlang auf einem erhöhten Aussichtspunkt und hält nach Beute Ausschau. Die schönen Vögel waren bei uns schon fast ausgerottet, aber dank der intensiven Schutzmaßnahmen scheint sich der Bestand inzwischen langsam wieder zu erholen.

Steinadler

Unser König der Lüfte, der majestätische **Steinadler** (AQUILA CHRYSAETOS), galt schon als unausweichlich zum Verschwinden verurteilt. Doch in den letzten Jahren hatten die strengen Schutzmaßnahmen endlich Erfolg. Inzwischen ziehen wieder mehrere Paare dieser herrlichen Vögel in den Alpen und sogar im Schwarzwald ihre spiralförmigen Kreise am Himmel. Der Steinadler, der außer Europa auch Asien, Afrika und Nordamerika bewohnt, zeichnet diese Flugbilder in der Luft, um sein Revier abzustecken. Denn die Steinadler brauchen viel Platz, um sich und die Jungen zu ernähren.

Steinadler sind keine spektakulär erfolgreichen Jäger. Sie suchen entweder von Sitzwarten aus, die ihnen einen freien Überblick über niedrig bewachsenes Gelände gewähren, oder im Segelflug nach Beute, um sie dann im Stoßflug zu greifen. Durchschnittlich nur jedes fünfte Mal klappt das auch, viermal entkommt die Beute, und die Anstrengung war umsonst.

Da Steinadler aber eine sehr energiesparende Segelflugtechnik haben und auch nie unnötig herumfliegen, kommen sie mit verhältnismäßig wenig Nahrung aus. Hasen, Kaninchen, junge Hirsche, Rehe, Gemsen und auch größere Vögel werden am häufigsten geschlagen.

Wenn ein Steinadlerpaar sich gefunden hat – die beiden sind zu dem Zeitpunkt in der Regel vier bis fünf Jahre alt – bleiben sie den Rest ihres Lebens zusammen. Steinadler sind sehr ortstreu und wechseln ihre Reviere, ja sogar ihre Nester, nur, wenn sie vertrieben werden. Bevorzugte Horstplätze sind Felsvorsprünge an steilen Hängen. Ab und zu findet man auch Steinadlernester in riesigen alten Bäumen. Die Horste, wie die Nester auch heißen, werden jährlich notdürftig ausgebessert und die Nestmulde wird mit Zweigen und Gras ausgepolstert. Während das Weibchen die Eier legt und brütet, wird es vom Männchen gefüttert; die Mutter verläßt ihren Horst nicht mehr. Sie hudert ihre beflaumten Küken in den ersten Wochen auch Tag und Nacht – das Steinadler-Männchen versorgt dann Mutter und Kinder. Später geht das Weibchen mit auf Beutejagd. Die Steinadlerjungen erhalten erst einen Futterbrei, später kleine Fleischstücke. Ab der fünften Lebenswoche müssen sie die Beute selbst zerrupfen. Mit sechs Wochen flattern die kleinen Steinadler schon sehr lebhaft im Nest, mit acht Wochen klettern sie bereits in den Felsen herum. Wenn sie rund 80 Tage alt sind, werden die Eltern ungeduldig und vertreiben die Sprößlinge aus dem Revier.

Andenkondor

Der größte flugfähige Vogel unserer Erde lebt auf dem amerikanischen Kontinent. Wegen dieses Lebensraumes und seiner Ähnlichkeit mit unseren Geiern zählt man den **Andenkondor** (VULTUR GRYPHUS) zu den Neuweltgeiern. Der nackte Kopf mit den dicken Hautwülsten und der kahle Hals geben diesem Bewohner der südamerikanischen Anden ein urtümliches, viele Menschen abstoßendes Aussehen. Dieser Vogelriese kann eine Körperlänge von 130 Zentimetern erreichen, 11 Kilogramm wiegen und die Flügel zu einer Spannweite von fast 300 Zentimetern ausbreiten. Er ist kein Jäger, sondern ernährt sich hauptsächlich von frischem Aas, nach dem er, im Segelflug hoch über den Bergen schwebend, Ausschau hält.

Auf der Erde wirken Kondore sehr plump und schwerfällig. Beim Abflug, bei dem sie die ewigen Winde der Anden geschickt nutzen, wird der Energieaufwand, den es braucht, um einen Vogel dieser Größe in die Luft zu bringen, besonders deutlich. Erst einmal oben, gehört der Kondor aber zu den schwerelosesten Fliegern. Er kann stundenlang in der Luft ohne Flügelschlag segeln. Dann genügt ein einziger, kräftiger Flügelschlag, um ihn in größere Höhen zu bringen, und wieder gleitet er praktisch bewegungslos weiter.

Die Vögel leben gesellig und lassen sich fast immer auch in Gruppen zum Mahl nieder. Man nimmt an, daß sie bei der Beutesuche nicht nur den Boden, sondern auch die eigenen Artgenossen und die anderen Aasfresser im Auge haben und sich da sammeln, wo einer sich niederläßt. Die Theorie, daß die Andenwinde den Aasgeruch nach oben tragen und so die Neuweltgeier angelockt werden, ist inzwischen widerlegt: der Kondor hat keinen guten Geruchssinn.

Sein nächster Verwandter, der **Kalifornische Kondor** (GYMNOGYPS CALIFORNIANUS), gehört zu den bedrohtesten Tierarten dieser Erde. Wahrscheinlich kann er nur dann vor dem endgültigen Aussterben bewahrt werden, wenn die letzten freilebenden Tiere eingefangen und in menschlicher Obhut nachgezüchtet werden. Vor dem Auftauchen des Menschen in seinen Lebensraum, in früherer Zeit das gesamte Nordamerika von British-Kolumbien bis Florida, hatte er keine wirklichen Feinde. Doch nach der Besiedlung wurde er indirekt Opfer seiner Ernährung. Er ißt Aas, und da die Viehzüchter oft mit Strychnin vergiftete, tote Rinder auslegten, um Wölfe und Kojoten zu erlegen, vergifteten sie den Kondor gleich mit.

Der Flug des Kondors ist weltberühmt. Der riesige schwerelose Gleiter läßt sich von den ewigen Aufwinden der Gebirge tragen. Kondore brauchen bis zu acht Jahren, um selbständig zu werden. Erst in diesem Alter bekommen die Jungen ihr Erwachsenengefieder. Bis dahin bleiben sie bei den Eltern.

Küsten und Meere

Kormorane wirken an Land recht plump, sind aber geschickte Flieger und Taucher.

Obwohl sie fast wie Blumen aussehen, sind Seesterne Tiere.

Eine solche Steilküste bietet Lebens- und Nistraum für zahlreiche Seevögel, die sich von den Fischen des Meeres ernähren.

Lebensraum und Zivilisation

Infothek

Ein Nationalpark ist ein abgegrenztes Gebiet, zu dem der Mensch keinen direkten Zugriff hat. Voraussetzung ist, daß das Gebiet aufgrund seiner Größe fähig ist, sich nach Dürreperioden und Seuchen selbständig zu erholen. Doch unser Wattenmeer ist ein Nationalpark mit drei Zonen, die die Nutzung (nicht den Schutz!) regeln. Zone 1: Das Betreten ist verboten aber der Fischfang erlaubt. Zone 2: In bestimmten Gebieten ist das Betreten, ja selbst das Errichten von Badeanstalten erlaubt. Zone 3: Hier dürfen mit Genehmigung Häfen gebaut, es darf nach Öl gebohrt werden! Und der Tourist kann nach Herzenslust in den Brutgebieten der Vögel herumstapfen.

Die Vielfalt der Meere und Küsten ist kaum zu beschreiben. Und dennoch ist sie den meisten Menschen unbekannt, denn sie entzieht sich unseren Blicken. Was sich in großen Meerestiefen abspielt, ist noch immer von der Aura des Geheimnisvollen umgeben, gibt weiterhin Stoff ab für Sagen und Mythen.

Faszination Wattenmeer

Weniger unseren Blicken entzogen und uns deshalb näher ist das Leben an der Küste, und zu den artenreichsten und faszinierendsten Küstengebieten gehört unser Wattenmeer an der Nordseeküste. Es ist die größte zusammenhängende Wattlandschaft der Welt. Sie erstreckt sich von den Niederlanden über Deutschland bis hinauf nach Dänemark. Über 250 Tierarten, die sonst nirgends mehr vorkommen, haben sich in dieser Landschaft angesiedelt und weiterentwickelt. Dieser in sich abgeschlossene Lebensraum gehört, was die Produktion an Lebewesen anbelangt, zu den produktivsten der Erde. Sein Nährstoffreichtum versorgt die mikroskopisch kleinen Kieselalgen, von denen oft über eine Million auf einem Quadratzentimeter vorkommen, die Wattschnecken, Miesmuscheln, Röhrenwürmer bis hin zu den Strandkrabben, Garnelen und jungen Schollen.

So artenreich dieses Gebiet ist, so empfindlich und sensibel reagiert es auf jeden Eingriff in seinen Naturhaushalt. Stirbt auch nur eines dieser Tiere, eine dieser Pflanzen aus, so ist eine Vielzahl anderer Lebewesen und Pflan-

zen bedroht und damit nicht nur das gesamte ökologische Gleichgewicht dieser einmaligen Landschaft, sondern auch die Lebensgrundlage der einheimischen Fischerei.
Deshalb ist es so wichtig, das Wattenmeer zu erhalten. Ein erster Schritt in diese Richtung wurde 1985 mit der Gründung des „Nationalparks Schleswig-Holsteinisches Wattenmeer" getan, doch verdient er diesen Namen nicht.
Doch selbst wenn dieser Nationalpark irgendwann seinen Namen tatsächlich verdienen sollte, was nützt das, wenn verölte Vögel zu Tausenden in der Nordsee sterben, wenn weiterhin alle unliebsamen Giftstoffe einfach ins Meer gekippt werden?
Solange diese Art von Entsorgung, wenn überhaupt, dann nur als Kavaliersdelikt geahndet wird, solange wird sich an der stetigen Zerstörung unserer Meere und Küsten nichts ändern. Denn wo die Strafen weniger weh tun und billiger sind als eine reguläre Müllbeseitigung, da muß man sich nicht wundern, wenn alle Appelle an die Vernunft nichts fruchten.
Wir sehen es doch täglich am Beispiel Autoverkehr. Die Straßen werden immer breiter und trotzdem voller, die Autos immer schneller, und der „mündige Bürger" drückt immer mehr aufs Gaspedal. All die Verkehrstoten, die Verstümmelten und Verletzten kümmern uns nicht, denn uns wird ja schon nichts passieren. Da darf es uns nicht wundern, wenn Katastrophen wie Tschernobyl, wie der Brand bei Sandoz, wie die Gefährdung unserer Küsten und Meere schnell verdrängt und vergessen werden. Mir kann ja nichts passieren!?
Aber geben wir nicht auf. Denn wenn unsere Meere und Küsten sterben, sind auch unsere Überlebenschancen nicht mehr allzu groß.

Wenn man die idyllische Versammlung der Touristen im Wattenmeer anschaut, mag man gar nicht glauben, daß diese einmalige Landschaft in ihrem Bestand gefährdet ist. Doch die verendete, ölverschmutzte Eiderente legt ein trauriges Zeugnis ab.

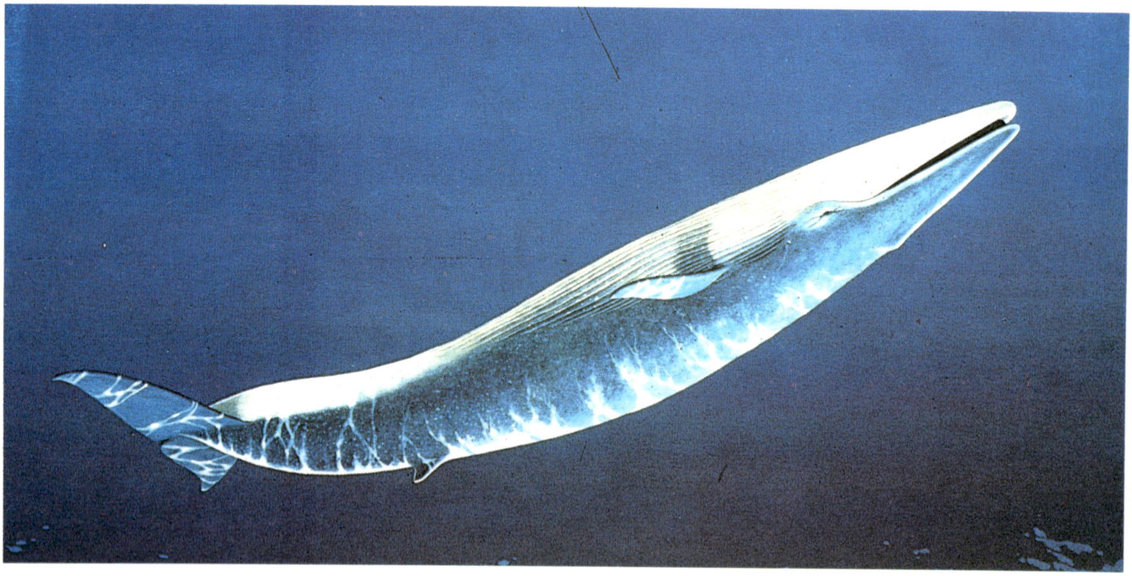

Abbildung oben: Trotz seiner 35 Meter Länge wirkt der Blauwal schlank. Er ist ein schneller, kraftvoller Schwimmer und folgt – je nach Jahreszeit – seiner Krillnahrung zwischen den Polargewässern und den Äquatormeeren.

Abbildung unten: Der Schwertwal, wegen seines eindrucksvollen Gebisses auch „Mörderwal" genannt, ernährt sich in der Regel von Fischen und Meeresweichtieren, er kann allerdings auch Robben, Pinguine und selbst kleinere Artgenossen verschlingen.

Wale

Noch heute ist das Wort Walfisch gebräuchlich und erinnert daran, daß 400 Jahre v. Chr. Aristoteles, der große Naturforscher und Philosoph des Altertums, glaubte, daß Wale Fische seien. Die Gebundenheit dieser Tiere an das Wasser, die fehlenden Arme und Beine, die durch Flossen ersetzt sind, die nackte Haut, all das sprach ja auch dafür. Erst vor dreihundert Jahren ordnete man die Wale den Säugetieren zu. **Wale** (CETACEA) haben keine Kiemen. Wichtiger noch, sie säugen ihre Jungen, die sie lebend gebären. Wir wissen noch längst nicht alles über die Wale, aber je mehr wir erfahren, desto faszinierender werden diese gewaltigsten Säugetiere unserer Erde.

Man teilt Wale in zwei Unterordnungen mit insgesamt 90 Arten ein. Da sind zum einen die **Zahnwale** (ODONTOCETI). Zu ihnen gehören sämtliche Delphine, denen hier ein Extrakapitel gewidmet wurde, aber auch der sogenannte Mörder- oder Killerwal mit seinem besonders eindrucksvollen Gebiß. Das Gehirn der Zahnwale ist außerordentlich hoch entwickelt, bei einigen Formen nur mit dem des Menschen und des Elefanten vergleichbar. Zähne haben sie alle, doch ist deren Anzahl höchst unterschiedlich. So hat der **Entenwal** (HYPEROODON) nur zwei, der **Amazonas-Delphin** (INIA GEOFFRENSIS) bis zu 272 Zähne. Zahnwale leben hauptsächlich von Fischen und Tintenfischen.

Die zweite Unterordnung umfaßt die **Bartenwale** (MYSTACOCETI). Statt zweier Zahnreihen zeigen diese Meeresriesen, wenn sie ihren Mund öffnen, einen ganzen Vorhang aus Hunderten von fransigen Hornplatten, die sogenannten Barten. Der kleinste Bartenwal ist der **Zwergglattwal** (NEOBALAENA MARGINATA) mit immerhin fünf Metern Länge, der größte ist der **Blauwal** (BALAENOPTERA MUSCULUS), der bis zu 35 Meter lang und 130 Tonnen schwer werden kann. Er ist somit das größte Tier überhaupt, das auf unserer Erde existiert. An Land würde so ein Koloß sich selbst erdrücken, seine Knochen wären nicht in der Lage, ein so gewaltiges Gewicht zu tragen. Im Wasser dagegen bewegt sich ein solcher Wal erstaunlich schnell und gewandt. Um allerdings seinen Energiehaushalt zu decken, benötigt ein Blauwal pro Tag rund 2500 Kilo Nahrung. Ausgerechnet diese Meeresriesen ernähren sich von Kleinstlebewesen, nämlich von Krill,

Plankton, Krebschen, Würmern, Fischlarven und Kleinfischen. Sie saugen eine ungeheure Menge Wasser ein und schließen dann ihren Mund. Durch den Bartenvorhang schießt das Salzwasser zurück ins Meer, im Mund bleibt ein Brei aus Lebewesen, die sich in dem eingesaugten Wasser befanden.

Wale sind in der Lage, bis zu 40 Minuten unter Wasser zu bleiben. Ihre Nase sitzt weit hinten am Kopf, unter Wasser ist das Atemloch geschlossen. Erst wenn die Wale zum Einatmen nach oben schwimmen, öffnet es sich. Auch zum Ausatmen gehen die Wale mit dem Hals-Rücken-Bereich über die Wellen und prusten die verbrauchte Atemluft zischend aus. Es bildet sich eine steile Dampfwolke, die wie eine Springbrunnenfontäne aussieht, die berühmte „Blas".

Wale haben keinen Geruchssinn, doch können sie unter Wasser gut sehen. Am besten allerdings ist ihr Hörvermögen entwickelt, obwohl die Ohren fast nicht zu sehen sind. Sie haben nämlich keine Ohrmuscheln und nur eine winzige Ohröffnung. Ähnlich wie Fledermäuse geben sie Töne von sich und orientieren sich am Echo der zurückgeworfenen Schallwellen. Viele dieser ausgesandten Ultraschallwellen sind für den Menschen nicht mehr hörbar, denn unser Hörvermögen ist im äußersten Fall auf Tonhöhen bis zu rund 20 000 Hertz beschränkt. Wale dagegen können bis zu 280 000 Hertz hören und in diesen Bereichen auch Töne aussenden. Andere Töne dieser Meeresriesen dagegen hört auch der Mensch: Die berühmten Walgesänge gehören zu den faszinierendsten Wundern der Tierwelt, und wer Gelegenheit hat, diesen langgezogenen Singsang in Museen oder Zoos über Platte oder Tonband zu hören, sollte das auf keinen Fall versäumen.

Nach wie vor rätselhaft ist das Stranden und darauffolgende Massensterben ganzer Walherden. Man vermutet, daß der hochentwickelte Echolot-Orientierungssinn der Wale gestört wird. Tierschützer versuchen, wenn Walalarm gegeben wird, mit Kranen und Schleppern wenigstens einen Teil der gestrandeten Tiere wieder ins Meer zu schleppen, leider gelingt es nur selten.

Nach wie vor ist der Wal vom Aussterben bedroht. Obwohl inzwischen fast alle Walarten in den Anhang I des Washingtoner Artenschutzabkommens aufgenommen sind, und es internationale Vereinbarungen über ein Walfangverbot gibt, halten sich einige Staaten – wie die Sowjetunion und Japan – nicht an die Abmachungen oder unterschreiben die Schutzverträge erst gar nicht. Bei den Bartenwalen sind heute sämtliche Arten gefährdet. Der **Grönlandwal** (BALAENA MYSTICETUS) und der **Glattwal** (EUBALAENA GLACIALIS) stehen kurz vor dem Aussterben. Bei den Zahnwalen sieht es teilweise noch besser aus, zu ihnen zählt aber auch der seltenste Wal der Erde, der chinesische **Flußdelphin** (LIPOTES VEXILLIFER), ein Süßwasserdelphin, von dem es höchstens noch 250 Tiere gibt.

In Delphinarien sind Schwertwale begabte Schüler, die Luftsprünge wie Delphine vorführen können.

Der Große Tümmler oder Flaschennasendelphin ist der Inbegriff für unsere „Flipper" geworden. Er ernährt sich in Freiheit hauptsächlich von Fischen und Tintenfischen.

Delphine

Die Zahnwale, zu denen alle **Delphinartige** (DELPHINOIDEA) gehören, leben räuberisch, sie sind Fischjäger. Wer einmal in einem Ozeaniarium oder Delphinarium die schlanken Artisten bei Vorführungen gesehen hat, weiß das: als Belohnung gibt's immer einen Fisch. Noch mehr als die Bartenwale ähneln diese wendigen Schwimmer einem Fisch. Äußerlich sind sie an der Schwanzflosse zu unterscheiden. Alle Fische tragen die Schwanzflosse senkrecht – die Wale dagegen, also die Säuger, tragen sie waagrecht.

Flipper, der bekannteste aller Wale, hat Delphine über Nacht weltweit bekannt gemacht. „Flipper" heißen eigentlich die Brustflossen der Delphine. Und der Fernsehflipper ist ein **Großer Tümmler** (TURSIOPS TRUNCATUS), einer der am häufigsten vorkommenden Delphine. Der Große Tümmler ist meist auch Star in den Shows der Delphinarien.

Daß wir Menschen zu allen Zeiten von den Delphinen fasziniert waren, liegt nicht so sehr an deren Eleganz und Schönheit, sondern an der Spielfreude, die diese Meeressäuger mit dem Menschen teilen. Auch die wildlebenden Hochseedelphine spielen gerne, sie springen in weiten Sätzen über die Meeresoberfläche, sie „tummeln" (Tümmler) sich, sie vollführen Unterwasserkunststücke – offensichtlich aus Spaß. Den Menschen waren Delphine zu allen Zeiten freundlich gesinnt, sie betrachten den Menschen nicht als Feind, sondern lassen es zu, daß auf ihnen geritten wird, sie versuchen sogar, Menschen, die leblos auf dem Grund liegen, hochzustupsen, wie sie das bei kranken Artgenossen und bei ihren Neugeborenen tun, damit die Atemöffnung über Wasser bleibt. Deshalb kann man durchaus davon ausgehen, daß manche der sagenhaften Geschichten, in denen Delphine Menschen retten, wahr sind. Schon die Griechen erzählten davon. Doch taten es die Delphine sicher nicht bewußt, um den Menschen zu retten. Es war wohl eher so, daß das angeborene Verhalten der Delphine die „Rettungstat" ausgelöst hat.

Diese kleinen Wale leben gesellig und sozial – sie helfen einander. Ein neugeborener Delphin hat sofort Tanten oder Ammen um sich, die ihn zusammen mit seiner Mutter an die Wasseroberfläche schubsen, wenn die Nabelschnur gerissen ist, damit sie atmen können.

10–12 Monate trägt die Delphinmutter, dann bringt sie meist ein Jungtier, ganz selten einmal Zwillinge zur Welt. Die Neugeborenen sind im Verhältnis zur Mutter wahre Riesen, sie sind nämlich bereits halb so groß wie sie. In der Regel kommen sie mit dem Schwanz voran zur Welt, und meist können sie sofort nach der Geburt aus eigener Kraft nach oben tauchen.

Die Mutter säugt ihr Kleines aus zwei Milchzitzen, die in einer Bauchfalte verborgen sind. Sie ist eine sehr fürsorgliche Mutter, die ihr Kind tatsächlich „unter die Fittiche" nimmt. Denn Jungdelphine verschmelzen fast mit dem Mutterkörper, so eng schwimmen sie unter der Bauchflosse oder an der Schwanzflosse. Die Delphinmilch ist ungeheuer fett- und eiweißhaltig, und entsprechend schnell nimmt das Junge zu. Es trinkt übrigens unter Wasser und taucht nur zwischendurch zum Luftho-

len auf. Mindestens ein Jahr lang säugt die Mutter ihr Baby, dann hat es sein Geburtsgewicht von rund 30 Kilogramm fast verzehnfacht.
Er verzehrt dann, wie seine Artgenossen, rund 15 Kilo Fisch pro Tag.
Nicht nur ihre Verspieltheit hat die Delphine zu sehr gelehrigen Zooartisten gemacht, sondern auch ihre Neugier und der Drang, nachzuahmen. Wilde Delphine leben in sogenannten Schulen, in Gruppen von 10 bis zu mehreren Tausend Artgenossen, die untereinander geradezu Wettbewerbe veranstalten und sich gegenseitig im Springen, Tauchen, Schnellschwimmen zu übertreffen suchen. Sie können eine Geschwindigkeit bis zu 35 km/h erreichen. Viele Delphine können nicht widerstehen, wenn ihnen auf hoher See ein Schiff begegnet; sie flankieren es und zeigen ihre Sprungkünste den Passagieren. Natürlich profitieren sie auch von den Schiffsabfällen, die ja die Fische an die Oberfläche locken.
In Delphinarien muß man oft nur wenigen Tieren ihre Kunststücke tatsächlich beibringen, alle Neuen versuchen von sich aus, die anderen nachzuahmen und springen von selbst – über gespannte Seile oder nach geworfenen Fischen. Sie scheinen das menschliche Streicheln auch zu mögen, man weiß von wildlebenden Delphinen, die sich an Stränden freiwillig einfinden und Kontakt zu Menschen suchen.
Über die hohe Intelligenz der Delphine wird viel spekuliert. Fest steht bisher jedoch nur, daß sie sich untereinander mit Hilfe von Tönen, die oft im Ultraschallbereich liegen, verständigen, sehr gelehrig sind und auch bei der Dressur auf Laute reagieren. Versuche, die „Sprache" der Delphine zu entschlüsseln oder gar sich mit ihnen wirklich zu „unterhalten", sind jedoch bislang gescheitert.
Während einige Fischer die Delphine als Helfer schätzen, weil sie ihnen die Beute ins Netz treiben, sind die meisten Fischer Feinde der „Flipper", weil sie sie als Konkurrenten ansehen. Und so kommt es auch heute noch, vor allem an Japans Küsten, zu blutigen Gemetzeln, bei denen Tausende von Delphinen in Buchten getrieben und dort brutal abgestochen werden. Erst in den letzten Jahren wurden diese Massaker dank weltweiter Proteste von Tierschützern wenigstens eingeschränkt. Und wir können hoffen, daß vielleicht schon bald das alljährliche Massensterben ein Ende hat und diese zauberhaften Meeresbewohner nicht mehr mit dem Tod bezahlen müssen.

Der Große Tümmler ist fast weltweit verbreitet, er gehört zu den Delphinen, die Seereisenden freiwillig ihre Sprungkunststückchen zeigen und mit den Schiffen um die Wette schwimmen.

Kalifornischer Seelöwe

Wenn wir im Zirkus oder im Zoo die artistischen Leistungen von Robben bewundern, die Bälle auf ihrer Nase balancieren und auch auf Leitern klettern, handelt es sich immer um **Kalifornische Seelöwen** (ZALOPHUS CALIFORNIANUS). Diese zu den Ohrenrobben zählenden Meeressäuger benutzen nämlich ihre hinteren Gliedmaßen auch zum Laufen; sie können sich an Land sehr behende bewegen. Bei diesen Seelöwen lassen sich Männchen und Weibchen äußerlich gut unterscheiden, denn die mächtigen Bullen, fast 300 Kilo schwer, können zwei Meter lang werden, während die zierlicheren Weibchen nicht einmal halb soviel Gewicht auf die Waage bringen.

Diese schokoladenfarbenen Pelztiere – nur wenn das Fell naß ist, sieht es schwarz aus – jagen in ihrer Heimat hauptsächlich in flachem Wasser nach Tintenfischen. Die schlanke Figur macht sie zu schnellen Schwimmern. Sie sehen sehr elegant aus, wenn sie blitzartig nach unten tauchen. Die Kalifornier jagen Tag und Nacht und fast immer in Gruppen, denn sie leben gesellig. Nur im Juni, zu Beginn der Paarungszeit, kommt es zu Kämpfen zwischen den Bullen, die dann ihre Territorien durch Gebrüll abstecken und keine Nebenbuhler dulden. Sie legen sich einen Harem von 10 bis 20 Weibchen zu.

Ein Jahr lang tragen die Seelöwenweibchen, dann werden die Jungen mit dem beachtlichen Anfangsgewicht von bis zu sieben Kilo geboren. Die Mutter säugt sie ein Jahr. Schon in den ersten Lebenstagen ermuntert das Seelöwenweibchen die Jungen, ins Wasser zu gehen.

Jeden Juni besetzen die Seelöwenbullen ihre Reviere, die halb im Wasser, halb auf dem Land liegen. 14 Tage lang bekämpfen sie erbittert jeden Rivalen. Die Weibchen eines Harems bleiben freiwillig im Bullenterritorium und leben auch weiter als Gruppe zusammen, wenn der Bulle sie nach der Paarungszeit wieder verlassen hat. Auch die vorjährigen Jungen, die ja ein Jahr lang gesäugt werden, leben in dieser Gruppe.

Seehund

Gegen die eleganten Seelöwen wirken die **Seehunde** (PHOCA VITULINA) fast plump, obwohl sie viel kleiner sind als diese. Sie haben aber einen runden Kopf, einen sehr kurzen Hals, und sie können die hinteren Gliedmaßen nicht zum Laufen benutzen, daher bewegen sie sich an Land sehr schwerfällig. Seehunde haben keine Ohrmuscheln. Sie können die Ohröffnungen so verschließen, daß sie äußerlich nicht mehr erkennbar sind. Weibchen und Männchen sind sich sehr ähnlich, nur im direkten Vergleich kann man die etwas kleineren weiblichen Tiere von den Männchen unterscheiden.

Während die Seelöwen auch an Felsen- und Klippenküsten zu finden sind, bevorzugen die Seehunde Sandbänke zum Sonnen und Ruhen. Der **Ostatlantische Seehund** ist uns allen bekannt, er bewohnt die Küsten der Nord- und Ostsee. Seehunde führen kein so ausgeprägtes Sozialleben wie die Seelöwen, sie leben und fischen zwar in kleinen Gruppen, aber die Männchen haben keine Harems.

Im Juni, wenn die meisten Jungen geboren werden, findet man immer wieder die verlassenen Heuler. Meist sind es die Tiere aus einem Zwillingswurf, die die Mutter tatsächlich verlassen hat, denn sie zieht nur ein Junges groß. Oft aber sehen die Seehundbabys mit ihren riesigen Kugelaugen nur hilflos aus – die Mutter ist gerade auf Jagd oder vor den Menschen geflüchtet. Das klagende Heulen ruft sie zu ihrem Baby zurück. Echte Heuler, also verlassene Junge, erkennt man an ihrer Magerkeit, denn Jungseehunde nehmen pro Tag ein paar Kilo zu und magern sofort ab, wenn die gewohnte nahrhafte Muttermilch nur einen Tag ausbleibt.

Junge Seehunde können vom ersten Tag an schwimmen, sie haben ihr Babyfell bereits im Mutterleib gewechselt. Während die Seelöwenbabys bis zu einem Jahr am Rockzipfel der Mutter hängen, werden Seehundbabys nur etwa sechs Wochen lang gesäugt, dann gehen sie selbst auf Jagd. In der ersten Zeit ernähren sie sich hauptsächlich von Krabben, später fischen sie auch wie die Erwachsenen: Heringe, Dorsche, Plattfische. Pro Tag nimmt ein erwachsener Seehund bis zu fünf Kilo Fisch auf.

Seehunde werden sehr alt, man weiß von Tieren die 30, sogar 40 Jahre alt wurden. Der größte Feind unserer Atlantikseehunde ist die Umweltverschmutzung. Immer häufiger werden Tiere mit riesigen Wunden gefunden, die nicht mehr heilen. Auch Vergiftungen sind an der Tagesordnung. Dazu kommt, daß der Seehund bei uns noch als jagdbares Wild gilt, das wegen seines Fells begehrt ist. Man schätzt, daß es noch rund 50 000 Seehunde im Atlantik gibt.

Den Namen hat sie übrigens von ihrer Körperfärbung, sie erinnert an eine Mönchskutte.

Sie ist die ursprünglichste und geologisch wohl älteste Hundsrobbe. Die Mönchsrobben sind die einzige Robbengruppe, die ständig die tropischen und subtropischen Meere bewohnen.

Mönchsrobbe

Das Schicksal der **Mönchsrobbengattung** (MONACHUS) dagegen scheint besiegelt zu sein. Man schätzt, daß es nur noch rund 1500 Tiere dieses mächtigen Seehundverwandten gibt. Davon leben rund 1000 in den Gewässern rund um Hawaii, in unserem Mittelmeer noch knapp 500 Tiere. Vermutlich waren es die sonnenhungrigen Menschen, die die Mönchsrobbe von ihren geliebten Sandstränden verdrängt haben. Man findet sie heute nur noch an den wenigen Stränden des Mittelmeeres, die nicht vom Tourismus erschlossen sind. Allerdings bekommt man sie so gut wie nie zu Gesicht, denn Mönchsrobben sind nachtaktiv. Tagsüber halten sie sich in Felsenhöhlen im Wasser auf. Dort werden auch die Jungen geboren. Mönchsrobben gehören zu den Seehundarten, die extrem menschenscheu sind und bei Störungen ihre Lebensräume verlassen. Nur allerstrengste Schutzmaßnahmen könnten ein Aussterben dieser Robbenart verhindern.

Seehunde (Abbildung oben) hören und sehen sowohl an Land als auch unter Wasser sehr gut.

Die Mönchsrobben (Abbildung unten) gehören zu den am stärksten bedrohten Hundsrobben. Sie sind wesentlich größer als die Seehunde, können bis zu drei Meter lang werden und rund 400 Kilo wiegen.

Im Vergleich zum gewaltigen Körper wirkt der Kopf des Walroßbullen winzig. Sein herausragendes Merkmal sind die lebenslang weiterwachsenden langen Zähne, mit denen die Bullen sich untereinander imponieren. Auch die Weibchen haben diese Zähne, doch werden sie bei ihnen nicht so lang.

Weibchen und Männchen der See-Elefanten sehen ganz verschieden aus. Die mächtigen Bullen (rechts) haben eine rüsselartig verlängerte Oberlippe. Die Kühe (oben) wirken dagegen wie Jungtiere.

Walroß

Wenn man eine Walroßgesellschaft dicht an dicht auf einem Liegeplatz in der Sonne sieht, könnte man denken, sie hätten alle einen Sonnenbrand, so rot glänzen die mächtigen Leiber. Dabei liegt es nur an der Haut dieser Robbe, die in der Sonne stärker durchblutet ist. Anders als andere Robben haben die **Walrosse** (ODOBENUS ROSMARUS) mit zunehmendem Alter immer weniger Haare, bis sie schließlich nackt erscheinen. Das macht ihnen allerdings nichts aus, denn die runzelige Haut ist dick, und darunter gibt es ja noch die schützende Fettschicht.

Wie alle Robben besitzen auch die Walrosse Flossen statt der Vorder- und Hintergliedmaßen, die allerdings winzig im Vergleich zu den drei Meter dicken, bis vier Meter langen und bis 1600 Kilo schweren Leibern wirken. Trotz ihrer Leibesfülle bewegen sich die Walrosse aber ganz geschickt an Land, sie stülpen die hinteren Flossen unter den Körper und wuchten sich Meter für Meter vorwärts. Auffallend an allen Walrossen sind die mächtigen Zähne aus dem begehrten Elfenbein. Sie wachsen lebenslang, und man kann anhand der Länge in den ersten Jahren das Alter der Tiere erkennen. Ein Walroß setzt diese Zähne, die beide Geschlechter haben, nur beim Kampf mit Artgenossen ein. Zum Aufspüren der Nahrung im Wasser dienen die Barthaare, die die Beute ertasten. Walrosse sind sehr gesellig und leben praktisch das ganze Jahr über, nach Geschlechtern getrennt, in großen Gruppen, wobei sie großen Wert auf Körperkontakt legen.
Nur während der Paarungszeit sind die Bullen aggressiv. Jetzt setzen sie auch die Zähne im Kampf mit den Rivalen ein. Der siegreiche Bulle bleibt dann bei der Gruppe der Weibchen, die ihre Babys nach zwölf Monaten bekommen und sie fast zwei Jahre lang betreuen.

See-Elefanten

Rund um den Nord- und Südpol leben die absoluten Schwergewichtler unter den Robben, der **Nördliche** und der **Südliche See-Elefant** (MIROUNGA ANGUSTIROSTRIS) und (MIROUNGA LEONINA). Bis zu 4000 Kilo wiegt ein ausgewachsener Bulle, bis zu fünf Meter lang kann er werden. Die wesentlich kleineren und zierlicheren Weibchen wirken dagegen wie die Kinder der mächtigen Bullen.
Seinen Namen verdankt der See-Elefant seinem Rüssel, der verlängerten Nase der Männchen. Dieser Rüssel, der vor dem Mund nach unten hängt, kann aufgeblasen werden. Die Bullen tun das, um sich gegenseitig zu drohen.

In der Paarungszeit begeben sich die Bullen an Land und liefern sich, bevor die Weibchen auftauchen, blutige Kämpfe. Wenn wenige Wochen später die Bräute an Land kommen, steht der ranghöchste Bulle längst fest und er hat die freie Auswahl unter den Kühen. Bevor sie begattet werden, werfen die Weibchen aber ihre Jungen, die im Vorjahr gezeugt wurden und bereits mit einem Geburtsgewicht von bis zu 45 Kilo zur Welt kommen. Sie werden nur 23 Tage lang gesäugt und nehmen während dieser kurzen Zeit pro Tag rund neun Kilo an Gewicht zu.

Ihre Mütter, die während der ganzen Säugezeit hungern, verlieren dagegen mehrere hundert Kilo Gewicht. Noch während sie ihre Babys säugen, werden sie erneut gedeckt. Nach drei Wochen stürzen sich die Weibchen ausgehungert ins Meer, um den Gewichtsverlust wieder wettzumachen. Sie leben von Bodenfischen und von Tintenfischen, die sie in bis zu hundert Meter Tiefe aufspüren.

Junge See-Elefanten werden mit einem schwarzen Plüschfell geboren, das nicht wasserfest ist. Sie bleiben die ersten 30 Tage an Land. Während dieser Zeit wechseln sie auch ihr Haarkleid und können dann auch ins Wasser gehen.

Sattelrobbe

Mit einem schneeweißen, dichten und wärmenden Fell werden die Babys der **Sattelrobben** (PAGOPHILUS GROENLANDICUS) mitten im Schnee geboren. Die an sich ideale Ausstattung zum Überleben in der kalten, weißen Welt wurde aber vielen dieser Robbenbabys zum Verhängnis. Da die Sattelrobbenmütter ihre hilflosen Babys, die mit ihrem Babypelz noch nicht schwimmen können, immer an denselben Plätzen des Weißen Meeres zur Welt bringen und sie auch feste Geburtszeiten, nämlich die Monate Februar und März, haben, ist es für Robbenfänger sehr leicht, Tausende dieser sogenannten „Whitecoats" zu erschlagen.

Obwohl eine ganze Reihe von Ländern inzwischen den Import der weißen Babyfelle verboten haben, geht die Jagd auf die kleinen Sattelrobben, die nur die ersten 22 Tage ihres Lebens weiß sind, Jahr für Jahr weiter.

Naturschützer organisieren jetzt noch vor der Ankunft der werdenden Mütter Reisen nach Neufundland und die nahegelegenen Inseln, um die Babys gleich nach der Geburt mit Farbe zu besprühen, so daß der Pelz wertlos wird. Diese Aktion hat offenbar mehr Erfolg als alle Appelle an das Verantwortungsgefühl der Pelzhändler.

Nach gut drei Wochen haben die Sattelrobbenbabys ihr weißes Haarkleid abgelegt und tragen jetzt das Erwachsenenfell, silbergrau und wasserfest.

Wenn sie diese ersten Wochen überlebt haben, sind ihre Chancen groß, älter zu werden. Denn ihr Fell ist dann den Menschen nichts mehr wert und sie haben nur noch ihre natürlichen Feinde zu fürchten.

Nur zwölf Tage lang werden die Babys der Sattelrobben, die ein schneeweißes Plüschfell haben, gesäugt. Sie nehmen in dieser Zeit täglich zwei Kilo zu und legen sich unter ihrem „White coat" eine dicke Fettschicht zu. Dann verlassen die Mütter ihre Babys, die dann allein und hilflos noch zehn weitere Tage an Land verbringen müssen, bis der weiße Babypelz dem silbergrauen Schwimmfell gewichen ist.

Der Tigerhai (GALEOCERDO CUVIERI), Abbildung oben, wird rund sechs Meter lang und bringt rund 50 lebende Junge zur Welt.
Der Katzenhai (SCYLIORHINUS CANICULUS) wird höchstens einen Meter lang; er gehört zu den eierlegenden Arten (Abbildung unten).

Haie

Nicht erst seit dem Film „Der weiße Hai" gehören diese Knorpelfische zu den gefürchtetsten aller Meerestiere. Schon immer haben die **Haie** (SELACHII) Menschen bei ihrem Auftauchen in Panik versetzt. Tatsächlich gibt es unter den 250 Haiarten, die teils Süß-, teils Meereswassertiere sind, einige, die auch Menschen oder Boote angreifen. Allerdings haben Statistiker errechnet, daß etwa genauso viele Menschen durch Haie umkommen wie durch Blitzschlag, verschwindend wenige also. Und, wie so oft in der Tierwelt, sind auch bei diesen schlanken, torpedoförmigen Fischen die größten die harmlosesten: der bis zu 13 Meter lange **Walhai** (RHINCODON TYPUS) und der **Riesenhai** (CETORHINUS MAXIMUS) besitzen an den Kiemenbögen ein Gewebenetz, mit dem sie kleine Krebschen und Meereswinzlinge aus dem Wasser herausfiltern und verspeisen.
Haie besitzen keine Schwimmblase und sinken deshalb unaufhörlich, wenn sie sich nicht schwimmend bewegen. Haie benutzen ihre Flossen nicht, um sich vorwärtszubewegen, sie schießen durch wellenartige Körperbewegungen durchs Wasser, wobei der stromlinienförmige Körper den Wasserwiderstand gering hält. Die Flossen dienen lediglich der Steuerung und dazu, das Gleichgewicht zu halten.
Haie saugen durch unten sitzende Mundschlitze Wasser ein und stoßen es durch die fünf bis sieben Kiemenspalten wieder aus – der Walhai schwimmt sogar beinahe ununterbrochen mit geöffnetem Mund. Die Zähne stehen bei den Haien in Reihen im Kiefer, die äußere Reihe kann durch die inneren Zähne, die nach vorne geklappt werden können, ersetzt werden. Einige Haiarten legen Eier, einige bringen lebende Junge zur Welt. Die Befruchtung erfolgt während einer echten Paarung, ähnlich der der Säugetiere.
Die unersättlichen Räuber sind nicht wählerisch. Man hat in Haimägen Kleidung, Dosen, Taschen, Abfälle aller Art und auch Touristensouvenirs gefunden. Vermutlich ist es die Bewegung, die die Räuber zum Angriff reizt und auch dazu führt, daß schwimmende Menschen als Beute angesehen werden. Allerdings können nur 27 Haiarten dem Menschen gefährlich werden, der berüchtigste ist der **Weißhai** (CARCHASODON CARCHARIAS).

Rochen

Wie die Haie zählen auch die Rochen zur Klasse der **Knorpelfische** (CHONDRICHTHYES). Der Körper ist flach, die Rochen sind dem Leben auf dem Meeresboden angepaßt. Hier finden sie auch ihre Hauptnahrung: Bodenfische und andere Kleintiere, die mit den wie ein Kamm angeordneten Zahnreihen leicht zerkleinert werden können.

Das auffälligste an allen **Rochen** (RAJIFORMES) ist der Körper; er ist scheibenförmig abgeplattet. Die breit ausgezogenen Brustflossen, die fast den ganzen Körper umschließen, geben den Meeresräubern einen rhombenhaften Umriß. Die stets nur fünf Kiemenspalten sind in jedem Fall auf der Unterseite des Körpers, das einfachste und eindeutigste Unterscheidungsmerkmal gegenüber den Haien.

Die verschiedenen Rochen haben die seltsamsten Abwehrmöglichkeiten entwickelt. So hat der **Gewöhnliche Stechrochen** (DASYATIS PASTINACA) einen mit Widerhaken versehenen Giftstachel am peitschenförmigen Schwanz, mit dem er sich gegen Feinde zur Wehr setzen kann. Menschen, die davon verletzt werden, bekommen schwer heilende Wunden.

Der **Zitterrochen** (TORPEDINIDAE) hat an jeder Kopfseite elektrische Organe, die bei Entladung Schläge zwischen 45 und 220 Volt verteilen können. Die Fische, die eine Länge von fast zwei Metern erreichen können, lähmen damit ihre Beutefische, nutzen aber auch ihre elektrische Schlagkraft gegen Angreifer – auch den Menschen.

Viele Rochenarten sind begehrte Speisefische, die lange Jahre stark bejagt wurden und deshalb teilweise vom Aussterben bedroht sind. Noch heute wird Rochenfleisch als Seeforelle oder Dosenhummer bei uns angeboten.

Rochen leben in allen Meeren, auch in der Nord- und Ostsee. Die größte Art, die Familie der **Teufelsrochen** (MOBULIDAE), deren gewaltigster Vertreter, die **Riesenmanta** (MANTA BIROSTRIS), bis zu sieben Metern „Flügelspannwelte" erreicht, sind im Gegensatz zu ihren kleineren Verwandten Hochseebewohner. Sie grundeln auch kaum, sondern nutzen die riesigen Flossen, um regelrecht durch das Wasser zu „fliegen", wobei sie ihre Nahrung, Kleinstlebewesen, aufnehmen. Beim Flattern durch das Wasser halten sie dabei einfach den Mund geöffnet und schlucken alles, was nicht größer als eine Garnele ist.

Diese harmlosen Riesen können weit über eine Tonne schwer werden. Trotz dieses Gewichts nutzen sie ihre Flossen auch zum „Fliegen" durch die Luft. Bis zu fünf Meter hohe Sprünge können die Teufelsrochen dabei vollführen. Man vermutet, daß schmarotzende Hautparasiten die Ursache für diese Luftsprünge sind; die Rochen versuchen sich auf diese Art von ihren Quälgeistern zu befreien.

Wie bei den Haien gibt es auch bei den Rochen Lebendgebärende. Der Zitterrochen zum Beispiel bringt bis zu 60 winzige, lebende Babys zur Welt. Zur Geburt sucht die Mutter allerdings wärmere Gewässer auf.

Die Teufels- oder Mantarochen nutzen ihre Brustflossen wie Flügel: Sie segeln durchs Wasser und nehmen dabei Krill und andere Kleinstlebewesen aus dem Meer auf.

Speisefische

Einer unserer verbreitetsten Fische, von großer wirtschaftlicher Bedeutung für die Fischindustrie und von ebenso großem Wert für die Welternährung, ist die **Europäische Makrele** (SCOMBER SCOMBRUS). Allein die europäischen jährlichen Fangquoten schwanken zwischen 600 000 und 700 000 Tonnen. Die schlanken, eleganten Fische schwimmen in gigantischen Schwärmen dicht unter der Wasseroberfläche und können deshalb in kurzer Zeit in gewaltigen Mengen abgefischt werden.

Gegen ihre natürlichen Feinde schützen Makrelen sich durch ihre Tarnzeichnung: unter dem Wasserspiegel verschwimmt das blausilberne Streifenmuster, so sind sie nur schwer zu erkennen. Makrelen können sehr schnell und geschickt schwimmen und unternehmen weite Wanderungen in der Hochsee. Im Sommer allerdings suchen sie zum Ablaichen die küstennahen Gewässer auf. Bis zu 500 000 Eier setzt ein Weibchen ab. Jedes der Eier schwebt durch einen Öltropfen, der an ihm haftet, in den oberen und mittleren Wasserschichten. Die Larven der Makrelen ernähren sich von Plankton. Je größer sie werden, desto weiter schwimmen sie zurück in die offene See. Dort ernähren sich die Makrelen vor allem von Krebsen, kleinen Heringen und von Sardinen, mit denen zusammen sie deshalb auch oft gefangen werden.

Ein naher Verwandter der Makrele ist der **Thunfisch** (THUNNUS THYMNUS), der mit bis zu drei Metern Länge die sechsfache Größe der Makrele erreichen kann. Auch er ist ein bedeutender Nutzfisch, der hauptsächlich vor den südeuropäischen und nordafrikanischen Küsten gefangen wird. Während die Makrelen und Thunfischbestände sich dank der unglaublichen Vermehrungsraten immer wieder erholen, hat die intensive Befischung eines weiteren beliebten Speisefisches, der Scholle, zu einem bedrohlichen Zurückgehen der Bestände geführt. Heute dürfen nur noch Schollen, die größer als 25 cm sind, gefangen werden, um dem Nachwuchs wieder eine Chance zu geben. Die Scholle, die bei uns wegen der orangeroten Flecken auch **Goldbutt** (PLEURONECTES PLATESSA) genannt wird, ist wie alle Plattfische, zu denen sie gehört, ein Bodenbewohner. Sie legt sich meist auf die linke Körperseite auf den Boden. Weil ihre beiden Augen auf der rechten Körperseite sitzen, stehen sie in diesem Zustand gerade. Mit den großen, kräftigen Schlundzähnen knacken Schollen ihre Lieblingsbeute, Muscheln. Auf dem Meeresboden sind sie immer gut getarnt, denn sie haben die chamäleonhafte Fähigkeit, ihre Oberseite dem Untergrund anzupassen. Sie nehmen die Farbe ihrer Umgebung als Lichtreize wahr und melden sie an die Farbträgerzellen der Haut, die wiederum durch Ausdehnen oder Zusammenziehen die Färbung der Umgebung annimmt.

Der größte Vertreter aus der Familie der Schollen ist der **Atlantische** oder **Weiße Heilbutt** (HIPPOGLOSSUS HIPPOGLOSSUS HIPPOGLOSSUS). Er ist bei uns als Speisefisch äußerst beliebt.

Keine Rolle für die Welternährung spielen die beiden nächsten Speisefische: der Seeteufel und der Kugelfisch. Sie werden vor allem in den asiatischen Ländern als Delikatessen geschätzt. Seeteufel lassen sich sehr leicht fangen, weil sie so ziemlich alles verschlingen, was sich bewegt und deshalb an jedem Köder anbeißen. Hält man einen gefangenen Seeteufel in der Hand, brummt er. Die **Seeteufel** (MYOXOCEPHALUS SCORPIUS) gehören zu den Gruppen, bei denen sich Männchen und Weibchen deutlich unterscheiden. Die gefräßigen Männchen werden fast doppelt so groß wie die Weibchen, sie bilden zur Laichzeit orangerote Flecken am Bauch aus. Wenn die Weibchen abgelegt haben, bewachen und pflegen die Männchen die Eier, bis die Larven geschlüpft sind und eine Zeitlang im Meer schweben. Später lassen sie sich auf den Boden sinken, bleiben allerdings immer in seichten Gewässern.

Mit Licht werden die Makrelen nachts schwarmweise angelockt und dann mit Kreisschließnetzen abgefischt. Makrelen haben auch eine Menge anderer Feinde: Delphine, Haie und Wale stellen den schlanken, bis 45 Zentimeter langen Fischen nach.

Die **Kugelfische** (TETRAODONTIDAE) leben sowohl in Meer- als auch in Süßwasser. Sie sind in allen tropischen Gewässern beheimatet. Ihren Namen tragen sie durch die Eigenart, sich wie ein Ball aufzupumpen, wenn sie belästigt oder bedroht werden. Meist tun sie es mit Wasser. Ein am Bauchfell liegender Magensack kann mit Wasser bis zum Bersten gefüllt werden, der Fisch wird dann kugelrund und sieht für seine Feinde wesentlich bedrohlicher aus.

Werden Kugelfische an Land gespült oder in sehr seichtem Wasser direkt an der Oberfläche bedroht, pumpen sie Luft statt Wasser in ihren Magensack. Solche aufgeblähten Kugelfische haben hervorquellende Augen und können nicht mehr schwimmen, weil die Luft ihnen zuviel Auftrieb gibt. Sie treiben an der Wasseroberfläche. So blitzschnell die Fische sich aufblähen können, so lange dauert es, bis sie die Luft aus ihrem Innern wieder ablassen. Sie können dies nur schrittweise tun. Im Aquarium gewöhnen sie sich bald an ihre Pfleger und pumpen sich nicht einmal mehr auf, wenn sie täglich aus dem Wasser genommen werden.

Kugelfische ernähren sich von hartschaligen Meerestieren, die sie meist am Bodengrund finden. Sie können auf der Nahrungssuche den Boden mit einem harten Wasserstrahl bespucken, so daß der Sand weggespült wird und darunter versteckte Beutetiere freiliegen.

Die Kugelfische sind zwar nicht sehr schnell – darum ernähren sie sich auch vorwiegend von langsamen Beutetieren –, sie sind aber sehr wendig. Sie können durch Felsspalten und Korallenriffzacken geschickt hindurchschwimmen, senkrecht nach oben und unten, und sogar rückwärts. Das hat ihnen im Volksmund den Namen „Hubschrauber" eingebracht. In Japan gilt der Kugelfisch als Delikatesse, besonders im Winter, wenn das Fleisch äußerst zart und schmackhaft ist.

„Fugu" nennen die Japaner ihre Spezialität, und das Essen erinnert ein bißchen an russisches Roulett. Denn Kugelfische haben – hauptsächlich in den Wintermonaten – ein hochwirksames tödliches Gift in ihren Verdauungsorganen, in Gallenblase, Leber und Darm. Nur das Muskelfleisch und das Blut sind giftfrei.

Wer einen Kugelfisch zubereitet, muß also erstens dafür Sorge tragen, daß der Fisch noch sehr frisch ist, so daß das Gift sich noch nicht im Muskelfleisch ausgebreitet hat, zweitens, daß ihm die inneren Organe entnommen werden, ohne sie zu verletzen. Nur Köche, die eine Spezialausbildung mit Abschlußprüfung hinter sich haben, dürfen Fugu zubereiten, denn das Gift wird beim Kochen nicht zerstört. Und trotz dieser Vorsichtsmaßnahmen kommt es pro Jahr zu rund 50 Vergiftungsfällen mit tödlichem Ausgang. Der Tod tritt durch Ersticken ein, denn das Gift lähmt das Atemzentrum im Gehirn.

Erstaunlicherweise zählt Fugu trotz dieses Risikos in Japan nach wie vor zu den begehrtesten Delikatessen.

Besonders in Japan gilt der Kugelfisch als Delikatesse. Wenn er nicht fachgerecht zubereitet wird, kann es nach dem Genuß allerdings zu tödlichen Vergiftungserscheinungen kommen.

Die schmutzigbraune Färbung ist für den Seeteufel die ideale Tarnfarbe (Abbildung links).

Schollen passen sich farblich vollständig ihrem jeweiligen Untergrund an. Nur die Unterseite bleibt hell, ist aber stets unsichtbar (Abbildung unten).

Seeschlangen

Auch Reptilien bewohnen die Meere, allerdings nicht ausschließlich. Seeschlangen begeben sich auch an Land, um sich zu sonnen und ihre Eier abzulegen.
Im Gegensatz zu ihren „ländlichen" Verwandten haben sie einen platten Ruderschwanz, ihre Nasenöffnungen sind verschließbar, und sie besitzen Salzdrüsen, mit denen sie das überschüssig aufgenommene Meersalz wieder ausscheiden können.
Am bekanntesten sind die **Plattschwänze** (LATICAUDA), vielleicht wegen ihrer auffälligen Schwarz-Weiß-Zeichnung, vielleicht aber auch, weil diese giftigen Seeschlangen oft an Land zu beobachten sind, wo sie sich schnell und geschickt fortbewegen können. Zum Essen suchen sie allerdings grundsätzlich die See auf. Wie die Landschlangen riechen auch die Seeschlangen ihre Opfer – aalähnliche Fische – mit der Zunge. Sie züngeln anhaltend und packen, wenn sich der Beutefisch in Reichweite befindet, blitzschnell zu. Die Beute wird festgehalten, die Giftzähne geben das Drüsensekret hinein. Obwohl Fische zu den Kaltblütern gehören, entfaltet das Nervengift der Seeschlangen nach drei bis fünf Minuten seine Wirkung. Es lähmt das Opfer, bevor es tödlich wirkt.

Der giftige Natter-Plattschwanz (LATICAUDA COLUBRINA) ist an den Küsten des Stillen Ozeans und des Pazifiks zu Hause. Die Schlangen können über einen Meter lang werden.

Seeschlangen verzehren ihre Opfer vom Schwanz an beginnend. Sie schlingen sie langsam hinunter.
Menschen greifen diese Schlangen nicht an, sondern meiden sie nach Möglichkeit. Allerdings setzen sie die Giftzähne notfalls auch zu ihrer Verteidigung ein – ihr Gift kann auch für den Menschen tödlich wirken.

Giftfische

Ausschließlich der Verteidigung und der Abschreckung dienen die Gifte der skurrilsten Giftfische der Riffe: Die **Drachenköpfe** (SCORPAENIDAE) wie zum Beispiel der **Skorpionsfisch** (SCORPAENIOPSIS GIBBOSA) haben meist bizarre Formen und unerhört leuchtende Farbtöne. Alle Drachenköpfe besitzen Giftdrüsen an den Rückenflossen. Während die meisten Angehörigen der Familie der Drachenköpfe ihre Formen und Farben der Tarnung wegen haben, will der bekannteste Vertreter dieser Giftfische, der **Rotfeuerfisch** (PTEROIS VOLITANS), offenbar auffallen. Dieser farbenprächtige Meeresbewohner nutzt die grellen Farben als Warnung. Die übergroßen Brustflossen dienen ihm als Sperrnetz. Rotfeuerfische finden ihre Beutetiere, die größer als sie selbst sein können, mit Augen und Tastsinn. Haben sie ein Opfer wahrgenommen, spreizen sie die Brustflossen fächerförmig auf und schwimmen sehr schnell auf das Opfer zu. Sie versuchen, es in eine Ecke zu drängen und schieben es durch frontales Angriffsschwimmen gegen einen Felsen im Meer. Dann reißen sie ihren riesigen Mund auf, wodurch ein starker Sog entsteht, der den Beutefisch in den Schlund hineinzieht. Rotfeuerfische sind nachtaktiv und halten sich tagsüber in Höhlen am Meeresgrund auf. Nur ab und zu sieht man diese Giftfische, die bis zu einem halben Meter groß werden können, zwischen den Korallenstöcken schwimmen.
Andere Angehörige dieser giftigen Familie dagegen rühren sich kaum. Die **Steinfische** (SYNANCEJDAE) graben

sich halb in den Meeresgrund ein und sind dann so gut getarnt, daß sie von einem gewöhnlichen Stein nicht mehr zu unterscheiden sind. So heißt der bekannteste Vertreter dieser Familie auch der **Lebende Stein** (SYNANCEJA VERRUCOSA).

Diese schuppenlosen Fische gehören zu den gefährlichsten Giftfischen. Tritt ein Taucher versehentlich auf solch einen Lebenden Stein, sticht dieser mit seinem harten Rückenflossenstachel zu und verursacht dadurch einen Schock, der, wenn nicht rechtzeitig ein Gegenserum gegeben wird, tödlich wirkt. Steinfische werden oft in Zoos gehalten, weil sie leicht zu pflegen sind. Sie warten am Aquariengrund auf Beutefische und verschlingen diese, wenn sie ihnen zu nahe kommen. Die Pfleger allerdings müssen sehr vorsichtig im Aquarium hantieren, denn obwohl die Fische zahm werden, richten sie beim Anschwimmen die Giftstacheln auf.

Ein Verwandter des Lebenden Steins, der **Bewachsene Stein** (MINOUS INERMIS), ist Wirtsfisch für einen Polypen, den man noch nie ohne den „Bewachsenen Stein" gefunden hat. Der Polyp heftet sich an den Kopf seines Gastgebers und läßt sich durch die Atem- und Schwimmbewegungen laufend Nahrung zufächeln.

Drachenköpfe und Steinfische stoßen hin und wieder ihre Außenhaut ab.

Bei einem Vertreter der Drachenköpfe, dem **Gespensterfisch** (TAENIANOTUS TRIACANTHUS), geschieht das regelmäßig – ein in der Fischwelt einmaliges Verhalten. Daß eine Häutung ansteht, merkt man dem Tier schon ein paar Tage vorher an: Es stößt dann ab und zu ruckartig gegen den Boden, die Schwanzflosse ist gefaltet hochgebogen. Die abgestreifte Oberhaut ist so fest, daß man sie mit Wasser gefüllt aus dem Aquarium heben kann, ohne daß sie reißt.

Im Mittelmeer und im Atlantik lebt die **Europäische Meersau** (SCORPAENA SCROFA), die ebenfalls zur Familie der Drachenköpfe gehört. Weil sie sich gut getarnt in Küstennähe in den Meeresboden eingräbt, wird sie des öfteren Touristen zum Verhängnis. Beim Darauftreten wird der Mensch gestochen und das Gift eingespritzt. Es ist zwar nicht tödlich, hat aber eine schmerzhafte und lange nicht heilende Wunde zur Folge. Die Meersau liegt wie die anderen Drachenköpfe stundenlang unbeweglich auf Lauer und zieht ihre Beute durch Sogwirkung, wenn sie plötzlich den riesigen Mund aufreißt, in den Schlund. Bei großem Hunger bewegt sich dieser Fisch auch auf die Opfer zu: er hopst ihnen in kurzen Sprüngen nach.

Alle diese Fische haben eine sehr langsame Verdauung, sie brauchen daher selten und nie viel Beute. Sie kommen mit zwei Opfern pro Woche aus, ohne zu verhungern.

Aus Seewasseraquarien weiß man, daß die Giftfische ihre Pfleger schnell persönlich wiedererkennen und sogar zutraulich und zahm werden. Allerdings sollte man die Haltung immer nur erfahrenen Aquarianern überlassen. Sonst geht es Ihnen wie mit dem japanischen „Fugu", nur daß hier nicht das Essen, sondern das Anfassen zum „russischen Roulett" wird.

Der Rotfeuerfisch (PTEROIS VOLITANS) spreizt bei der Jagd auf Beutetiere seine Brustflossen fächerförmig auseinander, sie wirken dann als Fangnetz (Abbildung unten).

Der Skorpionsfisch (SCORPAENIOPSIS GIBBOSA), Abbildung ganz unten, liegt meist gut getarnt am Meeresboden und wartet unbeweglich auf Beutetiere.

Abbildung unten: Gehäuselose Schnecken, Nacktkiemer genannt, leben in zahlreichen Arten im Riff. Ein Teil weidet die Algen ab, andere sind räuberisch und ernähren sich von Kleinsttierchen.

Abbildung oben: Der Blaupunktrochen wühlt im Grund nach Muscheln, Würmern und Schnecken. Den Putzerfisch läßt er in Ruhe, denn er liest ihm Parasiten und Verunreinigungen auf der Haut ab.

Riffbewohner

Die einzigen Landschaften unserer Erde, die ausschließlich von Tieren hergestellt wurden, befinden sich unter Wasser. Es sind keine kleinen Landschaften: alle Korallenriffe zusammengenommen nehmen mehr Raum ein als Afrika, Asien und Europa zusammen.

Schon seit Jahrhunderten sind die **Edelkorallen** (CORALLIUM) als Schmuckstücke sehr beliebt. Da sie oft schon in zehn Metern Tiefe gefunden werden, werden ihre Bestände allerdings rücksichtslos ausgeplündert. Schon die Römer trieben einen lebhaften Korallenhandel und Marco Polo beruft sich auf chinesische Quellen, wenn er berichtet, die Tibeter hätten im 18. Jahrhundert Edelkorallen sogar als Geld verwendet. Doch die wichtigsten aller Riff-Bauer sind die **Steinkorallen** (MADREPORARIA). Sie verlassen als mikroskopisch kleine Larven ihre festgewachsenen Mutterpolypen und suchen nach einem geeigneten Platz auf dem Meeresgrund, wo sie Fuß fassen können. Einmal festgesetzt, formen sie einen winzigen Polypenkörper, der sofort mit der Abscheidung eines Kalkskeletts beginnt. In kurzer Zeit sind junge Steinkorallen von einer spitzzackigen Kalksteinwand wie von einer Festung umgeben. Die wachsenden Korallen teilen sich oder bilden, zusammen mit anderen benachbarten Korallen, Knospen – es entstehen Korallenkolonien, daraus wiederum Korallenbänke, die von Seefahrern gefürchteten Korallenriffe, bis hin zu riesigen Unterwassergebirgen, deren Gipfel aus dem Meer ragen und als Riffinseln auch von Menschen bewohnt werden. Korallentiere können sich nicht fortbewegen. Haben sich die Larven erst einmal niedergelassen, sitzen sie fest. Mit ihren Polypen fangen sie Plankton und Algen, sie nehmen aber auch Faulstoffe toter Meerestiere auf; dadurch reinigen sie das Wasser. Zusätzlich bauen sie Wohnungen für unzählige Meereslebewesen. Denn Korallenlandschaften sind sehr abwechslungsreich und befriedigen die verschiedensten Bedürfnisse. Am Fuße der Korallenstöcke, wo meist Dunkel vorherrscht, sitzen Pilze, Algen, Schwämme, Muscheln und Würmer. Die „Geweihe" der Korallen bilden Höhlen, Nischen, Spalten; das sind ideale Wohnungen für Krebse, Fische und Schnecken.

Korallen bieten ihren Mitbewohnern Schutz und Deckung. Muscheln ätzen sich Wohnungen in den Kalk, **Seeigel** verkeilen ihre Stacheln im Stein und saugen sich mit ihren Saugfüßen darin fest. Sie können ihre selbstgewählten Wohnungen nie mehr verlassen, so fest verkeilen sie sich darin. **Kardinalfische** (TANICHTHYS ALBONUBES), **Rotfeuerfische** (PTEROIS VOLITANS) und unzählige Krebse dagegen bewegen sich frei im Riff. Andere Riffbewohner suchen die zackigen Höhlen nur zum Schlafen auf: **Husarenfische, Zackenbarsche, Schmetterlingsfische. Langusten** und **Muränen** wohnen hier, **Einsiedlerkrebse** suchen hier nach geeigneten Schneckenhäusern. Die **Brunnenbauer** legen Wohnröhren im Sand an und kleiden sie mit ausgebrochenen Korallenstückchen aus. Der **Korallenwels** (PLOTOSUS) lebt unter den Korallenstöcken in Sandhöhlen, aus denen er den immer wieder nachrutschenden Sand mit dem Maul herauspusten muß.

Einige Bewohner der Riffe ernähren sich von den Korallen – so der **Igelfisch** und der **Papageifisch.** Andere sind Nahrungskonkurrenten der Korallen und verzehren wie sie Plankton und Kleinstlebewesen: die **Bohrschnecke** gehört genauso dazu wie **Bohrmuschel** und **Bohrkrebs;** Falterfisch und Riesenmuschel, Korallenkrabbe und Grundel finden hier winzige Nahrungsteilchen.

Die kleinen Lebewesen wiederum dienen den großen Räubern als Nahrung: Zackenbarsch und Muräne stellen ihnen nach. Krabben packen Muscheln und Schnecken mit den Scheren, nachts tasten die mächtigen Fangarme des **Kraken** nach Krebsen und Fischen. **Hai** und **Rochen** durchschwimmen die Riffe und spüren in Felsspalten verborgene Beute auf.

Putzerfische sind im Riff besonders häufig. Die bekanntesten, **Putzergrundel** (GYMNOTHORAX CASTANEUS) und **Putzerlippfisch** (LABROIDES DIMIDIATUS) tragen, als Erkennungszeichen für ihre „Opfer", die sie zu putzen gedenken, einen dicken schwarzen Längsstrich auf den Flanken. Vor dem Putzen tanzen sie regelrecht vor den auserwählten Fischen und verursachen dadurch bei diesen eine Eßhemmung: denn die meisten Fische, die von Putzerfischen gereinigt werden, sind Räuber, die ihre Saubermacher ohne weiteres verschlingen können.
So aber, besänftigt und in Putzstimmung, öffnen sie den Mund, legen sich zur Seite und spreizen die Kiemen ab. Der Putzer umschwimmt seine Kundschaft und liest Pilze, Parasiten, Schmutz und Verunreinigungen von Körper und aus dem Mund ab. Auch die Zähne des Kunden werden vorbildlich gereinigt: Nahrungsreste verschwinden im Magen des Putzers.
Im Korallenriff kommt es oft zu solchen Symbiosen, Lebensgemeinschaften also, von denen beide Teile Vorteile genießen. So bewohnen zum Beispiel die Anemonen- oder Clownfische die Seeanemonen (vgl. S. 148). Durch Bewegungen veranlassen sie die Anemone, ihre Tentakeln auszubreiten. Auf diesen Tentakeln sitzen Nesselzellen, die ein Nesselgift enthalten. Tiere, die mit den Tentakeln der Seeanemonen in Berührung kommen, werden durch dieses Gift gelähmt. Raubfische meiden daher vorsorglich die ausgebreiteten Tentakel der Seeanemonen und können dem Anemonenfisch somit nicht gefährlich werden.
Als Gegenleistung putzen die Clownfische ihren Wirt. Dafür wiederum dürfen sie sogar im Magen der Anemone schlafen und im Schutz der Tentakeln ihre Eier legen. Anemonenfische sind so abhängig von ihren Wirten, daß sie, vertreibt man sie von den Anemonen, sofort Opfer von räuberischen Fischen werden.
Zwischen den Stacheln der Seeigel lebt die **Wächtergarnele** geschützt und säubert ihren Wirt dafür.

Abbildung links: Der Papageifisch nagt mit seinem scharfen Gebiß am lebenden Gewebe der Steinkorallen, ohne sie jedoch ernsthaft zu schädigen.

Abbildung unten: Der rote Zackenbarsch lebt räuberisch in den Korallenbänken. Sie lauern unbeweglich auf Beute, sehen aber sofort jede Bewegung in ihrem Blickfeld.

Das Leben im Korallenriff gehört zu den farbenprächtigsten Erscheinungen unserer Erde. Nicht einmal Kolibris und Papageien zeigen eine solche leuchtende Farbintensität, wie sie die Fische im Riff aufweisen. Dazu kommen noch fantastische Muster und Zeichnungen. Diese Farbenpracht dient zum Teil und in geringer Meerestiefe tatsächlich der Tarnung: ähnlich der Zebrastreifung, die im Licht der Steppe sich auflöst, verschwimmen die Farben im gezackten, seinerseits bunten Korallenriff. Die Farben dienen aber auch dem Erkennen der Arten untereinander, und sie bezeichnen bei männlichen Fischen den Rang. Die buntesten sind auch die begehrtesten. Angst vor den größeren Räubern, die durch so bunte Plakatfarben angelockt werden könnten, brauchen Fische im Riff nicht zu haben. Die bösesten Räuber jagen nachts, wenn diese bezaubernden Fische grau sind.

Abbildung oben: Die Muräne dagegen findet ihre Beute mit der Nase. Sie läßt sich nachts vom Geruchssinn zu ihren Opfern führen.

Seeanemonen

Seeanemonen oder Aktinien (ACTINARIA), manchmal auch Seerosen genannt, gehören zu den Blumentieren oder Korallen. Es gibt gelbe, grüne, rote, blaue und bunte Seeanemonen. Sie sitzen, wie die anderen Korallentiere auch, an ihrem jeweiligen Untergrund fest und nehmen die Nahrung über ihre Tentakeln zu sich. Diese verleihen ihnen auch die verblüffende Ähnlichkeit mit Blumen. Und doch sind die Seeanemonen Fleischesser. Jede dieser Tentakeln ist mit Sinneszellen und einer Menge Nesselzellen ausgerüstet. Hat ein Beutetier eine Tentakel berührt, wird sie gepackt, vom Nesselgift gelähmt und zum Mund geführt. Kurze Zeit später werden die unverdaulichen Teile durch den Mund ausgeschieden.

Wegen ihrer bunten Färbung werden Anemonenfische auch Clownfische genannt. Sie leben in tropischen Meeren im Schutze der Tentakel von Riesenanemonen. Nur dort sind sie vor Raubfeinden sicher.

Das Nesselgift der Aktinien dient nicht nur dem Beutefang, sondern auch der Selbstverteidigung. Die brennende Wirkung hält viele Feinde fern. Dennoch leben eine Menge Meerestiere im Schutz und in Gesellschaft der Seeanemonen. Das bedeutet jedoch nicht, daß die **Anemonenfische** (AMPHIPRION) gegen das Nesselgift gefeit sind. Aber sie sind in der Lage, sich selbst zu immunisieren. Dazu schwimmen die Fische in Reichweite der Tentakel, aber nur so kurz, daß sie nur wenig Nesselgift, dafür aber auch etwas vom Schutzschleim, mit dem die Seeanemone sich selbst überzieht, abbekommen. Nach einigen Tagen und wiederholtem Anschwimmen sind die Fische mit einem dicken Schleim überzogen, der sie vor dem Nesselgift schützt. Nun können sie die Tentakel berühren, ohne von dem Nesselgift der Tentakeln betäubt zu werden.

Auch ein anderer Riffbarsch, der **Dominopreußenfisch,** genießt den Schutz der Seeanemone; allerdings braucht er ihn nur während seiner Jugendzeit. Die älteren Fische schwärmen aus, sie brauchen den Nesselschutz nicht mehr. Selbst **Krabben** (NATATIA) und **Garnelen** (BRACHYURA) leben mit Seeanemonen, obwohl sie zu den Futtertieren dieser Aktinie gehören.

Die dünnschaligen Garnelen müssen sich öfter häuten und verlieren während dieser Zeit natürlich auch den Schleimschutz gegen das Nesselgift. In dieser Zeit sind sie naturgemäß besonders gefährdet. Ganz vorsichtig tragen sie mit den Zangen der vorderen Beine den Schleim von den Fangarmen der Tentakeln ab und streifen ihn sich über. Das dauert eine Zeit, und wenn die Garnelen währenddessen durch Wellenbewegungen abrutschen, werden sie sofort von der Seeanemone gegriffen und verspeist.

Es kommt auch vor, daß sich Seeanemonen auf Schneckenhäuser festsetzen. Sind diese bewohnt, so kann es passieren, daß sie von Einsiedlerkrebsen, die solche Schneckenhäuser gern beziehen, herumgetragen werden.

Natürlich haben auch Seeanemonen Feinde, denen das Gift nichts ausmacht. Flundern und Schellfische, aber auch Schnecken, Krebse und verschiedene Seesterne sind Seeanemonenräuber.

Quallen

Während die Seeanemonen meist festsitzen, treiben die Quallen frei im Wasser. **Quallen** oder auch **Medusen,** wie sie noch genannt werden, haben meist ein schirm- oder pilzartiges Aussehen. Sie bestehen bis zu 99% aus Wasser und sind meist so winzig, daß man sie einzeln mit bloßem Auge nicht erkennen kann. Sie lassen sich in der Regel von der Meeresströmung treiben. Die meisten Quallen haben Nesselkapseln.

Man kann zwischen Staatsquallen und Echten Quallen unterscheiden. Bei den **Staatsquallen** (SIPHONOPHORA) handelt es sich um Quallen, die regelrecht in einem Staat frei auf der Hochsee schwimmen. In einem solchen „Staat" haben sogar die einzelnen Quallen verschiedene Funktionen und bleiben lebenslang miteinander verbunden. Weil diese Einzeltiere ihren jeweiligen Tätigkeiten entsprechend umgeformt wurden, nennt man sie einfach „Personen". Zu den bekanntesten Staatsquallen gehört die **Seeblase** (PHYSALIA PHYSALIS), die aus einem waagerecht im Wasser liegenden Stammpolypen von fast 30 cm Länge besteht. An dessen Unterseite hängen zwei Reihen von Personengruppen, die ihrerseits weitere Gruppen tragen, so daß ein bastähnliches Gewirr entsteht. Die Fangfäden mit den Nesselkapseln können eine Länge von 50 Meter erreichen. Sowie sich ein Beutetier daran verfängt, ziehen die Fangfäden es durch Zusammenziehen nach oben und führen die Beute zum Mund. Beim Menschen ruft das Anfassen dieser Quallen brennende Hautwunden hervor.

Die **Echten Quallen** (SCYPHOZOA) oder auch **Scheibenquallen** sind viel größer als die Einzeltiere bei den Staatsquallen, sie können so groß werden, daß sie mit ihren Tentakeln sogar kleinere Fische erbeuten können. Zu diesen Echten Quallen gehören die **Blauen Nesselquallen** (CYANEA LAMARCKI), deren Gift sogar den Menschen gefährlich werden kann. Nach der Berührung rötet sich die Haut, man bekommt Schmerzen, es bilden sich Quaddeln und oft bekommt man sogar Fieber. Einige tropische Scheibenquallen können tatsächlich den Tod eines Menschen bewirken.

Auch bei den Quallen begibt sich eine Reihe von Fischen unter ihren Schutz. Es handelt sich dabei jedoch nicht um Symbiosen, also Partnerschaften, von denen beide Teile profitieren. Im Gegenteil: Der Schutz, den die Quallen gewähren, ist sehr einseitiger Natur. Manchmal werden sie dafür sogar bestraft. So nutzen zum Beispiel die **Erntefische** (STROMATEIDAE) in ihrem Jugendstadium den Schutz der Nesseln, wenn sie älter sind, knabbern sie ihre Beschützerin an, und als ausgewachsene Fische verzehren sie sie. Das Gift macht ihnen dabei nichts aus. Auch der

Quallenfisch (NOMEUS GRONOVII) knabbert ab und zu an seiner Wirtsqualle, der Seeblase. Doch hütet er sich wohlweislich, sie ganz zu verspeisen, denn er hält sich lebenslang im Schutz ihrer Fangarme auf und stirbt, wenn man ihn von ihr trennt.

Die meisten Quallenfische haben eine Schutzschicht auf der Haut gegen die Wirkung des Nesselgiftes. Doch gibt es Arten, die sich nicht schützen können und trotzdem im Schutz der Quallen leben. Diese Fische müssen äußerst vorsichtig sein, und die Berührung mit den Quallen vermeiden.

Obwohl sie fast nur aus Wasser bestehen und sich gallertartig anfühlen, können Quallen im Waser bunte Leuchtfärbungen annehmen. Die Abbildungen links und unten zeigen Staatsquallen, die nie einzeln, sondern nur im Verbund zu finden sind.

Abbildung oben: Die Melonenquallen (BEROIDEA), die keine Tentakel besitzen, fangen mit ihrem offenen Mund Plankton. Die Giftdrüsen im Schlund lähmen die winzigen Beutetiere. Melonenquallen leben räuberisch und greifen auch andere Quallen an. Sie können dabei Beutetiere überwältigen, die größer sind als sie selbst.

Hummer

Hummer gehören, wie Langusten, zu den großen Meereskrebstieren. Die beiden bekanntesten, als Delikatessen begehrten Hummer sind der **Europäische Hummer** (HOMARUS GAMMARUS) und der **Amerikanische Hummer** (HOMARUS AMERICANUS), der bis zu 20 kg auf die Waage bringen kann und 60 cm groß wird.

Das erste Beinpaar dieser großen Meereskrebse, die insgesamt 10 Beine haben, ist zu riesigen Scheren umgewandelt, die beim Männchen größer sind als beim Weibchen. Sie sind in erster Linie eine Hilfe beim Essen. Eine dient als Pack- die andere als Knackschere. Hummer sind Fleischesser, die sich von Aas, Würmern, Krebsen, Fischen und Muscheln ernähren. Mit der Packschere greifen sie ihre Opfer, mit der Knackschere zermalmen sie zum Beispiel die Muschelschalen, um den Inhalt wiederum mit ihrer Packschere abzuschälen. Bei Hummern gibt es wie bei uns Menschen Rechts- und Linkshänder, deshalb ist es unterschiedlich, welche Schere die Pack- und welche die Knackschere ist.

Lebende Hummer schimmern überwiegend dunkelblau. Erst im kochenden Wasser färbt sich der Hummer in das berühmte Krebsrot um.

Abbildung oben: Felsspalten und Höhlen sind die Rückzugsgebiete der Hummer. Tagsüber verstecken sie sich hier, halten aber die Scheren stets verteidigungsbereit.

Abbildung rechts: Auf ihren Streifzügen über den Meeresgrund in bis zu 40 m Tiefe orten die Langusten mit ihren langen Antennen Beutetiere.

Languste

Die **Europäische Languste** (PALINURUS VOLGANS) hat im Gegensatz zum Hummer nur winzige Scheren an den Vorderbeinen. Dafür besitzt sie einen reich bedornten Panzer und zwei harte, sehr lange Antennen. Mit diesen Antennen wittern die Krebse ihre Beute, bei den Langusten vor allem kleine Bodentiere der See. Bei Gefahr versuchen Langusten, die Antennen auch als Verteidigungswaffen einzusetzen und schlagen damit. Wenn sie die beiden Antennen aneinanderreiben, entsteht ein knarrendes Geräusch.

Tintenschnecken

Tintenschnecken, im Volksmund auch Tintenfische genannt, gehören zu den Weichtieren. Das auffälligste an ihnen sind ihre langen, mit Saugnäpfen ausgerüsteten Fangarme. Es gibt **Zehnarmige** (DECABRACHIA) und **Achtarmige** (OCTOBRACHIA) **Tintenschnecken.**
Zu den Zehnarmigen zählen die Sepien oder **Eigentlichen Tintenschnekken.** Zur Gruppe der Zehnarmigen gehören die kleinsten und größten Tintenschnecken, die es gibt. Die **Riesenkalmare** (ARCHITENTHIS) sind Bewohner der Tiefsee. Sie haben die größten Augen in der Tierwelt, sie können einen Durchmesser von 40 cm erreichen. Diese Tiefseeriesen können eine Körperlänge von über acht Metern erreichen und ihre Fangarme sind bis zu 14 Metern lang und die Tiere werden mehrere Tonnen schwer.
Die nächsten Verwandten dieser Riesenkalmare sind dagegen echte Zwerge. Wir kennen sie als „calamari" oder „calamaretti" von italienischen Speisekarten her. Sie haben nur fünfmarkstückgroße Körper, die kleinsten von ihnen erreichen gerade einen Zentimeter Durchmesser.
Bei den Achtarmigen Tintenschnecken gibt es die **Zirrenträger** (CIRRATA) aus der Tiefsee, die **Weichkieferkraken** (BOLITAENOIDAE), die **Papierbootartigen Kraken** (ARGONATOIDEA) und die Kraken, die wir als **Oktopus** kennen (OCTOPODOIDAE).
Die Sepia, die sogenannte Tinte, die die Tintenschnecken ausstoßen können, wenn sie sich bedroht fühlen, ist eine schwarze, undurchsichtige Flüssigkeit. Hat man früher geglaubt, die Tintenschnecken wollten sich damit unsichtbar machen, sind die Wissenschaftler heute der Meinung, daß das Sekret den Geruchssinn der größten Tintenschneckenfeinde, der Muränen, lähmen soll. Tatsächlich sind Muränen nicht mehr in der Lage, eine direkt vor ihnen sitzende Tintenschnecke aufzuspüren, die sich in Tinte gehüllt hat.
Tintenschnecken sind ihrerseits Räuber, die, weil sie sich nicht schnell fortbewegen können, geduldig auf ihre Beute lauern: zum Beispiel Krebse und Hummer packen sie dann mit den Fangarmen, lähmen sie mit einem giftigen Sekret der Speicheldrüse und bearbeiten ihr Opfer anschließend mit dem papageienartigen, chitinhaltigen Hornschnabel. Stückweise schieben sie kleine Bissen in den Kropf. Tintenschnecken verfolgen Beute nie, dazu sind sie nicht nur zu langsam, sie gehen auch die Gefahr ein, selbst Opfer von Räubern zu werden, denn sie sind, weil sie keinen Panzer haben, leicht verwundbar. Trotz dieser Verletzlichkeit haben sie es geschafft, bis heute zahlreich zu überleben. Denn außer der Tinte als Waffe haben sie auch die Möglichkeit, ihre Farbe zu wechseln, sich also dem Untergrund chamäleonartig anzupassen und fast unsichtbar zu werden. Außerdem schütten sie vor ihren Höhlen gewaltige Abfallhaufen von Muschelschalen auf, die sie bei Gefahr durcheinanderwirbeln. Ein weiterer Schutz ist die Saugkraft ihrer Arme. Wenn eine Tintenschnecke sich in einer Höhle festsaugt, gelingt es auch einem erwachsenen Menschen kaum, sie vom Untergrund zu lösen und herauszuziehen.

Abbildung ganz oben: Tintenschneckenweibchen betreiben Brutpflege. Wenn sie ihre Eier in Schnurreihen an einen Felsen geheftet haben, bleiben sie, ohne zu essen, wochenlang in der Nähe des Geleges, um es gegen Feinde zu verteidigen. Den Eiern fächeln sie unaufhörlich frisches Wasser zu.

Abbildung oben: Die kleinsten Tintenschnecken finden wir unter den Kalmaren. Es gibt Arten, die ausgewachsen nur so groß sind wie ein Fingernagel.

Seepferdchen können ihre Augen unabhängig voneinander bewegen, so daß sie gleichzeitig nach oben und nach unten schauen können. Deutlich sind der schuppenlose Körper und der lange Greifschwanz zu sehen.

Seepferdchen

Ein schlanker gebogener Körper ohne Schuppen, eine Röhrenschnauze ohne Zähne, keine Schwanz- und Bauchflossen, dafür aber einen Greifschwanz – das sind die **Seepferdchen** (HIPPOCAMPUS), die sicherlich zu den bezauberndsten Meeresbewohnern gehören. Sie leben in allen warmen Meeren der Erde und werden zwischen zwei und dreißig Zentimeter groß.
Die gezackte Körperform dient der Tarnung in ihrem Hauptlebensraum, den Seegraswiesen und Sandgründen der Meere. Diese schlanken, fast immer aufrecht schwimmenden Seepferdchen, die zu den Fischen gehören, ernähren sich von kleinen Pflanzen und Tieren wie zum Beispiel Wasserflöhen. Sie selbst sind für die meisten Meeresräuber unattraktiv oder ungenießbar.
Seepferdchen zeigen zur Paarungszeit einen tagelangen Hochzeitstanz, bei dem sich die Partner umkreisen, die Schwänze ineinander verhaken und sich sogar damit umarmen. Das Weibchen läßt dann seine Eier in die Bruttasche des Männchens fallen, die einem Känguruhbeutel ähnlich ist. Hunderte von Eiern finden in diesem Brutbeutel Platz.
45 Tage lang trägt der Vater seine Nachkommen im ständig schwellenden Brutbehälter. Dann setzen sich die nur millimetergroßen Ebenbilder ihrer Eltern erst einzeln, später grüppchenweise ab. Schließlich stößt das Seepferdchenmännchen mit ruckartigen Bewegungen kleine Klumpen mit 50 bis 100 winzigen „Fohlen" aus. Die Seepferdchenzwerge sind fast durchsichtig und nehmen erst nach einigen Tagen ihre spätere Färbung an.

Seesterne

Haben Seepferdchen noch eine große Ähnlichkeit, zwar nicht mit Fischen, so doch mit einem Tier, so sehen **Seesterne** (ASTEROIDEA) einem Lebewesen kaum mehr ähnlich. Die meisten von uns kennen Seesterne auch nur getrocknet, als Urlaubssouvenirs. Und doch sind Seesterne Tiere, sie gehören zu den Stachelhäutern. Um die Mittelscheibe des Seesternkörpers sind symmetrisch fünf gleichartige Arme angeordnet, was ihnen das Aussehen eines fünfzackigen Sterns gibt.
Der Körper ist mit Kalkplättchen gepanzert. Durch eine Siebplatte in der Körpermitte saugen Seesterne Wasser ein. Das wird bis in die sogenannten Füßchen geleitet, die als kleine, schlauchförmige Fortsätze mit einem Saugnapf an ihrer Spitze auf der Unterseite der Seesternarme sitzen. Durch den Wasserdruck versteifen sich die Füßchen, der Körper wird vom Untergrund abge-

hoben und der Seestern kann sich fortbewegen. Meist aber liegen Seesterne bewegungslos, nur durch die Strömung des Meeres getragen, da.
Seesterne sind Alles- und Aasesser, die als größte Delikatesse Muscheln schätzen. Langsam und schwerfällig stülpen sie ihren Körper über die Opfer, und die Saugnäpfe heften sich an die Muschelschalen. Dann ziehen sie, stundenlang wenn es sein muß, bis auch die stärkste Muschel dem Zug nicht mehr standhält und sich öffnet. Dann stülpt der Seestern seinen Magen aus dem Mund auf das Muschelfleisch und sondert Verdauungssaft ab. Es dauert wieder Stunden, bis er das Fleisch verzehrt hat und seinen Magen wieder nach innen stülpt.
Wird ein Seestern in zwei Stücke gerissen, so bedeutet das nicht das Ende dieses Tieres. Beide Hälften sind in der Lage, neue Arme mit Saugnäpfen zu bilden. So entstehen aus einem Seestern zwei neue.

Muscheln

Obwohl der Seestern Muscheln knakken kann, sind die symmetrischen, harten Schutzschilder dieser Schalenweichtiere eigentlich ein wirkungsvolles Abwehrmittel gegen Feinde. Das eigentliche Muscheltier sitzt zwischen diesen Schalen, die von den sogenannten zwei Mantelfalten gebildet werden.
Die beiden Schalen lassen sich lückenlos schließen. Ihre Ränder sind mit Zähnen versehen, die wie ein Scharnierschloß wirken. Der Schließmuskel kann sich bei Gefahr blitzschnell zusammenziehen und die beiden Schalenhälften zuklappen.
Muscheln ernähren sich von Kleinstlebewesen, die sie mit dem Atemstrom einziehen. Beim Ausatmen des Wassers scheiden sie auch die Abfälle mit aus. Meist heften Muscheln sich mit ihrem Fuß an eine feste Unterlage und bleiben von dieser Zeit an seßhaft. Oft sitzen an solchen Unterlagen Muscheln dicht an dicht, sie bilden ganze Muschelbänke.
Bei den meisten Muscheln gibt es männliche und weibliche Tiere. Beide lassen ihre Geschlechtszellen in der Regel einfach ins Meereswasser ausströmen, die Befruchtung erfolgt dann durch Zufall im Wasser.
Die Larven haben meist Wimpern, mit denen sie sich fortbewegen können. So „wandern" sie eine Zeitlang umher, um sich dann, wenn sie einen passenden Untergrund und Lebensraum gefunden haben, dort anzuheften und zu bleiben.

Ein wunderschöner, roter Seestern. Deutlich erkennt man die kleinen Saugnäpfe an den fünf Armen.

Abbildung links: Austern (OSTREA) kitten sich auf festen Unterlagen an. Heute werden Austern wegen ihrer Beliebtheit als Delikatesse überall gezüchtet.

Abbildung unten: Miesmuscheln (MYTILUS EDULIS) bilden meist Muschelbänke. Die dunkelblauen bis schwarzen Schalen laufen an einem Ende spitz zu, innen glänzen die Schalen perlmuttfarben.

Das Brautkleid der Sturmmöwen (Abbildung oben) ist an der Unterseite schneeweiß, nur der Rücken und die Flügeloberseiten sind blaugrau.

Die Lachmöwe (Abbildung unten) ist in fast jedem Element zu Hause: in der Luft, zu Wasser und auf dem Land. Bei der Nahrungssuche trifft man sie auch oft am Boden an, denn sie ist von allen Möwen am besten zu Fuß.

Möwen

Möwen gehören zu den wenigen Seevögeln, die jeder kennt, auch wenn er noch nie am Meer war. Ein paar Arten dieser anpassungsfähigen Vögel ist es nämlich gelungen, ihren Lebensraum weit ins Binnenland zu verschieben. Besonders erfolgreich waren dabei die fast reinweiße **Sturmmöwe** (LAVUS CANUS) und die **Lachmöwe** (LAVUS RIDIBUNDUS), die an ihrem auffälligen schwarzen Kopf sofort zu erkennen ist. Beide Arten machen nicht nur Ausflüge ins Binnenland, sondern haben ihren Lebensraum ganz dorthin verlegt und brüten auch dort.

Die meisten der 48 weltweit lebenden Möwenarten sind allerdings höchstens mal seltene Gäste bei uns und haben ihre Brutgebiete weiter nördlich. Einige Arten leben sogar fast ausschließlich auf hoher See und kommen nur zur Brut auf Inseln oder an Klippen an Land. Möwen sind gesellig lebende Vögel, die am liebsten in großen Kolonien brüten. Mindestens zehn Paare müssen sich zum Brutgeschäft zusammenfinden, bevor Möwen in Hochzeitsstimmung kommen. Rund 100 Paare beherbergt eine normale Kolonie, man kennt aber auch Ansammlungen von 20 000 und mehr Paaren.

Die ursprüngliche Nahrung der großen, weißen Sturmmöwen waren Insekten, Würmer, Krebse, Fische und Wassertiere aller Art. Ja sogar Mäuse verschmähen sie nicht, wenn sie sie erwischen. Aber längst haben besonders Sturm- und Lachmöwen sich an die Bereicherung ihres Speisezettels durch die Menschen gewöhnt. Daß auslaufende Schiffe von großen Möwenschwärmen begleitet werden, die auf die Abfälle lauern, ist inzwischen ein alltägliches Bild.

Im Binnenland ziehen Sturm- und Lachmöwen zusammen mit Krähen hinter den Pflügen der Bauern her und holen sich die Tiere, die der Pflug ausgegraben hat. Es gibt zudem auch keine Mülldeponie, in der nicht massenweise Möwen angetroffen werden, die das verzehren, was wir weggeworfen haben. Möwen zeigen dabei keine große Angst vor dem Menschen. Sie werden sehr schnell futterzahm und holen sich die Leckerbissen im Flug aus der Hand. Sturm- und Lachmöwen können nicht tauchen. Aus dem Wasser holen sie sich nur, was auf der Oberfläche schwimmt. Früher waren es hauptsächlich tote Fische, heute sind es Abfälle.

Beide Arten bauen Bodennester, in die sie ihre meist drei Eier legen. In Lachmöwenkolonien liegen die Nester dicht an dicht mit oft weniger als einem Meter Abstand voneinander. Erstaunlich ist immer wieder, wie die Altvögel in diesen für uns so unübersichtlichen Kolonien, das Nest mit ihren Eiern und später den Jungvögeln wiederfinden.

Bei Lach- und Sturmmöwen kümmern sich beide Elternteile um das Brutgeschäft. Rund 25 Tage werden die Eier bebrütet, dann schlüpfen die ewig hungrigen, hilflosen Jungen, die ebenfalls von Vater und Mutter versorgt und gefüttert werden. Sie sind erst nach gut einem Monat selbständig, bleiben aber monate-, manchmal jahrelang, einige sogar das ganze Leben lang ihrer Kolonie treu.

Eine Sonderstellung unter den Möwen nimmt die **Dreizehenmöwe** (RISSA TRIDACTYLA) ein. Sie ist bei uns ein selte-

ner Gast an der Nordseeküste, brütet aber ausschließlich auf Helgoland. Den größten Teil des Jahres verbringt sie fern vom Land auf hoher See. Sie ernährt sich auch heute noch bevorzugt von Meerestieren, toten und lebenden. Dreizehenmöwen schwimmen sehr gut und schnell, sie sind auch ausgezeichnete Flieger. Nur gut zu Fuß sind sie nicht, man sieht sie deshalb auch selten laufen.

Anders als die bodenbrütenden anderen Möwen suchen sie Felsenklippen als Brutplatz auf. Besonders an steilen Inselküsten brüten die Dreizehenmöwen in Gemeinschaft mit anderen Felsenbrütern wie Lummen und Sturmvögeln. Die Nester in den zerklüfteten Felsen sind oft auf winzigen Vorsprüngen gebaut. Die Dreizehenmöwen legen meist nur zwei Eier, die von beiden Eltern bebrütet werden. Wenn die Jungen nach 25 bis 30 Tagen geschlüpft sind, werden sie von beiden Eltern gefüttert. Sie verlassen nach gut 40 Tagen ihr Nest.

Dreizehenmöwen sind tag- und nachtaktiv. Sie überfliegen die See in 10 bis 25 Meter Höhe, um im Sturzflug ihre Nahrung meist von der Wasseroberfläche zu fischen. Sie können aber auch bis zu einem halben Meter tief unter Wasser tauchen. Kleineren fischenden Vögeln jagen sie die Beute ab, und auch unter der eigenen Art herrscht Futterneid. Oft sieht man zwei Möwen erbittert um einen Leckerbissen streiten. Hat eine Möwe beim Suchflug einen ziehenden Fischschwarm entdeckt, dauert es nicht lange, bis Hunderte, sogar Tausende von Artgenossen ebenfalls mitfischen, denn die immer hungrigen Möwen haben stets auch ein Auge auf ihre Rivalen, um sich ja keine günstige Gelegenheit entgehen zu lassen.

Die Küken der Dreizehenmöwe sind ausgesprochene Nesthocker. Sie werden, solange sie klein sind, von den Eltern nie alleingelassen; ein Elternteil wacht bei der Brut, während der andere auf Nahrungssuche ist. Die Eltern sichern ihre Kinder auch vor dem Absturz aus den Felsennestern, die meist an sehr steilen Klippen gebaut werden.

Kampfläufermännchen buhlen im Prachtkleid in der Arena um die Gunst der Weibchen. Die Schmuckfarben zeigen auch gleich den Rang an. Männchen, die kein eigenes Territorium verteidigen, sogenannte Satelliten, haben ein weißes Halsfederkleid – wie der mittlere Vogel auf dem Foto. Wer Anspruch auf ein Revier erhebt, schmückt sich dagegen mit dunklen Federn.

Kampfläufer

Bei den **Kampfläufern** (PHILOMACHUS PUGNAX) herrscht Damenwahl, und die Männchen versuchen, den Weibchen durch ihr Federkleid zu imponieren. Die Kampfläufer fangen rechtzeitig mit den Vorbereitungen an. Die Männchen, die in der Ruhezeit ein schlichtes, braungrauweißes Gefieder tragen, färben sich bereits auf dem Heimzug aus ihrem afrikanischen Winterquartier um. Das Prachtkleid des buhlenden Bräutigams besteht aus einer Perücke und einer Halskrause. Beide sind so üppig, daß sie den Kopf rund doppelt so groß wie normal erscheinen lassen.

In ihrem sommerlichen Lebensraum angekommen, suchen die Kampfläufermännchen ihre Arenen auf. Bereits vor dem Morgengrauen beginnen die geschmückten Ritter mit ihren Scheinkämpfen. Sie plustern Krause und Kopfschmuck gewaltig auf, zeigen einander trippelnd die Breitseite, tanzen und hüpfen. Ernst werden die Auseinandersetzungen allerdings erst, wenn die Weibchen sich als Zuschauer einfinden. Dann bekämpfen sich die ranghöchsten der Männchen so lange erbittert, bis einer aufgibt und der andere damit Revierinhaber wird.

Die Weibchen laufen zunächst scheinbar unbeteiligt durch die Arena, bis sie schließlich einen oder auch mehrere Männchen erhören. Nach den imposanten Balzspielen dürfen die Männchen, die sowieso nur am Rande mitgetanzt haben, zusammen mit dem Revierinhaber in der Arena bleiben, denn sie stellen keine Konkurrenz für den Sieger dar. Die unterlegenen Arenenkämpfer versuchen eben im nächsten Jahr erneut ihr Glück.

Das Brüten und die Aufzucht der Jungen überlassen die Schaukämpfer ihren Weibchen, die nach der Begattung allein den Nistplatz aussuchen und in gut getarnten Bodenmulden, die mit Gräsern ausgepolstert werden, ihre vier Eier legen und sie ausbrüten. Sie sind es auch, die die jungen Kampfläufer in den ersten Wochen führen. Die Küken picken schon am ersten Tag allein nach winzigen Schnecken, Würmchen und Insekten. Weil der Lebensraum der Kampfläufer sehr feucht ist, haben sie im späten Frühjahr kaum Nahrungsmangel. Nach rund einem Monat sind sie flügge und spätestens jetzt läßt die Mutter sie allein. Schon Ende Juli ziehen die jungen Kampfläufer weg, die älteren folgen wenige Wochen später.

Austernfischer

An den Nordseeküsten lebt ein krähengroßer, schwarzweißer Vogel mit langem, spitzem, rotem Schnabel und roten Staksfüßen, den man schon von weitem an der Stimme erkennt, denn der **Austernfischer** (HAEMATOPUS OSTRALEGUS) hat ein schrilles Organ. Und weil diese Vögel sehr gesellig sind und nicht einmal während der Brutzeit ein eigenes Revier beanspruchen, sondern weiterhin in großen Schwärmen zusammenleben, kann es in der Nähe einer solchen Kolonie ganz schön laut werden. Während alle unaufhörlich und scheinbar regellos umeinanderfliegen, begrüßen sie sich nämlich ständig schrill und lärmend.

Austernfischer richten ihren Lebensrhythmus nach den Gezeiten, sie sind deshalb sowohl tagsüber wie auch nachts bei der Nahrungssuche anzutreffen.

Sie suchen ihre Beute im Schlick und Schlamm des Wattenmeers, bevorzugt an Muschelbänken. Denn Muscheln sind, wie ja schon der Name dieser Küstenvögel verrät, ihre Hauptnahrung und Lieblingsspeise. Sie sind auch speziell darauf eingerichtet, die hartschaligen Meerestiere zu knacken. Tagsüber laufen sie durch den Schlamm und suchen nach leicht geöffneten Muscheln. Sie spießen das Innere gezielt durch die Öffnung auf, zerbeißen den Schließmuskel und drehen dann den Schnabel wie einen Keil, bis die beiden Schalen auseinanderfallen.

Nachts ist die Futtersuche schwieriger, denn die Vögel können nicht genug sehen. Sie stechen jetzt den Schnabel einfach in den Boden und pflügen beim Laufen den Schlamm um, bis sie auf eine Muschel stoßen, die jetzt allerdings, da sie vorgewarnt ist, zugeklappt ist. Die Austernfischer packen ihre Beute mit dem Schnabel und hämmern sie so lange gegen eine feste Unterlage, bis ein Stück Muschelschale herausbricht. Dann können sie durch diese Öffnung wieder den Schließmuskel zerbeißen und so an ihren Leckerbissen kommen.

Männchen und Weibchen der Austernfischer halten einander in der Regel lebenslang die Treue, man weiß von Paaren, die 20 Jahre zusammenlebten. Sie bauen ihre Nester auf Dünen, am Sandstrand, auch auf Kies. Die flachen Mulden am Boden werden mit Strandgut ausgekleidet, oft mit Muschelschalen. Das Paar baut nicht nur gemeinsam, die beiden brüten auch abwechselnd auf den meist zwei Eiern. Die Jungen verlassen das Nest schon ein paar Stunden nach dem Schlüpfen und werden von ihren Eltern zu den Nahrungsgebieten geführt. Anfangs spüren die Eltern die Nahrung noch auf und lassen sie vor ihren Küken fallen oder halten sie ihnen vor den Schnabel. Sogar wenn die Jungen schon fliegen können, erhalten sie ab und zu noch Happen von ihren Eltern. Die Familie löst sich erst nach ein bis zwei Monaten endgültig auf, denn solange brauchen die kleinen Austernfischer, bis sie in der Lage sind, selbständig Futter zu suchen.

Im Flug lassen die Austernfischer im Brutkleid schneeweiße Flügelbinden zwischen den schwarzen Säumen erkennen.

Der Lebensraum der Austernfischer ist die Küste, sie gehören zu den häufigsten Gästen des Wattenmeers.

Wüsten und Savannen

Neugierig betrachtet der kleine Löwe seine Umwelt.

Vor einem so wehrhaften Mantelpavianmännchen haben sogar Geparden Respekt.

Steppen und Grasländer wie die Kalahari in Afrika gibt es auf der ganzen Welt.

Lebensraum und Zivilisation

Infothek

Nationalparks sind auch wirtschaftlich interessant. Durch die Besucher – 1986 wurden allein in Serengeti 60 000 gezählt – fließen wertvolle Devisen in diese meist sehr armen Länder. Außerdem, und das darf man nicht unterschätzen, werden Arbeitsplätze geschaffen, vom Wildhüter bis zum Fremdenführer.

Serengeti darf nicht sterben!

Dies war der Titel von Film und Buch, die mein Vater Michael und Großvater Bernhard Grzimek 1959 produzierten. Diese Forderung wurde erfüllt, auch dank der Spendengelder der Zoologischen Gesellschaft Frankfurt. Es bleibt zu hoffen, daß Serengeti auch weiterhin bestehen bleibt. Denn noch gibt es sie, diese riesigen Herden, die durch die Grassavanne der Serengeti ziehen. Ein Gewimmel von nahezu eineinhalb Millionen Gnus, Gazellen, Zebras und Antilopen, die ihre alljährlich wiederkehrenden Wanderungen durch den 12 500 Quadratkilometer großen Nationalpark unternehmen, auf der Suche nach den besten Weideflächen.

Diesen faszinierenden Anblick müssen einst auch die Bisons in Nordamerika geboten haben. Man schätzt, daß es noch im 17. Jahrhundert rund 60 Millionen Tiere gab! Mit Ankunft des Europäers war jedoch ihr Schicksal besiegelt. Sie wurden innerhalb von zweihundert Jahren nahezu ausgerottet, und zwar nicht nur aus Vergnügen, sondern auch, um damit die einheimischen Indianer zu treffen, die auf die Bisons angewiesen waren. Aßen sie doch deren Fleisch, stellten Zelte und Kleidung aus den Häuten her und verehrten die Tiere sogar in ihrer Religion.

Im Jahre 1889 schätzte William T. Hornaday, daß von den einst 60 Millionen Bisons noch ganze 835 Tiere übriggeblieben waren. Ihm und anderen Mitgliedern der von ihnen gegründeten Nordamerikanischen Bison Gesellschaft ist es zu verdanken, daß die Bisons gerettet wurden und in Reservaten heute wieder eine Zahl von über 30 000 erreicht haben. Ihre ursprüngliche Ausbreitung werden sie aber nie wieder erreichen, da ihnen der dafür nötige Raum genommen worden ist. Dieser Lebensraum ist zum Glück in der

Halbwüste in Israel

Serengeti weitgehend erhalten geblieben, da dieses Gebiet rechtzeitig zum Nationalpark erklärt werden konnte. Ein Gebiet also, wo dem Menschen jeglicher Eingriff untersagt ist. Dies hat jedoch nur Sinn, wenn das zu schützende Gebiet groß genug ist, um den darin lebenden Tierarten das Überleben zu sichern. Behauptet wird immer wieder, „daß Nationalparks den Einheimischen die Lebensgrundlage nehmen würden. Es wäre daher besser, das Land unter den Pflug zu nehmen." Dazu sollte man folgendes bedenken: Es sind meist für die landwirtschaftliche Nutzung ungeeignete Böden, auf denen die Nationalparks entstanden. Sollten diese unter den Pflug kommen, so ist eine Gefährdung durch Bodenerosion und anschließender Wüstenbildung sehr wahrscheinlich. Beispiele für eine solche von der Landwirtschaft verursachte Bodenerosion sind meist schon direkt neben den Nationalparks zu finden.

Die Wüste lebt

Aber es gibt ja nicht nur künstlich entstandene Wüsten, es gibt auch natürliche, in denen eine Unzahl von Tieren zu Hause sind. Tiere, die wir oft gar nicht sehen, da sie aufgrund der am Tage herrschenden Hitze erst des Nachts lebendig werden.
Wüsten haben ein eigenes Leben, das so grundverschieden von dem der Savannen ist, daß man es nicht miteinander vergleichen kann. Die in der Wüste lebenden Tiere und Pflanzen sind den dort herrschenden extremen Lebensbedingungen hervorragend angepaßt. Man denke nur an die spezialisierten Pflanzen, die ihren Wasserhaushalt mit dem nächtlichen Tau aufrechterhalten, oder an die Kamele mit ihren Vorratslagern auf dem Rücken.
Wie alle diese Tiere ihr Überleben meistern und mit welchen Mitteln sie sich ihrem Lebensraum angepaßt haben, das werde ich auf den nächsten Seiten schildern.

Ein Teich wird trockengelegt und mit Müll aufgefüllt.

Abbildung unten: Bodenerosion in Tansania

Löwen sind die einzige Katzenart, die gesellig lebt. Zwei bis maximal fünf Löwenmännchen bilden eine Kampfgemeinschaft, deren Mitglieder sich bei der Verteidigung der Weibchen und des Reviers gegen nomadisierende Männchen unterstützen.

Löwen

Löwen (PANTHERA LEO) sind die einzigen Großkatzen, die keine Einzelgänger sind, sondern gesellig in Rudeln leben. Kern eines solchen Löwenrudels sind etwa fünf bis zehn erwachsene Weibchen mit ihren kleinen und halberwachsenen Kindern. Den Löwinnen schließen sich zwei bis fünf ausgewachsene Männchen an, deren Hauptaufgabe es ist, das Revier gegen das Eindringen anderer Löwen zu verteidigen.

Die Größe der Rudel hängt in erster Linie von der Qualität des besetzten Reviers ab. Wo es ausreichend Wasser gibt, sind auch genügend Beutetiere vorhanden, wo das Wasser knapp ist, wie etwa in der Kalahari, sind die pflanzenessenden Beutetiere entsprechend seltener und die Löwenrudel viel kleiner, ja bestehen oft nur aus den Eltern und dem gemeinsamen Nachwuchs.

Aber auch bei Löwen, die in weniger kargen Gebieten leben, haben nicht alle Tiere die Chance, den Schutz eines Rudels zu genießen. Die meisten der herangewachsenen Weibchen und alle Männchen müssen nämlich das Rudel verlassen und sich selbst ein Revier erobern. Da aber fast alle verfügbaren Reviere schon besetzt sind, ist das gar nicht so einfach, und so streifen viele Löwen als sogenannte Nomaden ohne eigenes Territorium herum.

Die Abwehr dieser Nomaden beschäftigt die männlichen Revierinhaber in der Regel so sehr, daß sie noch nicht einmal Zeit zur Jagd finden und diese Aufgabe den Löwinnen überlassen. Diese arbeiten gerade bei der Jagd auf größere Beutetiere sehr geschickt zusammen. Zum Mahl versammeln sich dann alle Rudelmitglieder bei dem erlegten Wild und dürfen sich nach einer streng eingehaltenen Rangordnung sättigen. Den sprichwörtlichen Löwenanteil beanspruchen dabei die Männchen für sich. Erst wenn sie es erlauben, dürfen sich die Jägerinnen heranwagen. Das Schlußlicht bilden die Jungtiere, die deshalb nur in Zeiten mit reichlichem Futterangebot die Chance haben, ausreichend ernährt zu werden. Löwen schlagen alle Arten von Huftieren, die die afrikanische Savanne bevölkern, also zum Beispiel Gnus und Zebras, aber auch mal eine kleine Giraffe oder einen wehrhaften Kaffernbüffel. Entgegen der landläufigen Meinung hat man festgestellt, daß Löwen sich auch häufig als Aasesser betätigen und oft den Hyänen ihre Beute streitig machen.

Den größten Teil des Tages aber verbringt ein Löwenrudel in beschaulicher Siesta im Schatten von Bäumen und Büschen. Da ein gesunder, erwachsener Löwe außer den Menschen keine natürlichen Feinde hat, sind die Tiere dabei ganz sorglos und räkeln sich in den unglaublichsten Stellungen auf dem warmen Steppenboden. Während dieser Ruheperioden kann man auch gut beobachten, wie liebevoll die einzelnen Mitglieder eines Rudels miteinander umgehen. Besonders die jungen Löwen spielen miteinander und mit den Erwachsenen.

Löwen sind liebevolle und fürsorgliche Eltern, trotzdem ist die Kindersterblichkeit in einem Rudel recht hoch. Da kleine Löwen recht schnell an Unterkühlung leiden, sterben viele von ihnen, die zu einer ungünstigen Jahreszeit geboren werden, wenn die Mutter sie zu lange allein läßt. Auch Hyänen oder Leoparden können den Kleinen gefährlich werden. Und von der gemeinsamen Beute bleibt für die Heranwachsenden auch nur in guten, futterreichen Zeiten genug zum Überleben übrig.

Da Löwen die Verluste aber durch neue Geburten wieder ausgleichen können, wäre ihr Bestand dadurch in keiner Weise bedroht. Trotzdem teilen sie außerhalb der wenigen Schutzgebiete das Schicksal der meisten Wildtiere. Der wachsende Bevölkerungsdruck in Afrika macht die Erschließung immer neuer Landstriche für die Besiedlung erforderlich, und wo sich die Lebensräume von Menschen und Löwen überschneiden, bleibt das Tier auf der Strekke. So ist der eindrucksvolle **Berberlöwe** (PANTHERA LEO LEO), der in Nordafrika lebte, Anfang dieses Jahrhunderts im Freiland ausgerottet worden. Heute gibt es nur noch wenige rückgezüchtete Berberlöwen, zum Beispiel im Frankfurter Zoo.

Für uns Menschen ist die dichte, zottige Mähne und die gewaltige Stimme der männlichen Löwen wohl das Eindrucksvollste an diesen Tieren. Die Mähne läßt sie für ihre Gegner nicht nur größer und beeindruckender erscheinen, sie stellt gleichzeitig einen wirksamen Schutz der Hals- und Schultergegend dar. Ein Tatzenhieb oder ein Biß in die Mähne läßt zwar die Haare fliegen, aber ernsthafte Verletzungen sind selten. Warum Löwen dagegen brüllen, ist noch nicht eindeutig geklärt. Man vermutet, daß das Brüllen in erster Linie der Reviermarkierung dient, um umherstreifenden Männchen anzuzeigen, daß diese Gegend schon besetzt ist. Zum anderen scheinen die Tiere mit diesen Lautäußerungen auch über weite Entfernungen Kontakt zueinander zu halten.

Auf jeden Fall gehört das Gebrüll der Löwen zu den eindrucksvollsten Geräuschen der afrikanischen Savanne.

Die männlichen Löwen tragen alle die für diese Großkatzen typische Löwenmähne.

Löwinnen sind liebevolle Mütter, die ihre ein bis drei Jungen zärtlich umsorgen.

Gepard

Geparde (ACINONYX JUBATUS) gleichen in ihrem Aussehen zwar weitgehend den Großkatzen, aufgrund verschiedener Körpermerkmale nehmen sie aber eine Sonderstellung ein. Sie sind kleiner und zierlicher als die Vertreter der Großkatzen. Der Körper mißt zwischen 112 und 135 cm. Der lange kräftige Schwanz, gelbschwarz gezeichnet, hat eine auffällige weiße Spitze und kann 80 cm lang werden.

Geparde sind die schnellsten Landsäugetiere der Welt. Kurzzeitig können sie eine Geschwindigkeit von etwa 110 km/h erreichen. (Zum Vergleich: Rennpferde bringen es auf etwa 60 km/h.) Der Körperbau des Gepards ist dieser Spitzenleistung angepaßt. Besonders auffällig sind die langen „Laufbeine" und der schlanke Körper mit dem hohen Brustkorb.

Das Fell ist ockerfarben mit schwarzen Punkten und sehr kurz. Junggeparde haben eine graue, abstehende Rükkenmähne, die sich mit zunehmendem Alter verliert. Der Kopf des Gepards ist viel schlanker und kleiner als der von Löwe, Tiger oder Leopard. Charakteristisch ist die schwarze „Tränenzeichnung", die von den Augen zur Nase verläuft. Die Beine sind extrem lang, der Körper schlank mit einem hohem Brustkorb, wie wir ihn sonst nur von Windhunden kennen.

Eher hunde- als katzenartig sind auch die Krallen des Gepards: anders als alle anderen Katzen kann er sie nicht ganz einziehen. So schleifen sie sich beim Laufen immer wieder ab, sind also nicht so scharf wie die anderer Katzen.

Geparde nutzen ihre Krallen auch nicht zum Klettern oder Beutereißen wie die anderen Großkatzen. Sie gleichen diese fehlende Waffe aber durch ihre Jagdgeschicklichkeit aus. Wenn ein Gepard ein Beutetier aufspürt – meist sind es Gazellen, Antilopen und Impalas –, schleicht er sich bis auf mindestens 100 m an, hervorragend getarnt durch seine gelb-schwarze Zeichnung, die ihn im trockenen, kniehohen Savannengras nahezu unsichtbar macht, schießt auf sein Opfer zu, verfolgt es und beißt ihm, hat er es erreicht, die Kehle durch. Allerdings ist der Gepard nur etwa bei der Hälfte aller Verfolgungsjagden erfolgreich, denn seine Rekordgeschwindigkeiten von über 100 km/h kann er nur einige hundert Meter durchhalten, danach ist seine Energie erschöpft und er gibt auf, wenn er das Wild bis dahin nicht erreicht hat.

Geparde haben kein so mächtiges Gebiß wie die anderen Großkatzen, sie bevorzugen daher die Innereien ihrer Beutetiere. Große Knochen sind für ihre Zähne zu hart, die Reste ihrer Beute sind ein gefundenes Essen für Geier, Hyänen und andere Aasesser. Rund drei Kilogramm Fleisch braucht ein Gepard täglich. Er löscht beim Essen meistens auch seinen Durst, denn Geparde brauchen auffallend wenig Flüssigkeit, sie können tage-, sogar wochenlang ohne Wasser auskommen, eine wichtige Fähigkeit für einen Bewohner der Trockensavanne.

Trotz seines Jagdtalents und seines bescheidenen Nahrungsbedarfs ist dieser Spitzensprinter in seiner vermuteten Urheimat Asien praktisch ausgestorben. In den Savannen Afrikas, so schätzt man, leben noch etwa 25 000 Geparde, hauptsächlich in den Nationalparks. Denn nur dort sind sie vor Wilderern, die es auf das Fell abgesehen haben, geschützt, nur dort sind ihre Ansprüche an den Lebensraum – weite Graslandschaften – gewährleistet. Und nur dort haben sie noch Chancen, wenigstens so viele ihrer Jungen großzuziehen, daß ein Überleben dieser fantastischen Großkatze gewährleistet bleibt.

Ein bis acht Junge wirft eine Gepardin nach 90 Tagen Tragzeit. Durchschnittlich werden drei Jungtiere geboren, von denen meist nur eines überlebt, denn in den ersten Monaten ihres Lebens fallen zwei Drittel aller Gepardenbabys großen Raubkatzen und Hyänen zum Opfer. Die Mütter versuchen zwar durch dauerndes Umziehen, die Jungen vor diesen Feinden versteckt zu halten, aber sie müssen sie doch zu oft alleinlassen, um auf Jagd zu gehen. 250 g wiegt so ein Neugeborenes, ganze 30 cm mißt es von Kopf bis Schwanzspitze. Es ist blind und hilflos. Mit elf Tagen haben die meisten Gepardekinder die Augen geöffnet, im Alter von sechs Wochen nehmen sie zur Muttermilch auch schon Fleischstückchen, mit drei Monaten haben sie sich ganz auf Beutekost umgestellt, bleiben aber noch rund ein Jahr bei ihrer Mutter, um das Jagen richtig zu erlernen.

Wenn die Gepardin schließlich ihrer Wege geht, bleiben die Geschwister – sofern es noch welche gibt – meist noch ein weiteres Jahr zusammen, bis die Weibchen, die dann geschlechtsreif sind, auf Brautschau gehen und die Männchen sich älteren Geschlechtsgenossen anschließen.

Geparde lebten einst in den Trockensavannen Asiens und Afrikas. Heute gibt es nennenswerte Bestände nur noch in den Schutzgebieten Ost- und Südwestafrikas.

Junge Geparde leben gefährlich. In den ersten acht Monaten werden sie leider nur zu häufig die Beute von Löwen, Leoparden, Hyänen und Wildhunden. Meist überlebt pro Wurf nur ein Junges. Bis zur 15. Woche können Gepardebabys ihre Krallen – wie andere Katzen auch – noch einziehen. Im Laufe der weiteren Entwicklung verkümmern dann die Krallenscheiden, und die Krallen können, wie bei Hunden, nicht mehr eingezogen werden.

Infothek

Lange Zeit glaubten Wissenschaftler, daß Schakale die Vorfahren unserer heutigen Haushunde seien. Inzwischen weiß man aber, daß alle Haushunderassen vom Wolf abstammen und Schakale zwar eng verwandt mit Hunden sind, aber nie domestiziert wurden.

Schakale

Wie bei uns in Europa der Fuchs, so wird in Asien und Afrika der Schakal in Fabeln und Märchen als besonders listig und durchtrieben geschildert. Die alten Ägypter sahen sogar einen Gott in ihm: Anubis, der Gott der Unterwelt, hatte einen Schakalkopf. Die Eingeborenen Afrikas und die alten Ägypter waren bessere Beobachter als viele Zeitgenossen heute. Denn in unseren Tagen gelten Schakale zu Unrecht als feige und gefährlich für Viehherden.

Die drei Schakalarten leben in unterschiedlichen Lebensräumen. Der **Goldschakal** (CANIS AURENS) bevorzugt die trockenen heißen Steppen Afrikas, während der **Streifenschakal** (CANIS ADUSTUS) waldreiches Gelände bevorzugt. Der **Schabrackenschakal** (CANIS MESOMELAS) wiederum ist ein Savannenbewohner.

Schakale sind gesellige Tiere, sie leben paarweise und in größeren Familienverbänden. Die Paare sind sehr zärtlich miteinander, sie kraulen und lecken sich, helfen und verteidigen sich gegenseitig. Und natürlich jagen sie auch gemeinsam. Schakale leben meist in Gegenden, in denen auch viele stärkere und überlegene Rivalen wie Löwen, Leoparden und große Greifvögel verbreitet sind. Sie sind nicht nur Nahrungskonkurrenten, sondern auch Feinde, denen Schakale zum Opfer fallen können. Deshalb sind die kleinen Steppenjäger bei der Beutesuche sehr vorsichtig. Sie leben vorwiegend von Insekten wie Heuschrecken, von Würmern, Fröschen und Schlangen. Bei der Schlangenjagd sind sie sehr geschickt, sie sind durch ihr Zubeißen – Wegspringen – Zubeißen sogar Riesenschlangen gewachsen. Wenn ein Löwe oder ein Leopard Beute liegenläßt, sind die Schakale meist vor den Hyänen und Marabus an Ort und Stelle, um sich ihren Anteil zu sichern.

Paare und Familien leben entweder in selbstgegrabenen Höhlen oder in verlassenen Bauten anderer Tiere. Sie beziehen sogar Termitenhügel als Quartiere. In diesen Höhlen bringt die Hündin auch ihre drei bis sechs Jungen zur Welt, die sie 12 Wochen lang säugt. Wenn man junge Schakale mit der Hand aufzieht, werden sie so zahm wie Hunde und können zauberhafte Familienmitglieder werden. Schakale in freier Wildbahn dagegen haben längst gelernt, den Menschen zu fürchten.

Goldschakale können trotz ihres dichten Pelzes große Hitze ertragen. Nur während der heißesten Mittagsstunden dösen sie im Schatten. Vormittags und nachmittags suchen sie gerne Wasserstellen auf, denn dort können sie auch mit Beute rechnen – frisch geworfene Jungtiere von Antilopen oder andere Tierbabys.

Hyänen

Wo Schakale leben, findet man fast immer auch **Hyänen** (HYAENA). Doch die beiden Tierarten sind nicht miteinander verwandt, denn die Hyänen gehören nicht zu den Hundeartigen, sondern zu den Katzenverwandten.
Hyänen leben heute in Afrika und Asien, waren aber früher auch in Europa heimisch.
Wegen ihres für uns Menschen dümmlichen Aussehens und der eher plumpen Gestalt ist die Hyäne kein attraktives Tier. In ihren Lebensräumen ist sie allerdings äußerst nützlich, denn da sie sich hauptsächlich von Aas ernährt und zudem unglaublich „verfressen" ist, ist die Hyäne sozusagen eine Art „Aufräumkommando". Die Hyäne hat ein so gewaltiges Gebiß, daß sie auch die stärksten Knochen zerbeißen kann und von den Kadavern kaum noch etwas übrigläßt. Hyänen können sich auf Vorrat sättigen; sie verlassen ein gefundenes Essen niemals, bevor nicht alles restlos vertilgt ist, es sei denn, sie werden von stärkeren Rivalen vertrieben, zum Beispiel von Löwen, von denen man ja weiß, daß auch sie Aas nicht verschmähen. An solchen Kadaverstellen kann es zu bösen Beißereien zwischen zwei Hyänen kommen, weil keiner dem anderen die besten Bissen gönnt. Nicht selten verlassen dann mehrere Hyänen, satt zwar, aber zerbissen und blutend, die Szene.
In der Regel leben die Hyänen einzelgängerisch, nur in großen Hungerzeiten sieht man sie gemeinsam in kleinen Rudeln auf Nahrungssuche gehen. Und nur in großen Hungerzeiten sind sie auch tagsüber aktiv, sonst ruhen sie in geschützten Felshöhlen oder einfachen, selbstgegrabenen oder übernommenen Bauten aus und begeben sich erst in der Dämmerung auf Nahrungssuche.
Die Hyänenmutter versorgt ihre ein bis zwei Jungen, die sie in den Erdhöhlen oder in Felsnischen zur Welt bringt, alleine; sie werden rund drei Monate gesäugt und erhalten dann Fleischnahrung. Schon in den ersten Lebenswochen sind die Hyänenbabys untereinander streitsüchtig, das spielerische Raufen hat oft böse Verletzungen zur Folge. Die Familien trennen sich schnell, denn auch die Mutter will bald von ihren Kindern nichts mehr wissen, wie das bei allen einzelgängerischen Tieren die Regel ist.

Abbildung unten: Hyänenbabys verbringen die ersten Wochen ihres Lebens in Erdmulden, denn während dieser Zeit haben sie viele Feinde – vor allem Greifvögel.

Abbildung links: Wenn vom Kichern der Hyänen die Rede ist, ist immer die Tüpfelhyäne gemeint, deren Laute tatsächlich wie hämisches Lachen klingen. Die anderen Hyänen kreischen eher.

Gnus

In endlosen Karawanen kann man sie noch heute durch die Steppen und Savannen Ost- und Südafrikas wandern sehen. Die Reihenmärsche der **Gnus,** bei denen viele tausend Tiere neue Weidegründe erobern, sind ein imponierender Anblick.

Rund 300 000 Tiere haben die Verfolgung der weißen Afrikasiedler überlebt, allerdings nur eine Art: das **Weißbart-** oder **Streifengnu** (CONNOCHAETES TAURINUS). Die andere Art, das **Weißschwanzgnu** (CONNOCHAETES GNOU) Südafrikas, ist von den Buren ausgerottet worden. Zoonachzüchtungen und verwilderte Farmtiere wurden jedoch wieder ausgesetzt, so daß jetzt wieder ein kleiner Bestand in freier Wildbahn lebt.

Das Steppengnu ist etwa hirschgroß und ähnelt mit der Halsmähne und den langen Schwanzhaaren oberflächlich einem Pferd. Beide Geschlechter tragen gebogene spitze Hörner, ähnlich den Hörnern unserer Rinder. Wie alle Hörnerträger tragen sie diesen Schmuck ein Leben lang, denn Hörner werden, im Gegensatz zu Geweihen, nicht abgeworfen.

Gnus wandern mit dem Wetter: Wenn die letzten Gräser braun geworden und die Wasserlöcher ausgetrocknet sind, ziehen sie weiter in Richtung der nächsten Regenfälle.

Trotz der gefährlichen Stirnwaffen kommt es bei den Kämpfen der Gnubullen selten zu Verletzungen, denn die Hörner werden nicht als Stichwaffe eingesetzt.

Diese großen Antilopen leben hauptsächlich von Gräsern und suchen zweimal täglich die nächstgelegenen Tränken auf. In der Trockenzeit bewegen sich die Gnus in langen Märschen nach Nordwesten, kurz vor der Regenzeit machen die Karawanen kehrt und es geht wieder zurück nach Südosten.

In den großen Herden wahren die Bullen ihre kleinen Reviere, die sich ja bei Wanderungen täglich verschieben, und drohen Rivalen durch Senken des Kopfes. Alte Bullen dagegen sondern sich manchmal von den Herden ab und werden zu mürrischen Einzelgängern.

Gnus sind tagaktiv, sie marschieren nur während der Helligkeit durch die Steppen, wobei auch Wasserläufe und Schluchten überwunden werden. Morgens und abends stehen die Tiere dicht an dicht, meist an den Tränken. Vor allem die Muttertiere und die Jungen bilden enge Knäuel, um die Neugeborenen vor Angreifern zu schützen, denn neugeborene Gnus sind eine beliebte Beute der afrikanischen Steppenraubtiere. Vor allem Greife und Hyänen folgen den Gnuherden auf deren Wanderungen, um jede Möglichkeit zu nutzen, die begehrte Beute zu reißen.

Junge Gnus können bereits sieben Minuten nach der Geburt aufstehen und laufen. Notfalls machen sie bereits jetzt schon eine Flucht mit. Ein Junggnu, das sich verirrt hat, hat in der Steppe keine Überlebenschance, deshalb wachen die Mütter argwöhnisch über ihren Nachwuchs und bringen die Kleinen immer wieder in den Herdenverband zurück.

Zebras

Ähnlich den Gnus ziehen auch die Zebras ihren Weidegründen nach, denn wie alle Pferde ernähren sie sich vorwiegend von Gras. Die kleinsten, die nur 120 Zentimeter hohen **Bergzebras** (EQUUS ZEBRA), unterscheiden sich von den beiden anderen Zebraarten durch eine Kehlwamme, die engere Streifung und die besonders schmalen Kletterhufe. Bergzebras sind vom Aussterben bedroht, von beiden Unterarten zusammen leben in Afrika nur noch rund 7500.

Auch vom größten Zebra, dem bis zu 160 Zentimeter hohen **Grevy-Zebra** (EQUUS GREVYI), das durch runde Ohren auffällt, gibt es nur noch etwa 7000 Tiere. Am häufigsten sind die **Steppenzebras** (EQUUS QUAGGA), von denen immer noch große Herden durch die Grasländer ziehen.

Die berühmten Zebrastreifen sind bei jedem Tier anders. Ähnlich wie man Menschen anhand ihrer Fingerabdrücke identifizieren kann, lassen sich Zebras durch ihre individuelle Streifung unterscheiden. Das Zebrafohlen allerdings erkennt die eigene Mutter nur, wenn diese es tagelang durch Belekken und Führen auf sich aufmerksam gemacht hat. Tut sie es nicht, oder wird sie dabei gestört, folgt das Zebrafohlen jedem Gegenstand, der größer ist als es selbst und sich bewegt. Zur Geburt legt sich die Mutter auf die Seite. Wird sie dabei gestört, ist sie in der Lage, die Geburt noch stundenlang hinauszuzögern, um mit der Herde fliehen zu können. Das Fohlen steht nach etwa einer halben Stunde auf, dabei reißt die Nabelschnur. Nach einer Stunde kann das Fohlen selbständig trinken und laufen, sogar schon galoppieren, was überlebensnotwendig ist. Eine Woche lang versucht jetzt die Mutter, alle sich nähernden Lebewesen wegzubeißen, auch den Hengst, sogar eigene ältere Kinder. Erst dann gliedern Mutter und Fohlen sich wieder endgültig in die Herde ein, denn jetzt ist das Fohlen geprägt und kann die Mutter aus allen anderen Tieren herausfinden.

Infothek

Zebras erkennen einander nicht nur am Geruch, sondern auch an den Streifen, die bei jedem Tier verschieden sind.

Das Steppenzebra lebt in Gruppen, die sich wiederum zu großen Herden zusammenschließen. In einer Gruppe gibt es meist den Revierhengst und die Stuten mit ihren Fohlen. Eine solche Gruppe kann aus bis zu 20 Tieren bestehen.

Gazellen

Springantilopen werden die Gazellen Afrikas auch genannt, und sie tragen diesen Namen zu Recht: Wenn die Herde durch irgend etwas alarmiert wird, braucht nur ein Tier den berühmten „Prellsprung" auszuführen, und alle anderen werden davon angesteckt. Dabei springen die **Gazellen** mit allen Vieren gleichzeitig in die Luft, sie buckeln, und die Vorder- und Hinterläufe berühren sich beinahe, bevor sich die langen schlanken Läufe wieder strecken.
Alle Gazellen haben einen sehr leichten, ungemein schlanken Körper und lange schmale Hörner. Sie sind Augen- und Nasentiere, die während der Regenzeiten die offene Steppe bevorzugen und dort mit der spärlichen Vegetation, mit Gräsern, Kräutern, Knospen und Trieben zufrieden sind. Ihren Flüssigkeitsbedarf decken sie in dieser Zeit durch den Wassergehalt der Nahrung, die sie zu sich nehmen. Während der Trockenzeit ziehen sie sich dann wieder ins Buschland zurück und wandern regelmäßig zu ihren Tränken. Doch der Busch ist ihnen zu unsicher, denn Gazellen haben viele Feinde. Ihr gefährlichster ist der Gepard, der die schnellen Läufer auch dann einholen kann, wenn sie mit Spitzengeschwindigkeiten von bis zu 60 km/h flüchten. Ein Gepard kann nämlich eine Geschwindigkeit von 110 km/h erreichen und ist damit fast doppelt so schnell wie seine Opfer. Allerdings hält er diese Geschwindigkeit nur kurze Zeit durch. Deshalb versuchen die Geparde, sich unbemerkt so nahe wie möglich an eine grasende Herde heranzuschleichen und erst dann anzugreifen.
Sobald ein Tier den Räuber entdeckt, sichert es mit hocherhobener Nase und gibt damit Alarm für die ganze Herde, die sofort auf dem Sprung zur Flucht steht.
Gazellen leben meist in gemischten und locker verbundenen Herden, die sich immer wieder in kleinere Gruppen auflösen und sich auch mit neuen Gruppen mischen können. Die Böcke bedrohen einander mit hocherhobenen Schädeln – sie präsentieren die Hörner. Oft kämpfen benachbarte Böcke miteinander, wobei nach dem unblutigen Kampf der Sieger scheinbar gleichgültig zu äsen beginnt und damit sein Territorium beansprucht.
Es gibt keine festen Paarungszeiten. Die Böcke decken das ganze Jahr die paarungsbereiten Weibchen der Herde.
Fünf Monate trägt eine Gazelle, bevor sie meist nur ein Junges zur Welt bringt. Das Kleine ist anfangs noch nicht sehr schnell, die Mutter bleibt deshalb immer in seiner Nähe und sondert sich notfalls, wenn der Rest der Herde für das Kind zu schnell weiterzieht, von den anderen ab.
Viele Gazellenarten sind durch dauernde Bejagung heute bereits ausgerottet, weitere vom Aussterben bedroht. Die **Mhorr-Gazelle** (GAZELLA DAMA MHORR), in der freien Natur ausgestorben, wurde in Zoos erfolgreich gezüchtet und soll noch in diesem Jahrhundert ausgewildert werden.

Eine der bekanntesten Gazellenarten ist die Thomsonsgazelle (GAZELLA THOMSONI) aus der Serengeti. Im Schritt gehen die „Tommies" im Paßgang, im Trab im Kreuzgang.

Antilopen

Die Schwarzfersenantilopen oder **Impalas** (AEPYCEROS MELAMPUS) gehören mit bis zu 90 Kilogramm Gewicht und einer Größe wie etwa die der Damhirsche zu den großen Gazellenartigen. Auf der Flucht können sie sich mit Riesensätzen von 3 Metern Höhe und zehn Metern Weite fortbewegen.
Impalaböcke versammeln einen großen Harem um sich und umkreisen ihre Familien, um Weibchen, die ausscheren, sanft aber bestimmt wieder zur Gruppe zurückzuführen. Sie sind äußerst streitsüchtig; andere Paschas werden bedroht und vertrieben.
Auf ihren Weidegängen durch die Savannen Afrikas bleiben Impalas immer in Wassernähe, sie suchen ihre Tränken täglich auf. Impalaweibchen tragen sechseinhalb Monate und werfen meist nur ein Junges. Mütter mit Neugeborenen und noch langsamen Babys tun sich oft zusammen und bleiben dann mit den Kindern zurück. Erst wenn die Kleinen fluchtfähig sind, stoßen sie wieder zur Gesamtgruppe.
„Hartebeest", zähes Rind, nannten die Buren die **Kuhantilopen** (ALCELAPHUS BUSELAPHUS), große, schwere, doch schlanke Antilopen mit einem Gewicht von bis zu vier Zentnern. Diese Antilopen, die nicht so elegant wirken wie ihre schmaleren, kleineren Verwandten, können stundenlang mit großer Schnelligkeit fliehen und gehören zu den zähesten Steppentieren überhaupt. Sie leben in kleineren Gruppen, Weibchen und Bullen meist getrennt. Kuhantilopen kommen mit wenig Wasser aus, sie können tagelang ihren Bedarf an Flüssigkeit lediglich mit Gräsern decken.
Während bei den meisten Antilopenarten die Bullenkämpfe glimpflich verlaufen, verletzen sich kämpfende Kuhantilopenbullen nicht selten gegenseitig mit den Hörnern. Zum Kampf lassen sie sich auf die Vorderbeine nieder, verhaken die Hörner ineinander und versetzen sich gegenseitig Hornstöße. Der Sieger verfolgt den Unterlegenen nicht selten mit gesenktem Kopf, um ihn noch weiter zu vertreiben. Kuhantilopenbabys werden nach einer Tragzeit von acht Monaten geboren. Die Geburten aller Weibchen einer Gruppe erfolgen fast gleichzeitig, so daß die Mütter ihre Jungen gemeinsam schützen können. Das ist zum Überleben notwendig, da die Weibchen ja von den rauflustigen Bullen getrennt leben und gerade junge Antilopen und Gazellen die bevorzugte Beute aller Raubtiere der afrikanischen Savanne sind.

Beim Drohen stehen zwei Impalaböcke einander gegenüber und senken das Gehörn. Dann stoßen die beiden Impalas vorwärts und verhaken die Hörner ineinander. Nie stoßen sie jedoch hierbei mit den Hornspitzen zu; sie prallen nur Horn an Horn gegeneinander (Abbildung oben).

Schon wenige Stunden nach der Geburt steht das Kälbchen der Kuhantilope auf den Beinen. Die Mutter bleibt in seiner Nähe und sondert sich mit anderen Müttern von der Gruppe ab, bis ihr Kind in der Lage ist, mitzuziehen.

Okapi

Erst zu Beginn dieses Jahrhunderts wurde das **Okapi** (OKAPIA JOHNSTONI) von dem Naturwissenschaftler Johnston im afrikanischen Regenwald entdeckt. Bis dahin hielt man dieses zu den Giraffen gehörende, urtümliche Tier für ausgestorben. Obwohl es auch Kurzhals- oder Waldgiraffe genannt wird, sieht das Okapi viel eher einem Pferd als einer Giraffe ähnlich. Es wehrt sich auch, wie Pferde, indem es mit den Hinterhufen ausschlägt. Kein Okapi gleicht einem anderen – die eigenartige Zebrastreifung der Hinterbeine ist unregelmäßig, sogar die Beine selbst sind verschieden gestreift.

Am Rande und in Lichtungen der afrikanischen Regenwälder, wo der Boden noch nicht zu weich und morastig ist, leben die Okapis, die ihren Namen von der Eingeborenenbenennung O'api haben.

Daß die Okapis so lange unentdeckt blieben, verdanken sie sicher auch ihrer schokoladenbraunen Färbung, die sie an den Rändern der tropischen Regenwälder Zentralafrikas nahezu unsichtbar macht. Tagsüber halten sich diese einzelgängerischen Paarhufer im dichten Unterholz versteckt, erst nachts gehen sie auf Nahrungssuche, sie benutzen dabei stets die gleichen Revierwechsel. Triebe, Knospen und Blätter sind ihre Hauptnahrung, wobei sie als Leckerbissen Wolfsmilchgewächse verzehren, deren Gift für andere Tiere zum Teil tödlich wäre. Doch die Okapis scheinen gegen diese Pflanzengifte immun zu sein. Sie rupfen die Nahrung in Kopfhöhe mit ihrer langen Greifzunge ab.

Mit dieser Zunge putzen sie sich auch. Überhaupt treiben Okapis sorgfältige Körperpflege, sie belecken ihren ganzen Körper. Weil sie ihren biegsamen Hals bis zu 180° drehen können, gibt es kaum eine Körperstelle, die sie nicht mit der Zunge erreichen können.

Die männlichen Okapis besitzen zwei, meist verschieden lange, fellbewachsene Hörner, die sich erst im dritten Lebensjahr entwickeln. Erst wenn die Hornscheiden abgefallen sind, werden die spitzen Knochenzapfen blank gescheuert.

Zur Paarungszeit oder bei Territoriumsverletzungen kämpfen die Bullen miteinander. Sie setzen dann die Hörner ein, um die Weichteile des Gegners zu treffen. Die Okapis sind Einzelgänger, nur die Mütter bleiben mit ihren halbwüchsigen Jungen eine Zeitlang zusammen. Hingegen gehen Männchen und Weibchen schon bald nachdem sie sich gepaart haben wieder ihre eigenen Wege.

Die Okapimutter bringt ihr Junges, meist ist es nur eines, in einem Versteck im Wald zur Welt. Das Junge ist fast schwarz und hat noch keine Hinterbeinzeichnung. Mutter und Kind verständigen sich durch blökende und schnaubende Laute. Ein verlassenes Okapibaby wird auch von einer fremden Mutter adoptiert, wenn sie seine Hilferufe hört. Rund ein halbes Jahr säugt die Mutter ihr Baby, bevor es ausschließlich pflanzliche Nahrung zu sich nimmt.

Die Eingeborenen Afrikas fingen Okapis früher in Erdgruben. Ihr Fleisch galt und gilt heute noch als Leckerbissen, die Häute werden zu Gürteln und Schmuck verarbeitet.

Leider ist bis heute wenig über das Verhalten freilebender Okapis bekannt, denn es ist sehr schwierig, die scheuen Tiere in ihrem natürlichen Lebensraum zu beobachten.

Giraffen

Südlich der Sahara in Afrika leben die höchsten Säugetiere der Erde, die **Giraffen** (GIRAFFA CAMELOPARDALIS). Ein ausgewachsener Bulle kann eine Höhe von knapp sechs Metern erreichen. Trotz ihres langen Halses haben Giraffen, wie alle anderen Säugetiere auch, nur sieben Halswirbel. Die dunkle Netzzeichnung auf dem rötlichgelben Fell dient der Tarnung. Trotzdem fallen diese Tiere natürlich wegen ihrer Höhe auf. Allerdings haben sie außer Löwen, Hyänen und dem Menschen kaum Feinde, denn erwachsene Giraffen sind außerordentlich wehrhaft. Sie verteilen mit den Vorderhufen wuchtige Schläge, und vor allem Mütter, die ihre Babys verteidigen, können angreifende Gegner sehr schwer verletzen und kampfunfähig machen.

In der Regel fliehen Giraffen aber, wenn Raubfeinde sich nähern. Sie erkennen eine Gefahr mit ihren fantastischen Augen, orientieren sich aber auch an Zebras, Antilopen oder Straußen, die mit ihnen weiden, und flüchten auf deren Warnrufe. Nahrungskonkurrenten brauchen diese langbeinigen Tiere nicht zu befürchten. Sie holen sich mit der langen Greifzunge Laub und Triebe der Bäume bis zu einer Höhe von sechs Metern. Akazienblätter und -schößlinge gehören zu den bevorzugten Delikatessen.

In freier Natur sieht man Giraffen selten grasen, höchstens in Zoos spreizen sie manchmal ihre Vorderbeine sägebockartig weit auseinander, um den Hals nach unten zu biegen und zu weiden. Auch zum Trinken müssen sie diese eigentümliche Beinstellung einnehmen.

Giraffen leben in lockeren Herden, nur alte Bullen werden manchmal zu Einzelgängern. In der Paarungszeit kommt es zu Auseinandersetzungen zwischen den Giraffenbullen, die mit den Schädeln ausgetragen werden. Giraffen haben Hörner, kleine, vollständig mit Fell überzogene Knochenzapfen. Die nördlichsten Unterarten tragen nur zwei Hörner, die **Massaigiraffe** (GIRAFFA CAMELOPARDALIS TIPPELSKIRCHI) hat noch ein drittes, und die **Ugandagiraffe** (GIRAFFA CAMELOPARDALIS ROTHSCHILDI) bildet sogar fünf Hörner aus.

Nach 450 Tagen Tragzeit wirft die Giraffenmutter ihr Junges. Sie wirft es wirklich, denn Giraffenmütter stehen bei der Geburt, und die Babys fallen aus rund 2 Meter Höhe auf den Boden. Schon nach einer halben Stunde machen die Winzlinge, exakte Miniaturausgaben der Großen, die ersten wackeligen Gehversuche und nehmen die erste Milchmahlzeit ein. Erwachsen sind sie erst mit drei Jahren.

Giraffenmütter sind sehr besorgt um ihre Kinder und verteidigen sie energisch gegen ihre Feinde.

Durch den bis zu zwei Meter langen Hals hat die Giraffe einen hervorragenden Überblick über die Steppe. Offene Landschaften sind deshalb auch ihr bevorzugter Lebensraum.

Elefanten

Elefanten sind die größten landbewohnenden Tiere. Es gibt zwei deutlich unterscheidbare Elefantenarten, den **Afrikanischen** und den **Asiatischen** oder **Indischen Elefanten** (LOXODONTA AFRICANA) und (ELEPHAS MAXIMUS). Der Afrikanische Elefant kann eine Schulterhöhe von bis zu vier Metern erreichen, die größten Asiaten werden dagegen nur etwa drei Meter hoch. Ein weiteres deutliches Unterscheidungsmerkmal ist die Größe der Ohren, die beim Afrikanischen Elefanten gut doppelt so groß sind wie bei ihren asiatischen Verwandten. Stoßzähne wachsen beim Indischen Elefanten nur den Männchen, wohingegen bei Afrikanischen Elefanten beide Geschlechter Stoßzähne ausbilden.

Aus Oberlippe und Nase entstand der Rüssel, das Wahrzeichen der Elefanten, so lang, daß sie bei gesenktem Kopf damit den Boden berühren können. Elefanten nutzen ihren Rüssel auf vielfältige Weise: sie atmen durch ihn, riechen damit, und sie saugen Wasser auf. Kein Elefant trinkt mit seiner Nase, er spritzt sich das aufgenommene Wasser in den Mund. Auch zum Rupfen von Grasbüscheln und Blattwerk dient der Rüssel. Schließlich benutzen die Elefanten ihn auch, um Hindernisse aus dem Weg zu räumen – sie können tatsächlich Bäume damit ausreißen.

Durch ihre enorme Größe und das gewaltige Gewicht können Elefanten sich nur laufend – im Paßgang – fortbewegen. Hüpfen oder springen können sie nicht. Jeder weiß, daß ein schmaler Graben im Zoo genügt, um Elefanten in ihren Gehegen zu halten. Am liebsten laufen die Tiere langsam, und das auch nur nachts, denn Hitze macht ihnen schwer zu schaffen; tagsüber bewegen sie sich so wenig wie möglich. Elefanten „schwitzen" mit ihren Ohren, denn der Haut fehlen die Schweißdrüsen. Sie bewegen die großen Ohrmuscheln, um überschüssige Temperatur aus dem Körper abzufächeln.

Die schwersten Landtiere dieser Erde (Afrikanische Elefanten können 6000, asiatische fast 5000 Kilogramm schwer werden) nehmen ungeheure Mengen Nahrung zu sich, von denen sie fast die Hälfte unverdaut wieder ausscheiden. Elefantenkot dient zahllosen Käfern und die wiederum Insektenessern als Nahrung. Zusätzlich verbreiten die Elefanten im Kot jede Menge Samen. Zwischen 150 und 170 Kilo Blattwerk verzehren ausgewachsene Elefanten pro Tag; sie verbringen dreiviertel ihres Lebens mit Essen. Neben Blättern und Gras lieben Elefanten auch Früchte, die sie aus bis zu sechs Metern Höhe pflücken können. Sie sind dabei in der Lage, sich kurz auf die Hinterbeine zu stellen.

Elefanten widmen sich der Hautpflege äußerst intensiv, sie baden in Schlamm und Wasser, sie suhlen sich stundenlang und sie bestäuben sich mit Sand. Auf diese Weise versuchen sie, die in den Hautfalten schmarotzenden lästigen Läuse loszubekommen. Die Ele-

Hier sehen Sie einen Indischen Elefantenbullen. Man kann ihn leicht an den Stoßzähnen erkennen, die beim Indischen Elefanten nur den Männchen wachsen. Obwohl die Bejagung dieser vom Aussterben bedrohten Riesen längst verboten ist, werden sie nach wie vor gewildert, das Elfenbein wird in die Abnehmerländer geschmuggelt.

fantenhaut ist fast nackt, nur das neugeborene Elefantenbaby hat noch ein Haarkleid, das allerdings bald verschwindet. Nur an den Augen haben Elefanten lange Wimpern und am Schwanzende lange dicke Haare. Elefanten hören nicht nur fantastisch, sie sehen und riechen auch ausgezeichnet. Und sie haben das berühmte Elefantengedächtnis – ein Elefant vergißt nie etwas. Zahllose Geschichten über Elefanten, die nach 40 Jahren die Menschen wiedererkannten, die sie einstmals quälten, dürften keine Legende sein. Wie lernfähig Elefanten sind, zeigen sie ja im Zirkus und im Zoo. In Afrika und Asien wird diese Lernfähigkeit dazu genutzt, Elefanten zu Arbeitstieren abzurichten.

Elefanten leben in lockeren Verbänden, meist sind Mütter und Jungtiere in Gruppen zusammen, die Bullen einzelgängerisch oder in getrennten Gruppen. Elefantenmütter tragen ihre Jungen 22 Monate, in der Regel gebären sie ein Junges. Werden schon die werdenden Mütter von den anderen Gruppenmitgliedern beschützt, so sind Elefanten echte Kindernarren. Wenn ein Elefantenbaby geboren wird, sind außer der Mutter stets Tanten zur Stelle, die ihm helfen, auf die Füße zu kommen. Das Elefantenbaby, das mit rund hundert Kilo Geburtsgewicht zur Welt kommt, muß der Mutter nach wenigen Stunden folgen können, sie ißt ja rund 18 Stunden am Tag und bewegt sich dabei vorwärts. Das Junge trinkt immer nur ein paar Schluck, dann läuft die Mutter weiter und lockt es dabei, bis es erneut saugen darf. Rund zwei Jahre lang wird das kleine Elefantenkind gesäugt, es nimmt aber vorher schon versuchsweise Nahrung auf, die ihm teils von den Ammen schon mundgerecht vorbereitet wird, teils auch von den Geschwistern oder anderen Elefantenkindern, die schon älter sind, spielerisch in den Mund gestopft wird. Frühestens mit sieben Jahren sind Elefanten erwachsen. Dafür ist ihre Lebenserwartung hoch: 50 bis 70 Jahre.

Eine Herde Afrikanischer Elefanten vor der eindrucksvollen Kulisse des Kilimandscharo: Man sieht deutlich, wie sie im Kreis stehen, mit den starken Schädeln nach außen. Es ist die typische Haltung, wenn Gefahr droht. Sie schließen sich dann in einem Kreis zusammen, in dessen Innern die Kinder und schwächeren Tiere geschützt sind. Auffallend sind die riesigen Ohren, die mindestens doppelt so groß sind wie die der indischen Kollegen.

Straußenvater und -mutter wechseln sich beim Bebrüten der Eier ab. Sie führen auch beide die Jungen. Wenn Gefahr droht, lockt der männliche Strauß seine Kinder im Zickzacklauf weg, die Mutter stellt sich den Angreifern und vertreibt sie mit Fußtritten und Schnabelhieben. Strauße sehen und hören hervorragend – sie können in der Steppe sich nähernde Schakale oder Hyänen auf riesige Entfernungen erkennen.

Strauß

Obwohl sie Flügel haben, sind die Laufvögel aufgrund ihrer gewaltigen Körper nicht mehr in der Lage, sich damit vom Boden zu erheben. Verständlich, wenn man bedenkt, daß der afrikanische **Strauß** (STRUTHIO CAMELUS) zweieinhalb Meter hoch werden kann und immerhin nahezu drei Zentner wiegt.
Er ist der größte heute noch lebende Vogel und legt auch die größten Eier: ein Straußenei wiegt soviel wie 30 Hühnereier, etwa eineinhalb Kilo. Die Schale ist fast unzerbrechlich, selbst wenn sie über den unebenen Savannenboden rollen, zerbrechen sie nicht. Die kleinen Strauße erblicken das Licht dieser Welt, wenn sie schon einen kleinen Rekord hinter sich haben. Der Mensch kann so ein Ei nämlich nur mit dem Hammer aufschlagen, wohingegen es die kleinen Strauße auch ohne jedes Werkzeug schaffen.
Was dem Strauß an Flugvermögen fehlt, das macht er durch seinen schnellen Lauf wieder wett. Bis zu drei Meter weite Sätze kann so ein Vogel machen, mühelos läuft er auch längere Strecken mit einer Durchschnittsgeschwindigkeit von 50 km/h, seine Rekordleistung liegt sogar bei 70 km/h.
Die langen muskulösen Beine, die beim afrikanischen Strauß nur zwei große Zehen haben – die anderen sind verkümmert –, machen ihn auch zu einem hervorragenden Hochspringer. Über Hindernisse von einem Meter Höhe setzt so ein Vogel mit Leichtigkeit hinweg. Die Beine sind auch die gefährlichste Waffe der Strauße. Angegriffen, verteilen sie damit Hiebe, die Knochen brechen können, und nutzen ihre Krallen, um tiefe Fleischverletzungen beizubringen. Strauße ernähren sich von Gras, Kräutern und Kerbtieren, auch Schnecken und Würmer werden verzehrt, wenn sie zufällig in Schnabelnähe geraten.
Der afrikanische Strauß wird hauptsächlich seiner Haut wegen gejagt, die zu Leder verarbeitet wird. Aber auch seine Federn sind als beliebter Schmuck sehr begehrt. Der Strauß wird heute sogar in Farmen gezüchtet.

Emu

Der australische „Vetter" des Straußes ist der **Emu** (DROMAINS NOVAE-HOLLANDIAE). Er ist wie der Strauß ein geselliger Vogel, der außerhalb der Paarungs- und Brutzeit in großen Herden lebt. Emus sind kleiner als Strauße, sie erreichen „nur" eine Höhe von rund 170 Zentimetern und wirken viel plumper und gedrungener als der Afrikaner. Genau wie diese und wie die südamerikanischen Nandus können Emus nicht nur schnell laufen, sie sind auch ausgezeichnete Schwimmer; schon die Jungvögel folgen ihren Eltern ins Wasser.

Wie bei allen Laufvögeln legen auch bei den Emus mehrere Weibchen ihre Eier an verschiedenen Tagen in ein und dasselbe Nest. Trotzdem schlüpfen sämtliche jungen Emus nacheinander innerhalb weniger Stunden. Man weiß mittlerweile, daß die noch nicht ausgeschlüpften Emuküken sich von Ei zu Ei untereinander durch Piepslaute verständigen.

Alle Straußenvögel sind Nestflüchter. Beim afrikanischen Strauß werden die Jungen von beiden Eltern, bei Emu und Nandu nur vom Vater geführt. Beim Emu gibt es noch eine Besonderheit, die er mit dem südamerikanischen Nandu teilt: Bei ihnen ist es die Aufgabe des Vaters, die Eier zu bebrüten. Die Hennen legen lediglich manchmal 30 Eier und mehr in ein einziges Bodenmuldennest. Der Vater hat dann ordentlich zu tun, bis er die Eier soweit zusammengerollt hat, daß er alle wärmen kann. Er verteidigt „sein" Nest gegen Angreifer und ist auch später ungeheuer wachsam.

Emu und Nandu haben nicht wie der Strauß zwei Zehen, sondern drei. Auch sie nutzen die kräftigen Beine und die scharfen Krallen als Waffen.

Bis vor rund zwanzig Jahren zahlte die australische Regierung noch Prämien für erlegte Emus. Heute sind diese Laufvögel so selten geworden, daß sie nicht mehr verfolgt werden.

Nandu

Beim Nandu gibt es zwei Arten: den in Steppen vorkommenden **Nandu** (RHEA AMERICANA) und den etwas kleineren **Darwin-Nandu** (PTEROCNEMIA PENNATA), der in den Anden zuhause ist, und nicht nur Hitze, sondern auch Kälte erstaunlich gut verträgt.

Beide, die Emus und die Nandus, haben ihre Namen nach den Balzschreien der Männchen: In der Paarungszeit lassen die Emumännchen Laute hören, die wie „Ee-muh" klingen, der tiefe Balzruf des Nandus hört sich an wie „Nannduh".

Die sonst sehr geselligen australischen und südamerikanischen Laufvögel sind während der Brutzeit angriffslustiger als sonst. Künftige Väter vertreiben jüngere Rivalen durch Schnabelhiebe, die ranghöchsten Hennen hacken auf Nebenbuhlerinnen ein, obwohl sie dulden, daß diese ihre Eier ins gleiche Nest legen. Die großen, schweren Eier werden rund 40 Tage bebrütet.

Die Jungen haben zwar bereits nach sechs Monaten die Größe ihrer Eltern erreicht, doch sind sie erst mit zwei bis drei Jahren wirklich selbständig.

Wie die anderen Strauße ruhen auch die Nandus etwa acht Stunden am Tag. Doch sind ihre Sinne dabei hellwach. Nur für etwa eine Stunde fallen sie in einen echten Tiefschlaf. Doch tun das in einer Herde niemals alle Tiere gleichzeitig, so daß immer Wächter vorhanden sind, die etwaige Gefahren erkennen und die anderen warnen können.

Abbildung oben: Wenn Nandus ausruhen, knicken sie die Beine nach vorne weg. Auch im Schlaf bleiben die Sinne meist hellwach, nur für etwa eine Stunde fallen sie in einen echten Tiefschlaf.

Abbildung links: Bei den Emus ist der Vater allein verantwortlich für das Brüten der Eier und die Aufzucht der Jungen. Emukinder kennen ihre Geschwister und die Eltern sehr genau. In Zoos lernen sie auch, Menschen zu unterscheiden und entwickeln Vorlieben und Abneigungen gegen bestimmte Personen.

Das Indische Panzernashorn lebt in den Auwäldern und Sümpfen Asiens. Es bildet auf dem Rücken Panzerplatten aus, die ihm den Namen gegeben haben. Nach Bädern im Schlamm nehmen Nashörner die Farben ihrer Suhlen an. Sie wälzen sich, um durch die dicke Schlammschicht blutsaugende Insekten abzuwehren.

Nashörner

Der Name sagt es ja schon – Nashörner tragen ihre Stoßwaffen nicht wie andere Hornträger auf der Stirn, sondern vorne. Die beiden afrikanischen Arten, das **Breitlippen-** und das **Spitzlippennashorn** (CERATOTHERIUM SIMUM und DICEROS BICORNIS), haben jeweils zwei, die drei asiatischen Nashornarten dagegen nur ein Horn.
Es sind mächtige Tiere mit einem Gewicht von über einer Tonne. So gefährlich es aussieht, wenn ein solcher Koloß von rund drei Metern Länge in der Steppe auftaucht, so harmlos enden solche Begegnungen meist, denn die Nashörner sind reine Grasfresser. Die meiste Zeit des Tages verbringen sie damit, büschelweise Gräser zu rupfen und zwischen den gewaltigen Kiefern zu zermahlen. Meist grasen sie einzeln, manchmal kann man auch Mutter und Kind beobachten, sehr selten weiden einige Nashornkühe nebeneinander.
Zu Kämpfen, es sind in der Regel Schaukämpfe, kommt es nur zwischen den Bullen, die mit gesenktem Kopf und drohendem Stampfen mit den kurzen stämmigen Beinen ihre Angriffsbereitschaft demonstrieren. In der Regel zieht sich einer der Bullen zurück, der Überlegene Sieger markiert das eroberte Terrain kräftig mit Urin.
Nashörner können rund 40 Jahre alt werden, die Weibchen sind mit 4–6 Jahren, die Bullen erst mit 7–10 Jahren geschlechtsreif. Wenn eine Nashornkuh „in Hochzeitsstimmung kommt", bleibt der Revierinhaber und ranghöchste Bulle einige Tage bei ihr. Sie läßt dann keinen anderen männlichen Rivalen mehr an sich heran. Die Trächtigkeit dauert rund eineinhalb Jahre, dann erst wird ein Junges geboren.
Wie fast alle Steppentiere sind auch die Nashornbabys schnell auf den Beinen, innerhalb der ersten Stunde stehen sie schon neben der Mutter, wenn auch noch etwas wackelig. Zwei Stunden später nehmen sie die erste Muttermilch zu sich. Ihr Geburtsgewicht ist beträchtlich: ein Breitlippennashornbaby wiegt rund 80 Kilogramm.

Das kleine Nashorn versucht, seiner Mutter überallhin zu folgen, denn in den ersten Lebensmonaten können die später so wehrhaften Riesen nur durch den Schutz der Mutter überleben. Hyänen, Löwen und Tiger sind ihre ärgsten Feinde. Über ein Jahr lang ernähren sich die Nashornbabys ausschließlich von der Muttermilch, erst mit 18 Monaten sind die meisten von ihnen erwachsen. Sie bleiben allerdings noch bis zur Geburt des nächsten Jungen bei der Mutter, das sind meist drei Jahre.
Erwachsene Nashörner haben in den Steppen Afrikas und den Regenwäldern Asiens nur einen einzigen wirklichen Feind: den Menschen. Seit altersher glaubt man in Asien an die Zauberkraft der Hufe, der Haut, der Knochen und vor allem des Horns, das als potenzsteigerndes Mittel galt und in Asien leider immer noch gilt.
Und so wurden Nashörner erbarmungslos gejagt. Das hat ihren Bestand allerdings nicht beeinträchtigen können, solange keine Schußwaffen zur Jagd verwendet wurden. Weil die Nashörner kaum fliehen, sondern sich dem Feind stellen, wurden sie, seit mit Schußwaffen gejagt wird, systematisch abgeknallt, die Hörner ausgebrochen und die Kadaver liegengelassen.
Heute sind alle fünf Nashornarten streng geschützt. Für die beiden afrikanischen Arten könnte das die Rettung bedeuten, doch bei zwei der asiatischen Nashörner ist es möglicherweise bereits zu spät. Wissenschaftler schätzen, daß es vom Java-Nashorn noch ungefähr 60 Tiere gibt. Und auch beim Sumatranashorn ist der Gesamtbestand auf rund 300 Tiere zusammengeschrumpft. Weil aber für die Erhaltung einer Tierart jüngere Weibchen notwendig sind und man das Alter und das Geschlecht der letzten Java-Nashörner nicht genau bestimmen kann, ist unsere Generation möglicherweise die letzte, die dieses faszinierende Einhorn noch erleben darf.

Madenhacker

Als Madenhacker bezeichnet man all die Vögel, die die Haut von anderen Tieren nach Ungeziefer absuchen. Am bekanntesten sind die Madenhakker-Stare. Es gibt zwei Arten: den **Gelbschnabel-Madenhacker** (BUPHAGUS AFRICANUS) und der **Rotschnabel-Madenhacker** (BUPHAGUS ERYTHRORHYNCHUS). Sie bewohnen die Steppen Afrikas südlich der Sahara und brüten in Baumhöhlen, Steinwällen und sogar unter Hausdächern.

Die Madenhacker-Stare fliegen Rinder, Zebras, Elefanten und Nashörner an und befreien diese Tiere von Zecken, Fliegenlarven und anderen Parasiten. Sie sind so etwas wie die Seuchenpolizei, denn die Zecken sind gefährliche Krankheitsüberträger. Zudem warnen sie ihre „Wirte" vor drohenden Gefahren, indem sie durchdringende Schreie ausstoßen. Auch Nashörner verstehen dann die Vogelsprache und sind aufgrund der Schreie auf der Hut.

Eine Spitzlippennashorn-Mutter mit einem Jungen. Deutlich sieht man die Madenhacker auf dem Rücken der Mutter sitzen. Diese Vögel lassen sich seelenruhig vom Nashorn spazierentragen und suchen dabei eifrig nach Hautparasiten wie Maden oder Zecken.

Paviane

Obwohl die **Paviane** (PAPIO) nicht zu den Menschen-, sondern zu den Hundsaffen zählen, geht es bei ihnen sehr menschlich zu – ein Grund vielleicht, warum vor den Pavianfelsen in Zoos die Zuschauer sich immer drängeln. Es sind eindrucksvolle Tiere, mit ihren derben Schädeln, den massigen Körpern und den sehr kleinen, eng aneinanderstehenden Augen, die von wuchtigen Überaugenwülsten geschützt werden. Das gibt den Pavianen immer einen etwas bösen Gesichtsausdruck.

Paviane haben ein unglaubliches Talent, Wasser zu finden. Sie dienen den Menschen Afrikas oft als Wegweiser zur nächsten Wasserstelle. Paviane können auch flache unterirdische Wasserreservoirs orten und freischarren.

Die Vorder- und Hintergliedmaßen sind gleichlang, denn Paviane halten sich viel am Boden auf. Sie sind Steppen- und Savannentiere, die sich oft auf allen vieren auf Nahrungssuche begeben. Kräuter, Gräser und Pflanzen sind ihre Hauptnahrung, daneben werden aber auch Bienen oder Wespennester ausgehoben und der Honig samt der leckeren Larven verzehrt. Auch Straußeneier klauen die Paviane, bringen sich allerdings schnell in Sicherheit, wenn die Eltern in Sichtweite kommen. Paviane essen auch Fleisch, meist junge, neugeborene Säuger.

Paviane haben in der afrikanischen Steppe viele Feinde: Leopard und Löwe, Schlangen und Greifvögel stellen ihnen nach. In der Regel suchen die beweglichen Paviane ihr Heil in der Flucht auf Bäume, denn im Klettern sind sie ihren Feinden überlegen. Sie können sich allerdings auch wehren: Paviane haben ein sehr kräftiges Gebiß mit dolchartigen Eckzähnen, die vor allem bei den Männchen furchterregend lang sind. Aufgrund dieses Gebisses und ihrer gewaltigen Körperkraft sind die Paviane in der Lage, ihre Gegner entsetzlich zuzurichten.

Ungefähr 190 Tage trägt die Pavianmutter ihr Junges aus, bevor es zur Welt kommt. Sie bekommt immer nur ein Jungtier, das sie in der Regel auf ihrem Rücken mit sich führt und nur bei höchster Gefahr unter den Arm nimmt.

Paviane leben gesellig in Horden mit strenger Rangordnung und strammer Disziplin. Das ranghöchste, stärkste Männchen ist meist an der gewaltigen Mähne zu erkennen. Es beschützt die Mütter und ihre Kinder, schlichtet Streitereien zwischen Halbwüchsigen und straft Ungehorsame. Meist genügt schon ein böser Blick, und der so bedrohte Rangniedere flieht keckernd vor seinem Herrn. Oder es wird gähnend gedroht, dabei werden die gewaltigen Eckzahndolche gebleckt. Manchmal lassen sich – vor allem halbwüchsige Männchen – davon noch nicht beeindrucken. Dann packt sie der Chef und drückt sie gegen den Boden, um sie im Staub zu reiben. Reicht das immer noch nicht, folgt der Biß ins Genick, die schwerste Strafe, die nur noch durch den Ausstoß aus der Horde übertroffen wird. Paviane haben Demutsgesten, die Ranghöhere beschwichtigen sollen. Dabei zeigen sie dem Bedroher die Rückenpartie, wie das auch das paarungsbereite Weibchen tut.

In Ruhepausen lausen sich die Paviane gegenseitig. Dabei sind die begehrtesten „Opfer" dieser Fellpflege die ranghöchsten Männchen und die Weibchen mit Kleinkindern, um die herum sich die anderen scharen, um auch suchen und zupfen zu dürfen.

Echte Kleinfamilien gibt es bei den Pavianen nicht. Während der Paarungszeit bleiben zwar ein Männchen und ein Weibchen kurzfristig beisammen, lösen sich aber bald wieder in der Gemeinschaft auf. Väter werden in der Regel nur die stärksten, ranghöchsten Männchen. Während Weibchen ihre Gruppen, in die sie hineingeboren wurden, nie verlassen, suchen junge, starke Männchen manchmal andere Trupps auf, wo sie allerdings nur aufgenommen werden, wenn sie sich durchsetzen können.

Paviane werden unterschieden nach **Steppenpavianen**, auch **Babuine** genannt, die vier Arten umfassen, und **Mantelpavianen** (PAPIO HAMADRYAS). Die für unsere Begriffe schönsten Paviane sind die Mantelpaviane, sie leben heute in den Bergen Äthiopiens und Somalias. Sie unterscheiden sich von den anderen Pavianen dadurch,

daß die großen Horden in Unterhorden und diese wiederum in kleine Gruppen geteilt sind. Die Gesamthorde wird Herde genannt und besteht meist aus mehreren hundert Tieren. In ihr leben Banden mit 50 bis 100 Tieren, die wiederum in Clans von 20 bis 30 Mitgliedern aufgeteilt sind, und sogar hierin bilden sich Minigruppen aus drei bis zehn Tieren.
Jede der kleinsten Gruppen wird von einem Männchen geführt. Ihm unterstehen zwei oder drei Weibchen und deren Jungtiere. Alle Weibchen einer solchen Herde gehören einer solchen Einmanngruppe an. Stirbt ein Männchen, werden die Weibchen von einem anderen Männchen – das oft mit Rivalen darum kämpfen muß – übernommen. Weibchen, die aus der Gruppe ausscheren wollen, werden mit Drohgebärden, notfalls mit Bissen, wieder zurück zum Herrn gezwungen.
Wenn mehrere Männchen aneinandergeraten, versucht derjenige, der an zweiter Stelle der Rangordnung steht, die Aufmerksamkeit des Stärksten auf einen noch Niedrigerstehenden zu lenken. Er deutet eine Demutsgeste gegenüber dem Höheren an und bedroht gleichzeitig den Niederen. Meist kriegt der dritte, unschuldige Pavian dann die Aggressionen des Stärksten zu spüren. Die ranghohen Tiere sorgen aber auch dafür, daß innerhalb der Gruppe kein ernsthafter Streit ausbricht, indem sie die Kampfhähne energisch zur Ordnung rufen. Meist kehrt dann schnell Ruhe und Frieden ein.
Die Mantelpaviane ernähren sich vorwiegend vegetarisch, sie sind praktisch ganztägig unterwegs auf Futtersuche. Dabei lösen sich die großen Gruppen auf, es gehen immer nur kleine Trupps auf Nahrungssuche.

Der Grüne oder Anubispavian (PAPIO ANUBIS) bewohnt die Savannen und Steppen vom Niger bis zum Nil. Er lebt in Horden oder Gruppen, aber nicht in Paarbeziehungen. Abends erklettern die Anubispaviane Bäume, um dort sitzend zu schlafen. Erst im Morgengrauen wagen sie sich wieder auf den Boden, allerdings nie einzeln.

Abbildung links: Pavianmütter mit Kleinkindern genießen den besonderen Schutz der Herde. Bei Nahrungszügen sind sie immer in der Mitte der Trupps. Die ranghöchsten Männchen eilen den Müttern stets zu Hilfe, wenn diese sich bedroht fühlen.

Ameisenbär

Sein Name täuscht: der Ameisenbär gehört nicht zu der Bärenfamilie, sondern zu den sogenannten Zahnarmen. Er hat überhaupt keine Zähne, er braucht sie auch nicht. Denn Ameisenbären – es gibt drei verschiedene Gattungen dieser Familie – schlecken ihre Nahrung mit der langen Zunge auf.
Der **Große Ameisenbär**, der auch **Yurumi** geannt wird (MYRMECOPHAGA TRIDACTYLA), ist gut zwei Meter lang, wobei allein der langbehaarte buschige Schwanz einen Meter mißt. Auffällig ist der röhrenförmige Schädel, mit dem der Ameisenbär rund einen halben Meter tief in Termitenbauten und Ameisenstaaten eindringen kann. Er läßt

Der lange buschige Schwanz des Großen Ameisenbären dient ihm nicht nur als Schmuck. Beim Ruhen und Schlafen benutzt er ihn wie eine Decke, er hüllt damit seinen Körper ein. Beim Gehen ziehen die Ameisenbären die Vorderkrallen nach hinten, dadurch wirkt ihr Gang, wie wenn sie auf Stelzen laufen würden.

dann seine 50 Zentimeter lange dünne Zunge hervorschießen, die mit klebrigem Speichel bedeckt ist. An diesem Speichel bleiben Termiten und Ameisen hängen.
Mit seinen ungeheuer kräftigen Vorderfüßen, deren Zehen mit extrem langen, kräftigen Krallen bewehrt sind, kann der Ameisenbär morsche Baumstümpfe aufreißen und auch gut befestigte Termitenbauten zerstören. Die Krallen sind auch seine Hauptwaffe gegen angreifende Feinde: ein bedrohter Ameisenbär setzt sich auf die Hinterfüße und teilt mit den Vorderfüßen wuchtige Hiebe aus. In Todesnot umschlingt er seine Gegner und zerfetzt ihnen mit den Krallen den Rücken.

In der Flucht sucht er niemals sein Heil. Kein Wunder, denn er ist selbst im Galopp so langsam, daß ihn ein menschlicher Fußgänger mühelos überholen kann. Meist trottet er gemächlich über die Savannen Mittel-und Südamerikas und läßt sich vom gut ausgebildeten Geruchssinn zu den Bauten seiner Beuteinsekten führen.
Ameisenbären sehen nicht gut, sind aber tagaktiv. Sie verlassen sich fast nur auf ihr Gehör und ihren Geruchssinn. Die Weibchen, wie die Männchen Einzelgänger, tragen ihr Junges rund sechs Monate aus. Kleine Ameisenbären sind bereits voll behaart und erstaunlich beweglich. Sie klettern nach der Geburt meist sofort auf den Rücken ihrer Mutter und lassen sich dann für mindestens ein Jahr spazierentragen. Ausgewachsen sind sie in der Regel erst nach zwei Jahren; dann beginnen sie, auch selbständig Termiten- und Ameisenbauten zu durchwühlen.
Neben dem Großen Ameisenbär gibt es noch den etwa halb so großen **Kleinen Ameisenbär** oder **Tamandua** (TAMANDUA TETRADACTYLA), der im Gegensatz zu seinem großen Vetter ein reiner Baumbewohner ist und sich von Baumameisen und Baumtermiten ernährt. Er bevorzugt Waldränder und Baumsavannen. Er ist ein fantastischer Kletterer und hat statt des buschigen Schwanzes einen langen Greifschwanz, der nur kurz behaart ist. Wie der Große Ameisenbär bekommt das Weibchen nur ein Junges, es wird meist im Frühjahr geboren.
Der Tamandua ähnelt äußerlich dem Großen Ameisenbären, während der **Zwergameisenbär** (CYCLOPES DIDACTYLUS) keinen so langgestreckten Schädel hat, dafür aber einen starken, langen Wickelschwanz, den er zum Klettern nutzt. Der Zwergameisenbär ist nur etwa halb so groß wie ein Eichhörnchen und vollkommen an das Leben auf Bäumen angepaßt. Hauptsächlicher Aufenthaltsort dieser Zwerge sind die bewaldeten Zonen Mittelamerikas bis nach Bolivien und Zentralbrasilien.

Termiten

Die **Termiten** (ISOPTERA) sind Verwandte unserer Küchenschabe und genau wie diese sind sie in der Lage, schwerverdauliche und sogar als unverdaulich geltende Stoffe wie Holz, Pappe, Karton zu essen und in ihre Nährstoffe aufzuspalten. Doch auch den Termiten gelingt es nicht ohne Mithilfe, ihre Hauptnahrung, die Zellulose, zu verdauen. Niedere Termitenarten haben dafür einzellige Geißeltierchen, sogenannte Flagellaten, in ihrem Enddarm. Höher entwickelte Termitenarten haben diese Symbionten im Darm nicht, sie haben andere Möglichkeiten gefunden, die Zellulose zu verarbeiten. Es gibt dabei die vielfältigsten Methoden. Die am häufigsten auftretende ist wohl das Heranziehen spezieller Pilzkulturen, die in der Lage sind, die Zellulose zu verarbeiten. Drei Viertel aller Termiten gehören zu diesen höher entwickelten Tieren, also ungefähr 1500 Arten.

Termiten leben vor allem in tropischen und subtropischen Gebieten. Ähnlich wie bei den Ameisen leben sie in einem Staat, dem allerdings ein König und eine Königin vorstehen. Das Königspaar hat Flügel und Augen, wohingegen die Soldaten und die Arbeiter blind und flügellos sind. Sie verlassen ihre Bauten praktisch nie, sondern leben entweder unterirdisch, wenn sie zu den Termitenarten gehören, die ihre Staaten in der Erde errichten, oder in den meterhohen Termitenhügeln.

Die meisten Termiten ernähren sich von Holz oder Humus. Die holzessenden Arten sind beim Menschen gefürchtet, weil sie sich gerne in Gebäuden einnisten und ganze Häuser einstürzen lassen können.

Selbst im kühlen Norden ist man dieser Gefahr bereits begegnet. In Hamburg mußten wegen der Holzzerstörung durch die aus Nordamerika eingeschleppte **Gelbfußtermite** (RETICULITERMES FLAVIPES) in den 50iger Jahren viele Häuser abgerissen werden.

Im Termitenstaat herrscht strenge Arbeitsteilung: die Königin, immer umgeben vom König, legt unablässig Eier, von denen ein Teil sich lediglich zu larvenähnlichen Insekten entwickelt: den Arbeitern und Soldaten. Die Arbeiter sind zuständig für Pflege und Fütterung der Larven, die Soldaten verteidigen den Staat gegen eindringende Feinde. Die geflügelten, geschlechtsfähigen Termiten erscheinen einmal im Jahr. Nach kurzem Hochzeitsflug werfen sie ihre Flügel ab und je ein Männchen und ein Weibchen gründen einen neuen Staat. Die ersten Larven müssen die königlichen Hoheiten noch selbst großziehen, danach haben sie ihre Helfer: die Arbeiter und Soldaten. Ein Volk kann aus mehreren Millionen Mitgliedern bestehen, die allesamt von einer Königin, die bis zu zehn Jahren alt werden kann, erzeugt wurden.

Eine Treiberameise hat einen Termitenarbeiter erbeutet.

Abbildung ganz unten: Die Termitenbauten sind so geschickt aufgebaut, daß im Innern immer die gleiche Temperatur und Luftfeuchtigkeit herrscht.

Das Junge des Grauen Riesenkänguruhs (Abbildung oben) ist fast schon zu groß für den Beutel der Mutter.

Die Männchen des Roten Riesenkänguruhs (Abbildung unten) kämpfen hochaufgerichtet mit „Boxhieben" gegeneinander.

Känguruhs

Die **Känguruhs** (MACROPODIDAE) sind wohl die bekanntesten Vertreter der für die australische Tierwelt so charakteristischen Beuteltiere.

Bei den Känguruhs umschließt der Beutel, der wie eine eingebaute Einkaufstasche wirkt, den Bauch. Aber der Beutel ist nicht zur Vorratshaltung gedacht, sondern die Kinderstube der jungen Känguruhs. Deswegen haben auch nur weibliche Tiere diese praktische Einrichtung.

Junge Känguruhs werden nach einer sehr kurzen Tragezeit noch nackt, blind, taub und auch ansonsten sehr unfertig und winzigklein geboren. Nur die vorderen Gliedmaßen und der Geruchssinn sind schon weitgehend entwickelt. Das ist auch notwendig, denn die würmchenartigen Winzlinge müssen sich ganz allein den Weg in den schützenden Beutel der Mutter suchen. Die Richtung zeigt ihnen der Geruchssinn, und mit Hilfe der relativ kräftigen Vorderfüßchen hangeln sie sich durch das Fell der Mutter nach oben.

Einmal angekommen, saugen sie sich sofort an einer der zwei milchgebenden Zitzen fest und lassen sie während der ersten Monate im Beutel auch nicht mehr los. Die Verbindung ist so fest, daß die Forscher zunächst sogar dachten, die Kleinen wären an der Zitze festgewachsen. Solange das Kleine noch ständig im Beutel lebt, sorgt die Mutter durch tägliches Auslecken für die Beseitigung der Ausscheidungsprodukte.

Sind die jungen Känguruhs dann herangewachsen, verlassen sie allmählich – zunächst nur für kurze Ausflüge – den mütterlichen Beutel. Aber bei Gefahr hechten sie sofort kopfüber hinein und so assen sich auch als für unser Gefühl schon recht große Tiere noch gern umhertragen. Und wenn sie endgültig zu groß geworden sind und beim besten Willen nicht mehr in den Beutel passen, stecken sie noch oft ihren Kopf hinein, um ein wenig Milch zu trinken.

Meist sitzt dann das nächste Kind, noch klein und unfertig, schon an der anderen Zitze.

Typisch für alle Känguruhs ist ihre eigenartig hüpfende Fortbewegungsweise. Die vorderen Gliedmaßen sind im Vergleich zu den Hinterbeinen klein und schwach und werden in erster Linie zur Fellpflege benutzt.

Mit Hilfe der kräftigen Hinterbeine können Känguruhs große Sätze machen. Die **Roten Riesenkänguruhs** (MACROPUS RUFUS) zum Beispiel erreichen auf der Flucht für kurze Zeit eine Geschwindigkeit von etwa 80 Stundenkilometern, wobei sie Sätze von über neun Metern machen können.

Den Namen haben diese Känguruhs übrigens von der roten Farbe des Hochzeitskleides der Männchen. Dabei sind nicht die Haare selbst rot, sondern die Männchen pudern sich mit einer rosenroten Masse, die sie in der Hals- und Brustgegend absondern, regelrecht ein.

Dingo

Die Wissenschaft ist sich bis heute noch nicht sicher, ob es sich bei den australischen **Dingos** (CANIS LUPUS F. DINGO) um echte Wildhunde oder um verwilderte Haushunde handelt. Fest steht auf jeden Fall, daß diese Hunde, schon bevor die ersten weißen Siedler den Kontinent betraten, durch den australischen Busch streiften, also eine lange Geschichte als Wildtiere hinter sich haben.
Gefangene Dingowelpen werden zwar sehr schnell zahm und schließen sich wie Haushunde den Menschen an, aber wenn sie erwachsen geworden sind, ist ihre Haltung ähnlich schwierig wie die von Wölfen und nur noch erfahrenen Hundefachleuten zu empfehlen. Leider weiß man über das Leben der Dingos in freier Wildbahn sehr wenig, denn in ihrer Heimat Australien werden sie als Viehräuber gnadenlos verfolgt, und niemand scheint sich so recht für ihr Familienleben zu interessieren. Auch in Zoos, wo ja inzwischen viele wertvolle Beobachtungen über die Lebensgewohnheiten zahlreicher Tierarten gemacht werden konnten, sind Dingos kaum vertreten, denn in ihrem Äußeren gleichen sie so sehr einem Haushund, daß sie keine sonderliche Attraktion darstellen.
Dingos leben und jagen in Rudeln. Gemeinsam wagen sie sich auch an größere Beute wie Känguruhs. Allerdings ist diese Jagd nicht ganz ungefährlich, denn besonders die größeren Arten können sich, wenn sie in die Enge getrieben werden, sehr energisch zur Wehr setzen.
Vermutlich hat die Aussetzung von Kaninchen, die sich in Australien explosionsartig vermehrt haben, das Überleben der Dingos trotz der Verfolgung durch die Menschen ermöglicht. Die Dingos haben sich schnell an die neue Beute gewöhnt und machen sich heute als eifrige Kaninchenjäger nützlich.
Dingoweibchen bringen nach neun Wochen Tragzeit vier bis fünf zunächst blinde und taube Junge, die rund zwei Monate gesäugt werden, zur Welt. Auch nach der Entwöhnung bleiben die Kinder mindestens noch ein Jahr – oft auch länger – mit den Eltern zusammen.
Känguruhs, die von Dingos gejagt werden, flüchten übrigens gern in Wasserlöcher und versuchen dann, die heranschwimmenden Dingos zu ertränken.

Australische Dingos leben in kleinen Rudeln von wenigstens zwei Tieren. Vater und Mutter kümmern sich um die Jungen, die etwa ein Jahr lang bei den Eltern bleiben.

Wellensittich

Auch der bei uns als Heimtier so beliebte **Wellensittich** (MELOPSITTACUS UNDULATUS) stammt ursprünglich aus Australien, wo er früher in großen Schwärmen die Trockensavannen besiedelte. Die bunten Farben unserer Heimvögel sind übrigens das Ergebnis gezielter Züchtungen. Die ursprüngliche Wildfarbe des Wellensittichs ist ein unauffälliges Olivgrün.
Wellensittiche gehören zur großen Familie der Papageien (PSITTACIDAE) und brauchen in menschlicher Pflege, wie auch die anderen lebhaften und intelligenten Vögel dieser Familie, viel Abwechslung und Zuwendung. Wer nicht die Zeit hat, sich täglich intensiv mit seinem Wellensittich zu beschäftigen, sollte ihm einen Vogelpartner kaufen. Sonst stellen Wellensittiche keine großen Ansprüche an die Pflege. Wenn man sich geduldig mit ihnen beschäftigt, werden sie ganz zahm und können auch sprechen lernen.

Die Farbvielfalt dieser Wellensittiche ist das Ergebnis planmäßiger Züchtung. Die australischen Wellensittiche, von denen unser Heimvögel abstammen, sind unauffällig olivgrün.

Kojoten

Kojoten (CANIS LATRANS) gelten als feige und schädlich, aber das stimmt nicht. Die Vorurteile gegen diesen nordamerikanischen Wildhund haben dazu geführt, daß er nach wie vor vom Menschen massiv verfolgt wird. Dennoch konnte er sich über den gesamten nordamerikanischen Kontinent ausbreiten.

Dieser rotbraune Fleischesser nimmt eine Zwischenstellung zwischen dem Wolf und dem Fuchs ein. Etwa halb so groß wie ein Wolf, aber größer als unser Fuchs, hat er die hohen Fuchsohren und die spitze Schnauze von Meister Reineke. Die langen Beine und der massive Körperbau wiederum erinnern an den Wolf.

Die Kojoten leben und jagen paarweise, und zwar hauptsächlich Tiere, die ihnen an Größe und Stärke unterlegen sind, zum Beispiel Präriehunde, Nagetiere, in Gewässernähe auch Frösche und Reptilien. Wenn es sich ergibt, ernähren sich die Kojoten auch von Aas. Viehherden gehen die Kojoten aus dem Weg, und große Hornträger wie Elch und Hirsch können ihnen sogar gefährlich werden. Auch der Wolf sieht in Kojoten eine Beute.

Sie sind mit zwei Jahren fortpflanzungsfähig, die Weibchen werden – im Gegensatz zu unseren Hunden – nur einmal im Jahr, am Jahresanfang, läufig. Im späten Winter und in den ersten Vorfrühlingstagen gehen die noch unverpaarten Jungtiere auf Brautschau. Hat ein Paar sich gefunden, bleibt es lebenslang zusammen. Nach etwa neun Wochen Tragzeit bringt die Kojotin in einer Felsspalte oder unter einem umgestürzten Baum vier bis acht Junge zur Welt. Während der Aufzucht wird sie vom Kojotenmännchen versorgt, das während dieser Zeit in der Nähe des Baus lebt.

Die Welpen verlassen mit acht Wochen zum ersten Mal ihren Bau, bleiben allerdings noch rund ein Jahr bei ihren Eltern, die sie in dieser Zeit gemeinsam das Jagen lehren. Dann suchen sie sich neue Reviere und werden schon im nächsten Frühjahr ihrerseits Eltern.

Kojoten paaren sich nicht selten mit verwilderten mittelgroßen Haushunden. Die Mischlinge (Coydogs) werden dann tatsächlich gefährlich für Farmtiere, denn sie haben keine Scheu vor menschlichen Behausungen. Da sie vom Haushund die zweimalige Läufigkeit pro Jahr geerbt haben, vermehren sie sich schneller als die Kojoten. Zudem sind sie noch mißtrauischer als diese, so daß es sehr schwer ist, ein verwildertes Mischlingsrudel zu fangen oder zu töten.

Kojoten sind außergewöhnlich anpassungsfähige Tiere. Sie haben inzwischen den gesamten nordamerikanischen Kontinent erobert, denn sie überleben sowohl im rauhen Norden als auch im warmen Süden.

Präriehunde

Obwohl ihr Name es andeutet, haben die **Präriehunde** (CYNOMYS) mit Wildhunden nichts gemeinsam. Sie gehören der Familie der Hörnchen an und sind mit unseren Murmeltieren verwandt. Ihren Namen bekamen sie wegen ihrer Warn- und Schimpflaute. Sie bellen nämlich, wenn sich ihnen ein Feind nähert. Und sie können hoch und schrill kläffen.

Präriehunde sind etwas größer als Meerschweinchen. Wie unsere Murmeltiere bewohnen diese sehr geselligen Hörnchen riesige unterirdische Kolonien, die in der Zeit des „Wilden Westens" oft hundert Millionen Einwohner zählten.

Sie ernähren sich von Gräsern und sind ewig hungrig. In ihrer riesigen Anzahl wirken sie sehr schnell wie lebendige Rasenmäher. Wenn sie alles abgeweidet haben, suchen sie die Felder der Farmer auf, plündern dort die Beete und nagen sogar junge Obstbäume an. Deshalb wurden sie von den Farmern systematisch gejagt. Heute sind sie bereits so selten geworden, daß die ersten Maßnahmen zu ihrem Schutz ergriffen werden.

Vor den Fallröhren zu ihren unterirdischen Dörfern drücken die Präriehunde mit dem Kopf hohe Sand- und Erdwälle fest, die nach starken Regenfällen ihre Wohnungen vor dem Hochwasser schützen. Auf jedem dieser Wälle sitzt ein Wächter, der die Umgebung scharf im Auge behält.

Die restlichen Bewohner der Kolonien verlassen sich völlig auf diese Wächter; sie essen, sonnen sich, spielen ohne Angst vor Feinden. Erst wenn der Wächter seine bellenden Warnrufe ausstößt, verschwinden die Hörnchen in ihren Fallröhren, in denen auf halber Höhe kleine Zwischenetagen ausgebaut sind. Von dort aus schimpfen sie noch einmal kräftig, allerdings nur, wenn der Feind nicht lebensgefährlich scheint. Dann ziehen sie sich endgültig in ihre unterirdischen Wohnungen zurück, bis die Wächter zu erkennen geben, daß die Luft wieder rein ist.

Zu den gefährlichsten Feinden der Präriehunde gehören die Kojoten, die teilweise die Höhlen sogar aufgraben. Zwei andere Todfeinde dagegen leben erstaunlicherweise mit in den unterirdischen Dörfern, ohne den Einwohnern etwas zuleide zu tun: Prärieeulen brüten hier, und die Klapperschlangen nutzen den Wind- und Wetterschutz. Außerhalb der Dörfer allerdings lassen beide ihre Rücksichtnahme fallen und werden zu gnadenlosen Jägern ihrer Vermieter.

In den Zoos sind die Präriehunde sehr beliebt, denn sie gewöhnen sich schnell ein und lernen bald, daß keine Gefahr droht. Durch ihre Verspieltheit und ihr Temperament sorgen sie laufend für Unterhaltung.

Präriehunde halten nur während der kältesten Wochen des Jahres einen Winterschlaf. Vorher essen sie sich genügend Fettreserven an, um die nahrungslose Zeit unbeschadet zu überstehen.

Die Mutter ist 28 bis 32 Tage trächtig. Die Jungen kommen gewöhnlich im März und April zur Welt, meist sind es drei bis fünf blinde Tiere. Nur selten werden bis zu acht Junge geboren.

Nach etwa sechs Wochen verlassen die Präriehundebabys zum ersten Mal selbständig ihr Dorf.

Die Zoologen unterscheiden zwei Arten von Präriehunden: den **Schwarzschwanz-** und den **Weißschwanzpräriehund** (CYNOMYS LUDOVICIANUS und CYNOMYS GUNNISONI). Die beiden unterscheiden sich lediglich durch die schwarze beziehungsweise weiße Zeichnung an der Schwanzspitze.

Kamele

„Wer hat einen, wer hat zwei Höcker?" Das ist wohl die berühmteste Biologiefrage. Wer sie ganz korrekt beantworten will, muß wissen, daß Hauskamele sowohl einen als auch zwei Höcker haben können. Denn zur Familie der Kamele zählen das **Dromedar** (CAMELUS DROMEDARIUS) mit einem Höcker und das **Trampeltier** (CAMELUS BACTRIANUS) mit zwei Höckern. Beide sind Haustiere, die schon seit 5000 Jahren vom Menschen gehalten und gezüchtet werden. Vom Dromedar gibt es keine Wildform, man weiß auch nicht, ob es je eine gegeben hat. Das Trampeltier dagegen hat einen wildlebenden Vertreter, das **Wildkamel** (CAMELUS BACTRIANUS FERUS) mit zwei Höckern. Kleine Restherden davon leben heute noch in der Wüste Gobi. Wo die beiden Hauskamelarten zusammenleben, kommt es auch zu Kreuzungen, bei denen allerdings ein Teil der Bastarde, nämlich die Mischlingshengste, unfruchtbar ist.

Hochnäsig wirkt das Trampeltier, wenn es den Menschen aus lang bewimperten Augen ansieht. Und tatsächlich tragen Kamele ihre Nase auch wirklich sehr hoch, so weit wie möglich vom Staub der Wüste entfernt. Das Trampeltier hat, wie das Wildkamel, zwei Höcker, die der Fettspeicherung für Notzeiten dienen.

Über Jahrtausende hinweg waren die Kamele die Lebensgrundlage der wüstenbewohnenden Menschen. Ohne sie hätte es keine Besiedlung dieser Landstriche gegeben. Und allen technischen Fortschritten zum Trotz sind die Kamele auch heute noch in den großen Wüsten dieser Erde unersetzlich. Diese Schiffe der Wüste – den Namen haben sie ihrem schaukelnden Passgang zu verdanken – gehören zu den genügsamsten Tieren überhaupt. Sie können zum Beispiel bis zu neun Tage ohne Wasser auskommen, wenn sie vorher ausgiebig getränkt wurden. Ein ausgelaugtes Dromedar kann in zehn Minuten 135 l Wasser trinken und hat damit das durch den Flüssigkeitsverlust verlorene Körpergewicht wieder ergänzt. Dies schnelle Trinken ist deshalb sinnvoll, weil gerade an Wasserlöchern die ärgsten Feinde lauern. Je schneller das „Auftanken" geht, desto kürzer ist die Zeit der Gefahr.

Man hat lange gerätselt, wie diese großen Tiere, die ja genau wie der Mensch ihre Körpertemperatur halten, also bei großer Hitze für Kühlung sorgen müssen, es anstellen, ohne Hitzschlag oder Verdursten Temperaturen bis zu 50°C auszuhalten. Inzwischen weiß man, daß die auffällige Nase der Kamele nachts kaum Wasser mit dem Ausatmen abgibt, dafür aber mit der abgekühlten Nachtluft Wasser aufnimmt. Tagsüber beim Schwitzen entziehen die Kamele ihrem Körper Feuchtigkeit aus dem Gewebe. Sie können bis zu einem Drittel ihres Körpergewichts durch Wasserverlust einbüßen, ohne krank zu werden.

Auch für seine Fähigkeit zu hungern ist das Kamel bekannt. Wochenlang können die Karawanen durch endlose Sandwüsten marschieren. Ihre Lasttiere rupfen an verdorrten Dornenbüschen und zehren im übrigen von ihren Höckern, in denen sie Fettreserven gespeichert haben. Gefüllt sind diese Höcker hart und prall. Beim Trampeltier sind sie durch Zucht so groß geworden, daß sie schon gefüllt zur Seite kippen, während das Wildkamel zwei spitze Höcker hat, die aufrecht stehen. Hat das Kamel alle seine Reserven erschöpft, sehen die Höcker dagegen wie leere Säcke aus. Die furchtbaren Sandstürme der Wüste überstehen die Kamele ebenfalls ohne

Schwierigkeiten: ihre Nasenlöcher sind verschließbar, die Augen sind mit langen dichten Wimpern gegen eindringende Sandkörner geschützt. Gerät doch einmal Staub in die Augen, „weinen" die Kamele. Durch gewaltige Mengen Tränenflüssigkeit spülen sie Fremdstoffe aus den Augen.
Im Frühling werden die Kamelhengste aggressiv, die Paarungszeit beginnt. Die Hengste „schäumen", sie imponieren Weibchen und Rivalen durch einen Brüllsack, der sich am Gaumen bildet. Auch die Weibchen kreischen jetzt laut, sie rufen nach Hengsten. Jetzt kommt es auch zum Spucken, das wir ja vor allem von den kleineren Kamelarten wie den Lamas kennen. Partner und Rivalen bespeien sich nämlich gegenseitig mit Mageninhalt. Zur Paarung legen sich die Partner, im Gegensatz zu anderen Paarhufern, auf den Boden. Die Mutter gebiert auch ihr Junges – ganz selten werden Zwillinge geboren – liegend. Sie trägt zwischen einem Jahr und 14 Monaten lang und wird gleich nach der Fohlengeburt erneut gedeckt.
Die Kamelfohlen saugen ein Jahr lang bei der Mutter, nehmen aber schon vorher zusätzlich die erste Gras- oder Buschnahrung auf. Sie bleiben meist so lange in Mutternähe, bis erneut ein Fohlen geboren wird. Erst nach drei Jahren sind sie geschlechtsreif.
Zweimal im Jahr, zur Zeit des Haarwechsels, sehen die Kamele abscheulich aus. Das Fell löst sich innerhalb weniger Tage in riesigen Fetzen, die Haut darunter ist nackt, und es dauert Tage, bis neues Haar nachwächst.
Für die Menschen Asiens und Nordafrikas sind Kamele nicht nur Lastenträger und Reittiere. Die Stuten geben vorzügliche Milch, aus den Haaren können Stoffe gearbeitet werden, die Haut wird zu Leder verarbeitet, das Fleisch wird gegessen und sogar der Kamelmist genutzt – als Heizmaterial.
Das sogenannte Kamelhaar stammt allerdings nicht von Kamelen, sondern von der Angoraziege, echtes Kamelhaar ist sehr viel filziger und kürzer.
Kamele sind außerordentlich friedliche Tiere, die durch lange Zucht sehr zahm geworden sind. Nur während der Paarungszeiten können sie dem Menschen gefährlich werden. Mit ihren riesigen Oberkieferzähnen können sie den Rivalen aber auch Menschen ernsthaft verletzen.
Durch die zunehmende Technisierung verlieren Kamele auch bei den Beduinen, deren Reichtum ursprünglich in ihren Kamelherden bestand, an Bedeutung. Nur noch selten sieht man Karawanen von Kamelen, vollgepackt mit Lasten, durch die Wüste ziehen.

Beim Dromedar sind im Lauf der Jahrhunderte verschiedene Rassen gezüchtet worden. Als Reittiere wurden besonders langbeinige Rassen gezüchtet. Dromedare, die Lasten tragen, sind kurzbeiniger. Dromedare können verbrauchte Wasservorräte sehr schnell wieder auffrischen. Sie sind in der Lage, in zehn Minuten bis zu 100 Liter Wasser aufzunehmen und im Gewebe zu verteilen.

Tundren und ewiges Eis

Ein Pinguin füttert sein Junges mit vorverdautem Fisch.

Das weiße Babykleid der Sattelrobbe tarnt die Kleinen in ihrer Schnee-Kinderstube.

Kurze Sommer und lange, harte Winter bestimmen das Leben der Tierwelt in der Nähe der beiden Pole.

Lebensraum und Zivilisation

Oft über tausende von Kilometern werden Schneisen in die Landschaft geschlagen, um die Ölpipelines zu verlegen. Sie zerschneiden natürlich gewachsene Wildwechsel, zerstören Lebensraum. Ein hoher Preis, den die Tierwelt für die Energieversorgung des Menschen zu zahlen hat.

Die Tundra

Bei Tundra und ewiges Eis denkt man vor allem an menschenleere, trostlose Weiten, die außer Eismassen oder niedrig wachsendem Gestrüpp nichts zu bieten haben. Dabei wimmelt es dort von einer Vielzahl von Lebewesen, die sich auf diese unwirtliche Kälteregion spezialisiert haben, eine Region des ewigen Eises, mit kurzen kühlen Sommern, in denen die Sonne nie unterzugehen scheint, und trostlosen, dunklen und vor allem eisigen Wintern. Die Tundren, nördlich der Baumgrenze gelegen, sind meist sumpfige Gebiete. Das Regenwasser kann nur schwer versickern, da das Erdreich nur bis zu einem Meter Bodentiefe auftaut. Die Tiere und Pflanzen haben sich auf diese unwirtliche, von heftigen Stürmen geplagte Kälteregion eingestellt. Die Pflanzenwelt ragt nicht wie bei uns hoch in die Lüfte, sondern wächst in die Breite, möglichst nahe am Boden. Hier tummeln sich Flechten, Moose und Zwergstrauchheiden.

Eine Reise nach Alaska

Ich selbst war das erste Mal im Jahre 1984 in Alaska, dem jüngsten und nördlichsten Bundesstaat der Vereinigten Staaten. Unser Ziel war der McNeil River; meine Hoffnung war es, die wenigen Kodiakbären beobachten zu können. Der Weg dorthin ist recht beschwerlich – nicht nur aufgrund der endlos scheinenden Flugstrecke und der Bootsfahrt durch das stürmische Meer, sondern auch aufgrund des langen Fußmarsches. Denn in dieser gottverlassenen Gegend gibt es nur die von Bären ausgetretenen Wege durch das niedrig wachsende Gestrüpp. Da Bären die schlechte Angewohnheit haben, einen Fuß vor den anderen zu setzen, sind diese Wege äußerst schmal. Ein Mensch bekommt auf solchen Wegen schon erhebliche Gleichgewichtsprobleme, wenn er, wie ein Bär, seine Füße immer nur voreinander und nicht nebeneinander setzen kann. Hinzu kam bei uns das überdimensionierte Gepäck, das aus mindestens fünf Foto-

und zwei Filmkameras mit den dazugehörigen Stativen und Objektiven bestand. Wenn man Reisen in solche Gebiete unternimmt, sollte man sich übrigens immer einen Führer mitnehmen, der sich in der Gegend gut auskennt. Er weiß, wo sich die Tiere aufhalten und wie man sie beobachten kann, ohne sie zu stören.

Man stapft durch diese einmalige Gegend, immer auf der Hut, nicht sein Gleichgewicht zu verlieren, und sieht nichts, außer dem für diese Gegend typischen Pflanzenbewuchs, der sich eintönig über die nächsten hundert Kilometer ausbreitet. Plötzlich jedoch steht ein riesiger Kodiakbär aufgerichtet vor uns. Ein imponierender Anblick, wenn man diesem gewaltigen, 350 kg schweren und 2,60 m hohen Riesen ohne rettenden Zaun oder Baum gegenübersteht. Irrtümlich wird dieses Aufrichten der Bären oft als Angriff gewertet, was es auch sein kann – aber meist wollen die Bären nur einen besseren Ausblick haben, um Gefahren zwischen dem niedrigen Gebüsch besser überblicken zu können. Schon gut, wenn man einen Führer hat, der das Verhalten seiner Bären kennt und weiß, wie man sich bei diesem oder jenem Bären verhalten sollte.

Am McNeil River

Nach diesem Erlebnis eröffnete sich uns ein überwältigender Anblick. Der reißende McNeil River und siebzehn braune Gesellen auf Lachsfang. Ein Ereignis, das nicht nur wir, sondern auch die Kodiak-Bären herbeigesehnt haben. Denn nur einmal im Jahr, in der Zeit von Anfang Juli bis Mitte August, ziehen die Ketalachse durch die Stromschnellen des McNeil Rivers, um hier zu laichen. Ein Festessen für die Bären – ein Ereignis für uns, das in dieser Form einmalig auf der Welt ist. Beobachten kann man hier die liebevollen Mütter mit ihren herumtollenden Jungtieren und die Rangkämpfe der Alten, die sich die besten Fangplätze streitig machen. Gegen Ende der Saison werden die Bären sogar so vornehm, daß sie nur den Rogen essen und den Lachs selbst darauf wartenden Möwen überlassen. Diese Kaviar liebenden Riesen bieten uns Besuchern der Tundren und des ewigen Eises ein einmaliges Erlebnis. Aber jede Landschaft, und mit ihr jede Tierart bieten ein anderes Schauspiel; man denke nur an die Ansammlungen der Walrosse, Pinguine, Wale, Rentiere und Eisbären, die in diesem kalten Lebensraum beheimatet sind – Tiere, die sie auf den nun folgenden Seiten kennenlernen werden.

Trotz weltweiter Proteste geht das Abschlachten der Jungrobben weiter, die wohl widerwärtigste Art, Pelze zu beschaffen. Aber wie schon einmal gesagt, solange es eine zahlungskräftige Kundschaft gibt…

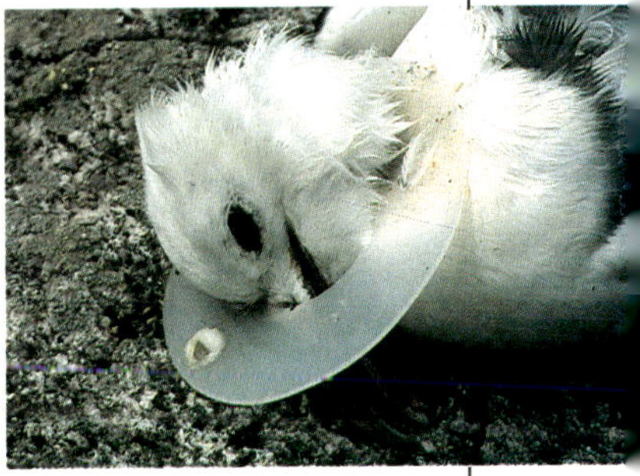

Abbildung oben: Eine Möwe verfing sich in einem Plastikring und ging elend zugrunde.

Abbildung links: Dieser ölverklebte Pinguin, ist er noch ein erschreckender Anblick? Oder haben wir uns mittlerweile an derartige Bilder gewöhnt…

Rentiere

Beim **Rentier** (RANGIFER TARANDUS) geht die Liebe ganz und gar nicht durch den Magen – im Gegenteil. Während der Brunft von August bis November fasten die männlichen Rene. Im Bestreben, sich einen möglichst großen Harem zuzulegen und sämtliche Rivalen auszustechen, sind sie Tag und Nacht auf Trab, umkreisen ihre Renkuhherde und fechten erbitterte Geweihkämpfe mit anderen Renhirschen aus. Dabei dient ihnen die erste Augsprosse des mächtigen, schaufelförmigen Geweihs, die extrem groß ist, als Schutzschild.

Das Fell der Rentiere ist so dicht, daß man nicht bis auf die Haut sehen kann, auch wenn man die Haare auseinanderzieht. Auch rund um den Mund ist das Ren stark behaart. Dieser Schutz ist nötig, denn die Tiere müssen teilweise Temperaturen bis minus 50 Grad ertragen. Sie essen dann tiefgefrorene Flechten, die sie aufgrund ihres besonders robusten Magens vertragen.

Rentiere sind die einzigen Hirsche, bei denen beide Geschlechter ein Geweih tragen; das der Weibchen ist allerdings wesentlich kleiner. Sie werfen es im Frühling ab, die Männchen verlieren ihres schon im Winter.

Trotz ihrer Länge von rund zwei Metern und ihrem Gewicht bis zu 150 Kilo bewegen sich die Rentiere sehr gewandt uns schnell auf dem morastigen Tundraboden. Die weit spreizbaren Hufe helfen ihnen dabei, genauso wie sie im Winter verhindern, daß die Rentiere zu tief im Schnee einsinken. In den Herden leben meist Weibchen und ihre Jungen, während die Männchen einzeln oder in Minigruppen äsen.

Die Hauptnahrung der Rene sind die Zwergsträucher, die Gräser und Flechten der kargen Tundragebiete. Im Winter scharren die Tiere den Schnee weg und ernähren sich ausschließlich von Flechten.

Bei den finnischen Lappen wird das Ren als Haustier halbwild oder ganz zahm gehalten. Diese Rene sind kleiner als ihre wildlebenden Vettern. Die ganz zahmen Rene liefern Milch, Fleisch und Fell, sie ziehen Schlitten, tragen Lasten und werden sogar geritten.

Die halbwilden Herden leben frei, aber markiert in der Tundra. Die Lappen folgen ihren Zügen und zur Brunftzeit, wenn die Weibchen ihr einziges Kalb werfen, werden alle Tiere von den Züchtern zusammengetrieben und an den Ohren markiert. Die meisten Jungmännchen werden kastriert. Anschließend wird die Herde wieder in die Freiheit entlassen.

Schlittenhunde

Ein weiteres Haustier der nördlichen Gebiete, dessen Geschichte eng mit der der Rentiere verknüpft ist, ist der Schlittenhund. Denn lange bevor der Mensch den Schlitten erfand, zogen bereits mongolische Urjäger den Rentierherden nach und hatten Hunde im Gefolge. Und die Samojeden, ein Nomadenvolk Eurasiens, nach dem einer der berühmtesten Schlittenhunde benannt ist, züchteten bereits Rentiere und setzten als Wächter und Treiber ihrer Herden, aber auch als Schutz gegen Wölfe die ewig lächelnden, schneeweißen Hunde ein, die wir heute als **Samojeden** kennen.

Alle Schlittenhunde, egal welcher Rasse sie angehören, haben gemeinsame Merkmale. Da sind zunächst einmal die stämmige Gestalt, die kräftige Schulterpartie, die Stehohren und der in der Regel nach oben getragene, relativ kurze Schwanz. Die doppelte Behaarung – über der dichten, fettigen Unterwolle liegen die sehr festen, langen Oberhaare – hält diese nordischen Hunde auch bei Dauerkälte warm.

Die bekanntesten drei Schlittenhundrassen sind der Samojede, der **Sibiri-**

sche Husky und der **Alaskan Malamute.** Diese drei sehen wir auch bei den großen Schlittenhundrennen, die jährlich zur Wintersaison weltweit stattfinden.
Das allererste Schlittenhunderennen fand 1907 in Alaska statt und wurde von Goldsuchern veranstaltet. Für sie waren die Hunde, die als Last- und Zugtiere eingesetzt wurden, in der unwegsamen Gegend zu teuren Wertgegenständen geworden. Über 408 Meilen führte dieses erste, privat organisierte Rennen. Schon ein Jahr später wurde dann das erste offizielle Rennen unter sportlichen Bedingungen ausgetragen. Dabei erwiesen sich die Huskys als die schnellsten und ausdauerndsten Schlittenhunde, und sie werden auch heute, wenn es um Geschwindigkeit geht, bevorzugt eingesetzt.
Dort, wo Schlittenhunde tatsächlich noch arbeiten, also in den großen Eisgebieten dieser Welt, werden meist unbekanntere Rassen, wie zum Beispiel der Grönlandhund, vor den Schlitten gespannt. 116 dieser Eskimohunde begleiteten Roald Amundsen 1911 zum Südpol. Diese Hunde werden noch heute in ihrer grönländischen Heimat als Nutztiere gezüchtet.
Im Sommer leben sie, sich selbst überlassen, wild in Rudeln, im Winter werden sie gefangen und zum Lastentragen und Schlittenziehen eingesetzt. Durch diese Art der Haltung besteht keine Gefahr, daß sie verweichlichen und dann den Strapazen ihrer harten und kräftezehrenden Arbeit nicht mehr gewachsen sind.
1957 ließen zum Beispiel japanische Südpolforscher, die wegen schlechter Witterung umkehren mußten zwanzig **Akita-Inus**, ihre Schlittenhunde, einfach im ewigen Eis zurück. Dreieinhalb Jahre später fanden dieselben Forscher zwölf dieser Hunde lebend am Lagerplatz, wo sie sie verlassen hatten, vor. Die Hunde erkannten ihr Team wieder und ließen sich problemlos einfangen und zur Arbeit einspannen. In den Jahren davor hatten sie sich offenbar von selbsterbeuteten Wildtieren ernährt.

Das Erscheinungsbild eines typischen Schlittenhundes: dichtes Fell, Stehohren, hochgetragener Schwanz und kräftiger Körperbau. Im Schlittenhundegespann gibt es immer einen Leithund, der die Kommandos perfekt beherrscht und dem die anderen Zughunde folgen. Auch wenn zwei Hunde im Doppelgespann nebeneinanderlaufen – nur einer ist der Leithund.

Im April kommen die Moschuskälbchen zur Welt. Die Neugeborenen sind kaum zu sehen, denn die Mutter nimmt sie unter ihr dichtes Haarkleid. Die Kälber bleiben lange bei der Mutter; sie werden über ein Jahr gesäugt. Die Bullen (Abbildung oben rechts) sind wesentlich größer als die Kühe. Ihre Schädelplatte ist sehr hart. In der Brunstzeit kämpfen die Bullen, ähnlich den Schafen und Ziegen, durch Aneinanderknallen der Schädel untereinander die Rangordnung aus. Der Sieger wird Leitbulle der Herde.

Moschusochse

Moschusochsen (OVIBUS MOSCHATUS) sind die Säugetiere mit den längsten Haaren. Im Winter erreicht ihre strupppige Wolle eine Länge von 90 Zentimetern. Diese dichte Behaarung schützt sie gegen Sturm und Kälte, nicht aber gegen Feuchtigkeit. Auf die reagieren Moschusochsen sehr empfindlich, und viele Kälber, die im April geboren werden, sterben, wenn gerade dann das Tauwetter in der Tundra einsetzt.

In den eisigen Tundren der Arktis, wo der Moschusochse lebt, wirkt er wie ein mächtiger Koloß. In Wirklichkeit ist er eher klein. Kühe sind nur rund ein Meter hoch, die Bullen einen halben Meter höher, also wesentlich niedriger als unsere Rinder.

Während der Eiszeit bevölkerten die Moschusochsen ganz Europa und zogen sich dann in die nördlichen Gegenden zurück. Durch systematische Bejagung standen sie kurz vor der Ausrottung, als sie endlich unter Schutz gestellt wurden. Für Menschen ist der Moschusochse nämlich eine leichte Beute. Wenn ein Angreifer naht, schließt sich die Herde zu einem Ring zusammen, in dessen Mitte die Kälber und Jungtiere geschützt stehen. Bullen und ältere Weibchen senken, die Hörner auf den Feind gerichtet, die mächtigen Schädel. Moschusochsen stellen sich der Gefahr, sie fliehen nie. Und die Jäger konnten sie Stück für Stück abschießen. Bei dem einzigen Feind, den Moschusochsen außer dem Menschen haben, dem Wolf, ist dieser Drohring dagegen äußerst wirkungsvoll.

Im Sommer leben Moschusochsen in kleinen Herden, die aus einem Bullen und einigen Kühen bestehen. Die Jungtiere und entwöhnten Kälbchen bilden eigene Herden, ausgestoßene Altbullen leben einzeln. Im langen Tundrenwinter schließen sich die Tiere zu Riesenherden zusammen, dann leben die Kälber in der Mitte der Herde. Sie tragen jetzt auch schon den dichten, langen Pelz, der wie ein Mantel aussieht und alle Körperteile bis auf die Nase bedeckt. Damit die Augen freibleiben, ölen die Moschusochsen die Augenränder mit einem Sekret aus einer Schmierdrüse unter den Augen ein. Diese Drüse erzeugt auch Duftstoffe, die allerdings mit Moschus, wie der Name fälschlich nahelegt, nichts zu tun haben.

Elche

So sehr die Moschusochsen die Feuchtigkeit hassen, so sehr lieben die **Elche** (ALCES ALCES) sie. Elche sind Europas größte wildlebenden Säugetiere. Erwachsene Männchen können fast 2,50 Meter hoch und über 2 Meter lang werden. Diese Hirschart lebt bevorzugt da, wo es Sümpfe, Moore und Seen gibt. Sie suchen sogar einen Teil ihrer Nahrung im Wasser und weiden Wasserpest, Algen und andere Wasserpflanzen ab. Die nordischen Hirsche mit den mächtigen Schaufelgeweihen – 40ender sind keine Seltenheit – sind für ein Leben am und im Wasser hervorragend ausgestattet. Sie schwimmen exzellent und fliehen oft vor ihrem Todfeind, dem Wolf, ins Wasser, wohin er ihnen nicht folgt.

Ihre starken, breiten Hufe haben zusätzliche Nebenhufe, dadurch sinken sie im morastigen Boden nicht so stark ein. Diese breiten, schneeschuhartigen Hufe helfen ihnen auch im Winter. Denn anders als unsere Hirsche können sich Elche auch im tiefsten Schnee ganz gut bewegen, nur ein Drittel der Läufe verschwindet im Schnee, obwohl ein ausgewachsener Elch bis zu 250 Kilo wiegt.

Anders als die meisten anderen Hirscharten leben Elche einzelgängerisch, auch Kühe und Bullen ziehen allein durch die Wälder. Nur während der Brunftzeit im September begleitet ein Männchen für ein paar Tage ein Weibchen, wobei es nach der Paarung mit ihr erneut auf Brautschau geht.

Im Mai oder Juni bringen die Elchkühe ein, meistens zwei, ganz selten auch einmal drei Kälbchen zur Welt, die der Mutter schon nach wenigen Stunden folgen können.

Das müssen sie auch, denn die Elche sind sehr unstete Tiere, die es nirgendwo lange hält.

Sie haben keine festen Reviere, sondern wandern praktisch lebenslang mal hier und mal dorthin. Das ist auch der Grund, warum Elche plötzlich selbst da wieder angetroffen werden, wo man sie längst ausgerottet glaubte.

Die Elchkälber bleiben bei ihrer Mutter, bis sie erneut Junge wirft, erst dann gehen sie, jedes für sich, ihre eigenen Wege.

Wenn man einen Elch von vorn anschaut, fällt die extrem große, breite Oberlippe auf, die über das Kinn hängt. Damit können Elche Blätter pflücken, die zusammen mit Knospen und Blüten ihre Hauptnahrung bilden. Sie reißen keine ganzen Zweige ab, sondern holen sich gezielt die zarten Blättchen, die sie haben wollen.

Elche hören und riechen sehr gut, anders als unsere Hirsche sehen sie aber nicht besonders scharf.

Ihre Fähigkeit, sich auch in sumpfigen, morastigen Gegenden sicher und schnell zu bewegen und ihre ungeheure Kraft versucht man sich neuerdings in der Sowjetunion zunutze zu machen. Dort werden Elche gezüchtet, gezähmt und als Reittiere, Lastenträger und Arbeitshirsche ausgebildet. Die Elchkühe züchtet man zur Milch- und Fleischgewinnung.

Beim größten wildlebenden Tier Europas, dem Elch, tragen nur die Männchen das typische Geweih mit den kurzen Stangen und den riesigen Schaufeln. Im Winter werfen die Elchbullen ihr Geweih ab, im Frühjahr bildet es sich erneut.

Abbildung oben: Die Halsbandlemminge (DICROSTONYX) leben in Nordasien, Nordeuropa und den arktischen Gebieten Nordamerikas bis hin nach Grönland. Ihr Winterfell ist fast weiß, im Sommer färbt es sich rostbraun. Im Winter wachsen diesen Lemmingen lange Krallen am dritten und vierten Vorderzeh. Mit diesen Krallen können die Halsbandlemminge im Schnee und Eis sowie in der gefrorenen Erde graben.

Abbildung rechts: Vier bis sechs Junge sind die Regel, wenn das Lemmingweibchen nach 20 Tagen Trächtigkeit wirft. Es kann vorkommen, daß fast nur Weibchen geboren werden. Dann kommt es in den Folgejahren zu einer Überbevölkerung, wenn alle Weibchen befruchtet werden.

Lemminge

Bei dem Namen **Lemming** (LEMMINI) fällt den meisten sofort der Massenselbstmord ein, den die Lemminge angeblich begehen, indem sie sich nacheinander ins Meer stürzen. Daraus ist die Redensart entstanden: „Wie die Lemminge ins Unglück stürzen". Doch in Wirklichkeit spielt sich folgendes ab: In sehr guten Lemmingjahren wächst die Bevölkerung dieser Nagetiere so stark an, daß ihr Lebensraum nicht mehr ausreicht und die Nahrung knapp wird. Dann schließen sich Tausende von Lemmingen zusammen, um abzuwandern. Auf diesen Lemmingzügen, oft über Hunderte von Kilometern, müssen die Tiere auch Seen und Flüsse überqueren. Dann stürzen sie sich tatsächlich nacheinander ins Wasser. Allerdings können Lemminge sehr gut schwimmen, nur in Ausnahmefällen werden einige Tiere durch die starke Strömung abgetrieben und ertrinken. Erreichen die Lemminge jedoch das Meer, so können sie dieses nicht von Seen und Flüssen unterscheiden. Sie stürzen sich ebenfalls hinein, gehen hier aber an Erschöpfung zugrunde.

Daß es auf diesen Lemmingwanderungen zu unglaublich hohen Verlusten kommt, liegt außerdem an den zahlreichen Feinden dieser mit unseren Wühlmäusen verwandten, kleinen Säugetieren des hohen Nordens. Zudem sind sie während der Wanderung ihren Feinden fast schutzlos ausgeliefert. In Jahren großer Bestandsvermehrung vermehren sich auch Schnee-Eule, Rauhfußbussard, Eisfuchs und Hermelin, denn sie finden Nahrung im Überfluß und können viele Junge großziehen.

In ihren Lebensräumen Skandinavien, Sibirien und der Arktis können die Lemminge, die äußerlich unseren Meerschweinchen ähneln, aber viel kleiner sind, keine tiefen Gänge graben, dazu ist der Boden viel zu hart. Sie leben meist versteckt unter Moos, Steinen, Wurzeln oder in sehr flachen, selbstgegrabenen Gängen. Sie ernähren sich von Baumrinde, Moosen, Flechten und im Sommer und Herbst auch von Beeren. Das sehr dichte, wasserbeständige Fell schützt sie vor Kälte.

Die Lemminge halten keinen Winterschlaf, doch leben sie im Winter fast ausschließlich unter der Schneedecke und sind so vor den eisigen Schneestürmen geschützt. Die Weibchen werfen sechs- bis siebenmal jährlich, selbst unter der dichten Schneedecke im Winter. Sie haben eine sehr feste Bindung an die Jungen, allerdings nur bis zur nächsten Geburt. Dieser enormen Vermehrung ist es zu verdanken, daß sie trotz der zahlreichen Feinde ohne Zweifel die häufigsten Kleinsäuger des hohen Nordens sind.

Eisfuchs

Der **Eisfuchs** (ALOPEX LAGOPUS) ist über das gesamte Nordpolgebiet, das nordamerikanische und das europäisch-asiatische Festland verbreitet. Er ist außerordentlich vielseitig und anpassungsfähig, was ihm bei der Nahrungssuche in dieser rauhen Gegend sehr zugute kommt. Er lebt hauptsächlich von Lemmingen und anderen Kleinnagern, plündert Vogelnester und ißt selbst Aas und angeschwemmte Meerestiere. Wird im Winter die Nahrung knapp, folgen die Eisfüchse größeren Jägern wie Wölfen und Eisbären, um von deren Restbeute zu profitieren. Im Notfall begnügen sie sich sogar mit Kot.

Obwohl die Weibchen außerordentlich fruchtbar sind, bleibt die Gesamtzahl der Eisfüchse wegen der oft schlechten Ernährungslage so gut wie konstant. Oft werden die Jungen schon tot geboren, in ganz schlechten Zeiten wird das Weibchen nicht einmal mehr läufig.

Der Eisfuchs kommt in zwei Farbschlägen vor, als Weißfuchs und als Blaufuchs. Doch im Sommer sind beide einfarbig graubraun und kaum voneinander zu unterscheiden. das wunderschöne Winterfell der Blaufüchse hat sie zur begehrten Beute der Pelztierjäger werden lassen.

Eisfüchse erinnern in ihrer Furchtlosigkeit eher an Hunde als an Füchse. Sie suchen die Nähe menschlicher Behausungen und können dort sehr lästig werden, weil sie vor nichts zurückschrecken und überall in den Abfallhaufen herumstöbern.

Schnee-Eule

Ein weiterer Räuber, der sich gute Lemmingjahre zunutze macht, ist die **Schnee-Eule** (NYCTEA SCANDIACA), ein fast uhugroßer Vogel, der häufig tagsüber jagt, denn in den eisigen Polarnächten würde die Schnee-Eule keine Beute finden. Ihre Hauptnahrungsquelle sind, wie bei vielen Polartieren, die Lemminge. Ähnlich wie die Falken können die Schnee-Eulen „rütteln", sie stehen dann im Flug scheinbar in der Luft.

Die Jungeulen sind schneeweiß, erst nach der Jugendmauser tragen sie die typischen dunklen Bänder im Gefieder. Da in den Tundren Felshöhlen und Bäume knapp sind, brütet die Schnee-Eule am Boden. Sie scharrt dazu eine flache Mulde, in die sie ihre Eier legt. Die Anzahl der Eier richtet sich, ähnlich wie bei den Eisfüchsen, nach der Ernährungslage. In guten Jahren legt das Weibchen bis zu neun Eier, in schlechten brütet sie manchmal überhaupt nicht oder zieht nur ein bis zwei Junge groß. So regelt sich der Bestand an Schnee-Eulen nach dem Nahrungsangebot.

Abbildung oben: In den baumlosen Tundren müssen Schnee-Eulen am Boden brüten. Das Weibchen beginnt nach der Ablage des ersten Eis bereits zu brüten, das viel kleinere Männchen bewacht das Nest und attackiert mögliche Eiräuber. Weil das Eulenweibchen jeden zweiten Tag ein Ei legt, schlüpft das erste Eulenküken bereits, bevor das letzte Ei gelegt ist – die Chancen, daß wenigstens ein Teil der Jungen durchkommt, erhöhen sich damit sehr.

Abbildung links: Der Eisfuchs ist kleiner als unser Fuchs. Er hat kürzere Beine, kürzere Ohren und eine kürzere Schnauze. Die Haare zwischen den Fußballen erleichtern ihm das Laufen im Schnee.

Pinguine

Der Seeleopard – ein drei Meter langer und bis zu 300 Kilogramm schwerer Verwandter des Seehundes – erhielt seinen Namen aufgrund seiner Fleckenfärbung und seiner räuberischen Lebensweise. Er lebt einzelgängerisch und ernährt sich überwiegend von Pinguinen; daher ist er überall da zu finden, wo es auch Pinguine gibt.
Der Pinguin, den er mit seinen nadelspitzen Zähnen, die auf dem Foto gut zu erkennen sind, gepackt hat, ist verloren.

Pinguine (SPHENISCIDAE) leben nur auf der südlichen Halbkugel unserer Erde, die meisten von ihnen rund um das ewige Eis des Südpols.
An Land wirken die begabten Schwimmer wie unbeholfene Clowns, fliegen können sie schon gar nicht. Trotzdem konnten die wunderlichen Vögel im Frack einen extremen Lebensraum erobern, der vom Polarkreis bis zum Äquator reicht.
Fester Boden unter den Füßen liegt ihnen gar nicht. Die Watschelfüße sitzen zu weit hinten am Bauch, und die aufrecht gehenden Vögel müssen dauernd balancieren, um nicht vornüber zu fallen. Die Flügelchen, die sich im Laufe der Entwicklung zu bretharten Rudern umgebildet haben, werden im Gehen möglichst weit nach hinten gehalten, derweil sich die kurzen Beine im eiligen Trab dauernd darum bemühen, möglichst doch noch unter den hoffnungslos zu weit vorne liegenden, tragenden Schwerpunkt zu gelangen. Zur Abwechslung oder bei unebenem Felsgrund hopsen sie auch manchmal beidfüßig wie Kinder beim Sackhüpfen. Natürlich purzeln sie auch oft hin – zumal diese geselligen Tiere, die beim Kolonnenlaufen nicht sonderlich Rücksicht aufeinander nehmen.

Eleganter und lustiger geht es da schon zu, wenn das Gelände abschüssig und möglichst schneebedeckt ist. Dann fahren sie lieber auf dem Bauch Schlitten, das kommt dem Schwimmen näher.
Vor dem Sprung ins kalte Wasser gibt es aber noch einmal Gedrängel, da keiner der erste sein will, denn schließlich kann man nicht so genau wissen, ob nicht ein paar Meter unter den Wogen ein Feind auf Beute lauert. Forscher haben beobachtet, daß Pinguine am Ufer versuchen, einander ins Wasser zu schubsen, um quasi ein Versuchskaninchen voranzuschicken, das testet, ob die Luft rein ist.
Dort unten im Wasser kann nämlich ein **Seeleopard** (HYDRURGA LEPTONYX), der größte Feind der Pinguine, auf sie warten. An Land sind sie sicher vor diesem großen Verwandten des Seehundes, aber im Wasser stellt der ganz auf Pinguine spezialisierte Seeleopard eine tödliche Gefahr dar.
Nähert sich dieser Räuber einer schwimmenden Pinguingesellschaft, fliehen die Tiere in größter Panik. Dabei erreichen sie Geschwindigkeiten bis zu 36 Kilometer pro Stunde und springen wie Delphine durch die Luft. Die Luftblasen, die sich beim Wiedereintauchen am Gefiederkleid bilden, erhöhen die Gleitfähigkeit im Wasser, weil sie die Torpedogestalten gleichsam „einölen". Sind sie ungestört, dann suchen die Wasservögel in 10 bis 20 Meter Tiefe nach Nahrung. Fast alle Pinguinarten haben sich auf Fisch spezialisiert, nur der **Eselspinguin** (PYGOSCELIS PAPUA) von den Falkland-Inseln bevorzugt kleine Krebse.
Zwei bis drei Minuten dauern solche Tauchgänge, bei denen die Flügel wie Vogelschwingen in der Luft zur Fortbewegung eingesetzt werden. Die Füße dienen lediglich als Ruder, die die Richtung bestimmen. Einige flugfähige Vögel, zum Beispiel Möwe, Sturmvogel oder Kormoran, können zwar auch tauchen, aber bei ihnen ist die Tauchtiefe viel geringer. Da sie luftiger gebaut sind, ist ihr Auftrieb stärker. Ihre Fanggründe liegen deshalb in den oberen

Wasserschichten, daher stehen sie nicht in Nahrungskonkurrenz mit den Pinguinen.
Großpinguine, wie der antarktische **Kaiser-** und der **Königspinguin** (APTENODYTES FORSTERI und APTENODYTES PATAGONICA), können die Luft über eine Stunde lang anhalten. Diese Fähigkeit steht in direktem Zusammenhang mit der Körpergröße. Deshalb vermuten Wissenschaftler, daß die jüngst in Neuseeland als Versteinerungen gefundenen Pinguinriesen, die zweieinhalb Zentner schwer waren und vor 25 Millionen Jahren gelebt haben, noch viel länger und tiefer tauchen konnten.
Heute leben noch sechs Gattungen mit insgesamt 17 Arten rings um die Antarktis: an der Südspitze von Südamerika und Südafrika, auf den Falkland-Inseln, den Orkneys, den französischen Kerguelen, Tasmanien, Neuseeland, in Australien, auf Tristan da Cunha, den Prince-Edward-Inseln, vor Feuerland, in Peru und auf den Galapagos. Die im subtropischen Klima von Australien lebenden Zwergpinguine sind gerade 40 Zentimeter hoch. Wenig über 50 Zentimeter messen Arten wie der **Humboldt-Pinguin** (SPHENICUS HUMBOLDTI), der sich vom gleichmäßig temperierten Humboldtstrom fast bis zum Äquator hat tragen lassen. Seine Speckschicht ist dünner, und seine Daunen sind weniger dicht als bei den polnäheren Vettern, die ja mit extremen Kältegraden fertig werden müssen. Über die Grenze des Äquators kam noch keine Pinguinart hinaus. Offenbar – und das wird aus allen Zoo-Erfahrungen deutlich – vertragen die stark wärmeisolierten Schwimmer keine größeren Temperaturschwankungen und vor allem nicht zuviel Wärme. Mit 40 Minusgraden kommen sie allemal besser zurecht als mit 30 Grad über dem Gefrierpunkt.
Dazu kommt noch, daß das kalte Klima ihrer Heimat Krankheitskeimen von jeher keine Chance geboten hat. So sind die Abwehrkräfte von Pinguinen nur schwach entwickelt. Besonders Pilzerkrankungen der Atemwege bereiten Probleme im Zoo. Die besonders empfindlichen Arten vom Pol können deshalb nur hinter Glas, gut gekühlt und möglichst steril gehalten werden. Äquatornahe Arten dagegen sind problemlose Pfleglinge.

Über einen Meter hoch wird der imposante Kaiserpinguin (Abbildung oben). Dieser größte aller Pinguine brütet an den Küsten der Antarktis.

Auf vorgelagerten, felsigen Eilanden in der stürmischen See vor Australien ist der Goldschopf-Pinguin (ENDYPTES CHRYSOLOPHUS) zu Hause (Abbildung unten).

Eisbären

Die **Eisbären** (URSUS MARITIMUS) sind die einzigen Großbären, die sich fast ausschließlich von Fleisch ernähren, denn dort, wo sie leben, wächst kaum etwas und wenn, dann nur wenige Wochen lang. Den Rest des Jahres nämlich ist ihr Lebensraum, die Arktis, schnee- und eisbedeckt. Aber die riesigen Bären – Männchen werden bis zu 2,50 Meter lang und wiegen über 400 Kilogramm – sind dieser rauhen Landschaft vorzüglich angepaßt. Ihr weißgelbes Fell ist sehr dicht und wasserabweisend. Sie sind fantastische Schwimmer (ihre mächtigen Tatzen weisen außer den dicken, gebogenen Krallen auch eine Schwimmhaut auf) und finden die meiste Nahrung im Eismeer. Eisbären ernähren sich von Fischen, von Wasservögeln und von Robben; bei ihrer Jagd können sie gut zwei Minuten ohne zu atmen tauchen. Sie bleiben stundenlang im eiskalten Wasser und halten dabei eine Durchschnittsschwimmgeschwindigkeit von 5 Stundenkilometern. Die meisten anderen Landtiere müssen im Wasser gewaltige Schwimmbewegungen machen, um nicht dauernd unterzutauchen. Eisbären dagegen können sich lange einfach treiben lassen, denn Luftblasen in ihrem Fell, Talgdrüsen in der Haut und die dicke Speckschicht sorgen für genügend Auftrieb. Die Gelenke der Beine befähigen sie, weit auszuschwingen, sie können mit einem plötzlichen Schwimmstoß bis zu fünf Meter vorwärtsschießen. Mit einem membranartigen dritten Augenlid schützen die Tiere sich gegen Schneeblindheit und das Blenden durch die gleißende Arktissonne. Die Eisbären bewegen sich nicht nur im Wasser schnell und geschickt, sondern auch an Land: vierzig Stundenkilometer kann ein Eisbär bei einer Verfolgungsjagd auf dem Eis erreichen.

Während der strengsten Zeit des Winters können Eisbären oft nur dort Nahrung finden, wo sich Eislöcher gebildet haben. So jagen an besonders ergiebigen Wasserstellen manchmal zehn und mehr Bären, ohne ihre Reviere zu verteidigen. Sie sind, im Gegensatz zu den anderen Großbären, nicht aggressiv zu ihren Artgenossen. Wenn ein besonders fetter Brocken, ein verendeter Wal zum Beispiel, strandet, tun sich oft auch mehrere Eisbären daran gütlich, ohne sich ins Gehege zu kommen. Herden, Rudel oder Familien bilden sie allerdings nie.

Am üppigsten ist der Tisch für Eisbären in den Wintermonaten gedeckt. Weil das Meer zugefroren ist, müssen die Robben zum Luftholen die wenigen eisfreien Stellen benutzen und sind dann leichter zu fangen. Der kurze Sommer bietet meist nur pflanzliche Kost.

Wie alle Großbären ißt sich auch der Eisbär vor der strengsten Zeit des Winters einen kräftigen Vorratsspeck an. Bis zu 1000 Kilo kann ein besonders fettes Eisbärenmännchen vor der Winterruhe wiegen. Mangels eines geeigneten natürlichen Winterquartiers graben die Bären sich ein Lager im Schnee, und lassen sich einfach darin einschneien. Während dieser Zeit zehren sie von ihrem Winterspeck. Solche Schlafquartiere sind dann nur an den Atemlöchern in den Schneehügeln zu erkennen.

Während der arktischen ewigen Nacht, der Wintermonate, werfen die Eisbärenweibchen in Schneehöhlen die Jungen. Manche Männchen wandern ruhelos umher. Alle zehren vom angegessenen Vorratsspeck.

In diesen Höhlen bringt die Eisbärin ihre Babys zur Welt, meistens zwei, selten einmal drei. Sie verläßt ihre blinden, hilflosen, rattengroßen Jungen während der ersten Lebensmonate nicht für eine Minute, sondern ernährt sie ausschließlich mit Milch. Im Frühjahr, wenn die Bärin mit ihren Jungen das Winterlager verläßt, können sie bereits sehen und haben ein dickes, plüschweiches, schneeweißes Fell. Eisbärenmütter sind jederzeit wachsam und verteidigungsbereit, denn im ersten Lebensjahr sind die Eisbärenbabys erst dachsgroß und können sich gegen Feinde kaum verteidigen. Ihre Feinde sind neben den Wölfen auch die eigenen Artgenossen. Da ihr Fell noch nicht wasserabweisend ist, können sie auch noch nicht im Meer jagen. Erst im zweiten Lebensjahr weicht der Babypelz dem wasserabweisenden, festen Fell der Erwachsenen. Nun tummeln sie sich auch im Meer und sind zu selbständigen Jägern geworden.

Erwachsene Eisbären haben praktisch keine natürlichen Feinde, sie sind deshalb überhaupt nicht ängstlich und fliehen auch vor dem sich nähernden Menschen nicht. In der Arktis haben die Eisbären inzwischen die menschlichen Siedlungen als ideale Nahrungsquelle entdeckt, sie suchen auf Müllhalden nach Essensresten und können beim Wühlen nach Futter beträchtliche Schäden anrichten, weil sie als hungrige Tiere auch vor menschlichen Hütten nicht haltmachen.

Ein Verhalten, das immer zum Lachen reizt, können Schiffer häufig beobachten: Eisbären „wissen", daß sie durch das weiße Fell gut getarnt sind, aber die schwarze Nase sie ihren Opfern oft vorzeitig verrät. Deshalb versuchen sie, diese Nase beim Lauern oder Beschleichen von Beute zu verstecken – oft, indem sie einfach ihre Pranken davorhalten.

Eisbären sind sehr verspielt. Im eisigen Arktiswasser kann man sie spielerisch kämpfen sehen. Gegen Auskühlung schützt sie das wasserabweisende, dichte Fell.

Abbildung rechts: Albatrosse bewegen sich hauptsächlich im Segelflug gegen den Wind fort. Sie können dabei bis zu 5000 Kilometer in nur zwölf Tagen zurücklegen. Bis heute ist ihr Vermögen, über ungeheuer weite Entfernungen ihr Heim wiederzufinden, den Wissenschaftlern ein Rätsel.

Ein Albatrospaar bei der Balz. Die Vögel stehen einander gegenüber, recken die Hälse, breiten die Flügel aus und klappern mit den Schnäbeln. Später putzen sie sich gegenseitig.

Albatrosse

Vor allem über den Meeren rund um den Südpol und auf den Inseln vor der Antarktis finden wir die größten Seevögel der Erde, die **Albatrosse** (DIOMEDEIDAE). Bis zu 3 Meter Flügelspannweite können diese Hochseeriesen erreichen, sieben bis acht Kilogramm Gewicht bringen sie auf die Waage. Man sieht Albatrosse nur zur Eiablage, zum Brüten und zum Füttern der Jungen an Land, sonst sind sie praktisch ununterbrochen in der Luft. Kälte und Stürme machen ihnen nichts aus, im Gegenteil: Sie nutzen die Winde zum Segelflug und können stundenlang ohne Flügelschlag in der Luft bleiben. Ist es windstill, lassen sich die Albatrosse gern auf dem Meer von den Wellen treiben.

Albatrosse ernähren sich ausschließlich von dem, was die Hochsee ihnen bietet: Tintenschnecken sind die bevorzugte Nahrung, aber auch Krebse, kleine Fische, sogar treibende Pflanzen werden von ihnen gegessen. Weil man in Albatrosmägen auch Pinguinknochen und Reste von Robben gefunden hat, weiß man, daß die Südpolräuber auch größeren Tieren gefährlich werden können. Albatrosse gehören zu den seltenen Tierarten, die ohne Süßwasser überleben können. Sie sind in der Lage, Salzwasser zu trinken, denn sie scheiden das Salz wieder aus.

Eine weitere Besonderheit: Albatrosse legen jeweils nur ein einziges Ei. Das Nest – meist auf einer Insel – ist am Boden. Manchmal ist es eine Erdmulde, manchmal auch eine lose Anhäufung von Blättern und Moosen. Beide Eltern brüten abwechselnd, der nicht brütende Teil fliegt oft viele Kilometer aufs Meer hinaus, um Nahrung herbeizuschaffen. Das einzige Ei wird über zwei Monate lang bebrütet, dann schlüpft das Junge. In den ersten drei bis fünf Wochen ist ständig ein Elternteil bei ihm, dann kann sich der Kleine, obwohl noch lange nicht selbständig, wenigstens mit dem kräftigen Schnabel selbst verteidigen. Er wird dann zwar weiter gefüttert, doch die Eltern lassen sich stundenlang, manchmal auch tagelang nicht blicken, denn sie müssen ja in der Regel weit fliegen, um an ihre Nahrungsquellen zu gelangen.

Erst wenn er fast ein Jahr alt ist, kann der kleine Albatros fliegen. Er geht dann jahrelang auf Wanderschaft durch die halbe Welt und kehrt erst zum Brüten auf dieselbe Insel zurück, auf der er geschlüpft ist und aufgezogen wurde.

Register

Bildquellenverzeichnis:

Sämtliche Bilder wurden vom Bildarchiv OKAPIA KG, Frankfurt a. M. geliefert.

D. Allan/OSF: 117;
F. Allert: 122 r.;
K. Amsler: 140 o.;
H. Arens: 203;
H. Arndt: 65 o., 96;
Bayer: 204 o.;
J. Beck/NAS: 147 M.;
R. Bender: 27 l., 42 o. l.;
G. I. Bernard/OSF: 32 o.;
M. Bertinetti/NAS: 119;
J. Bienert: 35 o.;
W. Biljalow: 118 u.;
T. Bledsoe/NAS: 91 u.;
W. Bollmann: 2/3, 155;
T. Branch/NAS: 30 u.;
H. D. Brandl: 28 u., 36 o., 56 o., 87 l., 133, 134;
C. Bruun/NAS: 30 M.;
O. Cabrero i Roura: 153;
M. Canevari-Bunge: 94 o.;
Cannon/OSF: 200;
D. & S. Cayless/OSF: 161 o., 193 u. r.;
H. Chaumeton/NATURE: 110, 112 u.;
J. L. Cooke/OSF: 28 o.;
R. Cramm: 23 r., 33, 61 u., 92 o. l., 97 u., 109 o., 113;
G. Dagner: 56 u., 72 o. + u.;
T. Davidson/NAS: 29 r., 111 u.;
Davis: 139, 193 M.;
M. Dezell/NAS: 27 o. r.;
T. Dressler: 159 o., 164, 165, 167 l., 170;
J. Dürk: 180;
R. Ellis: 132 o.;
Emu: 12, 77 r.;
H. Engel/NAS: 104 o.;
R. Fliss: 71 o. l.;
J. Foot: 98 u., 132 u.;
J. Foot/ANGLIA: 187;
Franklin: 122 l., 127 l.;
I. Gerlach: 20, 49 o., 50, 97, 163, 165 l., 167 r., 169, 175, 195 o.;
W. Glatten: 104 M., 116 l. o.;
F. Gohier/Nature: 42 u., 92 u. l.;
F. Gohier: 77 l., 112;
G. S. Grant: 137 u.;
M. & R. Greulich: 24;
A. Gröger: 61 o.;
M. Gruber: 196 r.;
Grzimek: 17, 20 u., 25 o., 44 u., 78, 80 o. + u., 81 o. + u., 82, 88, 89 r., 95 u., 98 o., 100 u., 123, 145 o., 152, 160, 161 u., 171 u., 172, 177 r., 181 l. + r., 189 o., 199 r.;
D. Guravich/NAS: 202;
Hernandez/NAS: 191 o., 201 o.;
F. Hiersche: 43 l., 192 M.;
M. Hilgert: 145 u.;
K. Hilgert: 146 u.;
R. Höfels: 15 u., 54 u., 62, 105 u.;
G. Holton/NAS: 83 o., 195 u.;
A. Huber: 168 o.;
Ikan: 135, 146 o., 148, 150 o. + u., 153 M.;
W. Irsch: 11, 92 u. r.;
Jacobs: 157 o.;
U. Janssen: 130;
M. Kahl/NAS: 163 u.;
Kneer: 75 o., 90/91;
Krasemann/NAS: 44 o., 104 u.;
W. Kratz: 107 o.;
K. L. Lauth: 26;
W. Layer: 14 r., 54 o., 99 o.;
W. Lummer: 38, 143 o., 153 o.;
R. Maier: 194;
H. Markmann: 42 o. r.;
A. Maywald: 39 u.;
T. McHugh/NAS: 9 u., 10, 79, 83 u., 95 o., 108 u., 115 u., 125 r., 127 r., 140 u., 142, 143 M., 144, 147 o., 185 o., 198 l. + r.;
Merlet: 67 r. o.;
S. Meyers: 1, 13 l., 18 u., 34, 41 r. u., 45, 47 l., 55 u., 102, 109 u., 115 o., 120, 121, 124, 137 o., 168 u., 171 o., 173;
K. Montag: 71 u. l.;
Dr. Moosleitner: 143 u.;
W. H. Müller: 89 l.;
Nagel: 55 o.;
M. Neumann: 136, 147 u., 151 o.;
R. V. Nostrand/NAS: 129 o.;
G. R. Parker: 196 l., 199 l.;
P. Parks/OSF: 129 u., 149 l. + r. o. + r. u., 151 u.;
R. T. Peterson/NAS: 201 o.;
M. Pforr: 71 r.;
F. Pölking: 103 u., 138 u., 176;
F. Prenzel: 25 u., 85, 86, 94 u., 100 o., 103 o., 184 o.;
Provenza: 138 M., 193 u. l.;
M. Quinton: 105 o.;
A. Ramage/OSF: 30 o.;
P. L. Raota: 118 o.;
M. Rebmann: 154 o.;
H. Reinhard: 8/9, 9 o., 14 l., 15 o., 16, 18 o., 19 o. + u., 21, 22, 23 l., 24 o., 31 o. + u., 32 M., 32 u., 35 u., 36 u., 37, 41 o., 43 r., 46, 47 r., 48 u., 51, 52 l., 53, 57, 59 l. + r., 60, 63 l. + r., 64 o. + M., 65 M. + u., 67 l., 67 r. u., 68, 69 u., 70, 75 u., 76, 101, 106, 114/115, 125 l., 126, 179, 185 u.;
H. Ritter: 131 o.;
A. Root: 97 o., 99 u., 162, 177 l., 182, 183 o.;
B. Roth: 167 u.;
L. L. Rue/NAS: 111 o.;
W. Scheithauer: 87 r.;
Dr. B. Schiefer: 191 u.;
E. Schlegelmilch: 128/129;
A. Schmidecker: 84;
H. Schrempp: 48 o., 52 r.;
W. D. Schurig: 186;
M.-L. Schwank: 131 u.;
H. Schwind: 5, 27 r. u., 73 o., 92 o. r.;
T. Segal: 159 u. r.;
A. Shah: 91 o., 166, 178 u. r.;
A. Shay/OSF: 74 u.;
Ch. Siebert: 58;
T. R. Taylor/NAS: 74 o.;
K. G. Vock: 29 l., 188;
H. Walterskirchen: 49 u.;
U. Walz: 156;
K. Wanecek: 116 r.;
P. & W. Ward/NAS: 73 u.;
E. Weiland: 13 r.;
J. Weissgerber: 40/41;
M. Wendler: 108 o., 189 u.;
K. Wernicke: 154 u., 157 u.;
W. Wisniewski: 69 o., 138 o., 158/159, 183 u., 184 u., 190/191, 192 u., 197;
W. Wissenbach: 39 o.;
N. Zell/OSF: 141;
Dr. de Zylva: 174.